복수
법률
사무소

1

도진기
장편소설

복수 법률사무소

1

황금가지

차례

프롤로그

1995년 서울의 한 형사법정.

뻗친 머리의 30대 후반 남자가 법정에 앉아 있다. 치켜 올라간 눈매가 심술궂은 인상을 그리고 있다.

그는 피고인으로 출석해 방청석에 앉아 자신의 재판 선고를 기다리고 있다. 휴디아 테크놀로지라는 회사의 대표인 그의 기소 내용은 속임수로 다수의 투자자를 끌어모아 수많은 피해자를 낳았다는 것이다. 피해 금액은 300억. 일종의 투자 피라미드 사기로, 엄중한 경제사범이다.

하지만 남자에게 초조한 기색은 전혀 없다. 전관 변호사를 써서 구속영장이 기각되었고, 재판에서도 집행유예를 받기로 이미 판사와 얘기가 끝나 있다. 선고를 새겨듣는 척 적당히 시늉만 하면 된다.

남자가 더 관심 있는 건 지금 막 눈앞에서 진행되고 있는 살인사건

재판의 선고였다.

피고인은 김호춘이라는 30대 후반의 남자. 의사인 그의 혐의는 아내를 살해했다는 거였다.

판사는 선고 전에 판결 이유를 먼저 말하고 있었다.

"피고인은 아내 앞으로 합계 50억 원의 사망보험을 들어 놓고 수익자는 자신으로 해 두었습니다. 그 후 일주일 만에 피고인의 아내가 사망했습니다. 피해자는 피고인이 운영하는 병원 입원실에 누워 있다가 새벽에 사망했는데, 사인은 에피네프린 과다 주사에 의한 심장쇼크사로 드러났습니다. 그리고 피고인은 그날 병원에서 이례적으로 야간 근무를 하고 있었습니다. 또한 피고인이 약품보관실에서 에피네프린을 몇 병이나 가져간 사실도 드러났습니다. 이런 점들에 비추어 피고인이 아내를 살해했을 거라는 의심이 듭니다……."

판사는 잠깐 말을 멈추었다. 맞는 말이다. 누가 봐도 김호춘이 아내를 살해했다. 언론도 거의 단정적으로 보도했고, 김호춘을 살인자로 비난하는 댓글 일색이었다.

하지만 방청석의 남자는 이 결론을 끝까지 들어 보고 싶었다. 남자는 그동안 자신의 재판을 기다리면서 이 살인사건 공판을 몇 번이나 지켜보았다. 거기서 활약한 단명오라는 변호사가 눈에 띄었다. 그는 남자의 마음을 끌었다. 이유는 자신도 알지 못했다. 그저, 왠지, 단명오 변호사가 이 뻔한 사건의 결론을 뒤집을지도 모른다는 느낌이 들었다.

"하지만……."

판사는 한 박자 쉬었다가 말을 이었다.

"……직접적인 증거가 없고, 피고인이 보험금을 노리고 살인을 해야 할 만큼 경제적으로 궁핍했다고 볼 수 없으며, 피고인 외의 제3자가 새벽에 입원실에 침입해서 범행했을 가능성을 지울 수 없습니다."

개소리다.

경제적 궁핍?

꼭 가난해야만 범죄를 저지르는가?

인간의 탐욕이란 것에 대해 전혀 모르는 소리다.

제3자의 침입 가능성?

차라리 오랑우탄이 벽 타고 올라와서 주사했다고 해라.

판사들이란.

남자는 속으로 피식 웃었다.

"……결국 피고인이 범인이 아닐 수도 있다는 합리적 의심이 있으므로 무죄추정의 법칙에 따라 피고인에게 무죄를 선고합니다."

이어 판사는 한 번 더 확인했다.

"피고인은 무죄."

김호춘은 환하게 웃으며 방청석을 돌아보았다. 누군가를 향해 손가락으로 V 자를 만들어 보였다.

남자는 풉, 하고 가볍게 웃었다.

억울하게 몇 달이나 살인자로 몰려 구치소에 들어가 재판을 받은 놈이 무죄 받았다고 V 자를 그려? 인간에 대해 털 오라기만큼도 모르는 것들. 인간은 절대 그럴 수 없어. 저런 깨방정은 '한 건 했다'는 의미일 수밖에 없어. 해치웠다는 거지.

변호사 단명오는 김호춘과 달리 조금도 흥분하지 않았다. 결과를 예상했다는 듯 그저 냉소를 짓고서 서류를 챙길 뿐이었다.

그런 단명오를 남자는 주시했다. 법에 과도한 기대를 걸고 울고불고 하지 않는다. 다른 이들이 우러러보는 법을 1회용 종이컵 정도로 취급하면서 손아귀에 들어올 때를 냉정하게 기다린다. 그런 태도.

김호춘은 교도관에게 이끌려 피고인 대기실로 돌아갔다. 곧 석방 절차를 밟을 것이다. 단명오 변호사는 방청석 자리에서 가방을 정리하고 있었다. 그 모습을 지켜보던 남자는 자신을 부르는 판사의 목소리에 퍼뜩 정신을 차렸다.

"피고인 양다곤. 나오세요."

자신의 사기사건 선고를 받을 차례다. 양다곤은 피고인석에 섰다.

"범행은 비록 중하나, 그동안 성실한 회사 경영으로 경제에 이바지한 점, 주변인들의 탄원서, 반성하는 점 등을 참작해서 형의 집행을 유예하기로 했습니다."

판사는 이어 말했다.

"피고인 양다곤을 징역 2년 6월에 처한다. 다만 이 판결 확정일로부터 4년간 위 형의 집행을 유예한다."

끝났다.

양다곤은 수많은 가정을 파멸로 몰아넣고도 단 하루도 수감되지 않은 채 재판이 종결되었다. 예상했지만 짜릿했다. 돈, 권력. 그리고 서민들과 다른 특별한 인생이라는 느낌. 이 맛은 역시 결코 버릴 수 없어.

양다곤이 법정을 나오는데, 한 남자가 다가왔다.

"여어, 친구! 축하해! 그동안 고생 많았어. 억울하겠지만 그래도 집행유예로 끝났으니 잘됐어!"

등신.

양다곤은 속으로 비웃었다.

다가온 남자는 김민호. 서울대학교 전기공학과 교수이자 양다곤의 친구다. 그는 친구가 걱정돼서 선고가 있는 날 법정까지 온 것이었다. 그리고 그는 양다곤의 말에 홀딱 넘어가 양다곤이 억울하게 무고를 당해 재판을 받았다고 믿고 있다. 그 순진함을 양다곤은 이용하면서도 경멸하고 있다. 넌 공부는 잘했을지 몰라도 세상을 몰라. '굉장한 기술'을 개발했지만, 너한테 그 기술은 너무 아까워.

"이제 우리 동업도 문제없겠어!"

김민호 교수가 천진난만한 웃음을 지었다.

양다곤과 김민호. 두 사람은 김민호 교수가 개발한 획기적인 기술을 토대로 회사를 만들 작정이다. 양다곤은 영업 담당. 하지만 그는 그 정도에 만족할 생각이 조금도 없다.

"잘되었어! 난 혹시라도 실형을 받을까 싶어서 얼마나 걱정했는지……."

"잠깐."

양다곤은 손을 들고 무표정하게 김민호의 말을 끊었다.

"난 볼일이 있어서. 자넨 이만 가 보게."

"어, 어……."

친구가 걱정돼서 법정까지 찾아온 김민호에게 양다곤이 내뱉은 말은 무자비할 정도로 차가웠다. 김민호는 무안한 얼굴로 뒷걸음쳤다.

양다곤은 김민호를 보지도 않고 어디론가 바삐 발걸음을 재촉했다. 그가 향한 쪽에 단명오 변호사가 막 계단을 내려가고 있었다.

양다곤은 단명오를 따라붙어 옆에서 어깨를 나란히 한 다음 말했다.

"정말 무죄라고 믿습니까?"

단명오가 돌아보았다.

돌연한 말. 어떻게 들으면 변호인을 비난하는 뉘앙스.

상당히 불쾌한 상황일 수 있다.

하지만 단명오는 양다곤을 보더니 이를 드러내고 웃었다.

"양 대표님이시군요."

"절 아십니까?"

"대표님 공판일이 거의 제 재판 날짜하고 겹쳐서 알죠. 집행유예 축하드립니다."

역시 보통 인간이 아니다.

자신의 재판뿐 아니라 다른 사람의 재판까지 곁눈질하고 있었다. 모든 상황을 파악하고 계산하는 종류의 인간. 양다곤이 굵직한 회사의 대표인 걸 알고는 영업적인 웃음을 보이고 있다. 아니, 그것보다 어쩌면 단명오도 양다곤과 비슷한 걸 느끼고 있는 건 아니었을까.

"그것보다, 김호춘은 정말 무죄입니까?"

양다곤이 한 번 더 물었다.

단명오는 발길을 멈추고 양다곤을 쳐다보았다. 그러다가 고개를 조금 까딱하고는 말했다.

"관심 없습니다."

"네?"

"김호춘이 살인을 했는지, 아닌지 관심 없다는 말입니다."

단명오는 양다곤에게 가볍게 고개를 숙이고는 계단을 내려갔다.

양다곤은 잠시 멍해 있다가 다시 단명오를 따라 내려갔다.

단명오가 계단을 거의 내려가 1층에 다다랐을 때, 양다곤이 다시 단명오를 불러 세웠다.

"맘에 들어."

단명오가 다시 돌아보았다.

"무슨 말씀이신지."

"나하고 같이 일합시다."

"사건 의뢰라면 언제든 준비가 되어 있습니다."

"의뢰 따위의 이야기가 아니오."

"그러면?"

"같이 손을 잡자는 말입니다."

"손을 잡자?"

"일종의 프로젝트요."

단명오는 양다곤의 단호한 눈빛을 마주했다.

"저한테 어떤 걸 원하시는지 대략 짐작이 갑니다."

"얘기가 잘 통할 줄 알았지."

"아마 양 대표님한테 제가 큰 도움이 될 겁니다."

"같은 생각이오."

"그런데."

"응?"

"양 대표님이 저한테 도움이 될지는 모르겠거든요."

"흠…….."

양다곤은 당혹스러운 표정으로 팔짱을 꼈다.

그때 1층에 있던 사람들 무리에서 갑자기 한 남자가 튀어나왔다.

단명오를 향해 달려오고 있었다. 기세가 심상찮았다. 그는 손에 든 가방에서 무언가를 꺼냈다. 날이 시퍼렇게 선 식칼이었다. 그랬다. 1995년에는 법정 출입 시 검색이라는 것 자체가 없었다. 남자는 가방을 던져 버리고 손에 칼을 단단히 거머쥐었다.

"개새끼!"

남자는 단명오에게 돌진했다.

헉!

단명오는 다급히 가방을 바닥에 집어던지고 몸을 구부린 채 허겁지겁 뒷걸음질 쳤다. 그러다 보니 양다곤 뒤로 숨는 모습이 되었다. 남자는 양다곤을 앞에 두고 뒤쪽의 단명오를 찌르려 했지만 여의치 않았다.

"야 이 변호사 새끼야! 아무리 돈이 좋다지만 살인자를 무죄로 만들어! 오늘 너 죽이고 다 끝내자! 동생 한이라도 풀 거다!"

김호춘에게 살해당한 아내의 오빠인 모양이다. 눈동자가 이미 돌아가 있다.

"당신 뭐야! 왜!"

단명오는 양다곤 뒤에서 소리를 질러 보지만 무기력하다. 얼굴이 새하얗게 질려 있다. 양다곤을 사이에 두고 남자가 이쪽으로 찌르려 하면 저쪽으로 피하고, 저쪽으로 찌르려고 하면 이쪽으로 피했다. 자칫하면 양다곤이 찔릴 수도 있는 상황.

사람들이 많았지만 칼 든 남자의 기세에 압도돼 아무도 말릴 엄두를 내지 못했다.

그때 양다곤이 소리쳤다.

"김 실장!"

사람들 틈 어디선가 젊은 남자가 사냥개처럼 튀어나왔다. 한눈에도 탄탄한 근육질의 그는 가죽점퍼에 가죽 장갑을 낀 탓에 더 강인해 보였다. 눈매는 쭉 찢어졌고, 뺨에는 긴 흉터가 있다. 김 실장은 칼을 든 남자의 앞을 가로막았다.

"칼 버려."

거친 음성.

"뭐야! 비켜!"

남자는 칼을 가로로 휘휘 저었다. 찌르려는 의도보다는 김 실장이라 불린 남자를 비키게 하려는 몸짓이었다.

순간.

김 실장은 왼손으로 남자의 칼 든 팔을 쳐내 옆으로 흐르게 하고는 오른 주먹을 남자의 얼굴에 꽂았다.

뻑.

강렬했다. 펀치가 얼굴에 맞았는데 무언가 부서지는 소리가 났다.

칼 든 남자는 "악!" 소리와 함께 휘청하면서 허리가 뒤로 굽었다.

김 실장은 이어 오른손을 펴 남자의 얼굴을 쥐고는 그 뒤의 벽면에 던지듯 때려 박았다. 남자는 발이 거의 들린 채로 뒤통수를 벽에 강하게 부딪혔다. 그는 곧 정신을 잃고 스르르 벽면을 따라 무너져 내렸다.

쨍그랑. 식칼이 복도에 떨어지는 소리가 크게 울렸다.

양다곤이 단명오를 돌아보았다. 웅크린 단명오는 얼굴이 겁에 질려 새하얗게 변해 있었다. 양다곤이 말했다.

"좀 도움이 되지?"

그러고는 이를 드러내고 씩 웃었다.

단명오는 다리에 힘이 풀린 듯 복도에 쿵 하고 무릎을 꿇었다.

이어 초점 잃은 눈으로 양다곤을 올려다보았다.

악은 악을 끈다.

그들은 서로를 알아본다.

* * *

2000년 여름밤.

관악산 깊은 숲 속.

한 남자가 무릎을 꿇고 웅크리고 앉아 있다. 서울대학교 전기공학과 교수 김민호였다.

그 앞에 두 명의 남자가 서 있다. 양다곤과 단명오였다.

김민호의 옆에는 건장한 남자가 한 명 더 서 있었다. '김 실장'이라 불리는 남자. 가죽 장갑을 낀 그의 손에는 소도 베어 버릴 듯한 군용 나이프가 들려 있다.

나뭇등걸 위에 세워 둔 조그만 랜턴 불빛만이 그들 주변을 밝히고 있다.

"빨리 써."

김 실장이 김민호의 목에 칼을 댔다.

나뭇등걸 위에 백지 한 장이 놓여 있다.

김민호는 볼펜을 들고 가만히 있다가 양다곤에게 눈길을 보냈다.

"다곤이…… 자네…… 자네가 이럴 줄은 몰랐어……."

양다곤이 귀찮다는 듯 말했다.

"이럴 줄 몰랐다? 그런 아무짝에도 쓸데없는 얘길 왜 해? 빨리 시키는 대로 써."

"단명오 변호사가 다 꾸민 거지? 알고 있어. 이건 아니잖은가? 자네가 가지고 온 약정서에 서명하고 지장도 찍었어. 이제 회사 지분은 다 자네한테 넘어갈 거고, 그걸로 된 거 아냐?"

큭큭.

단명오가 웃음소리를 내더니 품 안에서 종이 한 장을 꺼냈다.

"금방 교수님이 사인하신 이 지분양도약정서. 이건 교수님이 살아 있으면 곤란해져요. 협박받아서 서명했다, 라고 떠들고 다니면 안 되지 않겠습니까?"

김민호는 파랗게 질린 얼굴로 단명오를 보았다가 다시 절절한 눈빛을 양다곤에게 보냈다.

"자네…… 지금이라도 그만둬. 그럼 오늘 있었던 일은 내가 절대, 아무한테도 말하지 않을게."

단명오가 발로 흙을 비비적 문지르며 말했다.

"이것 참, 아실 만한 분이 왜 이러실까요. 말이 길어지네."

그는 양다곤을 돌아보고 말했다.

"형님. 김 교수가 자꾸 인정에 호소하고 싶은 모양입니다. 여긴 김 실장한테 맡기고 우린 그만 자리를 뜨죠."

"아니. 확실하게 일을 끝내는 걸 내 눈으로 봐야 해."

양다곤은 눈을 부릅떴다.

"아, 그렇죠. 그게 형님 스타일이죠. 하하, 제가 깜빡했네요."

단명오는 어깨를 으쓱하고는 조금 뒤로 물러났다.

양다곤의 말을 들은 김민호는 깨달았다. 전혀 희망이 없다는 것을.

자신을 죽이겠다는 친구의 의지는 이미 돌처럼 굳다는 것을.

김민호는 고개를 떨구었다.

꿇어앉은 채로 나뭇등걸 위 백지에 글을 쓰기 시작했다.

받침이 변변찮은 탓에 종이가 조금씩 찢어졌다.

울컥, 감정이 넘친 탓일까. 김민호의 코에서 피가 조금 흘렀다. 김민호는 손등으로 피를 훔치고 계속 썼다. 종이에도 피가 조금 묻었다.

먼저 갑니다. 무엇보다 가족한테 미안합니다. 사랑합니다.

짧았지만 그 문장은 그 이상 진실할 수 없는 김민호의 심정이었다.

김민호를 에워싸듯이 선 양다곤, 단명오, 김 실장 세 사람은 그가 글을 쓰는 동안 물끄러미 내려다보고 있었다.

한여름이지만 산속의 밤은 싸늘한 기운을 뿌렸다.

에취!

세 사람 중 한 명이 가볍게 재채기를 했다.

상황에 어울리지 않는다고 느꼈을까. 사내들 사이에 웃음이 일었다.

김민호가 볼펜을 놓았다.

양다곤은 다 쓴 종이를 들어 읽어 보고는 고개를 끄덕였다. 단명오가 종이를 넘겨받아 읽어 보더니 양다곤을 향해 고개를 끄덕였다. 김실장은 그 종이를 받아 다시 나뭇등걸 위에 두었다.

종이에 이들의 지문은 남지 않을 것이다. 세 사람은 모두 장갑을 끼고 있다.

김 실장이 말했다.

"자. 일어서."

김민호는 일어섰다.

"돌 위에 올라가."

김민호는 돌 위에 올라섰다.

"목에 걸어."

옆 나무 위에는 밧줄이 매여 있고 동그랗게 묶인 쪽이 아래로 늘어뜨려 있었다.

김민호는 가만히 있었다. 김 실장은 칼을 김민호의 목에 갖다 댔다. 그 손길에는 조금의 망설임도, 감정도 없었다. 그저 스테이크를 자르러 칼질하는 느낌 정도. 그래서 더 반항할 여지가 없었다.

"두 번 말하게 만들 거야?"

김민호는 눈을 감았다.

"아까 말했지. 지금 목을 매달면 당신 혼자 죽어. 하지만 거부하면 당신도 죽고 가족도 죽는 거야."

김 실장의 음성은 기계가 내는 소리 같았다. 말하는 대로 틀림없이 실행하는 기계. 오차는 없을 것이다.

김민호는 눈을 떴다. 두 줄기 눈물이 뺨을 타고 흘러내렸다.

"김 실장이 어떤 인간인지는 자네도 이제 대충 알 거야."

양다곤이 말했다.

"나도 여기까지 온 이상, 내 안전을 위해서라도 그럴 수밖에 없어."

헛말이 아니다. 분명히 알았다. 이들은 김민호를 반드시 죽일 생각이다. 돌아갈 다리는 이미 부서져 있다. 김민호만 죽느냐 가족들까지 같이 죽느냐의 문제만 남았다.

김민호는 고개를 들고 숲의 어둠을 응시했다.

한 점의 빛도 없는 그곳에 어쩐 일인지 아내의 얼굴이 있었다.

이런 순간에 왜 웃는 얼굴일까.

어린 한울의 얼굴이 겹쳤다.

아빠, 나도 아빠처럼 교수할래. 교수는 세상일을 다 아는 사람이잖아.

……그렇지 않아, 한울아.

아빠는 전기의 비밀을 알지만 한 뼘도 안 되는 인간의 마음속은 알지 못했어.

아빠는 세상에 졌단다.

안녕.

손이 덜덜 떨렸다.

그 손으로 김민호는 밧줄을 목에 걸었다.

왱. 왱.

풀벌레가 죽을 듯이 우는 2000년 여름밤이었다.

"김정은을 기소하겠다고?"

서울중앙지검 형사4부 이동철 부장검사는 놀라서 펜을 떨어트렸다.

"네."

윤해성 검사의 대답은 단호했다.

이동철 부장검사는 윤해성이 내민 서류를 손에 들고 곤혹스러운 표정에 잠겼다.

그건 공소장이었다. 검찰청에서는 너무나 흔한 서류지만, 그가 손에 쥔 펜을 떨어트릴 만큼 놀란 건 피고인란의 이름이 김정은이었기 때문이다.

"그…… 북한의 그…… 김정은 말인가?"

"물론입니다. 배우 김정은 말고, 북한 국방위원회 제1위원장 김정은입니다."

이동철은 의자에 앉아 윤해성을 올려다보았다.

이 인간 제정신인가.

윤해성의 표정은 너무나 일상적이었다.

마치 점심 메뉴판을 내밀고서 "뭐 드실래요?" 하는 것 같은 얼굴이다.

저 해맑은 눈을 하고서 이런 말을 하다니. 그래서 더 황당했다.

올해 처음 형사부에 배치를 받아 인사하러 왔을 땐 웬 영화배우가 들어오나 싶었다.

짙은 눈썹에 우윳빛 피부. 갈색빛이 감도는 눈동자. 특유의 서늘한 분위기. 양복 아래로도 드러나는 몸의 탄력. 그 모든 것을 완성하는 얼굴과 신체의 완벽한 비율.

윤해성은 서울중앙지검에 처음 발령받아 왔을 때부터 그 외모 때문에라도 단연 화제였다. 미끈한 다리로 성큼성큼 서울중앙지검의 계단을 걸어 올라오는 모습은 법정 드라마의 한 장면이었다. 그러면서도 왠지 만만하게 볼 수 없는 분위기가 있었다.

지금도 장난치는 얼굴은 절대 아니었다.

이동철이 정신을 차리고 물었다.

"……무슨 죄목으로?"

"공소장에 쓴 대롭니다."

"그러니까……."

"아청법, 즉 아동 청소년의 성보호에 관한 법률 위반입니다."

"이게 대체……."

이동철 부장검사는 아직 공소장을 제대로 읽지도 못했다. '피고인 김정은'에 혼이 나간 탓이다.

"기쁨조를 뽑고 운영하지 않습니까? 10대 여성들도 포함되어 있고, 그건 명백히 아청법 위반이죠."

"……."

"19세 미만을 대상으로 하면 아청법에 해당합니다. 남녀를 불문하고요."

이동철은 윤해성을 빤히 쳐다보았다.

역시 제정신이 아닌 것 같다.

이동철은 냉정을 회복하고 말했다.

"자네 직업이 뭔가?"

"검삽니다. 왜 물으십니까?"

"난 혹시 본인이 검사인 걸 잊어버렸나 싶어서."

"잊지 않았죠. 공소장을 장난으로 쓰는 검사는 없습니다."

"검사가 아니라 무슨 시민운동가 같은데?"

"어째서 그렇게 보십니까?"

이동철의 미간에 주름이 잡혔다.

이거 골치 아픈걸.

"근데 기쁨조가 아청법에 걸리나?"

이동철은 달래는 듯한 말투로 바꾸었다.

"물론이죠. 여러 조항에 해당합니다."

"허, 아청법이라……."

이동철은 몸을 의자 등받이에 깊숙이 기댔다.

"대체 뭐가 어떻게 위반된다는 거야?"

"기쁨조를 강제적으로 선발하는 행위는 19세 미만 아동에 대해 폭행 또는 협박 등을 동원한 강요행위로서 아청법 제14조 위반입니다. 5년 이상의 징역형입니다. 또."

"또?"

"김정은이나 고위 당원들은 기쁨조와 성관계를 한다는 증언도 있습니다. 이건 명백한 성폭행 및 강제추행으로서 아청법 제7조에 해당하고 무기징역까지 가능합니다."

"으음."

"만에 하나 기쁨조 멤버가 동의한다 하더라도 16세 미만이면 궁박 상태를 이용하여 간음한 행위로서 제8조의 2에 해당해서 3년 이상의 징역이고요."

이동철 부장검사의 입이 벌어졌다.

이 인간은 진심이다.

진짜로 할 생각이다.

윤해성은 마지막 쐐기를 박았다.

"기쁨조 영상을 퍼트린 것은 아동 청소년 성착취물을 제작, 배포한 것에 해당하여 아청법 제11조 위반으로 역시 무기징역까지 가능합니다."

윤해성은 이동철 부장검사를 똑바로 쳐다보았다.

"우선 해당하는 조항은 이 정도고요, 혹시 빠진 게 있다면 기소 후에 공소장 변경을 할 생각입니다만……."

"잠깐."

이동철 부장검사가 손을 들어 말을 막았다.

"김정은은 북한의 넘버원이야. 우리가 수사할 사람이 아니라고."

"부장님."

"왜?"

"우리나라 법률상 북한의 위치가 뭔지 아십니까?"

"법률상? 북한?"

"정식으로는 우리 법률은 북한을 정식 국가로 인정하지 않습니다. 대한민국 땅을 불법으로 점령하고 있는 세력으로 취급하는 거죠."

"그래서."

"북한의 일인자인 김정은은 그 수뇌에 불과하지, 국가 원수가 아닌 겁니다."

"아니, 그건 순전히 법적으로 그렇다는……."

"우리나라 땅에서 우리나라 사람이 벌인 범죄를 수사하는 건데 무슨 장애가 있습니까? 법적으로."

"으음."

"북한 주민은 법률상 우리나라 국민이고, 북한 주민에 대한 범죄는 우리가 처벌할 수 있습니다."

"그래서 김정은을 기소하겠다?"

"물론입니다. 전 김정은의 아청법 위반을 인지했습니다. 그러면서 수사하고 기소하지 않는다면 검사로서 직무 유기입니다."

"대체 무슨 증거가 있어?"

"외신 보도를 수집했고, 탈북자들의 신빙성 높은 진술을 받았습니다. 기쁨조 영상도 있습니다. 필요하시면 수사 기록을 가져다 드리겠습니다."

"그건 됐고!"

이동철은 결국 언성을 높였다.

말로 설득해 보려는 시도는 인내의 한계에 다다랐다. 공소장을 구겨 책상 위로 던지며 고함질렀다.

"이런 건 안 돼!"

"이유는요?"

"이유는, 개뿔! 김정은을 어떻게 기소해? 이건 형사사건이 아니야!"

"형사사건이 아니면요."

"정치적 사건이야. 정치라고."

"범죄 아닙니까?"

"남북 관계는 어쩔 거야?"

"이런저런 사정 봐 가면서 집행하는 게 법입니까?"

"뭐야? 보자 보자 하니까!"

"논리로 말씀해 주시면 좋겠습니다만."

이동철 부장검사는 움찔했다.

평소에 신사임을 자처하던 그였다.

'검사는 어디까지나 법조인이야. 법리가 우선이야. 탱크처럼 돌진만 하면 된다고 생각하는 무식한 놈들은 검사 할 자격이 없어.'

'검찰도 꼰대들이 말아먹고 있어!'

후배들에게 늘 이런 말을 하곤 했다.

법리를 중시하는 합리적인 검사.

'꼰대'스럽지 않은 열린 부장.

이것이 이동철 부장검사가 추구하는 이미지였다. 하지만 지금 그것이 무너지려 하고 있다.

도저히 참아 주기 힘든 윤해성이라는 인간 한 명 때문에.

그 윤해성이 말했다.

"스페인의 발타사르 가르손 판사는."

"뭐, 스페인의 뭐?"

뜬금없는 말이 나오자 이동철은 또 한 번 움찔했다.

이제 윤해성의 입에서 나오는 모든 말은 경기를 일으킨다.

"칠레의 독재자 피노체트가 신병 치료차 영국 런던에 왔을 때 체포 영장을 발부했습니다. 반대자들을 고문하고 탄압한 죄목으로요."

"그래서."

"남의 나라에 머물고 있는 남의 나라 독재자에 대해 체포를 명령한 거죠."

"……."

"결국 영국 법원은 피노체트를 스페인에 인도하기로 결정하고 가택 연금을 합니다. 피노체트는 건강 문제로 잠시 풀려났다가 칠레로 튀어 버려 결국 재판은 못 했지만 이 사건이 의미하는 바는 크죠."

"그게 우리하고 뭔……."

"발타사르 가르손은 판사지만 '수사판사'라고 해서 우리나라로 치면 검사와 비슷합니다."

"그게 중요해? 남의 나라 제도인데."

"참고는 될 수 있겠죠."

"무슨 참고?"

"남의 나라 독재자도 심판하는 판에, 우리나라 사람 김정은이 우리 땅에서 우리 국민한테 저지른 범죄를 심판하지 말아야 합니까?"

"그건 이상론이고!"

"이상이 아니라 법리입니다."

"젠장!"

이동철은 결국 폭발했다.

"뭐야? 결국 발타사른지 시발사른지 모르겠지만 그 인간처럼 뜨고 싶단 거 아냐?"

"단지 뜨기 위해서라면 제 리스크가 너무 크지 않습니까?"

"뭐?"

"북한이 가만있지 않겠죠. 먼저 제 목숨을 노릴지도 모르고요."

이동철 부장검사는 윤해성을 노려보았다.

설득이 통할 인간이 아니다.

부장의 권위로 누르거나 을러대도 먹히지 않는다.

그렇다고 이런 공소장을 패스시킬 순 없다. 그랬다가는 '또라이' 하나 관리 못 한 부장으로 완전히 낙인찍힌다. 아니, 이 사태에 같이 책임을 지게 되는 상상하기도 싫은 상황에 처한다.

어쩔 수 없다. '꼰대' 이미지를 뒤집어쓰더라도 이건 무조건 막아야 한다.

이동철 부장검사는 목소리를 낮췄다.

"좋아."

"그럼 결재해 주시는 건가요?"

"검찰에는 돈키호테가 필요 없어."

이동철은 손을 턱에 괴고 있다가 이어 말했다.

"자네가 그렇게 법대로 하는 걸 좋아하니 나도 법대로 하겠어."

"법대로, 좋습니다."

"검사동일체 원칙 알지?"

"잘 알죠. 검찰은 상명하복이 핵심이란 거 아닙니까."

"다행히 아는군. 검사동일체, 즉 검사는 상관의 명령을 따라야 해."

"그래서요."

"나는 이 공소장에 도장 안 찍을 거야. 결재 못 해. 그리고 내 결정을 자넨 따라야 해."

공소장에는 수사한 검사뿐만 아니라 부장검사와 차장검사의 결재를 받도록 되어 있다.

이동철은 공소장의 부장검사 결재란을 손가락으로 툭툭 두드렸다.

"난 여기에 절대 날인하지 않는단 얘기지."

"그러시군요."

"됐지? 그럼 이제 돌아가. 자네가 법대로 하겠다니 나도 법대로 하는 것뿐이야."

이동철은 느물느물 웃었다.

"네."

"뭐야, 그 예상했다는 듯한 표정은."

"좋습니다."

"응? 포기하는 건가?"

이동철 부장검사가 반색했다. 하지만 윤해성은 단호하게 기대를 잘 랐다.

"차장님한테 가서 도장을 받아 오겠습니다. 차장님은 부장님 위니까 검사동일체 원칙상 차장님이 오케이 하면 부장님도 따르셔야겠지요."

일반 회사에서는 대개 차장 위에 부장이지만, 검찰조직은 부장검사 위에 차장검사, 그 위에 검사장이 있다.

이 인간. 기어이 해 보겠다는 건가.

이동철 부장검사는 화를 참지 못하고 입술을 비죽거리다가 이윽고 피식 웃고 말았다.

"좋아, 자네가 차장님 결재를 받아 오면 나도 도장을 찍어 주지."

화낼 필요가 없다. 어차피 받아 올 가능성이 없다.

그 성질머리 더러운 차장검사한테 얻어맞지나 않고 오면 다행일걸.

검사동일체 원칙, 겹겹이 쌓인 결재란이 있다는 게 얼마나 다행인가.

가끔은 부장 말도 듣지 않는 저런 꼴통들이 있기 때문에 이런 제도 가 필요해.

윤해성은 공소장을 집어 들었다. 이동철 부장검사의 비릿한 웃음을 뒤로하고 방을 나왔다.

차장검사도 물론 노발대발했다.

이동철 부장검사와 비교가 안 될 만큼 길길이 뛰고 화를 냈다.

"이게 무슨 수작이야!"

"수작이 아니라 기소하려는 겁니다."

"자네 우리 조직을 아작 내려고 하나?"

"범죄자를 기소하는데 검찰이 왜 욕을 먹겠습니까?"

"안 돼! 집어치워!"

"결재 안 해 주시겠습니까?"

"종이가 아깝다!"

차장검사는 공소장을 숫제 집어던졌다.

시팔!

욕설이 문을 닫고 나오는 뒤통수에 날아와 꽂혔다.

검사장한테 가 봐도 마찬가지일 터였다.

대체로 나이 들고 직급이 높을수록 시끄러워지는 걸 원치 않으니까.

아니, 이런 기소라면 검찰총장 선까지, 어쩌면 그 훨씬 윗선까지 재가를 받아야 한다. 그리고 그것은 절대 불가능하다. 윤해성도 알고 있다. 그게 윤해성과 돈키호테가 다른 점이었다. 돈키호테는 풍차를 거인이라고 생각하고 덤벼들었다. 윤해성은 풍차가 풍차인지 안다. 그러면서 덤벼들었다.

잘되었어.

차장검사의 욕설이 고마웠다.

이 공소장에는 결재 도장이 찍히지 말아야 한다.

"그것 봐, 안 됐지?"

이동철 부장검사는 의기양양하게 말했다.

윤해성이 다시 가지고 온 공소장에는 결재란이 모두 비어 있었다.

"보시는 대로입니다."

"크하하하핫!"

이동철 부장검사는 통쾌하다는 듯 웃었다. 그러고는 이내 정색을 했다.

"우리 조직은 패기를 무작정 좋게 봐 주지 않아. 어리광 따위도 통하지 않고."

"알겠습니다."

윤해성은 빙긋 웃었다.

응?

풀 죽어 있을 줄 알았던 윤해성의 웃음에 이동철은 어리둥절했다.

게다가 조금 전까지 그렇게 고집을 피우던 인간이 순순히 말을 알아듣고 후퇴하다니.

아무튼.

이걸로 되었어.

이동철은 안도의 한숨을 쉬었다.

윤해성은 이동철의 방을 나왔다.

어차피 결재를 받아 내리라고는 기대하지 않았다.

아니. 부장, 차장이 도장을 쾅쾅 찍어 주면 오히려 곤란하다.

의도했던 효과는 줄어든다.

이동철 부장검사의 말대로다.

법대로.

불만 없겠지.

검사는 수사기관이기 이전에 법률가다. 법에 가장 약할 수밖에 없다. 법대로 하겠다는 데야 적어도 대놓고는 태클을 걸 수 없다.

이동철 부장검사는 김정은에 대한 공소장을 받아 들고는 혼이 나가서 횡설수설했다.

하지만 그의 말 가운데 딱 한 가지만은 옳았다.

윤해성은 뜨려는 것이다.

그건 돈키호테의 객기가 아니라 철저히 계획에 따른 것이었다.

* * *

다음 날 8시 50분.

윤해성이 서울중앙지검 형사4부 507호 검사실로 출근했을 때, 사무실 한가운데 이동철이 서 있었다.

"아니, 부장님이 아침부터 제 방까지 웬일입니까?"

실은 예상했지만, 윤해성은 시치미를 떼고 물었다.

이동철의 얼굴은 붉으락푸르락했다. 수사관들과 여직원은 어쩔 줄 몰라 하며 서 있었다. 검사실 안에 멀쩡한 얼굴은 윤해성밖에 없었다.

이동철이 다짜고짜 소리쳤다.

"너 이 자식!"

이동철은 윤해성에게 달려들어 멱살을 잡았다.

땡큐다. 멱살 정돈 잡아 줘야지.

"왜 그러십니까?"

"몰라서 물어?"

"우선 이거 풀고 앉아서 말씀하시죠."

이동철은 윤해성의 멱살을 잡은 손은 놓았지만 앉지는 않았다.

"지금 자리에 앉게 됐어?"

이동철은 의자에 앉기를 권하는 윤해성의 손을 뿌리쳤다.

"차라도 한 잔."

"지금 장난해? 차가 목구멍으로 넘어가? 양잿물이라면 넘어가겠다!"

"양잿물이라뇨."

"왜?"

"너무 올드하지 않습니까."

"하! 이런."

이동철은 옆 책상에 놓아 둔 신문을 집어 들고는 말했다.

"인간아! 이게 뭐야?"

대문짝만 하게 뽑힌 사회면 헤드라인.

검찰, 김정은 위원장을 아청법으로 기소

"기사 참 빨리도 났네요. 어제저녁 법원에 접수했는데."

윤해성은 아무렇지 않게 말했다.

그 태도가 너무나 일상적이어서 이동철의 말문이 막혔다.

"이거 뭐 하는 짓이야?"

"어제 말씀드린 대롭니다. 김정은의 기쁨조는 아청법 위반."

"너 미쳤어?"

"안 미친 거 알고 계시지 않습니까?"

"알아듣게 얘기했는데 왜!"

"전 납득하지 못했습니다만."

"좋아. 납득하지 못했다고 쳐. 하지만."

"하지만?"

"어제 너 뭐라고 했어? 법대로 한다고 했지?"

"네."

"이게 법대로야? 결재권자인 내가, 그리고 차장님도 거부한 사안이야. 왜 네 멋대로 기소를 해? 이게 뭐 하는 짓이야?"

"법대로 한 겁니다."

"뭐가 법대로야!"

"법으로는 말이죠……."

윤해성은 책상 위 조그만 책꽂이에서 책 두 권을 빼냈다.

"기소하는 데에 부장님과 차장님의 결재가 꼭 있어야 하는 건 아닙니다. 그건 내부 절차일 뿐이죠. 결재 도장을 받지 않아도 수사한 검사인 제가 기소하면 효력이 있습니다. 그게 법입니다."

윤해성은 『검찰실무제요』와 『형사재판실무제요』 책자를 펴 들이밀었다.

돋보기로 찾아야 할 만큼 구석진 곳에 그런 내용이 한 줄 적혀 있었다.

아마 2500명 검사 아무도 신경 쓰지 않고, 있는지도 몰랐을 구절일 것이다.

그들 모두는 수십 년간, 부장검사와 차장검사의 결재 도장을 맡고서야 공소장을 접수해 왔다. 그것은 어쩌면 법보다 더 단단한 관행이었다.

윤해성은 그걸 가볍게 깨 버렸다. 그의 태도는 더 가벼웠다. 걸리적거리는 돌멩이 하나를 툭 걷어찬 정도랄까.

"검찰청법에 관한 한 가장 유권해석에 가까운 지침입니다."

책에 쓰인 문구를 한참 들여다보던 이동철의 눈에 핏발이 섰다.

그는 책을 책상 위에 탕 내려놓고는 윤해성을 마치 잡아먹을 듯 노려보았다.

"너 정말 막갈 거야?"

"법이 어떤지 보여 드렸는데도요?"

"검사동일체 원칙 몰라? 그거 위반은 어떡할 거야?"

"거기에 어긋난 건 인정합니다."

"그러면서 왜?"

"그 점은 제가 책임지려고요."

"뭐?"

"절차에 따라서 말이죠."

윤해성은 양복 안주머니에 손을 넣어 봉투를 꺼냈다.

겉봉에 '사직서'라고 씌어 있다.

"이따가 마지막 점심 먹고 오후에 내려 했는데 부장님이 아침부터 제 방에 오시는 바람에 일찍 드리게 됐네요."

이동철은 멍하니 서 있었다.

검찰수사관도 놀라 "윤 검사님." 하고 불렀지만 너무 갑작스러웠는지 어떤 행동을 취하지는 않았다.

여직원은 놀란 눈을 하고서 손으로 입을 틀어막았다.

"자, 그럼."

윤해성은 이동철의 손에 사직서를 쥐여 주고는 방을 나갔다.

이동철은 그 자리에 얼어붙어 있었다.

서울중앙지방검찰청 중앙계단을 다 걸어 내려간 윤해성은 뒤를 돌아다보았다.

거대한 성곽 같은 중앙지검 건물이 말없이 굽어보고 있다.

매일 출근하던 곳이지만 미련은 없다.

어차피 오래 있을 곳은 아니었다.

계산된 행동, 연출된 사표였다.

아마 '조직'이란 곳에 몸담는 일은 다신 없겠지.

이제 시작이다.

계란으로 바위를 칠 것이다.

그 계란에는 기폭장치가 있다.

그걸로 부순다.

양다곤이라는 거대한 바위를.

* * *

김정은 기소는 수사 검사의 독단적 결정.

대검, 공식적 인지 수사는 아니라며 진땀.

윤해성 검사, 소신인가 돌출인가

기사들이 쏟아졌다. 좋든 나쁘든 언론의 반향은 생각보다 컸다. 북한에서도 격앙된 반응을 보였다.

"남조선의 이번 작태는 최고 존엄에 대한 모욕으로서 절대 좌시하지 않을 것이며……."

조선중앙TV를 통해 이렇게 엄포를 놓았다.

대중의 반응은 상상 이상이었다. 윤해성의 이름은 단숨에 포털 사이트의 실시간 검색 순위 1위에 올랐다. 수만 개의 댓글이 달렸고, 통쾌하다는 쪽과 비난하는 쪽, 두 갈래로 갈렸다. 전자의 비중이 조금 더 높았다. 북한이 윤해성에게 독침을 쏠지 모르니 보호하라는 청원도 일었다.

여기서 윤해성의 이미지를 높인 것은 바로 '사표'였다.

윤해성이 자리를 지키면서 소신이니 상부의 부당한 압력이니 호소했다면 구차해 보였을 수도 있다. 그런데 윤해성은 검사직을 내던졌다.

기개 있는 검사.

힙한 검사.

물론 그럼에도 불구하고 '또라이', '어그로꾼', '관종'이라는 부정적 반응도 상당했다.

그건 무시하면 그만이다. 실질적 해를 가할 순 없으니까.

윤해성이 얻은 것만 기억하면 된다.

자신의 주관에 따라 김정은을 성범죄로 인지해 수사했고, 거기에 반대하는 상부의 압력이 있었지만 기어이 기소했으며, 부장한테 멱살까지 잡혔고, 패기 있게 사표를 던지고 나왔다.

윤해성에게 이런 서사가 만들어졌다. 이 서사는 평생을 따라다닐 것이다. 그리고 그건 그 자신이 의도한 것이었다.

당장 얻은 건 인지도와 이미지.

윤해성은 의식 있고 패기 있는 젊은 법률가라는 이미지를 얻었다.

나쁜 쪽이라고 해도 '꼴통' 정도의 이미지다. 반대자들에게조차 윤해성은 '제 꼴리는 대로 하는, 건드리면 곤란한 인간'이라는 이미지 정도는 준 것이다.

그것조차 그의 계획 아래에서 손해는 아니었다.

* * *

"검사 중에도 재미있는 사람이 있네."

은은한 광택의 슬립 드레스를 걸친 장유나가 TV 뉴스 화면을 보며 웃음을 흘렸다.

침대만 한 가죽 소파에 반쯤 누운 흐트러진 모습.

탁자 위에는 매끈한 곡선의 리델 잔을 붉은 와인이 반쯤 채웠고, 와인 병에는 '리쉬부르' 라벨이 붙어 있다.

장유나는 100만 원짜리 술로 손을 다시 뻗었다.

가슴골에는 고대 이집트 여왕이 했을 법한 부첼라티 목걸이가 은은한 빛을 발하고 있다. 하지만 더 돋보이는 건 장유나의 미모였다.

다이아몬드를 무색케 하는 눈부신 피부.

비현실적으로 큰 눈과 도발적인 입술.

새틴 드레스는 터질 듯한 몸매의 곡선을 따라 흘러내렸다.

그녀는 단역 배우였다가 그 특출한 외모 덕분에 한때 유명세를 얻었다. 하지만 연기력이 약했다. 대중은 금방 등을 돌렸다. 게다가 소위 '싸가지' 없다는 소문이 나면서 불과 20대 중반에 영화계에서 퇴출되었다. 화장품 CF를 찍은 게 연예계 활동의 마지막이었다.

"무슨 뉴스야?"

양다곤이 장유나 옆에 와 앉으며 머리칼을 쓰다듬었다.

그는 장유나와 서른 살이 넘는 나이 차를 떠나서 외모로도 너무나 어울리지 않았다. 60대면 요즘 기준으로 노인 축에 들지는 않겠지만 허옇고 뻣뻣한 머리카락이 더 나이 들어 보이게 했다.

기름기로 번들거리는 피부. 치켜 올라간 눈. 두꺼비처럼 심술궂은 인상. 부어오른 배.

그가 한국 굴지의 자동차그룹 한울 모터스의 회장이 아니라면 어떤 이도 거들떠보지 않을 것이다.

장유나는 머리를 쓰다듬는 양다곤의 손을 덮듯이 쓰다듬으며 말했다.

"젊은 검산데, 북한 김정은을 기소했대? 재미있지 않아? 요즘도 저런 검사가 있어?"

양다곤은 시선을 TV 화면으로 주었다.

"김정은을 기소? 뭔 말이야?"

"아청법으로 기소한 거래. 기쁨조 운영한 것 땜에."

앵커가 열띤 어조로 보도하고 있었다.

"괜히 시끄럽게……."

양다곤은 그저 한마디 던졌을 뿐이었다.

회사의 영업과 관계없는 일이라면 신경 쓸 이유가 없다. 만약 이 사건이 회사의 실적에 영향이 있다면 밑에서 보고서가 올라올 것이다. 그때 가서 생각해 보면 그만이다.

양다곤은 요즘 들어 세상의 평범한 모든 것이 시시해 보였다. 서민의 고민들, 돈 걱정, 방송, 책, 문화생활 같은 것들은 꿈속의 꿈 같은 이야기였다. 돈의 산 위에서 내려다보는 아랫동네는 그저 갖지 못한 자들이 아귀다툼하는 곳으로밖에 보이지 않았다. 양다곤에게 있어 마음의 평화는 해탈이 아니라 돈이 가져다주었다. 그가 요즘 관심 있는 건, 권력층의 동향, 인사문제, 월 스트리트 유대계 자금의 움직임이나 테슬라의 신제품 같은 것들뿐이었다. 그게 아니면 오히려 아주 작은 것, 이를테면 장유나가 지금 짓고 있는 표정 같은 것이었다.

마침 윤해성의 자신감 충만한 얼굴이 화면을 가득 채우고 있었다. 앵커는 열띤 어조로 말했고, 그것이 윤해성을 더 빛나 보이게 했다.

양다곤이 물끄러미 보다가 불쑥 말했다.

"잘생겼네."

"어머? 자기, 질투하는 거야?"

장유나가 깔깔깔 웃었다.

"질투는 무슨."

장유나는 귀엽다는 듯 양다곤의 턱을 만졌다. 양다곤을 이렇게 대할 수 있는 유일한 인물이다.

연예계에서 은퇴하고 집에서 놀고 있던 장유나를 누군가가 은밀히 불렀다.

장유나를 부른 이는 최광자.

그녀는 연예계 여성을 재력가와 연결해 주는 걸로 유명했다.

일이 없어 빈둥거리던 장유나는 곧바로 응했다.

은근한 기대가 있었다. 저 언니 그쪽으로 유명하던데, 웬만큼 부자를 소개해 주겠지.

그런 정도의 생각으로 나간 자리에서 장유나는 까무러치게 놀랐다.

그녀를 기다리고 있는 남자는 바로 한울 모터스의 양다곤이었다.

그 정도의 재벌이 나올 줄은 몰랐다.

현대차와 어깨를 겨루는 한국 최고의 자동차 회사 중 하나인 한울 모터스.

테슬라의 유일한 라이벌로 불리는 하이테크 회사.

그 회사의 정점에 있으면서 한국의 정재계를 주무르는 최고 실력자.

그가 양다곤이었다.

만난 지 얼마 되지 않아 양다곤은 장유나에게 120평짜리 한강뷰 아파트를 구해 주었다. 그러고는 그곳에 수시로 들락거렸다.

갈수록 자신의 집에 있는 날보다 장유나의 아파트에서 보내는 시간이 많아졌다.

양다곤은 사람을 시켜 장유나의 편의를 봐주도록 했다.

만남의 초기에는 이런 일들을 한울 모터스 직원들이 공식적으로 해 줄 수 없었다. '김 실장'이라고 불리는 중년의 남자와 수하로 보이는 몇 명의 젊은 남자들이 장유나와 관계된 일을 다 처리했다.

나중에 알게 된 거지만, 최광자를 불러 장유나와 연결하라고 지시한 사람도 김 실장이었다. 그는 지나가는 말로 "회사 밖에선 내가 비서실장이죠." 했다.

　장유나와 양다곤이 관계를 맺은 지 벌써 2년째.

　거의 무한대의 재력을 바탕으로 양다곤은 장유나가 원하는 것이라면 무엇이든 제공했다.

　자동차, 명품 옷과 가방, 보석들…….

　하지만 장유나는 큰 불만이 있었다.

　그녀에게는 야심이 있었다.

　이런 물건들은 작다. 더 큰 것.

　바로 양다곤의 아내 자리.

　그것을 원했다.

　양다곤을 사랑해서? 그럴 리는 없다.

　장유나가 원하는 건, 다름 아닌 양다곤의 막대한 재산이었다.

　양다곤은 몇 년 전이던가 이혼했다. 법적으로는 아무런 장애가 없다.

　하지만 양다곤은 어떤 물건이든 안겨 주면서도 그것만은 거절했다.

　"결혼식도 필요 없어. 혼인신고만 해."

　"그건 안 돼."

　"날 사랑하지 않는 거야?"

　"사랑하지."

　"근데 왜? 아내로는 싫어?"

　"지금도 사실상 아내잖아. 필요한 거 있으며 말만 해."

　장유나가 짐짓 화를 내 봐도 이것만은 양보하지 않았다.

　아무리 꾀어도 선을 긋는 양다곤이었다.

　지독한 영감쟁이.

　장유나는 속으로 욕했지만 도리가 없었다.

억지로 혼인신고서에 도장을 찍게 할 수는 없었다.

그렇다고 양다곤에게 화를 내며 박차고 집을 나갈 수도 없었다.

그것은 지금의 화려한 생활을 포기하는 것이기에.

장유나로서는 택할 수 없는 옵션이었다.

양다곤이 결혼을 거부하는 이유는 알고 있다. 그의 유일한 아들 양건일 때문이다.

그 점은 양다곤 본인의 입으로 말했다.

"건일이가 그룹을 물려받아야 해. 상속 문제를 만들 순 없어."

그는 핏줄에 대한 집착이 강했다. 장유나와 정식 결혼을 하게 되면 아내로서 양다곤의 재산 5분의 3을 가져가게 된다. 회사 지분만 해도 아들인 양건일보다 더 커진다. 그렇게 되면 양건일의 경영권조차 흔들린다.

그렇게는 할 수 없다는 거였다.

'그 망할 놈이 무슨 회사 경영을 한다고!'

양건일은 재벌가 망나니로 소문나 있었다. 일단은 한울 모터스의 상무로 되어 있지만 그가 성실하게 출근하는 걸 본 사람은 거의 없다. 낮에는 골프장, 밤에는 룸살롱이 그의 직장이다시피 했다. 그런데도 양다곤은 양건일을 끔찍하게 아꼈다. 양건일의 행태를 아는 사람은 다 아는데, 양다곤은 과연 모르는 걸까, 모르는 척하는 걸까. 알 수 없는 일이었다.

장유나는 양건일을 우습게 보고 거의 경멸했다. 하지만 양다곤 앞에서 절대 내색할 수는 없었다. 양다곤은 비위에 거슬리면 한없이 냉정하단 걸 잘 알기 때문이었다. 장유나는 양다곤을 수중에 넣었다고 자신했지만, 아들인 양건일과 무게를 비교한다면 어떨까. 과연 양건일보다 자신을 더 중요하게 여길까. 알 수 없다. 지금 양건일과 적대시하는 건 모험이다.

　장유나는 언젠가 친구에게 이렇게 말했다.

　"그 영감은 방해되면 살인도 할 인간이라니까."

　그러고는 피식 웃었다.

　친구도 따라 웃었다.

　당연히 농담이라고 생각했으니까.

　아무렴 살인이라니.

　역시 양다곤에게는 내색할 수 없다.

＊　＊　＊

　서울대학교 전기공학과 교수 김민호가 자살한 건 김한울이 초등학교 4학년, 만 아홉 살 때였다. 김한울은 윤해성의 어릴 적 이름이었다. 김한울은 훗날 모친의 성을 따르고 이름을 완전히 바꾸었다.

　김민호 교수는 가족들에게 미안하다는 유서 한 장을 남기고 야산에서 목을 매었다.

　영원히 잊지 못할 그날.

　20년 전, 김한울의 운명을 결정지은 그날.

　2000년 7월 31일 저녁.

　방학이라 집에 있던 김민호 교수는 느지막이 점심을 먹고 서재에 들어간 뒤 세 시간째 나오지 않았다.

　그런 일은 흔했지만, 마침 한울이 동화책을 읽다가 뭔가 아버지한테 물어보고 싶은 게 있었다. 『푸른 수염』 동화책을 들고 들어간 한울은 덩그러니 빈 책상만을 보게 된다.

　아빠는 집 안 어디에도 없었다.

엄마인 윤서경에게 얘기했다. 서경은 별일 아니라며 김한울을 다독였다. 남편이 혼자 잠시 바람 쐬러 나갔다 보다라고만 생각했던 것이다.

하지만 한울은 왠지 모르게 그 상황이 낯설었고, 그건 불안감으로 변해 갔다.

김민호 교수는 이틀이 넘도록 돌아오지 않았다. 전화도 연결되지 않았다. 결국 서경은 경찰에 신고했다.

이름 있는 교수가 사라졌으니 경찰도 곧장 수색에 돌입했다.

김민호 교수의 집은 관악산 기슭의 단독주택이었다.

김 교수로 보이는 사람이 산으로 올라가는 걸 보았다는 목격자가 나왔다.

경찰은 관악산 일대를 뒤졌다. 결국 8월 3일 새벽 5시 40분경 관악산 등산로에서 한참 들어간 숲에서 김민호의 시신을 발견했다.

나무에 끈을 걸고 목을 매단 상태였다. 그 옆 나뭇등걸 위에는 김민호 교수의 자필로 쓴, 피 묻은 유언장이 놓여 있었다. 김민호 교수의 얼굴에 코피를 흘린 흔적이 있었다. 그 코피가 유서에 묻은 것이었다. 유서의 내용은 간단했다.

먼저 갑니다. 무엇보다 가족한테 미안합니다. 사랑합니다.

김한울 일가가 몰락의 길로 접어든 것이 그날 이후였다.

* * *

병원에서 아빠의 시신을 확인하고 돌아온 엄마는 내내 울고만 있었다.

김한울은 아빠의 마지막 모습이나마 보고 싶었지만 경찰이 영안실에 못 들어가게 했고, 엄마도 말렸다.

　결국 한울이 기억하는 아버지 김민호의 마지막은 집을 나간 날 점심 식사 후 서재에 들어가는 모습이 되었다.

　엄마는 죽을 듯이 울었지만 한울은 실감이 나지 않았다.

　주변의 사람이 실제로 죽은 게 처음이었다. 그런데, 그게 가장 가까웠던 아버지였다. 어린 한울이 받아들일 수 있는 영역을 넘어서 있었다.

　한울은 무언가에 홀린 듯이 아버지의 서재로 갔다.

　죽는다는 게 뭐야.

　늘 곁에 있던 아빠였어.

　아빠가 사라졌을 리 없어. 죽었을 리가 없다구.

　왠지 서재로 가면 늘 그렇듯 아버지가 있을 것 같았다.

　하지만.

　아버지는 없었다.

　주인 없는 방.

　그곳에서 늘 인자하게 웃던, 때로는 친구처럼 같이 장난치던 아버지는 이제 없다.

　아빠가 없는 빈방을 보며 한울은 그제야 서서히 현실을 깨달았다.

　아빠는 이제 세상에 없어…… 돌아오지 않아…… 죽었다는 게 이런 거구나…….

　슬픔은 뒤늦게, 밀물처럼 도도히 밀려왔다.

　주워 온 풍뎅이가 죽었을 때 슬픔이란 걸 처음으로 느꼈었다. 그때 하고는 비슷하면서도 많이 달랐다.

　어두운 느낌이 밀물처럼 도도하게 밀려왔다. 그러다가는 돌연 뼈가 저리다 못해 가슴 뚜껑이 뜯어져 나가는 것 같았다. 다른 차원으로 몸이 떨어져 내리는 것 같기도 했다. 대단히 불쾌하고 싫은 느낌인데 그게 무엇인지 정확히 알 수 없었고, 설명할 수는 더더욱 없었다.

한울은 가슴을 부여잡고 아버지의 책상으로 갔다.

컴퓨터, 책 몇 권, 필기도구…… 익숙한 물건이 놓여 있다.

새삼스레 훑어보았다.

병이 하나 눈에 띄었다. 익숙한 병이다.

생각 없이 뚜껑을 따 보았다.

어.

입구를 막은 종이가 뚫려 있다.

이건 분명히 그건데.

왜.

김한울의 고개가 기울어졌다.

* * *

유족은 아내인 윤서경과 아들 김한울이 전부였다.

서울대학교 병원 장례식장에는 아버지의 절친한 친구가 가장 먼저 달려왔다.

지금은 한울 그룹의 회장이 된 양다곤.

그는 김민호와 같이 한울 모터스를 창업한 동업자이기도 했다.

양다곤은 분향을 하고서 감정에 북받치는 듯 한동안 영정 앞에서 고개를 숙였다. 어깨가 크게 들썩이고 있었다. 사람들은 양다곤이 친구의 돌연한 죽음에 슬픔을 가누지 못하고서 울고 있다고 생각했다. 역시 정 많은 사람이야…….

이윽고 양다곤은 손으로 눈언저리를 만지며 고개를 들었다. 사람들은 그가 눈물을 닦아 냈다고 생각했다. 그렇게 보기에는 그의 눈이 너무 메말라 있었지만 그걸 눈치챈 사람은 아무도 없었다.

양다곤은 서경과 맞절을 하고 위로를 건넸다.

"황망한 소식에 몸 둘 바를 모르겠습니다. 김 교수가 평소에 고민이 많더니 이런 선택을 하고 말았네요."

서경은 우느라 제대로 대답도 하지 못했다. 그저 "와 주셔서 감사해요……."라고 할 뿐이었다.

"급히 달려오느라 저 혼자 왔습니다. 이따가 제 처가 올 겁니다."

"별말씀을…… 감사합니다."

서경은 고개를 숙였다.

양다곤은 오른손으로 김한울의 머리를 툭툭 던지듯 쓰다듬었다.

"얼마나 놀랐니. 아빠가 원망도 되겠구나. 네 아빠는 고민이 많으셨단다. 너도 나중에 크면 자살한 아빠를 이해할 날이 있을 거야."

어린 김한울에게 하기에는 좀 과한 말들이었다. 마치 윤서경이 들으라는 듯한 투였다.

"아저씬 왜 자꾸 우리 아빠가 자살이라고 하세요?"

김한울이 눈을 동그랗게 뜨고서 또렷한 음성으로 말했다.

"뭐?"

김한울의 머리를 쓰다듬던 양다곤의 손길이 멈추었다.

장례식장에 온 사람들의 눈길이 일제히 그들에게 쏠렸다.

"자살이 아니에요."

"얘가……."

"아빠는 자살하지 않았어요."

김한울의 돌발 발언.

주변에서 쏟아지는 시선.

양다곤은 순간 당황했다. 하지만 그는 역시 산전수전을 겪은 인물이었다. 순식간에 수심 가득한 표정을 짓고서 말했다.

"그래…… 아직은 아빠의 죽음을 받아들이기 힘들겠지. 슬프겠지만 마음을 굳게 가지거라."

양다곤은 다시금 김한울의 머리를 쓰다듬었다.

김한울은 머리를 꼿꼿이 들고 말했다.

"아빠가 늘 먹는 비타민이 있어요."

"그게 무슨 소리냐."

"집 나가기 전날에 다 먹어서 빈 병을 버렸어요. 분명히 기억해요."

"그래서?"

"아빠가 집을 나간 날에 새 병의 뚜껑이 따져 있었어요. 아빠는 집을 나간 날, 그러니까 자살했다고 하는 날에 비타민제를 드신 거예요. 곧 자살할 사람이 비타민제를 먹나요?"

주변이 조용해졌다.

눈물을 닦던 서경조차 놀라서 고개를 들고 자신의 아들, 김한울을 쳐다보았다.

양다곤이 당황한 어조로 말했다.

"네, 네가 착각한 거겠지. 아무래도 아직 초등학생이니까…… 아빠의 죽음을 자살로 인정하고 싶지 않은 마음은 이해한단다. 하지만 이젠 마음을 굳게 먹어야 해. 엄마도 있으시잖니."

양다곤은 '초등학생'을 굳이 강조했다.

그들에게 집중되었던 사람들의 시선이 흩어졌다.

윤서경조차 다시 고개를 숙이고 눈물을 훔쳤다.

경찰이 결론 내린 '자살'에 의문을 가질 만한 이유는 없었다.

유일하게 이의를 가진 이는 겨우 아홉 살인 어린 아들이다.

착각했겠지.

양다곤 씨 말대로 아빠의 죽음을 받아들이기 힘들겠지.

사람들의 관심은 이내 연기처럼 흩어졌지만 김한울은 양다곤을 빤히 올려다보고 있었다.

머쓱해진 양다곤은 손을 거두고 자리를 떴다.

* * *

검찰의 김정은 기소 소식이 포털 뉴스와 신문 지면을 도배한 다음 날.

양다곤이 출근했을 때, 비서실의 한이수는 따끈한 보이차와 함께 뉴스 자료를 가지고 들어왔다.

한울 모터스의 비서실에서는 주요 뉴스와 현안을 정리한 따끈따끈한 자료를 매일 아침 양다곤에게 가져다준다.

회사의 CEO로서 꼭 알 필요가 있는 중요 뉴스만을 비서실에서 선별한다.

회장이 신문이나 인터넷 서핑을 하며 의미 없는 기사를 읽는 시간을 줄이는 것이다. 어느 모임에 가더라도 화제에서 소외되지 않도록 하기 위해서이기도 하다.

한이수가 책상 앞으로 다가와 말했다.

"오늘 뉴스입니다."

"응, 거기 놔."

양다곤은 회장 의자에 앉으며 자료를 힐긋 보았다.

자료 1면에는 '김정은 아청법 기소' 소식이 있었다. 윤해성의 얼굴이 커다랗게 실린 기사였다. 간밤에 장유나와 같이 TV로 본 뉴스다.

한이수가 싹싹하게 말했다.

"오늘 최고의 화제는 아마 이걸 겁니다. 김정은을 기소한 윤해성 검사 이야기."

"이 친구 어때?"

"네?"

양다곤의 갑작스러운 질문에 한이수가 되물었다.

"잘생긴 건가?"

"……전 모르겠습니다."

"하하. 역시 한 비서답군."

양다곤의 시답잖은 말이 끝난 뒤, 한이수가 말했다.

"회장님."

"응. 뭐 더 할 말 있어?"

"지난번에도 말씀드렸지만, 아무래도 회장실의 보안이 걱정됩니다. 돌발 사태가 일어날 수도 있으니, 적어도 이 회장실에라도 CCTV를 설치하심이 어떨까요?"

"그건 비서실의 견해인가?"

"네. 신동우 비서실장의 의견이기도 합니다."

"왜 새삼스레 CCTV야?"

"비서실에는 아무래도 보안상 필요가 있다는 판단입니다. 그럴 일이야 없겠지만 만에 하나 회장실에 침입하는 사람이 있을 수도……."

"한 비서."

"네. 회장님."

"그런 일이 처음부터 없도록 하는 게 비서실 일 아닌가."

"네. 맞습니다."

"CCTV란 건 사후 약방문에 불과해. 일이 터지고 나서 도둑을 잡아 봐야 늦는다구."

"맞는 말씀입니다."

"무엇보다, 이 방에 도청장치 감지기를 설치한 거 알지?"

"네."

"방 안의 대화가 혹시나 누설될까 싶어 도청방지 장치를 해 놓은 거야. 근데 CCTV를 설치했다가 만에 하나라도 누출되면 뭐가 되겠나? 그거야말로 스스로 비밀을 넘겨준 셈이나 다름없어. 일 터지고 수습하기보다는 사전에 보안을 신경 써야지. 이 방이 완전히 안전지대가 되도록 말이야."

한이수는 "알겠습니다." 하고는 방에서 물러났다.

하지만 왜일까, 뒤돌아선 그녀는 입술을 꽉 깨물고 있었다.

한이수는 자리에 앉은 후 휴대전화를 꺼냈다.

비서실의 다른 직원들에게는 보이지 않게 화면을 가리고 카카오톡을 보냈다.

'거부했어.'

답장은 금방 왔다.

'CCTV 설치 안 한대?'

'응.'

'왜??'

'그냥. 기껏 비서실장도 설득해서 건의했는데, 싫대.'

'조심하는 거 아닐까.'

'그렇지. 워낙 용의주도한 인간이니까.'

'CCTV에 흔적이 남을까 봐서겠지. 누굴 만났는지, 같은 거.'

'그런 것 같아. 방 안에는 도청방지 장치도 되어 있는걸.'

'얼마나 뒤가 구리면.'

'기회는 또 있을 거야.'

문자 너머로도 상대방의 안달이 느껴졌다.

한이수는 카카오톡 앱을 닫고 오른손으로 이마를 짚었다.

두통이 오는 듯하다.

* * *

"결과가 어때?"

"음……."

김민호는 뜸을 들이는 친구 이창섭을 응시했다.

서울대학교 심리학과 이창섭 교수는 얼마 전 같은 학교 전기공학과 교수인 김민호의 아홉 살 난 아들인 김한울의 지능과 적성 검사를 수행했다.

김한울만을 대상으로 한 건 아니었고, 그가 속한 초등학교 학급 아이들 전원을 대상으로 한 검사였다.

검사 후 이창섭이 김민호에게 잠깐 보자는 전갈을 보냈던 것이다.

"역시 김 교수 아들이야. 아이큐만 보면 특출해."

"그거야 나쁜 일은 아니지만, 뭐 특이한 게 있는 거야?"

"이거 봐."

이창섭은 검사지를 펼쳐 놓았다. 문제 대부분에는 동그라미표가 쳐져 있지만 가끔 엑스표도 있었다.

"내가 본다고 알겠어? 뭔지 설명해 줘."

"보시다시피 동그라미는 맞힌 문제고, 엑스표는 틀린 문제야."

"동그라미가 더 많아서 다행이군."

"엑스표도 있어."

"그야 당연한 거지. 한울이가 기계 인간이 아니란 증거 아냐?"

"그렇긴 한데, 맞힌 문제, 틀린 문제가 좀 성격이 특이해."

"어떻게?"

"우뇌 쪽 문제는 전부 맞았어. 틀린 문제는 모두 좌뇌 쪽 문제야. 뭐 틀렸다고는 해도 다른 경우보단 월등하지만."

"흠."

"이런 경우는 희귀해. 아니, 난 지금껏 수십 년간 지능 검사와 연구를 해 왔지만 본 적조차 없어."

"그렇게 드물어?"

"사람의 뇌란 건 좋든 나쁘든 대개 균질한 거야. 우뇌가 좋으면 대체로 비슷하게 좌뇌도 좋고, 그런 셈이지. 그런데 한울이는 우뇌가 좌뇌에 비해 유별나게 발달해 있어. 거의 기형이야. 이런 케이스는 본 적이 없어."

"문제 있는 걸까?"

"아니, 꼭 그런 건 아니지만……."

이창섭은 말끝을 흐리다가 이어 말했다.

"그래도 혹시 한울이의 뇌 구조가 특이한 게 아닐까, 싶어서."

이창섭은 또 다른 검사지를 앞에 펼쳐 놓았다. 조금 전의 것보다 훨씬 두툼했다.

"그래서 정밀 검사를 해 봤어. 이건 내가 특별히 개발한 심층 검사지야. 아이큐뿐만 아니라 뇌의 사고구조를 스캔하듯이 파악할 수 있는 특수 검사야."

"뭐야, MRI 같은 건가?"

"시험지로 보는 MRI라고 이해해도 무방해."

"그래서 그 결과는?"

"음……."

이창섭은 팔짱을 끼고는 천천히 말을 이었다.

"이제 겨우 아홉 살 아이니까 앞으로 정상으로 돌아올지 알 수 없는 일이겠지."

"정상으로 돌아온다? 그럼 지금 비정상이란 건가?"

"이런, 실언을 했군. 정상으로 돌아온다기보다, 앞으로 어떻게 발전 해 나갈지 모른다고 해야겠어."

"그렇게 안 좋아?"

"좋다 나쁘다의 문제가 아니라니까."

"결국 좌우뇌 기형이란 말인 거잖아."

"뭐 꼭 그렇게까지야……."

"애매한데. 남들하고 달리 삐딱하게 살 거라는 말처럼 들리는군."

"아냐. 좌뇌 기능은 컴퓨터나 인공지능을 당할 수 없지만, 아무리 뛰 어난 인공지능도 인간 우뇌의 기능은 결코 따라오지 못해. 좋게 풀린 다면 종류가 다른 천재가 될 수도 있어."

"아무튼 다행이야. 그런 정보를 알게 돼서."

"그렇지. 뭐든지 자신을 일찍 아는 게 중요하지."

"그럼 장래 어떤 일을 하든, 그런 재능이나 적성에 맞는 걸 택해야 겠군."

"바로 그거야. 그래서 이런 검사가 필요한 걸세."

김민호는 빙긋 웃었다.

"이론 물리학 같은 걸 하면 딱이겠는데. 상대성이론이나 양자역학 같은 거. 상상력이나 직관이 필요한 학문이잖아."

"응. 괜찮을 거야. 그리고 아마 운동선수로도 대성할지 몰라. 우뇌는 운동신경도 담당하니까."

이창섭이 따로 만나자고 해서 걱정했지만, 생각하기에 따라서는 나쁜 말이 아니었다. 아들에게 남다른 재능이 있다는 말 아닌가.

김민호는 농담 삼아 말을 덧붙였다.

"어제 변호사를 만났는데, 벤츠를 끌고 왔더군. 법조인을 시키면 어떨까? 아무래도 먹고살기엔 그쪽이……."

"법률?"

이창섭은 갑자기 심각해졌다.

"뭘 그래? 그냥 해 본 말 같고."

"글쎄……."

"왜 글쎄야. 우리 아들이 잘 먹고 잘사는 게 설마 배 아픈 거야?"

김민호가 농담조로 말했지만 이창섭은 진지했다.

"한울이는, 아니 이런 좌우뇌 불균형의 극단까지 간 사람은 도덕과도 그만큼 멀어지게 돼."

"도덕과 멀어진다?"

"인간은 종교가 없는 한, 도덕적이어야 할 필연적 이유가 없어. 병렬적 사고의 끝에 선 사람은 그걸 깨닫는 거지. 사고의 네트워크를 한없이 연결해 봐도 결코 도덕에는 도달하지 않아."

"뭐 논쟁의 여지가 있네만, 그렇다 치고. 그래서 어떻단 얘기야?"

"선악과 무관한 자연과학을 전공한다면 아무 문제 없겠지만, 이런 극단의 뇌 구조를 가진 한울이가 법률을 전공한다면……."

"한다면?"

"천재가 아니라 괴물이 될 걸세."

"하하하, 무슨……."

김민호 교수는 얼버무렸다.

"뭐, 말이 그렇단 거지."

이창섭도 머쓱하게 웃었다.

"어차피 다행이야. 슬쩍 물어봤는데, 한울이는 과학자가 되고 싶다더군. 판검사 같은 건 생각도 해보지 않았을걸. 그딴 건 절대 안 할 거야."

하지만 김민호의 내면에는 조그만 소용돌이가 몰래 일고 있었다.

그 정체는 불안이었다.

그는 누구보다도 김한울을 잘 아는 그의 아버지였으니까.

김민호 교수가 자살한 변사체로 발견되기 불과 몇 개월 전에 나눈 대화였다.

* * *

양다곤이 저녁에 아파트에 들렀더니 장유나가 눈물범벅이 되어 있었다.

"왜 그래? 무슨 일이야?"

장유나는 울먹이며 휴대전화를 내밀었다.

"언니, 명애 언니가……."

화면에는 기사가 떠 있었다.

웨딩업체 대표 변사체로 발견, 용의자는 남편

변사체로 발견된 웨딩업체 대표는 장유나와 절친인 유명애였다.

"유명애? 이 여자는 지난번에 나도 같이 한 번 봤었잖아. 근데 죽었다고?"

장유나는 고개를 끄덕끄덕했다.

"……살해당한 거야."

"어허, 이게 무슨 일이야?"

"……내가 영화계에서 잘리고 힘들 때 이 언니만 옆에 있어 줬어. 누구보다 의리 있고, 내겐 가족보다 더 가까운 언닌데."

"남편이 범인이라고?"

"응, 그 개새끼."

장유나는 입술을 지그시 깨물었다.

유명애는 성공한 사업가였다. 서른 중반에 '르씨엘'이라는 웨딩홀을 운영하는 법인의 대표가 되었다. 유명애는 그 몇 년 후 경찰 출신의 백수 김상훈과 결혼했다. 김상훈의 남자다움에 반했다고 한다.

사건은 결혼 6년째 접어들던 해에 벌어졌다.

여름 휴가철 혼자 여행을 다녀오겠다며 떠난 유명애의 소식이 두절됐다. 보름이 지났을 무렵 남편 김상훈은 경찰에 가출 신고를 했다. 5개월 후, 노고산을 오르던 등산객이 풀숲에서 유명애의 시신을 발견했다. 범인은 바로 체포됐다. 유명애의 운전기사 이왕래였다.

그는 범행을 자백했다. 동시에 충격적인 사실을 털어놓았다. 유명애의 남편 김상훈이 죽이라고 시켰다는 거였다. 이왕래가 김상훈으로부터 상당한 액수의 돈을 받은 사실도 확인됐다.

경찰은 곧바로 김상훈을 살인교사 혐의로 체포했다.

장유나는 양다곤을 붙들고 울먹였다.

"그동안 언니하고 몇 달이나 연락이 안 됐어. 이상하다고만 생각했지. 설마 살해당했으리라곤…… 내가 이 김상훈이란 자식한테 전화도 했거든. 언니가 연락 안 되는데, 혹시 무슨 일 있냐고. 그랬더니 그냥 혼자 머리 식히러 떠났다고 했어. 그런데 그놈이 언니를 죽였던 거야. 세상에 어떻게 인간이 그렇게 뻔뻔할 수가…….”

“허어…….”

양다곤은 겉으로 맞장구를 쳤다. 하지만 실은 귀찮았다. 유명애인지 뭔지, 장유나 때문에 한 번 만나기는 했지만 어떤 인연도 없다. 우리나라에서 살인사건은 하루에 한 건꼴로 일어난다지. 그 여자는 거기에 재수 없게 얽어걸린 것뿐이다. 나하고 무관한 일에 일일이 신경 쓸 여유가 없다.

“이제 체포됐으니까 법대로 처벌받겠지.”

“그렇겠지?”

장유나가 눈물로 얼룩진 얼굴을 들고 말했다. 뻔한 말이라도 확인받고 싶은 것이다.

“당연하지. 운전기사한테 죽이라고 돈 준 증거도 나왔다며? 그럼 된 거야.”

“그래도 왠지 걱정돼.”

“왜?”

“요새 우리나라 판결 보면 하도 이상해서.”

“뭐가?”

“범인이 뻔한데도 무죄라며 풀어 주는 판결 많이 나오잖아.”

“뭘, 그런 걱정을 해.”

“남편 놈이 비싼 변호사 사서 풀려나면?”

“아무리 그래도 이 사건은 너무 뻔해.”

“정말 괜찮을까…….”

“우리나라 검찰이 바보냐? 무죄 나오게 그냥 두고 보겠어?”

"만약 풀려나거나 하면 우리 언니 억울해서 어떡해?"

"걱정하지 마. 만에 하나, 그런 일 있으면 내가 우리나라 최고 로펌을 붙여서라도 꼭 유죄 만들어 줄게!"

"정말이지?"

"걱정 말라니깐!"

그제야 장유나는 안심한 듯 고개를 끄덕끄덕했다. 그러고는 양다곤의 품에 얼굴을 묻었다.

귀찮군.

장유나의 어깨를 당기는 양다곤의 얼굴에는 그런 표정이 떠 있었다.

더 번거로운 일은 생기지 않겠지.

이런 사건에서 어떻게 무죄를 받겠어.

양다곤의 머릿속에서 이 사건은 이 정도의 기억을 남기고 사라졌다.

* * *

"여기야!"

박시영은 바 카운터에 앉아 활짝 웃으며 손을 마구 흔들었다. 몸집은 자그마해서 카운터 의자에 다리가 대롱대롱하지만, 목소리는 소음을 뚫고 정확하게 윤해성의 귀에 꽂힐 만큼 또렷하다.

윤해성은 손을 마주 흔들며 다가가 옆에 앉았다.

"여전하네. 다른 손님들 놀랐잖아. 입영열차 배웅하냐?"

"입영열차라니, 으이그. 없어진 지가 언젠데. 이 옛날 사람."

"같이 늙어 가면서 이럴 거야?"

두 사람은 무척 오랜만이면서도 스스럼없이 인사를 나누었다.

그들은 대학 시절부터 친한 사이였다.

서로 '남사친', '여사친'이라고 했지만, '썸 관계'라고 하는 주변 친구들도 있었다.

어느 말이 맞든 표면적으로 그 이상으로 발전되지 않은 건 분명했다.

법대를 나온 윤해성은 법조인의 길을 걸었고, 사회학과를 나온 박시영은 신문기자가 되었다. 그 무렵 윤해성이 전화번호를 바꾼 것을 계기로 그때부터 두 사람의 연락은 자연스럽게 끊겼다.

그랬다가 3년 만에 박시영이 연락했다. 윤해성의 변호사 사무실로 전화를 걸어온 것이다.

"야, 넌 구석기시대 인간이냐? 어떻게 SNS도 안 해?"

전화를 건 박시영이 대뜸 한 말이었다.

푸하하, 윤해성은 크게 웃었고, 바로 만날 약속을 잡았다.

사회인이 됐고, 3년이나 흘렀는데, 많이 변했을까.

그런 궁금증을 안고 이 바에 왔다.

박시영을 본 윤해성은 빙그레 웃었다.

조금도 달라지지 않았어.

대학 때 늘 들던 소주잔 대신 위스키 잔을 들고 있다는 사실 빼고는.

윤해성은 위스키 온더락을 들이켜며 말했다.

"대(大)《정안일보》의 박시영 기자가 웬일이야."

"두 달 전 뉴스에서 봤어. 김정은 기소한 거."

"그때 연락하지 그랬냐."

"너무 속 보이잖아. 3년간 연락 없다가 뉴스거리 생기니까 전화하는 거."

"속세 물이 덜 들었네. 아직 매력이 좀 남아 있는데?"

그 말에 박시영은 윤해성의 옆구리를 퍽 쳤다.

윤해성은 과장스럽게 옆구리를 부여잡았다.

"헉. 걸걸한 건 여전하네. 네 그 귀여운 얼굴 보고 대시했다가 얻어맞고 도망친 남자가 몇 명이더라."

"헛소린 됐구."

"아냐. 내 주위에 사진만 보고서 너 팬 된 친구들 되게 많아."

"놀랍진 않아. 내겐 일상이니까."

"실은 나도 자제하느라 힘들었어."

"쳇. 말만 앞서는 너구리."

박시영은 손가락으로 윤해성의 얼굴을 정면으로 가리켰다. 이어 위스키를 한 모금 들이켜고는 조금 정색을 하고 말했다.

"네 이야기 좀 해 봐. 검찰에서 패기 있게 사표 낸 것까진 좋아. 근데 왜 로펌 안 들어가고 쪼그만 사무실을 열었냐."

"로펌 가 봤자 또다시 조직 생활이잖아."

"요즘 같은 변호사 불황 시대에 혼자 사무실을 내서 운영할 자신 있어?"

"그게 어렵나?"

"오호, 스타 변호사라 이거지?"

"스타 변호사라고? 아무도 못 알아보던데? 실감을 못 해서 말이지."

"뭐야, 이거. 병 걸린 거 아냐? 연예인병?"

두 달 전 검사를 그만둔 윤해성은 서초동에 개인 사무실을 냈다.

그가 사표를 내자마자 국내 대형 로펌 여섯 군데에서 일제히 스카우트 제안을 해 왔다.

윤해성은 유명 인사가 되어 있었다.

김정은을 기소한 스타 검사 출신이라는 상품성에 로펌들이 눈독을 들인 것이다.

게다가 로펌에서 사법연수원 동기들을 대상으로 조사한 평판도 하나같이 칭찬 일색이었다.

"그 녀석, 도대체 공부하는 걸 본 적은 없는데, 성적은 좋았어요."

"뭐 1등은 아니었지만…… 근데 그게 실력이 부족해서가 아니라, 마치 검사 될 만큼만 딱 시험성적을 맞추어 받는 느낌이 들었어요. 더 잘할 수 있는 것 같은데 안 하는 것 같다고 말했더니, '필요한 이상의 성적을 받는 건 민폐잖아?'라며 씩 웃더라구요. 농담이 아닌 것 같았어요. 그러니 더 오싹한 기분이었죠."

가장 좋은 조건을 제시한 곳은 역시 국내 최고의 로펌인 LNK.

연봉 세후 2억에 향후 5년간 매년 20퍼센트 인상. 벤츠 E클래스와 골프 회원권 제공 등.

하지만 윤해성은 단칼에 거절했다.

그에게는 사표를 던진 분명한 이유가 있었고, 목표가 있었다.

로펌에 들어가서는 할 수 없는 일이었다.

"……로펌 조직에 들어가서는 할 수 없으니까."

"……역시."

박시영이 의미심장한 웃음을 띠었다.

"시영이 너두 알잖아?"

"전부 그 이유 때문이었구나."

윤해성은 대답 대신 씩 웃었다.

박시영은 착잡한 생각이 들어 위스키 잔을 천천히 입으로 가져갔다.

잊고 있었어.

윤해성이 그 일을 벗어나 살 수는 없었을 텐데.

"하긴 3년 만에 잊을 일은 아니었을 텐데, 내가 무심했네……."

"변호사는 2만 명이 넘어. 그 모래알 중에서 이름을 각인시킬 필요가 있어. 그게 내 행동에 존재감을 심어 줄 거야."

"……가능은 할까."

"이미 저질렀잖아."

"그거 말고, 너의 최종 목표."

"물론이지."

박시영은 윤해성을 지긋이 바라보다가 픽 웃었다.

"왜 웃냐."

"좋아서."

"나 좋아했어?"

"아니, 너 말고, 네가 하나도 변한 게 없어서, 그 사실이 좋아."

"뭔가 애매한데."

"넌 내가 아는 가장 특별한 인간이야. 직진하는 의지, 에너지, 스태미나, 운동신경까지."

"그게 다야? 그거 그냥 무식한 돌쇠 아냐?"

"아, 특별한 게 또 하나 있어."

"뭐야?"

"넌 다른 일에는 매사에 무관심해…… 내 일이 아닌데 무슨 상관이야, 같은 태도. 근데 말이야, 한번 버튼이 눌리면, 그니까 어떤 일에 배알이 틀려 버린다고나 할까, 그러면 이상한 지점에서 튀어 나가는 거 있어."

"내가 그랬나."

"그게 매력이기도 하지만."

"하지만?"

"널 파멸로 이끌지도 몰라."

"무서운 예언인데."

"늘 냉정하고 목표만을 생각하던 네가, '배알'이라는 감정 땜에 길을 벗어난다 이거야."

"사랑 때문이 아니고?"

"네가 그 정도 로맨티스트였으면 내가 일찌감치 대시했지."

"친구들은 우릴 '썸'이라고 했는데."

"후훗. 그러게. 우린 무슨 사이였을까."

알쏭달쏭한 한마디를 던져 놓고 박시영은 위스키를 쭉 들이켰다.

윤해성이 말했다.

"생각해 보니, 지금까지 살면서 내 얘기를 한 유일한 친구가 너야."

"그런가…… 하긴 아무한테나 할 애긴 아니겠지."

"너 탓이야."

"내 탓?"

"네가 믿을 만해서니까."

"황당한데."

"넌 내가 아는 사람 중에 가장 발이 넓어. 그게 우연이겠어? 그건 네 재능이거든."

"아마 너한테도 조금 도움이 될 거고?"

"물론이지. 쓸모 있어."

"쓸모가 있다? 기분 나쁜 말은 아닌데."

3년 만의 만남이라.

반갑지 않은 건 아닌데…….

혹시 이 친구한테 괜히 연락한 건 아닐까.

윤해성이 앞으로 벌일 일에 휘말려 들어갈 것 같은 예감이 들었다.

그것은 불길하면서도 설레는 것이었다.

박시영은 다시 글라스로 손을 뻗었다.

* * *

윤해성은 휴대전화의 메시지를 들여다보고 있었다.

왠지 신경이 가는 문자.

어제 실로 오랜만에 아버지의 친구이던 이창섭 전 서울대 교수에게서 문자가 왔다.

'김정은 기소한 거, 사표 낸 거 뉴스에서 봤다. 어릴 때 좌우뇌 기형이라고 네 아버지 붙들고 걱정했던 기억이 나서 눈물이 나더구나. 훌륭한 사회인으로 자라 줘서 기쁘다.'

이런 내용이었다.

이창섭 교수는 어린 시절 이후 거의 만난 적이 없었지만 기억은 있다.

좌우뇌 기형이라.

그 말에 예전 일이 문득 떠올랐다.

아버지 김민호 교수가 죽기 전 어느 날.

윤해성은 동화책을 들고서 물었다.

"이상해요."

"뭐가."

"아빠가 책을 많이 읽으면 좋다고 했잖아요."

"그럼."

"근데 책을 많이 읽을수록 글자로만 생각이 돼요. 그게 좋은 건가요? 뭔가 답답한데……."

"그러냐. 그럼 그 전에는 어땠는데?"

"그 전? 그 전엔…… 뭐라고 해야 하지…… 그냥 생각이 생각으로만 됐는데…….'

김민호는 껄껄껄 웃으면서 윤해성의 머리를 헝클고는 "네가 우뇌 몬스터라서 그렇단다."라고 말했다.

분명 농담이었지만 낯선 그 말이 기억에 남았다.

그 말이 이창섭 교수한테서 나온 거였나.

윤해성은 의례적인 답 문자를 보냈다.

'네. 감사합니다. 정의를 위해 열심히 뛰겠습니다!'

그러자 잠시 후 답이 왔다.

'정의라…… 그렇구나.'

애매한 문자였다.

훌륭한 사회인이 된 것은 인정하나 정의는 모르겠다, 인 건가.

역시 신경 쓰인다.

그때 김민주가 변호사실 문을 열고 들어왔다

"변호사님. 오늘이 마지막 날이네요. 전 정리 다 끝냈습니다. 짧은 기간이었지만 감사했어요."

김민주는 윤해성의 사무실에서 사무원으로 두 달 일했고, 오늘이 그 만두는 날이다.

윤해성은 일어서서 김민주가 나가는 입구까지 배웅했다.

"그동안 수고 많았어요."

그러고는 김민주에게 봉투를 내밀었다.

두 달 일했으니 퇴직금은 없다. 대신 약간의 성의를 보인 것이다.

"아유, 뭘 이런 걸 다."라고 말하며 김민주는 잽싸게 봉투를 받아 챙겼다.

"인수인계하느라 고생하셨어요."

윤해성은 김민주의 후임인 방수희를 눈짓으로 가리키며 말했다.

"호호, 고생은 뭐…… 좀 하긴 했죠. 수희가 이런 업무는 완전히 첨이라."

김민주가 힐끔 보았지만 방수희는 무표정하게 서 있을 뿐이다.

귀엽고 동그란 얼굴, 하지만 거기에 더해진 부리부리한 눈빛, 오똑한 코, 당당한 체격. 어디서든 존재감 하나는 확실할 것이다.

'어린 게 어딘가 좀 만만치 않단 말이야. 뭐 이젠 안녕이지만.'

김민주는 속으로 삐죽거리다가 사무실 문을 닫고 곧 사라졌다.

교대역 뒷골목에 조그만 사무실을 낸 지 두 달.

'법률사무소 이람.'

이것이 윤해성의 법률사무소 이름이었다.

윤해성은 은행권과 제2금융권 가리지 않고 대출을 한껏 받아서 시작했다.

수임이 전혀 안 되어도 1년 정도는 버틸 만큼 많은 금액의 대출을 받았다. 주변에서는 고개를 갸우뚱했다.

직원이라고는 여사무원 김민주와 방수희, 새파랗게 젊은 사무장 전기호 달랑 세 명이었다. 김민주는 오늘 그만두니 직원은 곧 두 명이 될 것이다.

김민주는 변호사 사무실 내근만 6년을 한 경력의 베테랑이었는데, 일을 그만두고 쉬려는 참에 윤해성이 부탁해서 딱 두 달만 이곳에서 일하기로 했다.

윤해성은 보수를 꽤 넉넉히 주는 것 외에 특별한 조건을 달았다.

그건 후임인 방수희를 철저히 교육하고 인수인계를 시키는 것이었다.

김민주를 두 달간 고용한 이유는 그것뿐이었다.

그렇다 해도 두 달은 너무나 긴 기간이기는 했다.

변호사 사무실 여직원에게는 전자소송 네트워크를 통해 재판 서류를 제출하거나, 형사재판 증거기록을 복사하는 업무가 비중이 높다. 그 밖에는 간단한 회계 및 세금 처리 등이 주된 업무다. 경력자라면 반나절에 인수인계가 끝난다.

하지만, 방수희는 변호사 사무실 일이라고는 난생처음이었다. 그래서 윤해성은 넉넉하게 두 달이란 기간을 잡은 것이었다.

김민주는 "두 달씩 인수인계할 거 없는데……." 하면서도 윤해성이 제시한 높은 보수를 보고는 군말 없이 제안에 응했다.

이제 두 달이 막 지났고, 김민주는 사무실을 떠났다.

후임자인 방수희는 덩그러니 사무실 책상에 앉아 있다. 사무실에 처음 들어온 이들은 174센티미터의 키에 탄탄한 몸매의 방수희를 보고는 흠칫 놀라곤 했다. 방수희의 시크한 표정은 의뢰인들에게 위압감을 줄 정도였다. 툭 던지는 듯한 말투도 싹싹한 쪽하곤 거리가 멀다.

윤해성은 방수희에게 서류를 한 장 건넸다.

"이게 수희의 공식 첫 번째 일이야."

"어떡하라고요."

"또 도전적인 말투로군."

윤해성의 질책에도 방수희는 물끄러미 볼 뿐이었다. 포니테일 머리가 마치 말의 갈기 같다. 윤해성은 고개를 저었다. 어쩔 수 없다. 이런 여자니까 굳이 사무실로 데리고, 아니 모셔 온 거다. 김민주에게 두 달이나 월급을 주며 방수희에게 일을 가르치게 한 거다. 방수희의 특별함을 알아본 윤해성이 몸이 달았던 거였다.

"변호사 사무실 직원으로서 가장 기본적인 업무. 서류를 접수시키는 거지. 서울중앙지검에."

"알았어요."

방수희는 두말하지 않고 서류를 집어 들었다.

그 서류의 표지에는 '고발장'이라고 적혀 있었다.

"아무리 생각해도 전 이 허접 사무실에 잘 온 거 같아요."

방수희가 나가고 윤해성과 전기호만 남은 사무실, 사무장석 의자에 몸을 파묻고 있던 전기호가 히죽 웃으며 말했다. 자기 의자가 맘에 드는 모양이다.

사무장이라기엔 새파란 20대 초반의 남자. 아마 서초동에서 가장 젊은 변호사 사무장일 것이다.

보통 체구에 마른 체형. 얼굴에는 살이 없어 동정심을 유발한다. 하지만, 전기호가 촉새 같은 입을 여는 순간 그런 감정은 달아난다.

지금 막 던진 말. 나쁜 말은 아닌 것 같은데, '허접' 사무실이란 표현이 걸린다.

저 인간이 또 막말을.

윤해성이 말했다.

"당연하겠지. 도둑놈이 변호사 사무장이라니, 정체를 알면 까무러칠 사람들 많겠군."

"아니, 보스, 형님, 아니, 변호사님! 그 얘길 하면!"

전기호가 화들짝 놀라 주변을 둘러보았지만 당연히 사무실 안에는 아무도 없다.

윤해성은 아랑곳하지 않고 말했다.

"뭐 도둑 중에선 최고였고, 그래서 데리고 온 거지만."

"업계 최고 대우를 버리고 왔다는 것만 기억해 주십쇼."

전기호는 히죽 웃었다.

그가 업계 '최고'인 건 분명했다. 몸놀림은 날렵하고, 남의 집을 자기 집처럼 넘나들며, 구하지 못하는 물건이 없다. 사무실에 필요한 인물이다. 다만, 막말을 잘하는 건 생각지도 못한 단점이었다.

"여기서도 업계 최고 대우야. 사무장 중에서 이 정도 받는 사람 없을걸."

'절도계'에서 절정의 몸값인 전기호를 데려오려면 상당한 급여를 보장해야 했다. 서초동 사무장 중에서는 가장 고액 연봉에 들 것이다. 하지만 두 달째 변변한 일은 없다.

"뭐 고액이긴 하지만 제 본업보다 수입이 많을지는 더 봐야 하겠는데요."

"기본급이 월 800이고, 건별로 인센티브도 약속했지. 게다가 도둑질보단 훨씬 안전해."

"글쎄요…… 좀 위험한 일을 계획하고 있으신 걸로 알고 있는데요."

전기호가 히죽 웃었다. 눈치가 빠르다. 윤해성의 진정한 목적은 모르겠지만, 어렴풋하게 무언가를 느끼고 있다. 그것도 나쁘지 않다. 자신이 할 일이 어떤 건지는 알아야겠지. 누가 도둑에게 월 800만 원을 주겠나.

"위험한 일?"

"이를테면 지금 수희 누나한테 들려 보낸 고발장 같은 거 말이죠."

"위험하진 않아."

"아, 물론. 위험하진 않겠죠. 하지만 황당하긴 하네요. 재벌기업을 고발하다뇨…… 게다가 변호사 한 명, 직원 두 명의, 이 쥐꼬리만 한 변호사 사무실에서요."

전기호는 킬킬거리는 웃음을 덧붙였다.

"직원은 한 사람쯤 더 뽑을 거야."

"한 명 더요? 또 어떤 막돼먹은 인간을 데리고 오시려고, 히힛."

"유능한 인재를 모실 거야. 우리 사무실에 꼭 필요한 인물로 말이지."

윤해성은 발걸이 의자에 구둣발을 올리고 리모컨을 눌러 TV를 켰다.

마침 TV에는 한울 그룹의 신차 발표 뉴스가 나오고 있었다.

마이크를 든 기자의 열띤 음성이 들렸다.

"한울 모터스가 새 전기차 '프로토'를 오늘 잠실 콜로세움 전시장에서 발표했습니다. 이번 발표에서는 양다곤 회장이 직접 프레젠테이션을 담당해 참가자들로부터 크게 호평을 받았습니다. 기업의 CEO가 직접 발표회를 이끌며 신차에 대한 자신감을 보이는 모습은 마치 과거의 스티브 잡스를 연상시킨다며 기자단은 과연 한국을 이끄는 기업인답다는 평을……."

윤해성은 TV 화면을 뚫을 듯 노려보았다.

그의 초점이 머무는 곳은 회장 양다곤의 얼굴이었다.

한울 그룹, 그 거대한 재벌가의 총수 양다곤 회장.

한울은 20년 전부터 일찌감치 전기차를 개발해 왔다.

기존에는 전기차라고 해 봐야 모터를 앞이나 뒤에 가득 넣고 채운, 내연기관을 흉내 낸 것에 불과했다. 하지만 한울에서 개발한 전기차는 배터리를 전부 바닥에 깔고 파워트레인을 네 바퀴 옆에 분산시켰다. 운동 기관을 전부 바닥으로 돌렸으니, 그 위에 차체는 어떤 것이든 얹을 수 있게 된 것이다.

이 간단하지만 혁명적인 콘셉트의 전환으로 감각적인 디자인의 고성능 전기차를 만들어 낼 수 있었다. 이건 테슬라의 전기차와 거의 같은 개념이었다. 테슬라도 대략 20년 전 같은 콘셉트의 전기차를 개발했으니, 미국과 한국에서 동시에 혁명적인 전기차가 나온 것이다.

테슬라는 그 후 모든 특허를 공개했지만, 시장을 선점한 지위는 바뀌지 않았다. 그건 한울도 마찬가지였다. 굉장한 전기차를 처음 개발한 회사, 그리고 가장 잘 만드는 회사. 독점적으로 구축한 그 아성은 결코 무너지지 않았다.

한국의 테슬라라는 별명처럼, 한울은 다른 전기차 업체를 따돌리고 고속 성장을 거듭했다. 지금은 테슬라의 유일한 경쟁자로 평가받는 글로벌 기업이 되었다.

테슬라의 CEO 일론 머스크가 트위터에서 '한울만 아니라면 테슬라는 일찌감치 애플을 넘었을 것'이라고 했을 정도다.

한울 모터스는 금융, 호텔, 네트워크까지 문어발처럼 사업을 넓혀 덩치를 키웠다. 그 결과 지금은 '한울 그룹'으로서 삼성전자나 현대차와 어깨를 겨루는 굴지의 재벌 집단이 되었다.

그 한울을 빈손으로 창업하고 키워 온 전설적인 기업인.

폭풍 같은 질주를 거듭하여 한국의 경제계를 완전히 장악한 거목.

아니, 경제계뿐만 아니라 정계, 언론, 검찰, 사법부, 학계, 어디든 그의 절대적 영향력이 미치지 않는 곳은 없었다.

전 세계가 주목하는 경영인, 일론 머스크가 견제하는 유일한 인물, 《타임》 선정 세계를 움직이는 인물 100인에 세 차례나 오른 월드와이

드 명사.

양다곤 회장.

그가 목표다.

그를 쓰러뜨리는 것.

이 법률사무소는 오로지 그 목적을 위해 만들었다.

윤해성이 입 밖에 내어 말한다면 모두가 불가능하다고 고개를 저으리라.

차라리 계란으로 바위 깨뜨리기가 더 쉬울 거라고.

하지만 윤해성만은 그럴 수 있다고 믿었다.

뱀보다 차가운 눈알을 굴리며, 그것은 필연이라고 생각했다.

윤해성이 한 일 전부가 그것을 위해서였다.

김정은을 아청법으로 기소한 것도, 그래서 부장검사에게 멱살을 잡히고, 검사직을 집어던지고, 이 작은 사무실을 얻어 법률사무소를 차린 것도. 그나마 멀쩡한 경력 직원 대신 괴상한 인물들만을 모으고 있는 것도. 모든 것이 양다곤을 겨냥해 있었다.

세상이 알고 있는 양다곤 회장의 얼굴 뒤에는 악마가 있다.

그 사실을 아는 사람은 아마도 윤해성 혼자다.

양다곤. 그가 지금 가진 것은 그의 것이 아니었다.

그 전부가 원래는 남의 것이었다.

'한울'이라는 이름까지도.

TV 음성 사이로 전기호의 새된 목소리가 윤해성의 상념을 깨웠다.

"그래도 역시 놀랐습니다. 하필 첫 번째 사건으로 이런 짓을 하다뇨."

"'짓'이라니. 보스한테."

전기호의 불량스러운 말을 탓하면서도 윤해성은 빙그레 웃었다.

하긴, 전기호가 아무리 명목뿐인 사무장이라 해도 그 고발장이 뜬금

없는 거라는 정도는 알 테니까.

지금 막 방수희에게 들려 보낸 서류는 동양 자동차에 대한 고발장이었다. 동양 자동차는 현대차, 한울 모터스에 이어 한국 3위의 자동차 회사였다.

* * *

양다곤은 김민호 교수와 절친한 사이였고, 동업자였던 만큼 생전에도 집에 자주 찾아오곤 했다. 양다곤은 윤서경을 '제수씨'라 부르며 허물없이 지냈고, 부부 동반 모임도 자주 갖곤 했다.

한울의 어린 마음에도 조금 이상해 보였던 것은, 식당에서 밥을 먹고 나면 양다곤은 늘 뒷짐을 지고 느긋하게 일어났고, 계산은 아버지가 한다는 거였다. 서경이 슬쩍 "왜 당신만 자꾸 돈을 내요?" 하니, 김민호는 "친군데 뭘." 하며 해맑게 웃을 뿐이었다. 그게 양다곤과 아버지 두 사람 간 뒤틀린 착취 관계의 조그만 징후였다는 것을 한울은 훗날에야 알게 되었다.

양다곤에게는 양건일이라는 이름의 아들이 있었는데, 김한울보다 두 살 위였다. 가족 모임이 있을 때면 양건일도 따라왔다. 부모들끼리 이야기 나눌 때는 별수 없이 김한울은 양건일과 따로 놀아야 했다. 김한울은 그 시간이 싫었다.

첫 만남부터 똑똑히 기억한다.

양다곤의 집에 갔을 때, 양다곤의 아내는 로봇 그림의 500피스 퍼즐을 내주며 "둘이 이거 하고 놀아." 하고는 부부들 자리로 갔다.

"야, 친하게 지내자."

첫 만남부터 서글서글하게 말하며 손을 내미는 양건일이 좋았다. 하지만 그 인상은 금방 깨졌다.

퍼즐을 같이 맞추면서, 김한울이 엉뚱한 위치에 퍼즐을 하나 끼워 놓아 조금 헤매었다. 그러자 양건일은 "똑바로 해, 새끼야!" 하고 돌연 욕설을 내뱉으며 김한울의 뒤통수를 냅다 갈겼다.

눈에서 불이 번쩍했다. 아프다기보다 어안이 벙벙했다. 지금까지 주변에 이렇게 행동하는 또래 친구는 없었다.

그 뒤로도 가족 모임에서 둘만 있게 되면 양건일은 수시로 욕설을 하고 뒤통수를 때렸다. 어린 마음에도 이건 아니다 싶어 아버지한테 이야기해 보았지만 '형이 너 좋아서 장난치는 거야' 정도로 넘어갈 뿐이었다.

물론 김민호도 불쾌했겠지만 그런 일로 양다곤과 괜한 불화를 만들 수는 없었을 것이다.

2박 3일로 제주도에 같이 놀러 갔을 때는 악몽이었다.

산방산을 올라가다가 둘만 뒤떨어지자, 뒤에서 따라오던 양건일이 김한울의 뒤통수를 세게 갈겼다.

"새꺄! 빨리 안 가? 너 땜에 나까지 뒤처지잖아!"

너무 세게 뒤통수를 맞은 탓에 눈알이 튀어나올 것 같았다.

"아, 씨. 진짜. 뒤통수 그만 때려!"

김한울이 처음으로 격하게 반응했다. 양건일의 평소 성질머리로 보아 더 화를 낼 줄 알았다. 하지만 의외로 양건일은 씩 웃었다.

마치 너만 들으라는 듯 김한울에게 얼굴을 들이대고 말했다.

"그래야 흔적이 안 남잖아."

김한울은 그때 보았던 양건일의 비열한 웃음을 잊을 수 없었다.

아무튼 그 정도 일을 제외하면 양다곤과 김민호 가족은 잘 어울려 지냈다.

어쨌거나 두 사람은 필생의 사업을 같이하는 동업자였으니까.

그래서 김민호의 돌연한 자살로 양다곤이 크게 슬퍼할 거라고 다들 믿었다. 실제로도 김민호 교수의 장례식이 끝나고, 49재가 지난 후에도 양다곤은 몇 번인가 집에 찾아왔다. 위로한다며 과일바구니를 들고 오고, 건강에 좋다는 약도 가져오곤 했다.

하지만 그날 집에 들른 양다곤은 분위기가 달라져 있었다. 슬픈 얼굴 뒤로 음침한 기운이 드리워 있었다. 김한울은 그렇게 느꼈다.

"빨리빨리 잊고 현실로 돌아오세요. 한울이도 있는데."

김한울을 위한다는 핑계를 대면서 바로 얼마 전 남편을 잃은 윤서경에게 가혹한 말을 던졌다. '현실'로 돌아오라니, 어떤 현실을 말하는 걸까.

"간 사람은 간 사람이고, 남은 사람들의 문제가 더 중요해요."

매정하기 이를 데 없는 말도 했다.

김민호 가족과 완전히 정을 떼려는 수순을 밟고 있는 느낌.

유가족의 슬픔조차 거추장스럽게 여기고 있다는 기분.

마치 어떤 말을 꺼내기 위해 '분위기'라는 벽돌을 쌓아 가고 있는 것 같았다.

마지막으로 들렀을 때, 양다곤은 결국 용건을 꺼냈다.

"하늘이 무너지는 듯하겠습니다. 저도 마음을 추스르기 어려운데 제수씨는 오죽하겠어요."

오랜만에 그럴듯한 위로의 말로 시작했다.

잠깐의 인사말을 나눈 후 양다곤은 정색을 하고 말했다.

"친구가 이리되고 나서 얘길 꺼내는 게 좀 그렇긴 합니다만, 회사 사정이 너무 급해서요."

"네? 무슨 이야기신지……."

양다곤은 말없이 봉투에서 서류를 꺼내 서경에게 들이밀었다.

"한번 읽어 보세요."

서류를 찬찬히 읽어 보던 서경은 눈을 크게 떴다.

"지분양도약정서? 이게 뭐예요?"

"읽으신 대롭니다. 김 교수는 죽기 전에 저한테 자신이 갖고 있던 한울 모터스의 60퍼센트 지분을 전부 저한테 넘기기로 했습니다."

"말도 안 돼요!"

"하지만 아래 서명을 보세요. 친구가 직접 사인한 겁니다. 지장도 찍었고, 간인도 되어 있어요."

약정서 말미에 김민호의 서명이 있었다. 분명히 남편의 필적이었다. 윤서경은 경악했다.

"이럴 수가…… 아니, 그이가 왜 지분을 다곤 씨한테 넘겨요?"

"회사를 위해 고심한 끝에 한 결정이었어요. 자세한 경영 상황은 말씀드리기 그렇지만 회사는 지금 뜨느냐 가라앉느냐 기로에 있습니다. 중요한 투자를 받아야 할 시점인데, 현재 지분 구조로는 안 돼요. 여러 사정을 고려해서 김 교수는 회사를 살리고 키우기 위해 저한테 모든 지분을 넘기기로 한 겁니다."

"이건 거짓말이에요!"

"김 교수가 서명한 문섭니다."

"안 돼요, 안 돼!"

"서류상 어쩔 수 없습니다. 회사가 살기 위해서라도……."

그러면서 양다곤은 어떤 서류를 내밀었다. 김민호의 상속인으로서 지분양도에 동의한다는 서류였다. 윤서경 본인으로서, 또 김한울의 법정대리인으로서.

윤서경은 서류를 거들떠보지도 않고 말했다.

"도저히 믿을 수 없어요. 그 사람이 이런 서류를 작성했을 리가 없어요. 하필이면 왜 죽기 직전에⋯⋯."

울음이 터졌다.

양다곤은 귀찮게 되었다는 표정을 지었다.

한바탕 울고 난 서경은 차분해졌다.

양다곤은 인상을 험악하게 구겼다.

"의심하신다니 저도 기분이 썩 좋진 않네요."

더 이상 친구의 유가족을 애도하는 얼굴은 아니었다.

시장에서 야바위판을 돌리는 양아치 같은 표정이었다.

하지만 은근한 협박에도 서경은 도장을 끝내 찍지 않았다.

"어차피 법으로 하면 저희 쪽으로 넘기셔야 합니다. 그냥 쉽게 사인하시고 처리하시지요."

"그럴 수 없어요. 어린 한울이는 어떡하고⋯⋯."

"그런 걸로 호소할 문제가 아닙니다. 이건 엄연히 계약이에요."

"아니에요⋯⋯ 그 사람이 절대 이렇게 했을 리가 없어요⋯⋯."

도리질을 치는 윤서경을 양다곤이 매서운 눈길로 내려다보았다.

"알겠습니다. 그럼 죽은 친구한텐 미안하지만 법대로 하는 수밖에요."

양다곤은 냉랭한 말을 남기고 일어섰다.

어쩌면 그 말이 용건이었는지 모른다. 최후통첩.

양다곤은 현관문을 나서며 한울의 머리를 쓰다듬고는 만 원을 내밀었다. 한울은 왠지 기분이 나빠져 양다곤의 손을 세게 뿌리쳤다.

"아!"

양다곤은 잘못 맞았는지 손을 뒤로 급하게 빼더니 주물렀다. 그러고는 한울을 노려보았다. 한울은 움찔했다. 덩치가 다섯 배나 큰 중년의 남자가 살기를 품고 쏘아보고 있다.

양다곤은 멀찍이 앉아 있는 서경을 힐끔 보더니 돌연 한울을 향해 표정을 돌변, 씩 웃었다.

"한울이 너, 힘이 좋구나."

양다곤은 한울의 오른손을 들어 올리더니 손목을 세게 비틀었다.

"아악!"

한울은 비명을 질렀다. 하지만 너무 큰 고통에 소리조차 먹혀 들어갔다.

"저런, 어디 삐끗했니?"

양다곤은 비열하게 웃으며 한울의 손을 놓았다. 한울은 아픔에 숨이 막혀 더 이상 비명을 지르지도 못했다.

양다곤이 현관을 나간 후, 서경은 그 자리에 쓰러져 엉엉 통곡했다.

그리고 얼마 안 가 서경과 한울을 상대로 소장이 날아왔다.

김민호 교수가 생전에 가지고 있던 한울 모터스의 지분 60퍼센트 전부를 양다곤에게 넘기라는 소송이었다. 지금 한울 모터스의 시가총액에 따라 계산하면 10조 원을 넘는다. 20년간 다른 투자자들이 들어오고 유상증자 등이 이루어져 현재 기준으로는 훨씬 지분이 줄어들겠지만 그래도 몇조 원은 되리라.

물론 당시에는 회사가 상장도 되기 전인 데다 회사 자체도 거의 알려지지 않아 미미한 가치였지만, 그래도 김한울 가족에게는 커다란 자산이었다.

양다곤은 김민호가 생전에 자필로 작성한 양도약정서를 증거로 들이밀었다. 서경에게 보여 준 그 서류였다. 누가 봐도 김민호의 자필이

분명했고, 지장과 서명까지 있는 서류였다.

그때 양다곤을 대리한 곳이 법무법인 미다스. 그 대표인 단명오 변호사는 양다곤과 절친한 사이라고 했다. 그는 단순한 법률대리를 넘어 양다곤과 한 몸이 되어 움직이는 것 같았다.

서경도 변호사를 선임해 대응했다.

"그 사람이 가족들을 두고 친구한테 주식을 다 넘겨줄 리가 없어요. 분명 위조된 거예요!"

서경은 법정에서 울부짖었다.

"김민호 교수의 자필인 점, 본인 도장인 점은 저희가 입증했습니다. 그렇다면 이제 위조란 점은 피고가 입증하시죠."

법정에서 단명오 변호사는 싸늘한 비웃음을 흘렸다.

판사가 서경 측에 물었다.

"위조라는 증거가 있습니까?"

"에…… 저…….'

서경 측 변호사는 더듬거렸다. 위조를 입증하겠답시고 필적 재감정을 신청하는 등 의미 없는 행동으로 재판만 질질 늘어졌다.

한편으로, 서경에게 무서운 의심이 버럭 들었다.

남편의 죽음은 자살이 아닐지도 모른다.

아들 김한울이 김민호 교수의 죽음 직후 가졌던 의혹이 이제야 비로소 서경에게도 깃든 것이다.

동업자 양다곤한테 모든 주식을 넘기고 자살한다?

자살이 아니라 자살당한 건 아닐까?

죽음에 다른 흑막이 있는 건 아닐까?

김민호의 갑작스러운 자살로 이득을 보는 사람은?

상상하기도 싫지만, 양다곤이 거짓 서류를 만들고서 김민호를 죽여

없앤 거라면?

서류가 거짓이라는 걸 아는 유일한 사람을 세상에 남겨놓지 않은 거라면?

물론 정황만으로 살인이라 의심하긴 어렵다.

하지만 서경이 의심을 가진 이유는 분명히 있었다.

그건 한울도 분명히 아는 사실이었다.

김민호는 죽기 얼마 전인 어느 날 저녁, 식탁에서 서경에게 말했다.

"이번에 개발하는 전기차는 획기적이야. 한울 모터스는 우리가 상상할 수 없을 만큼 성장할지도 몰라. 어쩌면 현대차만큼."

"하하하, 너무 김칫국부터 마시는 거 아냐?"

"아냐, 다른 회사가 개발하는 전기차하곤 달라."

"그래?"

그때까지도 서경은 시큰둥했다. 남편의 회사가 대기업 비슷하게 된다니, 와닿지 않는 말이었다. 대신 옆에 있던 한울이 물었다.

"아빠, 그건 어떤 원리예요?"

한울이 또랑또랑한 눈빛으로 묻자, 김민호는 신이 나서 이야기했다.

어린 한울에게는 어려운 얘기였지만, 아버지가 어떤 말을 하려는지 어렴풋하게는 알 수 있었다. 배터리와 구동장치를 전부 바닥으로 돌리고…….

"경영은 다곤이가 잘할 거야. 전에도 사업을 좀 해 봤거든."

"뭐 그럼 회사가 잘되어 봐야 양다곤 씨가 사장이야?"

"무슨 소리. 요즘은 기술자가 회사를 이끄는 게 세계적인 추세야. 그래서 내가 지분도 60퍼센트를 갖고 있잖아. 무엇보다 회사 이름도 우리 한울이 이름을 따서 한울 모터스로 지었고."

김민호 교수는 애정이 담뿍 담긴 눈빛으로 한울의 머리카락을 헝클었다.

그렇다.

한울 모터스는 아들 김한울의 이름을 딴 것이었다.

"하하하, 그럼 이제 난 교수 부인에서 대표이사 사모님 되는 거야?"

윤서경이 농담을 했고, 김민호는 껄껄껄 웃었다.

"아이씨, 난 아빠가 교수인 게 좋은데."

한울이 말했다.

"왜?"

"교수는 '다 아는 사람'이잖아. 나도 아빠처럼 교수 할래."

김민호는 다시 한울의 머리를 쓰다듬었다. 아들이 아빠와 같은 일을 하겠다는 것만큼 기분 좋은 일이 있을까.

김민호는 감개무량한 듯 말했다.

"적어도 이제 우리 가족이 고생하는 일은 없을 거야."

그날의 대화는 한울도 똑똑히 기억하고 있다.

회사 지분을 갖고 곧 대표이사가 될 거라던 아버지, 가족을 고생시키지 않겠다던 그 김민호가 양다곤한테 지분을 주었을 리가 없다. 사랑하는 아들의 이름을 붙인 회사를 남에게 넘겨주었을 리가 없다. 그렇게 벅차오르는 표정을 지었을 리 없다. 무엇보다, 지분양도각서의 날짜보다 뒤에 그 대화가 있었다. 김민호가 양다곤한테 지분을 넘긴 상태였다면 저런 말을 했을 리 없지 않은가.

윤서경은 양다곤에 대한 살인 고발장을 경찰에 냈다.

"아니, 부검도 했잖아요! 타살의 흔적이 전혀 없었어요. 유언장도 있습니다. 근데 무슨 살인이에요!"

경찰은 화부터 냈다.

사체 부검 결과 명백한 자살로 종결된 사건이었다.

"정말 자살인지 의심스러워요."

"혼자 의심하세요! 왜 경찰에 와서 이러세요!"

형사 한 명이 막말을 퍼부었다.

"어떻게 유족한테 이러실 수 있어요?"

"유족? 족 같네, 정말! 유족이 벼슬이야!"

성질 더러운 형사가 벌떡 일어나며 의자가 자빠졌다.

경찰서 민원실은 아수라장이 되었다.

그런저런 우여곡절이 있었지만 아무튼 고발은 고발, 경찰은 수사를 개시했다.

주변인들의 증언, 목격자를 상대로 한 수사, 유류품 검사, 유언장 필적 감정 등등이 실시됐다.

하지만 살인사건으로서의 수사는 힘이 없었다. 우선 사건 당일 김민호 교수를 본 사람이 거의 없었다. 자살하던 당일, 저녁에 홀로 관악산을 향하는 모습을 보았다는 행인의 진술이 유일했는데, 이는 오히려 자살설을 뒷받침하는 거였다.

유언장은 김민호 교수 본인이 자살 현장에서 쓴 것으로 확인되었다. 군데군데 찢긴 흔적과 나뭇등걸 위의 볼펜 자국을 대조한 결과였다. 필적 또한 김민호의 것이 분명했다. 타살의 흔적이 없다는 부검 결과는 말할 것도 없다.

서경은 굴하지 않고 죽기 전 저녁 식사 자리에서 했던 김민호의 말을 전했다.

"회사 지분으로 대표이사가 될 거라고 했고, 이제 가족을 고생시키지 않겠다고 했어요. 양다곤한테 지분을 다 줬다면 그런 말을 할 리가 있나요? 지분 양도는 거짓이에요!"

"지분을 넘긴 문제하고 살인하곤 달라요."

"답답해, 정말! 지분을 넘기도록 서류를 위조해 놓고는 그이를 살해한 거죠! 가짜 문서로 지분을 넘겨받으려고요."

"현장 모습 자체가 자살이에요. 억지로 목을 매단 흔적이 없습니다."

"가족한테 그런 말을 한 사람이 자살할 리도 없잖아요!"

"그 말 녹음했습니까?"

"뭐라고요?"

"윤서경 씨의 말뿐이잖아요."

"네?"

"일방적 주장만 가지고는 안 돼요. 증거 가치도 없고요."

"말도 안 돼! 분명히 그랬다고요!"

경찰의 태도는 확고했다. 경찰은 그날 저녁 김민호의 말을 듣지 못했으니까. 그때의 벅차오르는 표정도 보지 못했으니까.

죽던 날 비타민제를 먹었다는 김한울의 말도 해 보았지만 경찰은 묵살했다.

기껏해야 아홉 살 아이의 말이다. 결국 이 또한 증거 없는 가족의 일방적인 주장일 터였다.

주변 사람들에게 물어봤지만, 법적으로는 어쩔 수 없다는 답변뿐이었다. 가족의 말은 신빙성이 떨어지고, 반면에 자살의 정황은 명백하다. 유족의 주장만으로 유죄로 할 수는 없었다.

이번에도 단명오 변호사가 경찰을 상대로 양다곤을 변호했다. 그는 비열하게도 서경을 좀 이상한 여자로 몰았다. 재산이 넘어가는 게 아까워 남편의 자살을 물고 늘어지는 거라고 했다. 억울한 사람은 흥분하게 마련이다. 서경의 그런 감정적인 태도를 양다곤은 꼬투리 삼아 물고 늘어졌다.

결국 경찰의 결론은 '혐의 없음'이었다.

검찰의 결론도 동일했다.

서경은 지푸라기라도 잡는 심정으로 유언장을 들이밀었다.

"유언장에 묻은 피를 검사해 주세요. 그이의 것이 아닐 수도 있어요."

"뭐라고요?"

"범인과 격투를 벌이다가 묻은 걸 수도 있잖아요. 양다곤의 피가 나올지 몰라요. 꼭 검사해 주세요."

경찰은 혀를 끌끌 차면서도 DNA 분석을 수행했다.

하지만 유언장에 묻은 피는 틀림없이 김민호의 것이라는 결과가 나왔다.

당대의 가장 과학적인 검사를 부정할 수는 없었다.

더는 살인이라고 주장할 방법이 없었다.

살인 고발이 무혐의로 끝이 났으니 이후는 추풍낙엽이었다.

회사 지분을 걸고 벌인 민사소송은 자연스럽게 무너졌다.

명백히 김민호가 사인한 서류가 있었고, 양다곤 측은 단명오의 법무 법인 미다스를 통해 법률적으로 완벽하게 압박했다.

상속인인 서경과 어린 한울이 발버둥 쳐 본들 법적으로 도리가 없었다.

단명오 변호사는 악랄했지만 법률가로서의 능력만은 부정할 수 없었다. 그의 변론 앞에 서경 측 변호사는 맥을 추지 못했다.

2년에 걸친 소송 끝에 양다곤은 완벽하게 이겼고, 서경과 한울은 막대한 변호사 비용을 쓴 데다 패소로 인하여 상대의 소송비용까지 물어 주게 되었다.

"더 받아 내야겠지만 돈이 더 없나 보네요. 변호사 비용 일부는 내가 포기하죠."

가족의 돈을 싹싹 긁어 간 양다곤은 선심 쓴다는 듯이 씩 웃었다.

한울이 평생 본 중에 가장 혐오스러운 웃음이었다.

그때 한울은 초등학교 6학년이었다.

이로써 두 사람의 상속재산인 한울 모터스에 대한 김민호 교수의 회사 지분은 동업자인 양다곤에게 전부 넘어갔다.

김민호의 죽음도 영원히 수수께끼로 남았다.

사회적, 공식적으로 자살이라는 꼬리표만 남긴 채.

서경은 시름시름 앓기 시작했다.

누구에겐가 하는지 모를 혼잣말을 내뱉기 일쑤였다.

"세상에, 살인자 놈한테 다 빼앗기다니……."

"법이란 게 어떻게 이럴 수 있어……."

소리를 버럭 지르기도 했다.

"판사, 검사, 전부 사람도 아니야! 아무리 돈이 좋아도, 어떻게 양다곤 같은 인간을 편들어! 변호사는 거짓말만 해 대고!"

어쩌면 한울의 법에 대한 남다른 불신은 이때부터 만들어졌을지 모른다.

"돈보다 억울한 건 말이다……."

서경은 이불 밑으로 힘없이 손을 뻗어 한울의 머리를 쓰다듬으며 말을 이었다.

"네 아버지 평생의 연구를 다 뺏긴 거야. 양다곤은 네 아빠 명예까지 다 가져간 거야. 그게 더 한스러워."

"연구?"

"네 아버지가 한울 모터스의 모든 아이디어를 만들어 냈어. 특허도

다 갖고 있었고. 양다곤은 말발 좋고 수완이 좋아서 영업 쪽을 담당했을 뿐이야. 아빠가 한울 모터스의 핵심이었기 때문에 시작할 때 지분 60퍼센트를 가졌고, 양다곤은 40퍼센트를 가졌어. 출자도 아빠가 더 많이 했거든. 그런 식으로 동업을 해 왔는데, 바보 같은 네 아버지는 회사의 발전을 위해 회사 앞으로 특허를 다 이전해 놓았어."

"특허 전부를요?"

"그래…… 자신의 연구에 대한 권리를 회사에 다 넘긴 거지. 아직 초기 단계인 전기차 회사를 크게 성장시키겠다는 생각만으로 말이야. 바보 천치였어. 아무튼 회사에 특허를 넘긴 건 회사 지분을 갖고 있기 때문인 거야. 어차피 자기 회사니까. ……근데 양다곤은 네 아버지가 죽기 직전에 회사 지분을 다 자기한테 넘겼다고 하잖아. 절대로 믿을 수 없어. 양다곤이 서류를 위조한 거야. 아니, 틀림없이 네 아버지를 죽인 거야."

한울 또한 그때까지의 아주 적은 세상 경험으로도 '양다곤이 무언가 조작하지 않고는' 일이 이렇게 되어 갈 수 없단 것 정도는 알았다.

김한울은 훗날 또 알게 되었다. 아버지의 그 전기차 아이디어는 테슬라의 전기차 콘셉트와 동일한 것이었으며, 세상에 없던 혁신이었고, 전기차의 시대를 연 단초가 되었다는 것을.

아버지는 그 특허와 기술 모두를 한울 모터스에 쏟아부었다. 그것을 양다곤이 앗아 간 것이다.

세상에 다시없을 명예와 지위, 막대한 부도 전부 양다곤이 차지했다.

그것은 김민호가 가졌어야 할 것이었다.

그리고 김한울의 이름도 가져갔다.

아버지의 죽음에 얽힌 미스터리.

합법을 가장한 회사 지분의 탈취.

그 모든 수수께끼와 울분은 나중 문제였다.

김민호 교수의 한울 모터스 지분은 거의 재산 전부였고, 남은 돈은 소송을 치르면서 거의 다 써 버렸다.

관악산 기슭의 널찍한 단독주택은 경매로 넘어갔고 서경과 한울은 단칸방으로 이사했다.

완전한 가난.

두 사람은 그때부터 무지막지한 생활고에 시달리기 시작했다.

소송이 끝나고 지분이 넘어간 후 양다곤은 단 한 번도 만나지 못했다.

만나지는 못했지만, 서경 모자는 양다곤을 너무나도 자주 보게 되었다.

TV, 신문, 잡지에 양다곤은 자주 등장했고, 심지어 주변 사람들도 양다곤을 이야기했다. 혁신적인 전기차를 만들어 낸 한울 모터스의 대표이사로서.

김한울은 변했다.

가족이 전부를 뺏긴 것은 전부 합법의 이름으로 이루어졌다.

법은 양다곤이 자행한 약탈의 도구에 불과했다.

김한울은 그때까지 한 번도 관심을 두지 않았던 '법'이란 것을 누구보다 깊이, 빨리 의식했고, 이를 갈았다.

마음속에서 어떤 변이가 일어났다.

단 한 번도 법조인이 되리라는 생각을 해 본 적이 없었던 한울의 목표가 바뀌었다.

법의 이름으로 당했다면, 법의 이름으로 상대를 무너뜨릴 수도 있는 거 아닌가.

법은 폭력보다 더한 파멸의 도구다.

그건 양다곤이 이미 증명했다.

* * *

김한울이 중학교에 입학한 지 얼마 되지 않아 미국 뉴욕에 살고 있던 윤서경의 언니로부터 연락이 왔다. 미국으론 건너와 같이 살자는 것이었다.

남편의 죽음과 뒤이은 소송으로 한국에서의 생활에 질려 있던 윤서경은 언니의 제안이 고마웠다. 간절히 가고 싶었다.

하지만 김한울이 마음에 걸렸다. 아직 어린 나이에 낯선 타국 생활에 적응할 수 있을까.

의외로 김한울은 적극 찬성이었다.

"잘됐어요. 추적이 더 어려워질 거야."

이런 알 수 없는 말도 덧붙이면서.

그렇게 윤서경과 김한울은 미국으로 건너갔다. 그리고 거기서 3년을 생활했다.

윤서경 언니와의 관계 말고는 현지 한인들과의 교류는 거의 없었다.

김한울이 원하지 않았고, 윤서경 또한 한국의 기억을 지우고 싶었다.

경제적으로 힘들었지만 한국에서의 끔찍한 기억에서 조금이나마 떨어질 수 있어 다행이었다.

김한울도 윤서경의 걱정을 깨끗이 날려 버릴 만큼 현지에 잘 녹아들어갔다.

3년 후, 윤서경과 김한울 모자는 미국 생활을 정리하고 다시 한국으로 돌아왔다.

마중 나온 이 하나 없는 인천국제공항을 들어서며 윤서경은 가슴이 헛헛했다.

우리가 한국에 돌아왔다는 사실은 아무도 알지 못하고, 아무도 반기지 않네…….

한국으로 다시 돌아오기 전, 왜일까, 김한울은 이름을 바꾸고 싶다고 했다.

"성도 엄마 성으로 바꾸고 싶어요. 윤 씨로."

"성까지? 성을 어떻게 바꾸니?"

"얼마 전에 민법이 개정됐어요. 제781조 제6항으로 '자녀의 복리를 위해 부친이나 모친이 신청하면 성과 본을 변경할 수 있다'는 조항이 새로 생겼어요. 그래서 엄마 성을 따르는 게 가능해졌어요."

"그래?"

윤서경이 변호사에게 물어보니 그렇다고 했다.

아직 어린 애가 법률이 바뀐 것까지 알고 있어.

그렇게나 예전 이름을 지우고 싶었을까.

성까지 바꾸려는 아이의 심경이 오죽할까…….

어릴 적 이름에 묻은 나쁜 기억들을 모두 잊고 싶은 거겠지.

안타까운 생각마저 들었다.

아들의 심경을 헤아려 주고 싶었다.

윤서경은 한국의 변호사를 선임해서 김한울의 개명 신청을 했다.

그래서 김한울은 윤해성이 되었다.

김한울로 떠났다가 윤해성으로 한국에 돌아온 것이다.

윤해성은 초등학교 때 친구들에게는 연락하지 않았다.

한국에 돌아온 후 고등학교에 들어갔지만 이름을 바꾸었다는 사실은 절대 밝히지 않았다. 그들은 처음부터 '윤해성'으로만 기억할 것이다.

윤해성이 과거 김한울이었다는 사실이 알려질 가능성을 최소화한 것이다.

윤해성이 미국에서의 3년, 그리고 한국에서의 고등학교 시절을 거치며 했던 건 딱 두 가지였다.

공부와 권투.

다른 것에는 전혀 관심을 두지 않았다.

공부에 열중하는 건 어쨌든 학생이었으니 그렇다 쳐도, 권투에 열중하는 모습을 본 친구들은 의아해했다.

"권투는 헝그리 시절 스포츠야. 요즘 누가 권투를 하냐?"

친구들은 비웃었지만, 윤해성은 아랑곳하지 않았다.

권투에 열중하는 그를 비웃던 친구들도 윤해성이 아마추어 복싱 대회에 출전해 우승까지 거머쥐자 입을 닫았다.

윤해성은 신체 조건부터 유리하긴 했다. 고등학생 때 벌써 180센티미터를 훌쩍 넘은 키에 몸무게는 시합을 앞두고 감량을 하면 60킬로그램을 겨우 넘겨 라이트웰터급에 불과했다. 같은 체급의 상대 선수에 비해 한 뼘은 더 키가 컸고, 팔 길이도 압도적이었다. 무엇보다, 기형적으로 발달한 우뇌에서 비롯한 발군의 운동신경이 권투에서도 그대로 발휘되었다.

사춘기를 거치면서 여자 친구도 사귀지 않았다. 훤칠한 키, 귀티 나는 외모 덕에 인기는 하늘을 찔렀지만, 윤해성은 무관심했다. SNS도 하지 않았다.

"너 혹시 나중에 정치하려고 그러냐?"

보다 못한 친구가 물었다.

"정치?"

"벌써 인생 관리에 들어간 거 같아서."

"무슨 관리."

"정치가들이나 유명인들이 대개 여자관계로 무너지잖아. 그럴 소지를 미리 없게 하려는 거 아냐? 큰 그림으루다가……."

"개뿔, 정치 같은 거 관심 없어."

"눈에 독기가 있는데? 목표가 있는 사람의 눈이야."

친구는 농담이었지만 실은 예리하게 간파한 것이었다.

윤해성에게는 분명한 목표가 있었다.

그 목표는 이미 거대했고, 날이 갈수록 거대해지고 있었다.

한울 모터스 회장 양다곤.

고등학교를 졸업한 윤해성은 서울대 법대에 합격했다. 서울대 법대가 폐지 결정을 내리고, 마지막 입학생을 받던 해였다.

그리고 사법시험을 공부했고, 합격했다.

* * *

삼성동 한울 모터스 빌딩.

건물 앞 도로변에는 몇 달째 플래카드 몇 장이 걸려 있다. 산업재해 보상을 요구하는 구호들이었다.

그 앞에 한 남자가 '양다곤 회장은 재해보상에 성실히 임하라!'는 종이 패널을 몸에 뒤집어쓰고 서 있었다. 꽤 오랜 기간 그러고 있었던 것 같다. 매연을 매일 뒤집어쓴 통에 얼굴이 시커멓게 변색해 있다.

많은 이들이 지나쳤지만 그에게 관심을 두는 사람은 없었다.

남자의 존재는 건물의 입간판이나 길가의 가로수처럼 일상의 한 풍경일 뿐이었다.

그가 나오기 전까지는.

한울 모터스 빌딩 현관으로 한 무리의 남자들이 일정한 대열을 형성하고서 우르르 몰려나왔다. 양다곤과 그를 둘러싼 수행원, 경호원들이었다.

양다곤은 대개 지하 주차장에서 차를 타지만 이날은 하필 주차장 바가 고장이 난 바람에 정문으로 나온 것이다.

1인 시위를 하던 남자는 양다곤을 보더니 눈이 커졌다.

몇 달간 시위했지만 그가 만날 수 있는 사람은 한울 그룹의 경비원 정도였다. 그런데 오늘 회장을 직접 만날 기회가 온 것이다.

남자는 빠른 걸음으로 다가왔다.

"보상하라! 보상하라!"

양다곤을 직접 만나는 건 흔치 않은 기회다.

남자는 절박한 얼굴이었다.

그가 오른팔을 위로 내지르며 구호를 외치자 경호원들이 그를 막았다.

남자는 앞으로 나가려 했다. 하지만 덩치 좋은 경호원들을 밀어낼 수는 없었다. 그의 외침은 경호원들에게 가로막혔다.

얼굴이 벌겋게 달아오른 남자는 뒤로 물러났다. 옆에 둔 바구니에서 무언가를 집어 들었다. 달걀이었다.

남자는 양다곤을 향해 그것을 던졌다. 돌발적이어서 경호원들도 미처 막지 못했다.

펔.

달걀은 양다곤의 옆머리에 적중했다. 흰자와 노른자가 범벅이 되어 흘러내려 양다곤의 검고 뻣뻣한 머리카락을 적셨다.

양다곤은 순간적으로 남자를 노려보았다. 남자는 어안이 벙벙해 있었다. 달걀을 던진 자세 그대로 몸이 굳어 있었다. 자신도 달걀이 양다곤을 실제로 맞힐 거라고는 생각하지 못했던 모양이다.

행인들은 돌발 사태에 놀라 발길을 멈춰 섰다. 그중 몇몇은 휴대전화를 꺼내 동영상 촬영을 하기 시작했다.

"이 자식이!"

경호원들이 허겁지겁 남자에게 뛰어갔다. 곰 같은 덩치의 젊은 경호원 둘이 남자의 팔을 양쪽에서 붙들었고, 남자는 옴짝달싹하지 못했다.

수행원 중 누군가가 휴대전화를 들었다.

"경찰이죠? 여기 한울 모터스 앞인데요. 폭행 건이 있어서 신고하려고요……."

그때 양다곤이 팔을 들어 통화를 막았다.

"……회장님?"

수행원은 휴대전화 송화기를 막고 눈을 동그랗게 떴다.

양다곤이 말했다.

"뭘 이 정도를 가지고 경찰에 신고를 하나."

인자한 눈빛이었다.

"아…… 네."

"대충 끊게."

"네. 알겠습니다."

수행원은 "죄송합니다. 오해였습니다. 신고를 철회하겠습니다." 하고는 통화를 끊었다.

다른 수행원이 어디선가 수건을 급히 구해서 양다곤의 이마를 닦아

내며 물었다.

"괜찮으십니까?"

"난 괜찮아. 그것보다."

"네?"

"이분이 얼마나 억울한 사정이 있으면 이러시겠나. 총무팀에서 이분 사연을 듣고 회사 절차에 따라 보고하게."

양다곤은 그렇게 말하고는 발길을 옮겼다.

사람들의 감탄이 담긴 눈길을 뒤통수에 느끼면서.

멋진 연출, 자연스러운 연기.

양다곤은 스스로에게 합격점을 주었다.

"네……."

수행원은 얼떨떨하게 대답하고는 조금 앞장서 양다곤의 길을 안내했다.

달걀을 던진 남자는 멍한 얼굴로 서 있었다.

휴대전화로 이 장면을 촬영하던 사람들은 "대박이다!", "유튜브에 올려!"라며 웅성거렸다.

한울 모터스의 최고급 차량 아스트로 리무진에 올라탄 양다곤은 앞자리의 수행원이 건네주는 새 수건으로 이마를 재차 닦았다. 이어 수건을 아무렇게나 차 바닥에 내팽개쳤다.

"쳐 죽일 놈!"

이를 가는 듯한 음성이 두툼한 입술 사이로 새어 나왔다.

조금 전까지의 온화했던 표정은 온데간데없이 사라져 있었다.

좌석에 몸을 묻은 양다곤은 클클, 하며 찻물 끓는 소리를 냈다. 분노를 억누르는 짐승의 울음 같았다. 턱 밑에 바짝 핏대가 올라와 있다.

잠시 후 양다곤은 휴대전화를 꺼냈다. 마디가 굵은 손가락으로 키패드를 꾹꾹 눌렀다.

앞좌석과는 두꺼운 유리로 구획되어 있다. 기사에게 말을 할 때면 앞좌석과 연결된 대화용 스피커를 통한다. 양다곤은 전원 버튼을 눌러 그 스피커를 껐다.

이제 뒷좌석에서 하는 말은 기사에게 전혀 들리지 않는다.

"김 실장인가."

"회장님, 안녕하셨습니까."

공손하지만 굵고 탁한 남자의 음성이 휴대전화를 건너왔다.

"응. 나야. 오래만이군."

"건강하셨습니까."

"건강하지 못한 일이 좀 있어."

"그러시면 안 되죠."

"안 되겠지."

"아무래도 제가 한번 찾아뵈야겠습니다."

양다곤은 휴대전화를 닫았다.

그의 눈은 허공 어딘가를 노려보고 있었다.

* * *

"어서 와라."

한도균은 현관에서 신발을 벗는 한이수를 반겼다.

"아빠, 몸은 괜찮아?"

얼굴 보자마자 아버지의 건강 걱정이다.

"응. 늘 그렇지."

한도균은 말하다가 기침을 뱉었다.

폐가 좋지 않은 한도균이 건강을 위해 양평에 있는 집을 얻은 지
2년째.

한이수는 한 주 걸러 주말마다 집에 들렀다. 혼자 사는 아버지가 신
경 쓰였다. 말벗이라도 해 주려 했다. 무엇보다 한도균의 불안한 정서
가 걱정되었다. 그의 불안증은 10년 전 시작됐다. 아내가 극단적인 선
택을 한 그날 이후부터였다.

아버지와 딸은 과일 접시를 사이에 두고 부엌 식탁에 앉았다.

"CCTV를 달았어야 했는데, 아까워. 늙은 여우 놈! 그렇게 몸조심
을 하니……."

한도균이 입술을 실룩거렸다. 회장실 내 CCTV 설치를 양다곤이
거부한 때문이었다. 안전을 명분으로 내세워 회장실 안에 CCTV를
달고, 양다곤이 누구를 만나는지, 혹은 어떤 부정을 저지르는지 결정
적인 증거를 잡아내자는 게 한도균의 생각이었다.

한이수가 작게 한숨을 쉬었다.

"매사가 비밀스럽고 철두철미한 인간이야. 회장실엔 도청탐지 장치
를 하고, 자기 차에는 방음유리를 설치했어. 외부인이 출입할 땐 몸수
색을 하도록 해 놓았을 정도야."

"가까운 사람도 못 믿는다는 거야?"

"그랬으니까 지금껏 살아남았겠지. 그렇게 비열한 짓을 하면서도
말이야."

"그 나쁜 놈을……."

"아빠 맘을 좀 느긋하게 먹고 기다려 봐. 전부 나한테 맡기고."

한도균은 한이수를 측은하다는 듯 바라보았다.

"이수 네가 젤 안됐어. 매일 양다곤 그 원수놈 밑에서 일하려니, 그

게 보통 마음이겠니."

"그것도 익숙해졌어."

"말이 그렇지, 어떻게 그게 익숙해지겠냐. 그 인간만 보면 엄마 생각
이 날 텐데."

"아냐, 정말."

"난 그거 찬성 안 했다. 차라리 내가 매일 한울 모터스 앞에 나가서
1인 시위를 하려고 했어."

"그런 거 안 통해. 한둘인 줄 알아? 이번에도 봤지? 괜히 달걀 던졌
다가 그 사람만 궁지에 몰렸잖아."

"교활한 놈. 다 연극이야! 사람들은 아무것도 모르고 양다곤이 그릇
이 크니 어쩌니 하더라. 보고 있으려니깐 속에 천불이 나서……."

양다곤이 달걀을 맞은 장면을 촬영한 영상이 유튜브에 퍼졌고, 언론
에도 보도됐다. 달걀 범벅이 된 얼굴을 하고도 그냥 용서해 준 미담은
큰 반향을 불러일으켰다. 마음이 태평양이야! 멋진 경영인! 인간미 철
철…… 하지만 한이수 부녀는 세상이 또 한 번 속아 넘어간 거라며 이
를 가는 것이었다.

"약은 거 하난 인정해 줘야 해. 그 상황에서 쇼할 생각을 하는 걸 보
면 말이야."

"그러게 그 악마 자식이…… 뭐 도량이 넓어? 관용? 개떡 같은
소리!"

한도균은 소리를 지르다가 제풀에 기도가 막혀 콜록콜록 기침을
했다.

"아빠, 진정해. 혼자서 자꾸 화내면 뭐 해. 그 인간은 지금 아무것도
모르고 웃고 있을 텐데."

"그래, 그래. 너 말이 맞다. 알면서도 그놈 생각만 하면 울화통이 터

져서……."

한도균은 고개를 푹 숙였다.

아버지의 속이 얼마나 곪아 있을지, 한이수는 그저 짐작할 뿐이었다. 가장 크게 잃고, 가장 크게 상심한 당사자는 한도균 본인일 테니까. 그가 조그만 일에도 참지 못할 만큼 정서가 불안해진 것도 양다곤 때문에 엄마가 자살한 이후부터였다.

한이수는 고개 숙인 한도균을 가만히 응시했다.

조금 전까지 화를 내더니 지금은 비에 젖은 참새처럼 무기력해져 있다.

세상 누구도 해치지 못할 것 같은 사람.

큰 분노를 갖고 살기에는 너무나 마음 약한 사람.

그래서 측은했다.

궁궁.

그때 갑자기 천장이 울렸다.

궁, 쿵, 쿵쿵.

"저 자식이 또!"

한도균이 고개를 번쩍 들었다. 그의 얼굴이 벌겋게 달아올라 있었다. 분노한 눈초리가 천장을 향해 있었다. 그는 요즘 조그만 자극에도 감정이 무서우리만치 급변하고 있다.

하긴 '조그만 자극'이라고만은 할 수 없다.

양평의 집은 공기도 좋고 주변에 병원이나 편의시설도 있고 다 좋았지만 딱 하나 큰 문제가 있었다. 2층 입주민이 문제였다. 엄청난 층간소음.

2층에는 부부와 남자 중학생 둘이 살았다. 남편 쪽은 언뜻 봐도

100킬로가 훨씬 넘는 거구였고, 그냥 걷기만 해도 마치 방아로 떡을 찧는 듯한 소리가 났다. 남자 중학생 둘 또한 아빠를 닮아 몸집이 크고 뚱뚱했다. 한창 혈기왕성한 나이라 뛰기 일쑤였는데, 마주칠 때마다 늘 축구공을 들고 있는 거로 봐서 집 안에서도 공을 차는 게 아닌가 싶었다.

그렇지 않아도 예민한 한도균은 매일, 밤낮없이 이어지는 층간소음을 견디기 힘들어했다. 몇 번인가 가서 이야기해 봐도 전혀 나아지지 않았다. 말다툼을 몇 번 한 끝에 감정의 골이 완전히 깊어져 버렸다. 2층 사람들은 이제는 완전히 나 몰라라 하고 대놓고 쿵쿵댔다.

한도균은 견디다 못해 '층간소음 보복 스피커'란 것을 설치했다. 20여 만 원을 들여 스피커를 사서 천장에 거꾸로 붙여 놓았다. 그러고는 유튜브를 연결해 공구소음 같은 것을 흘려보냈다.

아래층의 예기치 못한 공격에 위층이 잠시 잠잠해졌다. 그런데 하필이면 그 무렵 층간소음 스피커를 단 사람이 폭행죄로 입건됐다는 뉴스가 보도되었다. 그러고 나서는 왠지 스피커를 틀기 힘들었다.

결국, 위층의 소음은 다시 개시됐다.

독립된 주택 한 채를 따로 살 돈은 없었다. 있던 돈도 양다곤 때문에 다 날린 판이다. 조그만 전세라도 얻은 게 그나마 다행이었다. 그런데 하필이면 2층을 잘못 만났다.

한이수는 우선 한도균을 다독였다. 너무 신경 쓰다 보면 불안증도 악화될 수 있다.

"아빠, 저건 어쩔 수 없어. 그냥 그러려니 하고 살아."

"저 자식들! 일부러 소리 내 걷는 거야!"

"어떻게 일부러 그러겠어. 집을 잘못 지어서 천장이 얇은 거지. 돈 모아서 다른 데로 이사 가. 그때까지만 참고."

"저 인간들을 당장!"

아버지는 자리에서 일어서려 했고, 딸은 뜯어말리느라 진땀을 뺐다.

"올라가 본들 뭐 해. 지난번에도 말다툼만 하고."

"그래도!"

"맘 편히 생각해. 자꾸 그러면 아빠만 몸 상해. 안 그래도 양 회장 때문에 이 꼴이 됐는데……."

한이수의 눈이 붉어져 있었다.

한도균은 천장을 노려보며 몸을 부들부들 떨었다. 눈의 흰자위가 번들거렸다.

지금 모습을 누군가 본다면 수군대며 피할지 모른다.

하지만 한이수의 눈에는 아빠가 한없이 불쌍해 보일 뿐이었다.

* * *

양다곤이 화들짝 놀라 일어난 때는 새벽 3시 30분이었다.

으음.

기분 나쁜 꿈이었다.

침대 옆 테이블의 물컵으로 손을 뻗었다.

"……자기 뭐 해?"

장유나가 뒤척이며 말했다. 이불은 반쯤 걷어 올라가 있고, 잠꼬대 같은 목소리다.

양다곤은 대답 없이 물끄러미 바라보다 물을 들이켰다.

이런 꿈을 꾸다니.

환상이 아니라 예전 기억이 투사된 꿈이었다.

잠은 완전히 달아나 버렸다.

아홉 살의 꼬맹이.

"왜 자꾸 아빠가 자살이라고 말하세요?"

김민호의 장례식장에서 꼬마는 고개를 빳빳이 쳐들고 노려보며 말했다.

마치 뒤통수까지 꿰뚫리는 듯한 눈빛이었다.

한순간에 속마음을 다 들켜 버린 듯한 서늘함.

꿈에 나온 그 꼬마는 분명 김한울이었다.

김민호의 아들, 그리고 '한울' 모터스가 된 이름.

"아빠는 자살하지 않았어요."

김한울은 또 말했다.

얼음보다 차가운 그 말.

어린아이라고는 도저히 생각할 수 없는 냉정한 말.

마치 조그만 판관으로부터 준엄한 심판을 받는 기분이었다.

양다곤은 아빠 잃은 어린아이의 치기 정도로 무마하면서 그 자리를 모면했지만 가슴이 덜컹 내려앉았다.

김민호의 처가 살인죄로 고발해 경찰에 가서 진술한 적도 있지만 그때는 느긋했다.

경찰은 살인 고발이 터무니없다고 믿었고, 형식적으로 조서만 꾸미고 있는 태가 역력했다.

하지만 그 꼬마만은, 김민호의 아들만은 달랐다.

누구보다 빨리, 정확하게 사건의 핵심에 도달해 있었다.

무당 같은 놈일까?

신내림?

아니면 괴물?

등골이 서늘했다. 그 후로도 가끔 꼬마의 눈빛이, 그 말이 생각날 만큼.

언젠가 양다곤은 사람을 시켜 윤서경, 김한울 모자가 어디서 무얼 하고 있는지 알아보게 했다.

그의 보고에 양다곤은 마음의 찜찜함이 가라앉는 걸 느꼈다.

초등학교를 졸업하고 미국으로 건너갔다는 것이었다.

한국의 나쁜 기억을 잊고 싶어서 아예 타국으로 가 버린 모양이군.

최상의 결과였다.

조그마한 불안의 씨앗도 이제 한국에는 남아 있지 않다.

그리고 이제는 그 불안이 현실화한다고 해도, 설사 살인의 증거가 남아 있다 해도 3중, 4중의 법률 방패막이 있다.

수족과 같은 단명오 변호사가 분명히 확인해 주었다.

양다곤은 법이 닿지 못하는 절대 반지를 가졌다고. 금강불괴, 난공 불락. 결코 과녁에 닿을 수 없는 제논의 화살처럼, 최악의 결과에는 결코 도달할 수 없는 것이다.

단명오의 말을 듣고서 비로소 안심이 되었다.

그 후로도 김한울의 그 말과 눈빛은 가끔 떠올랐지만 충격의 정도나 빈도는 현저히 줄었다.

그러다가 이날 밤 갑작스레 꿈의 형태로 등장했다. 이성적으로 생각하면 이보다 더 안심할 수 없는 상황인데. 무의식의 세계인 꿈은 통제할 수 없었던 모양이다.

'아무래도 이틀 전 미친놈한테 달걀을 맞은 탓인가 보군.'

양다곤은 자조적인 웃음을 짓고는 다시 침대에 누웠다.

* * *

윤해성이 동양 자동차를 고발한 건 사실상 억지였다.

동양 자동차에서 생산한 차량에서 발생한 화재가 몇 건 보도된 바 있었는데, 그건 모든 차량에 발생하는 사고였다. 통계적으로는 다른 수입차보다 훨씬 작은 수치였다. 그런데 윤해성은 동양 자동차 그룹이 차량의 결함을 고의로 숨겼다면서 이것저것 근거를 주워섬기며 경영진을 형사 고발했다.

차량의 '화재'라니. 일단 표현 자체의 파괴력이 크다. 게다가 BMW 차량의 화재가 큰 사회 문제가 된 적이 있기에, 그 사건을 기억하는 사람들은 이 고발에 반응했다.

물론 이런 고소고발이라면야 대기업에서는 일상일 수도 있다. 하지만 이번 건은 조금 달랐다. 유독 언론 보도가 잇달았고 여론의 주목이 높았다. 고발인이 다름 아닌 얼마 전 김정은을 기소하고 사표를 낸 유명 변호사 윤해성이었기 때문이다. 윤해성은 다양한 매체를 통해 인터뷰를 하면서 강경한 발언을 내뱉었다.

"……경제정의의 이름으로 시민을 대표해서 법적 조치를 하기로 했습니다."

명분은 어디까지나 정의였다.

"이번을 계기로 소비자를 대표해 자동차업계의 고질적 병폐를 개혁하겠다는 의지를 가지고 지속적으로……."

물론 그런 의지는 내면에 없다. 하지만 외부에서는 그렇게 보인다. 일단 말하는 대로 받아들이는 게 여론이다. 들통은 나중에 난다.

대중은 지지했지만, 고발당한 회사는 돈키호테 같은 이 인간의 돌출 행동이 부담스러울 터였다. 더구나 타깃은 회사조직이 아니라 CEO

개인. 그 효과는 더 크다.

"동양 자동차에 그치지 않고 문제 있는 동종 회사들의 경영진을 상대로 순차적으로 형사고발을 할 계획입니다."

협박 아닌 협박을 내뱉었다.

현대차가 다음 고발 대상이 될 거라는 전망이 다수 나왔다.

그다음은 필연적으로 한울 모터스가 될 것이다.

* * *

"윤해성 변호사님을 좀 뵈러 왔습니다만."

법률사무소 이람의 문은 언제나 열려 있다. 그 사이로 미끈한 양복을 차려입은 마흔 중반의 남자 한 명과 서른 중반의 남자 한 명이 들어왔다.

남자들은 방수희를 보더니 여느 의뢰인들과 마찬가지로 약간 움찔했다.

당당한 체격, 무심한 표정, 친절 없는 태도.

하지만 그런 것보다 방수희의 몸에서 뿜어져 나오는 '투쟁의 아우라' 같은 것이 그들을 위축시켰을지 모른다.

"어떻게 오셨죠?"

"저는 이런 사람입니다."

남자 한 명이 명함을 내밀었다.

한울 모터스 법무팀장 최윤식

명함을 내미는 그의 어깨에 힘이 들어갔다.

한울 모터스. 국내 굴지의 대기업. 그리고 회장 바로 아래에서 그룹 전체의 법무를 총지휘하는 법무팀장. 그가 직접 이 조그만 법률사무소를 방문했다.

그런데 방수희는 명함을 한 번 보더니 책상에 휙 내려놓고는 무심하게 물었다.

"예약은 하셨나요?"

기대했던 반응이 아니었는지 최윤식은 조금 움츠러들었다.

"예약은 안 했습니다. 긴히 좀 제안할 말씀이 있어서요."

어쩐지 방수희에게는 계속 저자세가 된다.

방수희는 내선전화를 들어 윤해성에게 방문객이 있음을 알렸다.

"들어오시라고 하지."

방수희는 남자들을 윤해성의 방으로 안내했다.

그사이 사무장석에 앉은 전기호는 남자들을 흘끔거렸을 뿐 아무런 말도 하지 않았다. 명색이 사무장이라지만 법이라고는 까막눈인 데다, 끼어들 여지도 없다.

"한울 모터스의 최윤식 법무팀장입니다."

최윤식은 윤해성에게 정중히 명함을 건네고는 윤해성 건너편에 앉았다.

같이 온 직원도 그 옆에 앉았다.

"어떤 용건이신지요?"

"실은…….'

최윤식이 말머리를 꺼냈다.

"얼마 전 윤 변호사님이 동양 자동차를 고발하신 일에 저희 회사는 크게 감명을 받았습니다."

"그러신가요?"

윤해성은 무표정했다.

"저희 회사는 그런 문제에 대단히 전향적인 사고를 가지고 있습니다. 고발을 귀찮아하기보다는 오히려 윤 변호사님처럼 자동차 산업에 건전한 비평과 감시 역할을 해 줄 분이 꼭 필요하다고 믿습니다."

"다행입니다."

"그래서 저희 회사는 윤 변호사님 같은 분을 모셔서 소중한 식견을 회사 운영에 참고하고 반영해야 한다고 판단했습니다."

"하긴 뭐, 저 같은 사람이 길게 보면 오히려 회사에 필요하죠."

윤해성은 슬쩍 맞장구쳐 주었다.

최윤식은 옆의 직원과 눈빛을 교환했다.

이 사람 말이 통할 것 같은데.

직원도 조금 안심하는 눈치였다.

최윤식은 가방에서 서류를 몇 장 꺼냈다.

"그래서 말씀인데, 저희 회사의 고문변호사로 모시고 싶습니다."

"아, 고문변호사요."

윤해성은 별로 놀랍지 않다는 듯 말했다. 그 말투가 더 기대감을 심어 주리라.

최윤식은 서류의 항목을 짚어 가며 설명했다.

"저희의 제안은 이렇습니다. 일상적인 법률 자문을 맡아 주시고, 회사에 현안이 있거나 주요 소송이 있을 때 사건을 맡기게 되면 별도의 수임료를 드리는 조건입니다."

"좋군요. 고문 계약은 원래 그런 방식이죠."

"일단 고문변호사 계약을 체결하시면 월 2000만 원의 고문료에 소송이 있을 시 사안에 따라 별도 수임료를 지불하는 조건입니다."

고문변호사가 월 2000만 원이면 어마어마하게 파격적인 조건이다. 회사의 소송 사건을 자발적으로 맡기려 들진 않겠지만.

"나쁘지 않군요."

"아시겠지만, 회사의 고문변호사가 되시면 몇 가지 법적 의무가 따릅니다. 회사의 법률 자문에 응하는 건 계약상 조건이니 당연하고요. 회사의 영업비밀을 지킬 의무, 또 회사에 해가 되는 행위를 하지 않을 조건 등등이 붙습니다."

"알고 있습니다."

윤해성이 순순히 대답하자 최윤식은 만족스러운 웃음을 띠었다.

거봐. 당신은 정의파 아니었지. 이런 걸 원한 거였지.

꼭 그게 아니더라도, 분명 명분보다는 돈이 더 좋지?

"그럼 오늘 이 고문계약서에 서명하시는 거로……."

"좋습니다만."

"네?"

"전 원칙이 있습니다."

"어떤 겁니까?"

"저도 나름의 정의랄까, 원칙이랄까 그런 것이 있습니다. 그래서 그저 좋은 조건을 제시한다고 해서 덥석 계약서에 사인하지는 않습니다."

"……그렇다면?"

"일단 회사의 이념이나 추구하는 방향이 저하고 맞아야겠지요."

"그거야 다르지 않습니다. 아시다시피 저희 회사는 자동차개발을 통해 국가 경제에 이바지하는 기업입니다."

"그거야 그렇습니다만."

"그럼 뭐가 문제이신 건가요?"

"전 그 회사의 대표님을 만나 보고서 결정하고 싶습니다."

"대표님을요?"

"그렇습니다. 회사의 경영철학은 결국 그 회사의 CEO가 결정하는 거겠지요. 그래서 대표님을 만나 보고 싶습니다. 그러면 제가 같이할 수 있는지 어떤지를 알 수 있겠지요."

최윤식은 난감한 표정을 지었다. 이 부분은 위임받아 온 사항이 아닌 것이다.

그는 조금 고민하다가 말했다.

"그럼 일단 회사로 돌아가서 위에 보고하겠습니다. 그런 이후 다시 방문 드리는 걸로 하죠."

"그러시죠."

윤해성은 미련 없이 대답했다.

당신들과의 고문 계약에 그다지 목매지 않는다는 태도. 나아가, 원하는 대로 되지 않으면 기분이 상할 수도 있다는 뉘앙스이기도 했다.

최윤식과 동행한 직원은 가방을 챙기고 일어서서 윤해성에게 정중하게 허리를 굽힌 후 일어섰다.

"안녕히 가세요."

방수희의 커다란 음성에 이들은 또 한 번 움찔하고는 사무실을 떠났다.

윤해성은 20년간 한울 모터스의 움직임을 보아왔고, 연구했다.

한울 그룹이, 아니 양다곤이 어떻게 반응하고 움직이는지는 누구보다 잘 안다.

더욱이, 2년간의 소송전을 벌이면서 상대의 방식은 뼛속 깊이 체득하고 있었다.

현대차같이 오랜 전통의 기업, 시스템으로 움직이는 회사는 그다지 표면적인 반응을 하지 않을 것이다.

하지만 한울 모터스는 다르다.

양다곤은 반드시 어떤 가시적인 대응을 하려 들 것이다.

그 전망은 곧 현실로 나타났다.

그것이 오늘의 방문인 것이다.

양다곤은 본질상 선비보다는 협잡꾼의 기질을 갖고 있다.

귀찮게 하는 사람이 있으면 원칙으로 대응하기보다는 일단은 금전이든 지위든 당근을 제공하면서 달래는 식으로 해결해 왔다.

좀 더 힘을 가진 이들, 권력자들은 뇌물로써 자기 사람으로 만들었다.

세상에 돈으로 살 수 없는 건 없다고 믿는다.

실제로 그의 방식은 유효했다.

그렇게 함으로써 정재계, 언론, 사법부에 광범위한 커넥션을 만들어 왔다.

그런 양다곤에게 대중적으로 한창 인기가 높은 스타 변호사 윤해성이 동양 자동차를 고발하며 태클을 걸었다.

동양 자동차를 시작으로, 자동차 기업에 법의 메스를 들이대겠다고 한다.

다음은 현대차, 한울 모터스 차례일 거라는 전망이었다.

이 인간은 귀찮게 할 가능성이 크다.

양다곤은 윤해성이 표면상 내건 경제정의니 하는 말은 서푼어치도 믿지 않을 것이다. 오로지 윤해성이 오로지 실리, 이를테면 돈을 목적으로 그런 짓을 한다고만 생각할 것이다. 형사고발을 당하면 가장 구린 쪽이 한울 모터스이기도 하다.

그렇다면 적어도 양다곤은 자신에 대한 회유책을 내걸고 나올 수 있다.

우선 윤해성을 회사 내부에 두어 차라리 자기 사람을 만들려 할 수 있다.

하다못해 어떤 계약관계로라도 묶어서 회사에 해를 끼치지 못하도록 법적 의무를 지우려 할지도 모른다.

그렇게 예측했다.

그리고 그 예측은 어김없이 맞아떨어졌다.

자동차 기업들을 상대로 돌출 행동을 하는 골치 아픈 '또라이' 윤해성을 고문변호사 계약으로 묶으려 한다. 회사 안으로 편입하고 계약이라는 끈끈이로 묶어서 화근을 제거하려는 것이다.

양다곤의 방식이다.

윤해성은 굳이 회장을 만나고 싶다고 했다.

양다곤을 만나서, 그럴 리 없지만 혹시 자신을 기억하고 있는지 확인하고 싶었다.

그렇지 않더라도, 양다곤을 무너뜨리려면 우선은 만날 필요가 있었다.

"너무 뻗댄 거 아닙니까?"

윤해성이 그들을 배웅하고 돌아오자 전기호가 잔뜩 부어 있었다.

"뭔 소리야."

"월 2000만 원이 적은 돈이 아니잖아요."

밖에서 다 듣고 있었군.

"그래서 한다고 했잖아."

"회장을 만나게 해 달라면서요."

"그랬지."

"아니, 한울 회장이 약 먹었어요? 꼴랑 고문 계약 하나 체결하면서 잔잔바리 변호사를 왜 만나요? 굴러들어 온 계약을 걷어찬 거나 마찬가지지."

"너 그 '꼴랑'이니 '잔잔바리'니 하는 막말, 거슬린다."

"회장이 보기엔 그렇죠, 뭐."

전기호는 아랑곳하지 않았다.

"나도 거슬려."

방수희가 끼어들었다.

전기호가 "억." 소리를 내며 방수희 쪽을 돌아보았다.

"변호사님이 잔잔바리면 그 사무실에 있는 나도 잔잔바리 되는 기 아냐?"

"그렇지, 그렇지."

윤해성이 맞장구쳤다.

"아니, 누나. 그런 뜻이 아니라……."

전기호가 진땀을 흘렸다.

전기호는 두 살 위의 방수희를 왠지 두려워한다. 대표한테 함부로 막말을 하면서도 방수희에게 꼼짝 못 하는 모습을 보면 윤해성은 은근히 기분이 나빠질 정도였다.

방수희가 키도 목소리도 더 크긴 한데, 그것만이 이유는 아닌 듯하다. 사람이 품고 있는 근원적인 기 같은 것에서 방수희가 압도해 있다. 뒷골목에서 잔뼈가 굵은 전기호는 본능적으로 강자를 알아보는 걸까.

다행히 방수희는 은근히 윤해성 편을 들어주는 것 같다.

하지만 그 방수희가 말했다.

"제가 봐도 좀 실수 같긴 해요."

"엑, 수희마저. 내 편이 아녔어?"

"그 계약을 수락했어야죠."

"왜 다들 난리야. 이거 내 사업이야. 내가 결정하는 거 아냐?"

윤해성은 황당하다는 듯 양팔을 벌려 보였다.

"어쩔 수 없어요. 사무실 수입 없으면 우리 월급도 보장 못 받잖아요. 지금까지 두 달간 사건도 거의 없었는데."

"맞아요, 맞아."

전기호가 다시 기세를 회복하고 끼어들었다.

"결국은 다들 자기 밥그릇 걱정이었군."

전기호과 방수희는 당연하다는 듯이 윤해성을 보았다.

"걱정하지 마."

"어떻게 걱정을 안 해요. 월급 800만 원 준다고 꼬셔 놓고. 먹튀 당하는 거 아닙니까?"

"대체 무슨 자신감이죠?"

전기호와 방수희가 한편이 되어 항의했다.

"지금까지 월급 밀린 적 있어?"

"은행 대출 받은 돈으로 준 거잖아요. 그거 다 떨어지면 어쩌려고 그래요?"

회계를 담당하는 방수희가 아픈 곳을 찔렀다.

"저 사람들, 양 회장이 날 만나든 아니든 일단은 여기 다시 방문할거야. 그때 못 이기는 척하며 도장 찍을 거고."

"뭐야, 결국 몸값 올리겠단 거였어요? 얄팍한데요."

또다시 전기호의 막말.

"얄팍하다니!"

윤해성이 짐짓 소리를 높였지만 전기호는 고개를 홱 돌려 버렸다.

아, 두통이…… 윤해성은 손으로 이마를 짚었다.

하긴.

얄팍한 수작이든 뭐든 상관없다.

법률고문 계약.

그걸로 윤해성은 한울 모터스의 언저리로 한 걸음을 다가가게 된다.

그리고 내부로 향할 것이다.

한울 모터스 양다곤이라는 거대 공룡을 쓰러트리려면 내부로부터
공략하는 수밖에 없으니까.

* * *

윤해성은 그 주 토요일에 모친 윤서경이 있는 이천에 내려갔다. 윤
서경은 윤해성이 전세로 마련해 준 전원주택에 살고 있다.

어머니와 마주한 윤해성의 얼굴에 온기 어린 미소가 떠올라 있다.

"지내기 어떠세요?"

"너무 좋아. 공기 좋고 인심도 좋고 병원도 가깝고."

"다행이에요."

"너 덕분에 편안하게 지낸다."

"그래 봤자 전센데요, 뭘."

"넌 무슨 돈이 있어서 이런 집을 다 장만했냐."

"저도 돈 걱정은 하죠."

"뭐? 형편이 안 좋아?"

"아뇨. 돈 쓸데가 없어서 걱정이에요."

윤서경은 하하, 웃고는 물었다.

"사무실은 어떠니?"

"잘나갑니다. 걱정하지 마세요. 곧 이층집으로 옮겨 드릴 테니."

"이층집은 싫다. 무릎이 안 좋아서."

"에스컬레이터 설치해 드릴게요."

"집 안에 무슨 에스컬레이터니."

"알았어요. 그럼 넓은 단층집."

"아무튼 해성이 넌 늘 자신만만해서 듣기는 좋아."

"정말입니다. 제가 말해 놓고 안 지킨 적 있나요?"

"하긴 그래."

웃음 짓는 윤서경의 눈가에 주름이 깊게 팼다.

같은 나이의 여성보다 더 나이 들어 보이는 건 그동안의 고생 탓이리라.

윤해성은 마음이 무거워졌다.

이날은 특별한 용건이 있었다.

"그건 그렇고, 예전 아버지 유언장 있죠?"

"그거야 당연히 보관하고 있지? 왜 그러니?"

"좀 필요해서요."

윤서경은 아들이 말하는 거라면 언제나 이유를 묻지 않고 들어주었다.

미국에서 한국인들과 교류하지 말자는 것도, 이름을 바꾸겠다는 것에도 군말 없이 동의했고, 아들이 사법시험을 합격한 후 검사를 지망한 것도, 1년 반 만에 그만두고 변호사가 되겠다고 할 때도 아무런 반대를 하지 않았다.

그녀의 아들에 대한 신뢰는 절대적이었다.

"그래. 가져다줄게."

서경은 장롱 깊이 둔 서류함에서 김민호 교수의 유언장을 꺼내 왔다.

윤해성은 그 종이를 받아 들었다.

먼저 갑니다. 무엇보다 가족한테 미안합니다. 사랑합니다.

20년 만이었다.

그리운 아버지의 필적.

나뭇등걸 위에 대고 쓰다가 조금씩 찢긴 흔적.

구김과 약간의 핏자국.

자살이라고는 절대 믿지 않지만, 모든 것이 거짓으로 꾸며진 살인 연극이지만, '사랑합니다'라는 문구만은 그 순간 아버지의 진심이었으리라.

이럴 줄 몰랐는데, 약간의 떨림이 있었다.

이제 시작됐다.

옆에서 아들을 지켜보던 서경이 물었다.

"근데 뭐 하려고?"

"이 유언장으로 한 가지 가능성을 테스트해 볼 거예요."

"가능성?"

"네. 모든 것을 되돌릴 가능성이요."

윤해성은 유언장을 들고서 눈을 빛냈다.

* * *

양다곤은 장유나의 강변 아파트에 와 있다.

집에는 장유나 말고도 한 명이 더 있다.

김 실장.

소위 양다곤의 '밤의 비서실장', 그였다.

찢어진 눈매와 살짝 돋아난 콧수염, 중년임에도 탄탄한 근육질의 몸. 뺨의 긴 흉터는 거칠게 살아온 남자의 인생을 말해 주었다.

양다곤, 장유나, 김 실장은 거실 소파에 앉아 있다.

장유나는 혼자 와인 잔을 들고 등받이에 비스듬히 기대 있다.

김 실장이 입을 열었다.

"사모님은 벌써 꽤 취해 있으신 듯합니다."

"얘기야 두 분이 할 테니 난 술이나 마셔야죠."

장유나가 와인 잔을 입으로 가져갔다.

양다곤이 빙그레 웃었다.

김 실장이 양다곤에게 말했다.

"회장님, 지난번 오랜만에 전화를 주셔서 놀랐습니다."

"허허. 그러게. 내가 김 실장한테 연락할 일이 없어야 오래 사는 건데 말이야."

"그때 말씀하신 건강하지 못한 일이 뭡니까?"

"달걀 투척 사건 알지?"

"압니다. 기사에도 났고, 유튜브에도 영상이 올라왔죠."

장유나가 불쑥 끼어들었다.

"그거 자기가 달걀 맞고도 용서해 줬다고 엄청 여론이 좋았잖아?"

"그렇습니다. 기업 이미지도 많이 좋아졌고요. 원래 좋았지만."

김 실장이 양다곤을 대신해 대답했다. 장유나는 양다곤에게 몸을 기대며 말했다.

"역시 자기야. 나 같으면 못 참고 그 자리에서 정강이라도 깠을 텐데."

양다곤은 허허, 하고 웃었다.

"그럼 쓰나. 제 딴에는 억울하다고 그런 건데."

김 실장은 가만히 양다곤의 입을 주시했다. 이건 본심이 아닐 텐데요. 이윽고 양다곤이 말했다.

"그래도 좀 경우를 가르칠 필요는 있겠어. 내가 회사 현관으로 나갈 때마다 달걀을 던져서야 안 될 거잖아?"

"흐으응."

장유나가 묘한 콧소리를 냈다. '역시' 하는 뜻일까.

"그렇죠. 그 친구는 좀 예의를 배울 필요가 있겠더군요."

김 실장이 턱을 만지며 미소를 지었다.

장유나가 일어섰다.

"어, 또 와인이 떨어졌네. 셀러에서 하나 더 꺼내 와야지."

장유나는 비틀거리며 부엌으로 향했다. 부엌 안쪽의 문을 하나 더 열고 들어간 창고 공간에 와인 셀러가 있다. 장유나는 그 문으로 들어 갔다.

그녀가 사라진 것을 확인한 양다곤이 목소리를 낮추어 말했다.

"세상이 쉬운 곳이 아니란 걸 좀 알아야겠지. 그 친구 본인을 위해 서도."

"제가 적절한 선에서 가르치겠습니다."

"음. 김 실장이 알아서 하게."

"걱정 마십쇼. 회장님은 저한테 그저 '경우를 알려 주라'는 말씀만 하신 겁니다."

"김 실장은 말귀가 통해서 좋아."

"회장님 말씀인데 어련하겠습니까."

"일도 늘 깔끔해. 잡소리 안 들리게 말이야. 그동안 한 번도 실망시 킨 적 없잖아."

"20년 전처럼 말씀이죠?"

김 실장은 흐물흐물 웃었다.

* * *

판사. 검사. 변호사.

사법연수원을 수료하면 이 세 가지 중 하나가 될 수밖에 없다.

연수원 동료들은 돈과 권력, 명예 등등 세속적 이유로 이들 직업을 저울질했다.

겉으로는 정의, 소신 같은 것을 내세웠지만, 서로가 서로를 속이는 기호일 뿐이다.

아무튼, 윤해성도 어느 쪽을 택할지 정해야 했다.

그의 기준은 동료들과 달랐다.

어느 쪽이 더 페이를 많이 받는가, 어디가 소위 '끗발' 있는가 따위는 관심 없었다.

오로지 목표만을 생각했다.

양다곤.

그를 거꾸러뜨리기 위해서 무엇이 가장 효율적일 것인가.

우선 가장 먼저 지운 직업은 판사였다.

판사는 자기가 맡은 사건에 관해서는 신과 같은 권력을 가지지만, 그것이 가능성이자 한계였다.

자신의 사건이 아니라면 아무런 힘이 없다. 사건이 자신에게 배당되지 않으면 아무것도 할 수 없다. 묵은 미제 사건을 들추어낼 수도 없고, 수사를 개시할 수도 없다. 땅에 발을 박은 채 던져 주는 공만 받아야 한다. 가장 수동적인 존재.

윤해성은 사법연수원생 신분으로 일종의 견습생인 '판사시보'를 하면서 판사들의 회의에 참석했던 경험을 생생히 기억한다.

그 법원에서는 부장판사 아래 직급의 판사들이 돌아가며 당직을 섰다. 밤에 청구되는 급한 영장을 처리하는 것이 주된 업무였다. 그런데 그 법원에 임신한 여성 판사들이 여럿 있어서 회의가 열리게 되었다. 임신한 여성 판사들을 당직에서 빼면 다른 판사들의 업무가 과중해지니 이걸 어떻게 조정할 것인가 하는 게 의제였다.

"임신이 확인되면 당직에서 빼야 합니다."

"그렇게 되면 다른 판사들이 너무 힘듭니다. 임신한 여성 판사들도 출산 직전까진 당직을 서야 합니다."

"그것도 과합니다. 출산 두 달 이후로는 당직을 면제해 줍시다."

이런 탁상공론이 한참 지속되었다.

지루했다.

윤해성은 손을 번쩍 들었다.

판사들의 시선이 몰렸다. 윤해성인 것을 확인하고는 은근히 눈살을 찌푸렸다.

시보 따위가 왜?

윤해성은 따가운 시선에 개의치 않고 말했다.

"당직비를 올리면 해결될 겁니다. 지금은 하루 3만 원 정도에 불과합니다. 이걸 한 10만 원 이상으로 올리면 서로 당직 서려 들지 않겠습니까?"

좌중이 일제히 조용해졌다.

아무도 그렇게는 생각해 보지 않은 것이다.

에헴, 에헴.

마른기침 소리가 들렸고, 의장은 다급히 "에, 그럼 윤 시보의 의견은 잘 들어 보았으니 다시 회의로 돌아가서……."라며 말을 돌렸다.

윤해성의 발언은 회의에서는 이렇게 공식적으로 묵살되었지만, 어느 틈엔가 그 법원의 당직비가 10만 원으로 올라갔다.

판사들은 이제 앞다투어 당직을 서고 싶어 했고, 임신한 여성 판사의 당직을 누가 대신할 것인가 하는 문제 따위는 깔끔히 사라졌다.

윤해성은 이 작은 해프닝을 계기로 판사들의 사고가 얼마나 굳어 있는지를 확인했다.

판사들은 주어진 법조문을 해석할 뿐이었다. 그 틀을, 판 자체를 깬다는 생각은 전혀 해 보지 못하는 사람들이었다. 그걸 두드리는 사람이 있다면 두려워하고 질시한다. 그리고 덮는다.

실망했다. 그리고 확신했다.

판사 사회에서는 원하는 것을 절대 얻지 못할 거라고.

검사는 어떨까.

확실히 매력 있었다.

가만히 앉아 배당받은 사건만을 처리하는 직업은 아니었다. 의지만 있다면 스스로 범죄를 인지하고, 조사하고, 악인을 처단할 수 있다. 수사라는 '작품'을 만들어 간다.

하지만 역시 한계가 있었다. 그것은 '조직인'이라는 데에 있었다.

검사는 상부의 지휘, 명령에 따라야 한다. 더욱이 '검사동일체'라고 해서 상명하복의 관계가 다른 조직보다 훨씬 더 뚜렷하다. 윤해성이 사건을 수사하려 해도, 부장검사, 차장검사, 검사장이 뭉개 버리면 그만이다. 그들의 도장 하나에 수사의 운명이 좌우된다.

한국의 모든 파워들에게 막대한 영향력을 가진 양다곤은 당연히 검찰의 상층부도 주무를 수 있을 것이다. 부장, 차장, 검사장 정도가 아니라 그 윗선이라도.

윤해성은 결국 검사직에도 고개를 저었다.

그럼에도 불구하고 윤해성은 검찰에 투신해서 김정은 기소 건으로 사표를 던질 때까지 1년 반을 검사로 일했다. 그건 조그마한 계기 때문이었다.

* * *

사법연수원의 검사시보 시절.

윤해성은 인천지방검찰청 106호 형사부 조영규 검사실에 배속되었다. 판사시보와 마찬가지로 견습생 같은 입장이었고, 검찰의 조사를 옆에서 지켜보고 배우며 간단한 조사를 담당하는 역할이었다.

그 무렵 106호 검사실의 가장 큰 현안은 '니콜라이 장'이라는 남자였다.

조영규 검사는 윤해성에게 두 뭉치의 사건 기록을 던져 주었다. 얇은 기록 하나와 두꺼운 기록 하나였다.

얇은 기록에는 '상해'라는 죄명이 붙어 있었는데, 두꺼운 기록에는 아무런 죄명이나 타이틀 없이 흰 표지만 붙어 있었다.

윤해성은 두꺼운 기록을 먼저 휘리릭 넘겨 보았다.

수사한 기록도 아니고, 진술서도 없다.

그저 니콜라이 장의 동향 파악 보고, 수십 장의 사진, 출입국기록 같은 것들이었다.

두툼한 기록을 덮고 조영규 검사에게 물었다.

"피의자가 니콜라이 장? 외국 이름인데, 사진은 한국 사람이네요?"

"응. 그놈. 러시아 교포 3센데, 러시아 마피아 출신이야."

"러시아 마피아요?"

조영규가 곤란하다는 듯 인상을 쓰며 설명하기 시작했다.

"러시아에서 조직원을 살해하고 15년 형을 받았어. 10년 정도만 살고 가석방되어 한국으로 넘어왔지."

"위험한 놈이 한국에 들어왔군요."

"출입국 절차에 하자가 없으니 입국을 시킬 수밖엔 없었지만, 성가신 인물이지. 법무부에서 얘 과거는 알고 있거든. 그래서 지난 3년간 국정원에서 이 인간을 계속 감시해 왔어. 지금 보고 있는 게 그 두꺼운 기록이야."

"흠. 그렇군요."

"국정원의 판단으로는, 니콜라이는 한국에서 러시아 마피아 지부를 만들라는 밀명을 받고 한국으로 건너왔다는 거였어. 아무래도 지리상 러시아 극동하고 가까운 곳이고, 일본이나 동남아로 넘어가는 교두보로 삼으려는 판단이었을 거야."

"아마도 마약이나 총기 거래를 위해서겠군요."

"그렇겠지. 러시아 애들이 한국 나이트클럽이나 술 도매상을 할 것 같진 않으니까."

"감시해서 성과가 없었나 보죠? 아직 그대로 두고 있는 걸 보니."

"맞아. 윤 시보 말대로야. 위험한 놈이니, 뭐라도 법에 걸리면 꼬투리 잡아서 출국시켜 버리면 되거든. 알다시피 한국 내에서 징역형 집행유예 이상의 형을 받으면 외국인은 강제 출국되잖아."

"3년간 범죄가 하나도 없었나요?"

"응. 도무지 꼬리가 잡히지 않아. 표면적인 범법행위도 없었고. 그래서 국정원도 고민이었지. 이 인간을 무슨 수로 내쫓을까. 그러다 이번에 하나 드디어 걸리긴 했어."

"뭐죠?"

조영규 검사는 조금 전에 던져 준 얇은 기록을 가리켰다.

"그게…… 단순 폭행이야. 죄명은 상해지만."

"단순 폭행? 그래도 진단서 잘 끊으면 집행유예 정도 받을 수 있을 텐데요."

"그게 쉽지가 않을 거야. 곧 피해자가 진술하러 올 거니까, 윤 시보가 조서를 받아 봐."

"네."

윤해성이 기록을 보고 있노라니, 30여 분 후, 검사실 문을 열고 늙수그레한 남자가 들어왔다.

니콜라이 장으로부터 폭행을 당한 피해자 남기형이었다.

"사건 경위를 얘기해 주시죠."

간단한 인적 사항 확인 후 윤해성이 물었다. 남기형은 뒤통수를 긁적였다.

"별로 경위랄 것도 없습니다. 전 택시 운전을 하고 있는데요. 3주 전 밤에 니콜라인가 하는 사람을 차이나타운 쪽에서 태웠어요. 가던 중에, 유턴이 안 되는 곳인데 자꾸 유턴하라는 겁니다. 그래서 시비가 돼서 길에 택시를 세우고 싸움이 붙었지요."

"그래서요?"

"사실 이래 봬도 왕년에 한가락 했습니다."

남기형은 팔뚝을 들어 보이고는 말을 계속했다.

"내려서 자세를 잡는데, 갑자기 주먹이 날아오는 거예요. 불이 번쩍하더군요."

"그래서 반격을 했습니까?"

"반격은 무슨…… 바로 그 자리에서 기절했습니다."

"한 방에요?"

"네. 무슨 망치로 맞는 줄 알았어요. 말씀드렸듯이 저도 왕년에 길거리에서 좀 굴렀거든요. 근데, 그런 주먹은 처음 맞아 봤어요."

남기형은 진저리 치듯 고개를 저었다.

자칭 스트리트 파이터 출신의 택시기사가 이 정도 반응을 보인다면 정말 돌주먹이긴 한 모양이다.

"그렇군요…… 진단서는 떼 오셨습니까?"

남기형은 품에서 두 번 접힌 진단서를 꺼내 들이밀었다.

전치 3주.

주먹 한 방의 대미지치고는 크다.

"처벌을 원하십니까?"

"원합니다만, 치료비만 주면 합의해야죠."

남기형에게 어렴풋하게 두려워하는 기색이 스쳤다.

조영규 검사의 말이 맞았다. 아무래도 징역형의 집행유예까지는 어려울 것 같다. 이 정도 사건에 3주 진단서가 들어온다 해도 기껏해야 벌금형이다. 합의하면 기소유예도 가능할 수준이다.

어떻게든 징역형의 집행유예 이상을 받아 내야 할 텐데.

윤해성은 시보로서 검사 보조에 불과하고, 간단한 피해자 진술을 받는 입장이었지만, 복부 밑에서 무언가 불끈하는 것이 올라왔다.

니콜라이 장을 추방하는 것이 자신의 책무같이 느껴졌다.

살인을 저지르고 한국으로 건너왔다고?

뭐, 마피아 지부 건설?

러시아 갱들이 한국에서 설치겠다고?

정확히는, 친구 박시영이 말한 대로, '배알이 틀려 버린' 것이었다.

* * *

다음 날 윤해성은 니콜라이 장에게 전화를 걸었다.

통화는 바로 연결되었지만 상대는 아무 말이 없었다.

"여보세요."

윤해성이 두어 번 말하자 그제야 상대의 목소리가 들렸다.

"뭐야."

다짜고짜 이런 반응이었다.

이 인간이.

윤해성은 꾹 참고 말했다.

"인천지방검찰청 106호 검사실 윤해성 시봅니다."

"그런데?"

"폭행 건 있으시죠?"

"그래서?"

"조사를 받으러 나오셔야겠습니다."

"바빠. 당신이 와."

"어디로?"

"내 사무실로."

"어딘데?"

윤해성의 말도 짧아지고 있었다.

니콜라이는 주소를 불러 주었고, 윤해성은 받아 적었다.

아랫배가 다시금 불끈했다. 이미 어느 정도 배알이 틀린 상태였는데, 전화를 끊자 울화가 또 올라왔다.

택시기사를 한 방에 기절시킨 철권의 소유자라…… 좀 터프한 인간인 모양이군.

하지만, 범죄자 주제에 반말로 검찰을 오라 가라 한다?

니콜라이 장의 사무실은 연안부두에 있었다.

윤해성은 검사실의 차용주 수사관과 동행했다.

'하라쇼 흥업.'

정체불명의 이름이 사무실 명패에 적혀 있었다. '하라쇼'는 러시아어로 '좋아요'란 뜻이다. '좋아요 흥업'이라니, 이따위 상호가 어디 있는가. 니콜라이를 그대로 두면 이것이 러시아 마피아 한국 지부의 합법적 상호가 되겠지.

사무실 문을 열고 들어간 윤해성은 깜짝 놀랐다.

내부는 이태원의 외국 레스토랑을 연상시킬 만큼 넓고 화려했다.

보드카가 종류별로 늘어선 홈 바가 시야에 들어왔고, 번들거리는 원목 책상, 탁자와 버펄로 가죽 의자, 퍼팅 연습기, 다트 판 따위가 사무실을 꽉 채우고 있었다.

바닥에 호랑이 얼굴이 있어 흠칫했는데, 호랑이 가죽이었다.

"함부로 밟지 마. 러시아에서 건너온 진짜야."

긁는 듯한 음성이 안쪽에서 들려왔다.

식탁처럼 생긴 커다란 책상 뒤에서 걸어 나오는 니콜라이는 목이 파묻힐 듯한 털외투를 두르고 있었다. 머리 위가 살짝 벗어져 있다.

굵은 금반지를 낀 그의 손이 눈에 들어왔다. 팔목에는 오데마피게 금통 시계를 차고 있다.

강인한 주먹.

마치 망치로 맞는 것 같다고 했던 택시기사의 말이 떠올랐다. 철권 게임의 '헤이하치'가 연상된다.

윤해성이 말했다.

"3주 전에 택시기사하고 시비하다가 폭행한 적이 있지?"

"반말?"

"반말 존댓말 가릴 정도는 한국어를 아는군."

"뭐?"

"네가 반말하길래 한국어가 서툴러서 그런 줄 알았어. 근데 아니네?"

"이 새끼가?"

니콜라이가 주먹을 쳐들다가 문득 깨달았는지 팔을 내렸다.

"뭐 좋아. 검찰청 나으리들이다, 이거지?"

니콜라이는 책상 위에서 종이 한 장을 집어서 테이블 위로 던졌다.

"이거나 가져가. 빨리빨리 처리해서 끝내자구. 벌금은 얼마든지 낼 테니까."

니콜라이가 던진 종이는 합의서였다.

어제 택시기사의 진술을 받았는데, 그새 합의를 한 모양이다.

하긴, 택시기사는 질려서 빨리 일을 끝내고 싶어 했지. 적당히 겁주며 몇 푼 쥐여 주고는 합의서를 받아 냈을 것이다.

"합의서?"

"뭐 그런 거라더군. 그걸로 끝내."

"얼마 줬어?"

"알 바 아니잖아!"

"아님, 겁줘서 공짜로 받았나?"

"뭐?"

"팔목에 감은 오데마피게라도 주지 그랬어? 중고라도 한 5천은 할 텐데."

"아, 씨팔, 정말!"

니콜라이가 눈매를 일그러뜨리고 윤해성을 노려보았다. 보통 사람이라면 오줌을 지릴 만큼 무서운 기세였다.

"자, 자. 일단 간단하게라도 진술은 받아야 하니까, 잠깐만 앉으시죠."

동행한 차용주 수사관이 중재하러 나섰다. 검찰수사관치고는 둥글둥글한 성격의 소유자다. 그는 흥분한 니콜라이를 겨우 달래 가며 진술서를 받았다.

윤해성은 팔짱을 긴 채 벽에 뻐딱하게 기대서서 그 모습을 내려다보았다.

니콜라이는 신경을 거스르는 윤해성을 상대하지 않기로 한 모양이다.

10분 정도 진술을 마친 후 윤해성 쪽은 보지도 않고 자리로 가 앉으며 말했다.

"용건 끝났으면 돌아들 가쇼."

"아직 남았어."

윤해성이 말했다.

"뭐야?"

"너한테 알림이 있어서."

"알림?"

"넌 곧 추방될 거야."

"오호, 그래? 추방한다고? 날, 누가?"

"내가."

윤해성은 손으로 목을 긋는 시늉을 해 보였다.

"아가야. 그러다 죽는다."

니콜라이는 금니를 한껏 드러내며 씩 웃었다.

윤해성은 차용주 수사관과 같이 물러났다.

* * *

가져온 합의서를 본 조영규 검사는 이마에 손을 올리고 고민했다.

"이거…… 합의해 버렸나."

"재빨리 손을 썼더군요."

윤해성도 착잡하긴 마찬가지였다.

"하긴. 이렇게 요리조리 빠져나가니 3년 동안 국정원도 꼬리를 못 잡았겠지."

"이번이 추방할 좋은 기회였는데, 아깝습니다."

차용주 수사관도 아쉽다는 듯 말했다.

"그러게요. 피해자 합의서까지 받았으니 벌금형 이상은 절대 안 나올 건데……."

"이대로라면 위험할까요?"

윤해성이 조영규에게 물었다.

"국정원 쪽 말은 그래. 마피아 지부 건립이 상당히 진척되고 있다고 말이야. 러시아 쪽에서 니콜라이한테 돈을 엄청 지원해 주고 있나 봐. 그 루트는 아직 못 잡아냈고."

"돈은 많은 것 같더군요. 사무실이 무슨 러시아 클럽 같았어요. 레알 호피는 생전 첨 봤습니다. 시베리아 호랑이인가."

윤해성의 말에 차용주 수사관도 어제 본 으리으리한 사무실을 떠올린 듯 혀를 쯧쯧 찼다.

"겨우 꼬리를 잡는가 했는데, 잔챙이 폭행 건이니……."

조영규 검사가 탄식했다.

"폭행이 잔챙이라……."

윤해성이 턱을 문지르며 그의 말을 되뇌었다.

조영규가 의아한 눈으로 쳐다보았지만 윤해성은 그저 눈만 빛내고 있었다.

* * *

연안부두는 오랜만에 모습을 드러낸 해 덕분에 눈이 부셨다.

하지만 겨울바람이 스산하게 불었고, 체감온도는 낮았다.

윤해성은 차용주 수사관과 같이 부두 앞 벤치에 앉아 있었다.

"시보님이 용무가 있다고 해서 오긴 왔지만, 여기 너무 추운 거 아닙니까?"

차용주는 빳빳하게 언 양손을 비비며 말했다. 바닷가 벤치에 앉은 사람은 윤해성과 차용주 두 사람뿐이었다.

"니콜라이 놈처럼 털옷이 있는 것도 아니고……."

"곧 끝날 겁니다."

"무슨 일인데요?"

"차 계장님 잠시만요."

윤해성은 휴대전화를 꺼내 들더니 버튼을 꾹꾹 눌렀다.

"여보세요. 아, 네. 하라쇼 흥업이죠?"

하라쇼 흥업이면 니콜라이 장의 사무실 아닌가. 의외로 윤해성의 말투는 정중했다. 무슨 말을 더 하려나. 차용주는 윤해성의 입을 주시했다.

"누구요."

휴대전화 너머로 거친 음성이 새어 나왔다. 니콜라이의 목소리다.

윤해성이 돌연 말했다.

"난 예의를 갖추었는데 댁은 태도가 불량하시네요."

"뭔 소리야. 용건만 말해."

"택배 건인데요."

"갖다주면 되잖아."

"당신 같으면 배달해 주겠습니까…… 그러니, 안 그러니? 이 후레자식아!"

"뭐? 이 개새끼가!"

윤해성이 다짜고짜 욕설을 내뱉자 니콜라이도 같이 욕을 하더니 전화를 툭 끊었다.

"뭐 하신 겁니까?"

차용주가 화들짝 놀랐다.

니콜라이를 놓치게 되니 화풀이로 욕이나 하겠다는 건가. 이런 일을 감정적으로 처리하다니. 법 공부를 많이 한 사법연수원생이라고 해도 역시 아직 젊다. 수사 실무란 건 많은 경험과 인내가…….

차용주가 이런 생각을 하고 있는데, 하라쇼 흥업 사무실이 있는 건물 입구에서 니콜라이가 막 나오고 있었다. 역시 다혈질이다. 욕설을 듣자 곧바로 튀어나온 것이다. 매서운 눈으로 주변을 두리번거리던 그는 왼쪽을 향해서 분기탱천한 발걸음을 내디뎠다. 택배기사가 그쪽에 있을 거로 생각한 모양이다.

"어이."

윤해성이 벤치에서 일어서서 큰 소리로 불렀다.

니콜라이는 그냥 지나쳐 걸어갔다. 자기를 부르는지 모르는 모양이었다. 택배기사가 바닷가 쪽 벤치에 앉아 있을 거라고는 생각하지 못한 것이다.

자신의 얼굴을 보고서 어이, 라고 부를 사람이 있을 거라는 생각도 해 보지 못했으리라.

"어이! 마피아!"

윤해성이 한 번 더 크게 소리쳤다.

그제야 니콜라이가 돌아보았다.

윤해성을 발견하고는 금세 표정이 일그러졌다.

"뭐야!"

"아, 미안. 이름이 기억이 안 나서 말이야. 그만 그렇게 불렀네."

윤해성이 싱긋 웃었다.

'마피아'란 말에 사람들 몇몇이 발걸음을 멈추고 그들을 보았다.

"택배 찾으러 왔니?"

니콜라이는 그제야 사태 파악이 된 모양이었다.

"지금 나한테 시비 건 거 맞지?"

니콜라이가 목소리를 그르릉 울렸다.

윤해성 옆에는 차용주 수사관이 안절부절못하고 서 있었다.

윤해성이 갑자기 이럴 줄은 몰랐다.

소동이 일자, 사람들도 힐끔거리기 시작했다.

누군지 모르지만 두 남자 사이에 막 일이 터질 것 같다. 좋은 구경거리다!

"시보님, 왜 이러세요."

차용주는 윤해성을 달랬다.

"왜 그러다뇨. 저 자식을 체포해야죠."

윤해성의 말에 니콜라이가 콧방귀를 뀌었다.

"아하, 이제 알겠군."

"뭘 안다고 그러시나."

"날 자극해서 이 자리에서 폭행사건을 만들려는 거잖아. 지난번 건은 사건이 안 되니 새로 사건을 만들어서 날 체포하려고? 이거 웃기는

구면. 검찰이야, 깡패야?"

"일부는 맞았어. 지금 널 체포할 거라는 사실 말이지."

"놀고 있네. 좋게 말할 때 꺼져. 내가 그런 수법에 넘어갈 것 같나?"

"체포한다는데 그냥 가? 좋아. 지금 넌 도주한 거야."

"도주? 허세 떨지 마. 애송이. 어서 포기하고 돌아가."

니콜라이는 등을 돌리고 다시 사무실 쪽으로 걸어가려 했다.

그때 윤해성은 재빨리 차용주 수사관이 허리춤에 차고 있던 수갑을 빼 들었다.

"윤 시보님!"

차 수사관이 다급히 부르며 윤해성의 팔을 잡으려 했지만 윤해성의 몸놀림은 더 빨랐다.

철컥.

윤해성은 등 돌려 가려는 니콜라이의 왼손에 수갑을 채웠다.

니콜라이가 몸을 돌렸다.

자신의 손목에 감긴 은빛 수갑을 보더니 윤해성을 노려보았다.

"수갑?"

"맞아, 수갑이야. 체포한 거지."

"아무리 검찰이래도 이거 불법 아냐? 폭행 건은 합의하고 끝난 걸로 아는데."

목청은 높지 않았지만 니콜라이의 눈빛은 살인자의 그것이었다.

"폭행 건은 사실상 끝났어. 이건 다른 범죄 건이야."

"다른 범죄?"

"응, 다른 죄."

"그런 게 있나?"

"야생동물보호법 위반이야."

"뭐? 야생동물보호법?"

침착함을 유지하려 애쓰던 니콜라이는 눈알을 희번덕거렸다.

"에?"

옆에 있던 차용주 수사관도 놀라서 얼빠진 소리를 냈다.

"무슨 개소리야!"

니콜라이가 소리쳤다.

윤해성이 말했다.

"네 사무실에 호랑이 가죽이 깔려 있더군. 호랑이는 국제적 멸종위기 종으로 분류돼서 거래가 금지돼 있어. 3년 이하의 징역 또는 3000만 원 이하의 벌금이야."

"……."

"……."

니콜라이도, 차용주 수사관도 말이 없었다.

니콜라이는 황당한 표정으로 한참을 서 있었다.

그러다 정신이 번쩍 들었다.

이 인간은 농담하고 있지 않다.

그리고 그가 읊어 주는 법률도 틀린 말이 아닌 것 같다.

이대로는 체포당한다.

상황 판단을 마친 니콜라이는 돌변했다.

얼굴이 마치 야수의 면상처럼 일그러졌다. 동시에 수갑을 차지 않은 오른 주먹을 뻗었다. 택시기사가 망치 같다고 했던 그 주먹이었다. 왕년에 나름대로 거칠게 살았던 한 남자를 단 한 방에 기절시킨 그 펀치.

하지만 윤해성은 예상하고 있었다. 니콜라이는 이런 상황에서 초라하게 도망칠 인간은 아니었다. 자신의 주먹을 믿는 만큼 이렇게 나올 거라 예상했다.

윤해성은 무릎을 굽히고 몸을 왼쪽으로 비틀었다. 수천수만 번을 익힌 위빙이었다.

"엇."

니콜라이의 주먹은 허공을 갈랐다.

갑작스러운 펀치를 윤해성이 피할 거라곤 생각지 못했던 모양이다. 니콜라이는 제풀에 비틀거렸다. 윤해성은 자세를 유지한 채로, 중심을 잃은 니콜라이의 복부에 강렬한 훅을 뻗었다.

"헉."

호흡이 끊기는 신음이 났다. 니콜라이는 배를 잡고 뒤로 휘청했다. 윤해성은 그 틈을 놓치지 않았다. 왼발을 앞으로 재빨리 내디디며 왼손 잽, 이어 오른손 스트레이트를 니콜라이의 안면에 꽂아 넣었다.

윤해성의 긴 팔에 온 체중을 실은 육중한 펀치.

니콜라이는 마치 종이 인형처럼 뒤로 날아가 쓰러졌다.

윤해성은 성큼성큼 다가갔다. 쓰러진 니콜라이의 왼 손목에서 수갑을 들어 다른 한쪽을 그의 오른 손목에 채웠다.

"주먹을 날리는 통에 미란다 원칙을 다 못 읊었잖아. 당신의 묵비권이 있으며, 변호사를 선임할 권리가 있고……."

에워싼 사람들 몇몇은 박수를 쳤고, 차용주는 놀란 얼굴로 멀거니 서 있었다.

저건 분명히 권투인데?

백면서생으로만 봤던 시보가 돌주먹이었어…….

윤해성이 권투를 시작했을 때, 분명한 이유가 있었다.

양다곤을 상대하려면 법과 서류만으로는 불가능하다.

그는 어떤 야비한 공격을 해 올지 알 수 없는 인간이니까.

그가 아버지를 살해했을 땐 틀림없이 폭력을 동원했을 테니까.

윤해성도 같은 꼴을 당하지 않으려면 물리적 힘을 갖출 필요가 있었다.

또 다른 이유는 윤해성의 무의식에 자리한 공포이기도 했다.

김민호의 죽음 후 양다곤이 집을 찾아와 윤서경을 울리고 돌아가던 날.

양다곤은 자신의 손을 세게 뿌리친, 초등학교 4학년 윤해성의 팔목을 인대가 늘어나도록 꺾었다. 윤해성이 그때까지 살면서 가져 본 최고의 아픔이었다.

그 기억은 윤해성의 뇌리 깊은 곳에 박혔고, 트라우마가 되었다.

양다곤은 폭력이다.

윤해성의 무의식이 그렇게 말하고 있었다.

* * *

주임검사인 조영규는 민망할 정도로 기뻐했다. 벌겋게 부은 니콜라이의 얼굴을 보며 과잉 대응으로 문제 될까 걱정하기는커녕 마냥 통쾌해했다.

"아니, 이 철권 니콜라이를 윤 시보가 박살 낸 거야?"

조영규 검사는 니콜라이의 불쾌해하는 표정에도 아랑곳하지 않고 턱을 집어 이리저리 돌려 보았다.

"와, 정말 메이웨더 보는 줄 알았습니다. 원투 단 두 방에 그냥!"

차 수사관도 호들갑을 떨었다. 신이 났는지 원투 스트레이트 흉내를 냈다.

"야생동물보호법이라. 기발해! 좋았어! 이제 집행유예 이상은 확실해. 게다가 체포에 저항했으니 공무집행방해야. 윤 시보, 잘했어. 오늘은 내가 쏜다. 으하하하하!"

조영규 검사는 퇴근 시간이 되자마자 검사실 식구들 전부를 저녁 자리로 이끌었다. 앉은 자리에서 소주 세 병을 비우며 얼큰히 취한 그는 익기 전의 삼겹살처럼 빨개진 코를 하고서 윤해성의 손을 꼭 쥐었다.

"윤 시보. 꼭 검찰로 와. 꼭. 나쁜 놈들을 박살 내자구."

그의 말에 진심이 묻어 있다고 느꼈다. 몇 달간 옆에서 본 바로 조영규는 괜찮은 검사이자, 괜찮은 사람이었다.

윤해성은 마음이 움직였다.

비록 복수를 앞에 두고 있지만, 이런 기분을 조금 느껴 보는 것도 나쁘지 않겠다고.

검찰 조직이 돌아가는 사정을 내부에서 속속들이 알아 두는 것도 필요할지 모른다.

검사가 되는 것이다.

비록 잠시일지라도.

윤해성으로서는 이례적으로 즉흥적인 결정이었다. 하지만 김정은을 기소하고 사표를 던질 때까지 1년 반의 검사 생활은 훗날 결코 손해는 아닌 것으로 드러났다.

* * *

한울 모터스 법무팀장 최윤식이 팀원과 함께 다시 사무실을 방문한 건 5일 후였다.

"윤 변호사님, 말씀을 검토했는데요. 일정상 회장님이 따로 뵙는 건 힘들 것 같습니다."

"아, 그런가요."

"다만, 이틀 후에 회장님 참석하에 그룹 법무팀 회의 일정이 잡혀 있는데요, 그때 고문변호사로 참여하셔서 회장님 뵙고 인사도 드리고 하면 어떨까요?"

어차피 한울 모터스 정도의 기업이 고문변호사 계약을 하면서 회장이 직접 변호사를 만나리라 생각하지는 않았다. 어쨌든 양다곤을 만날 기회는 만들어진 셈이다.

윤해성은 회심의 미소를 감추고 대답했다.

"좋습니다. 그렇게 하죠."

"말씀이 잘 통해서 다행입니다."

최윤식은 안심한 듯 미소를 지어 보이고는 가방에서 서류를 꺼냈다. 지난번에 가지고 왔던 고문변호사 계약서였다.

기본 자문료 월 2000만 원에 소송 건을 의뢰할 시 별도의 수임료 책정.

한울 모터스 이름 옆에는 이미 회사의 인감도장이 찍혀 있었다.

윤해성은 대충 읽어 보고는 자신의 이름 옆에 서명하고 간인을 했다.

"다시 말씀드리지만, 계약서 제7조에 보시면 고문변호사는 회사의 영업비밀을 지키셔야 하고, 회사에 해가 되는 행위도 하실 수 없다고 되어 있습니다."

"물론입니다."

윤해성은 호쾌하게 대답했다.

잘 알고 있다.

그게 이 엉터리 법률고문 계약의 목적이겠지.

날 침묵시키는 것.

"그럼, 회의 때 보시죠."

최윤식 팀장 일행은 윤해성과 악수를 나누고 사무실을 떠났다.

그들이 나가자마자 방수회와 전기호가 득달같이 달려왔다.

"어떻게 됐어요?"

"계약했어요?"

윤해성은 손을 휘저었다.

"아, 정말. 보스는 나야. 니들이 왜 그렇게 관심을 가져."

"월급 끊길까 봐 걱정돼서 가만히 있을 수가 있어야죠."

"변호사님. 이달 들어 변변한 사건 맡은 것도 없잖아요."

"걱정 마. 사인했다, 사인했어."

윤해성은 계약서를 들고 흔들었다.

전기호는 못 믿겠다는 듯 기어이 계약서를 받아 훑어보았다. 그가 본 부분은 보수 항목뿐이었지만. 그제야 마음이 놓인다는 듯 계약서를 고이 윤해성 손에 건넸다.

"아흐, 어차피 쫄고 계약할 걸 왜 마음 졸이게 해요?"

전기호의 막말이 또 터졌다.

"쫄다니 내가 뭘 쫄아!"

"변호사님 허세를 두고 보려니 위태위태하네요. 거 좀 안정적으로 합시다."

방수회까지 거들었다.

"보스 협박 그만하고 일하자, 일!"

두 사람은 방을 나갔다. 윤해성은 의자에 몸을 파묻었다.

역시 피곤한 직원들이다. 어쩔 수 없다. 고액의 보수에 꾀여 이리로 온 만큼 그들도 안달이 날 거다.

하지만 인생사는 기다림의 미학. 조급해서는 안 된다. 조금만 길게 보면 된다. 기회는 1년에도 몇 번씩 온다. 그건 필연이다. 문제는 그걸 잡을 수 있는 안목과 기회가 있느냐이다.

이제는 길이 아주 살짝이지만 열렸다. 협잡과 기만으로 인생길을 뚫어 온 양다곤의 한울 모터스니까. 그곳에 이제 막 발을 들이밀었으니까.

* * *

경기도 하남시 경암근린공원 맞은편 뒷골목 소줏집.

연기 자욱한 불판 위에 삼겹살이 타고 있고, 빈 소주병이 이미 네 개다.

삼겹살 몇 점이 익다 못해 숯덩이로 변해 있다. 박형래는 그중 하나를 젓가락으로 입에 가져가며 맞은편 친구를 보았다.

김태호는 소주잔을 앞에 두고 어딘지 수심에 빠져 있는 듯하다. 박형래는 김태호의 잔에 자신의 잔을 가져다 부딪쳤다.

"너 왜 1인 시위 그만뒀냐?"

"아, 그거."

김태호는 그제야 박형래와 눈을 맞추고 소주를 들이켰다.

"한울 모터스가 보상을 속였다고 길길이 날뛰더니만. 그래서 매일 본사 빌딩 앞에 가서 1인 시위했잖아."

"그랬지. 근데……."

소주잔을 내려놓은 김태호의 낯빛은 허허로웠다.

"……다 부질없단 생각이 들더라구."

"왜?"

"내가 달걀 던져서 양 회장 맞혔잖냐."

"알지. 우린 통쾌하다고 생각했는데."

"근데, 그렇지가 않더라고."

"뭐가."

"그 노인네가 얼굴에 달걀 뒤집어쓴 걸 보니까 정신이 번쩍 드는 거야. 내가 지금 뭐 한 건가 하면서."

"뭐 하긴 뭐 한 거야. 그러려고 간 거잖아. 혼내 주려고."

"그냥…… 그 모습을 보니까 왠지 불쌍했어."

"황당한 놈. 대기업 회장이 불쌍하다고?"

"아니, 돈이 많고 적고를 떠나서. 니한테 달걀을 맞고도 경찰에 신고 못 하게 하고 그냥 갔잖아. ……미안한 거야. 인간적으로."

박형래는 김태호를 물끄러미 보다가 삼겹살 한 점을 입에 넣었다.

"……뭐 그럴 순 있겠다."

"그냥, 내가 왜 이런 짓을 하고 있나, 싶고. 다 덧없게 느껴지고…… 힘이 빠지더라. 그래서 관뒀어."

"그래, 그래. 잘했다. 돈이야 열심히 일해서 또 벌면 되지."

박형래가 팔을 뻗어 김태호의 어깨를 툭툭 두드렸다.

김태호는 소주잔을 다시 집어 들었다. 그러다 치켜든 팔이 옆을 지나던 젊은 남자의 골반에 턱 하고 부딪치고 말았다.

김태호가 과하게 팔을 내밀었다기보다는 젊은 남자가 걸어가다가 김태호 쪽으로 몸이 조금 기울어진 탓이었다.

부딪친 충격으로 소주가 흘러 남자의 바지를 적셨다.

"아이구, 죄송합니다."

김태호가 말했다.

"아이, 씨팔!"

남자가 대뜸 욕설을 했다. 김태호는 놀라 남자를 올려다보았다. 남자는 다시 가게 안 사람들이 들으라는 듯 큰 소리로 말했다.

"소주를 남의 바지에 엎었으면 미안하다고 해야 할 거 아냐! 어디서 거꾸로 욕설이야!"

그가 소리를 지르자, 남자의 일행 세 명이 우르르 자리에서 일어섰다.

김태호가 어이없다는 듯이 말했다.

"아니, 내가 아까 미안하다고 했잖아요. 욕설은 당신이 했지!"

"뭐야? 이 새끼가! 뒈질래?"

부딪친 젊은 남자를 포함해 네 명이 김태호와 박형래를 둘러쌌다.

그들의 심상찮은 기세를 눈치챈 박형래가 사정하듯 말했다.

"아니, 이거 말로 합시다. 젊은 분들이 왜……."

퍽.

박형래가 말을 마치기도 전에 남자의 주먹이 턱을 강타했다. 박형래는 의자에서 굴러떨어졌다. 남자는 이어 테이블을 뒤집어엎어 버렸다. 손님들은 일제히 자리에서 일어났다. 벌써 가게를 도망치듯 나가는 이들도 있었다. 남자들의 기세에 눌려 아무도 말릴 엄두는 내지 못했다.

"하여간 우리 사회는 너 같은 꼰대 새끼들이 문제야."

남자들은 김태호와 박형래를 무차별 구타하기 시작했다. 두 사람은 남자들의 상대가 되지 못했다. 수적으로도 그렇지만 체격도 현저히 차이가 났다. 일방적으로 얻어맞을 뿐이었다.

남자들 중 한 명이 때리다 못해 옆 테이블까지 엎어 버렸다. 가게는 난장판이 되었다. 종업원은 발을 동동 구를 뿐 감히 끼어들지 못했다.

밖으로 나간 누군가가 112 신고를 했다. 하지만 경찰이 오기까진 시간이 걸린다. 남자들은 바닥에 쓰러져 머리를 감싸 안은 김태호와 박형래를 때리고 밟았다.

퍽, 딱.

어딘가 부서지는 소리도 들렸다.

때리던 남자 한 명이 몸을 굽혀 깨진 소주병을 슬쩍 김태호의 손아귀에 쥐여 주었다. 둘러싼 남자들 말고는 주변 사람 아무도 그 장면을 보지 못했다.

정신없이 맞던 김태호는 손에 소주병이 잡히자 본능적으로 그걸 들고 휘둘렀다.

남자들이 물러났다.

김태호가 벌떡 자리에서 일어났다. 여전히 오른손으로는 깨진 소주병을 든 채다.

"이 새끼들! 가까이 오지 마!"

병을 든 김태호의 손이 덜덜 떨리고 있었다.

남자들이 주춤했다.

그때 남자들 테이블에 홀로 앉아 있던 남자가 자리에서 일어났다. 긴 머리카락이 얼굴을 덮었고, 늘씬한 키에 호리호리한 몸이었다.

일행들이 김태호와 박형래를 폭행할 때도 그는 자리에 앉아 있기만 했다. 아마도 남자들의 맏형 격인 모양이었다.

"이거 너무 경우가 없구먼."

그는 그렇게 말하면서 김태호에게 다가갔다.

"먼저 시비 걸어 놓고 소주병으로 사람을 찌르면 되겠어?"

김태호는 겁먹은 눈으로 긴 머리의 남자를 보았다. 남자가 다가가자 김태호는 소주병을 가로로 휘둘렀다. 자기방어를 위해 거의 본능적인 행동이었다.

남자는 순간적으로 상체를 깊게 숙이면서 오른 다리를 반원형으로
세게 뻗어 김태호의 발목을 걸어찼다.

한쪽 발을 차인 김태호는 균형을 잃고 크게 비틀거렸다.

남자는 그 틈을 놓치지 않고 다가갔다.

남자는 오른 주먹을 크게 휘두르려다가 무슨 생각인지 그만두었다.
이어 자세를 바꾸더니 팔을 쭉 뻗어 김태호의 안면을 때렸다. 스트레
이트보다는 잽에 가까운 주먹이었지만 중심이 무너진 채로 얼굴을 얻
어맞은 김태호는 콰당 하며 땅에 내리꽂혔다.

남자가 김태호를 내려다보며 말했다.

"하마터면 죽일 뻔했군."

8분 후 경찰들이 도착했을 때, 이미 현장은 끝나 있었다.

김태호와 박형래는 피범벅이 된 채 실신해 있었고, 긴 머리의 남자
포함 다섯 명의 남자들은 사라진 후였다.

경찰들이 서로 마주 보며 말했다.

"이거 경찰보단 119가 필요한데."

119가 도착한 뒤 김태호와 박형래는 들것에 실려 구급차를 탔다.

경찰은 곧바로 남자들을 찾았지만 흔적도 없었다.

가게를 나와 곧바로 승합차를 타고 어디론가 가 버렸다는 증언뿐이
었다.

* * *

남자들이 타고 있는 승합차 안.

긴 머리의 남자가 어디론가 전화를 걸었다.

"형님. 일은 다 끝냈습니다."

"실수는 없었겠지?"

수화기 너머에서 왁자지껄한 소음과 음악 소리가 뒤섞여 들려왔다.

"물론입니다."

"수고했어. 이리로 와서 한잔하지."

* * *

긴 머리의 남자가 룸살롱 깊숙이 자리한 방에 들어가자 안쪽에 앉은 남자가 이를 드러내며 웃었다.

"수고했어. 김정면이."

앉아 있는 남자는 김 실장이었다.

"야, 여자애 하나 더 불러."

김 실장은 옆에 앉은 여성에게 말하고는 김정면이라고 불린 긴 머리 남자에게 술을 권했다.

김정면은 맞은편에 앉아 위스키를 쭉 들이켰다.

잠시 후 여자가 한 명 더 들어와 김정면 옆에 앉았다.

"시키시는 대로 소주병도 쥐여 줬습니다. 정신없이 휘두르더라구요, 하하."

"물론 문제없이 잠재웠겠지?"

"힘들었습니다. 딱 죽지 않을 정도로만 하느라."

"후후."

김 실장은 만족한 웃음을 지었다. 김정면이 물었다.

"형님, 근데 왜 그렇게 일을 번거롭게 하시죠? 그냥 어디 조용한 데로 데리고 가서 주무르면 될 걸 가지고."

김 실장은 씩 웃었다.

"지금 걔들 납치하면 누가 의심받겠어?"

"아하."

김정면은 긴 머리카락을 쓸어 넘겼다. 완연히 드러난 얼굴. 뾰족한 턱은 강인한 인상을 주었다.

"얼마 전 그 일이 있었던 회장님이 의심받을 수 있겠네요."

"증거가 없다 해도 최소한 구설엔 오를 수 있어. 난 그런 방식은 좋아하지 않아."

"역시."

"이런 식으로 하면 술집에서 시비하다가 일어난 싸움이 돼. 목격자도 많아. 다른 동기나 배후가 있다든지 하는 의심을 하긴 힘들어. 그쪽이 소주병을 들었으니 좀 다쳐도 할 말이 없지."

"하아, 이러니 회장님이 형님을 좋아하지."

"차는 옆 골목에 미리 준비시켰다가 애들 일 마치고 나오면 태우고 바로 튀었어. CCTV도 다 계산해 뒀어. 단순 술집 폭행 사건. 피해자가 좀 크게 다쳤을 뿐. 미제 사건으로 종결."

"형님 방식은 늘 재미있어요. 내겐 좀 갑갑하지만."

김정면은 다시 머리카락을 쓸어 넘겼다.

"오빠들, 무서운 사람 같다."

종업원이 김 실장의 잔에 밸런타인 30년을 따르며 말했다.

"그 회장님은 누구야?"

김정면의 옆에 앉은 또 다른 여자가 물었다.

"후후. 알 거 없어. 그냥 동네 영감님이야."

"하긴, 요샌 부동산 아저씨도 다 회장님이더라."

김 실장 옆에 앉은 여자가 깔깔거리며 말했다. 그 회장님이 한울 모터스의 양다곤이라는 사실을 안다면 이렇게 웃지는 못하리라.

"근데 오빠들이 친해? 난 안 믿겨."

"왜?"

"이 오빠는 뺨에 칼자국도 있고 무서운데, 저 오빠는 곱상하잖아. 두 사람이 노는 물이 달라 보여. 근데 친한 사이야?"

'뺨에 칼자국'은 김 실장이고 '곱상한 오빠'는 맞은편 김정면이다.

"하하하."

김 실장이 크게 웃었다.

"왜, 왜?"

"저 오빠가 곱상하다고?"

"그렇잖아. 머리카락도 길고. 옛날 테리우스 뭐 그런 캐릭터 있잖아. 그거 닮았어."

"곱상하지만은 않은 오빠일걸."

"성질 더러워?"

"아마 우리나라에서 세 번째 정도."

"엑? 그래?"

여자는 놀랐다는 듯이 맞은편에 앉은 김정면을 보았다. 믿는 눈치는 아니었지만.

"그럼 성질 더러운 1, 2위는 누구야?"

"2위는 나야. 그 회장님이 1위고."

깔깔깔, 여자가 웃었다.

"오빠가 2위라고? 이렇게 착한데?"

여자는 김 실장의 뺨에 난 흉터를 만지고는 김정면을 돌아보았다.

"가만있자, 오빠보다 아래면, 이 오빤 도대체 얼마나 범생인 거야?"

"흐흐, 범생이긴 하지."

김 실장이 기분 좋은 듯 웃었다. 그러면서 맞은편 남자를 보았다.

"안 그러냐?"

"조용히 살려고 했는데 성공이네요. 범생이로 보인다니."

김정면은 그러면서 또 한 번 머리카락을 쓸어 넘겼다.

김 실장이 술잔을 들어 남자를 가리키며 말했다.

"니들 함부로 말하지 마. 이 친구가 미친개처럼 사람을 팬다고 해서 별명이 '반다레이 실바'야."

"반다…… 뭐? 그게 누구야, 오빠?"

그 말에 대답하지 않고 김 실장은 남자에게 말했다.

"덥지 않아? 웃통은 벗지."

"그러죠. 안은 좀 덥네요."

김정면은 헐렁한 재킷을 입고 있었다. 그 허술한 차림 탓에 여자들도 편하게 보았던 모양이다. 남자는 앉은자리에서 재킷을 벗었다.

"어마. 이게 다 뭐야?"

여자들이 입을 막았다.

남자는 재킷 안에 소매 없는 스포츠 티셔츠를 입고 있었다. 드러난 몸은 외항선이라도 탄 마냥 검게 그을려 있다. 어깨는 수영선수처럼 떡 벌어졌고, 팔뚝에서 이어지는 등 근육은 마치 마귀와 같은 형상을 하고 있었다.

"세상에…… 옷을 벗으니까 등이 태평양이야. 이 근육은 다 뭐야?"

"우와아! 캡틴 아메리카 아냐?"

여자들은 호들갑이었다. 눈은 이미 핑크 빛으로 물들어 있다. 김 실장이 하하하, 크게 웃고는 말했다.

"김정면이, 몸 하난 역시 예술이야. 활배에서 삼두, 전완근으로 이어지는 타격에 최적화된 근육. 벌크업 된 전시용하곤 다르지. 캡틴 아메리카하고 하루 종일도 할 수 있을걸."

김정면은 씩 웃으며 술잔을 기울였다.

* * *

최윤식이 이람 법률사무소를 다녀간 지 5일 후, 한울 모터스의 회의실.

양다곤이 현안에 관해 법무팀의 보고를 받는 날이었고, 윤해성이 새로 위촉된 고문변호사로서 참가했다.

윤해성이 회의실에 도착하기까지 상당히 번거로운 절차가 있었다.

보안검색대를 통과해야 했고, 가방도 따로 컨베이어 벨트 위에서 스캔을 받았다. 그 뒤에 휴대용 스캐너로 다시 한번 몸 전체를 검사당했다. 마지막에는 휴대전화와 스마트워치까지 맡겨 두어야 했다. 그러고도 직원이 물었다.

"다른 전자기기는 없으시죠?"

공항의 보안 검색이 어린애 장난으로 보일 정도다.

'목적'이 아니었다면 회장 면담이고 뭐고 배알이 틀려서 돌아갈 법했지만, 윤해성은 웃는 낯으로 물었을 뿐이다.

"외부 방문자들은 다 이렇게 합니까?"

"네. 회장님이 보안에 신경을 많이 쓰셔서요."

스캐너를 든 직원이 미안한 듯 말했다.

보안보다는 비밀이 많은 거겠지.

휴대전화와 스마트워치까지 맡긴 건 구치소 접견 갈 때 말고는 처음이었다. 내 영역에 들어오려면 내 법을 따라라, 이건가. 새삼 양다곤이 구축한 '한울'이라는 이름의 제국을 실감했다.

수모에 가까운 검색 절차를 거친 후 마침내 윤해성은 한울 그룹의 소회의실에 입성했다.

회의실에 모인 법무팀 직원들은 낯선 인물이 들어오자 경계하는 빛을 띠었다.

조금 전에는 엑스레이가 윤해성을 스캔했다면, 지금은 사람들의 시선이 윤해성을 스캔하고 있었다. 조금은 건방져 보이는 표정과 몸짓. 그러면서도 느껴지는 강인함. 그런 정도의 이미지 연출. 사람들은 그의 첫인상에 약간의 거부감을 가지면서도 만만하게 보지는 못할 것이다.

어차피 이 조직에 구성원으로 들어가는 게 아니다. 그 정도가 적당하다.

윤해성의 자리는 법무팀장 최윤식의 옆이었다.

가볍게 묵례를 한 후 서로 별말 없이 꽤 시간이 흘렀다.

이윽고 문이 열리고 먼저 들어온 사람은 젊은 여성이었다. 비서실의 한이수였다.

윤해성은 흠칫 놀랐다.

양다곤의 옆에 있기에는 어울리지 않는다. 배우 뺨치는 미모는 이해가 가지만, 너무나 청초한 분위기를 지녔다.

양다곤 탓에 주변 사람들도 모두 '악'의 이미지로 덧칠해 버린 모양이군. 윤해성은 잠시 딴생각을 했다.

"회장님 들어오십니다."

한이수가 깨끗하고 높은 음성으로 알렸다.

잠시 후 초로의 남자가 들어왔다.

붉은 얼굴, 튀어나온 배, 뻣뻣하고 새카만 머리칼.

양다곤이었다.

윤해성의 명치끝에서 뜨거운 덩어리가 훅 올라왔다. 그것은 혈관 곳곳을 순식간에 돌아 말단까지 밀려갔다. 손끝이 가늘게 떨리는 건 그 탓이겠지…….

쿵 쿵 쿵 쿵.

심장이 미친 듯이 뛰었다.

20년 만이다. 아버지의 죽음, 가족의 몰락.

그 모든 흑막에 양다곤이 있다.

하루도 잊은 날 없는 원흉.

반드시 만날 날이 있을 거라고 믿었다. 그때를 위해서 표정을 컨트롤하는 연습을 그렇게나 했다. 하지만, 지금 과연 자신의 얼굴이 무심한지는 도저히 자신이 없었다.

맞은편 통유리에 비친 자신의 얼굴을 보았다. 불덩이 같은 마음과는 너무도 거리가 먼, 마치 남의 것 같은 얼굴이 있었다. 윤해성은 조금 안심했다. 더욱이 회의실 안 모든 사람들의 시선은 양다곤을 향해 있다. 윤해성을 신경 쓰는 사람은 없었다.

양다곤의 얼굴은 기억보다 많이 변해 있었지만, 윤해성은 금세 알아보았다.

그도 혹시 윤해성을 알아볼 것인가.

그럴 리는 없다고 생각하지만…….

"앉읍시다."

양다곤의 말에 직원들 모두가 자리에 앉았다.

"거기 최 팀장 옆에 앉은 분이 새로운 고문변호사신가?"

양다곤이 턱을 들어 윤해성을 가리켰다.

그 모습과 낯빛, 표정, 제스처를 보고서 윤해성은 확신했다.

양다곤은 자신을 전혀 알아보지 못하고 있다!

예상대로여서 다행이지만, 가슴 한구석에 작은 불길이 일었다. 내 가족은 양다곤 때문에 지옥 구덩이에 빠졌는데, 가해자인 본인은 기억조차 못 한다……?

하지만 윤해성은 마음의 동요를 숨기고 곧바로 자리에서 벌떡 일어났다.

직원들의 눈이 그를 향했다.

돌출 행동을 하고 사표를 쓴 꼴통 검사 출신.

자동차 회사 CEO를 상대로 되지도 않는 고발장을 날리는 돈키호테.

그리고 회의장에 들어올 때의 거만한 태도.

저 뻣뻣한 인간이 회장한테 어떤 무모한 말을 하려나.

우려스러운 눈길로 보고 있었다.

그 우려 속에는 약간의 기대도 섞여 있었다.

'또라이'가 회장을 향해 한 방 제대로 쏴 주기를 바라는 마음일까.

하지만 윤해성의 말은 그들의 어떠한 기대도 철저히 배반했다.

"양다곤 회장님을 뵙게 되어 무한한 영광입니다."

윤해성은 지나치다 싶을 만큼 허리를 숙였다. 거의 코가 테이블에 닿을 지경이었다.

직원들은 뜨악한 표정을 지었다.

"허허, 뭘 일어나기까지. 앉아. 사진은 봤는데 실물이 훨씬 잘생겼구먼."

양다곤은 윤해성의 과한 몸짓에 흠칫 놀란 듯했지만 이내 만족한 웃음을 지었다. 싸움닭일 줄 알았던 변호사가 의외로 저자세로 나오니 흡족한 모양이다.

윤해성은 선 채로 계속 말했다.

"회장님은 한국의 자동차 산업은 물론 경제계를 이끌어 가시는 분입니다. 테슬라를 위협하는 세계적인 기업을 혼자 세우신, 세계적인 인물이십니다. 그런 분을 직접 만나 뵙게 되어 실로 감격입니다. 열심히 하겠습니다!"

회의실 안의 분위기가 어색해졌다.

깐깐한 인물인 줄 알았던 윤해성의 허리가 120도 굽었다. 그의 입에서는 거의 '양다곤 찬가'가 쏟아졌다.

우리도 저 정도까진 못 하는데…….

실시간으로 굳어 가는 회의실 공기와는 달리 정작 당사자인 양다곤은 기분 좋은 목소리로 말했다.

"그래. 이왕 우리 기업의 고문변호사로 왔으니 힘을 보태 주게."

"물론입니다. 회사와 회장님을 위해 이 한 몸 다 바치겠습니다."

아부를 싫어하는 사람은 없다지만 특히 양다곤은 아부를 좋아한다.

윤해성이 파악한 바로는 그랬다.

양다곤은 흐뭇한 얼굴이었다.

기개 있는 검사 출신 변호사라고 해서 좀 긴장했더니만, 역시나 대(大)한울 모터스, 양다곤 앞에서는 줄 한번 대 보려고 납작 엎드리는군. 그런 표정이었다. 그나마 있던 약간의 경계심마저 풀린 것 같다.

최윤식 팀장과 법무팀 직원들은 윤해성의 태도에 여전히 당황한 기색이었지만 다들 저마다의 기분을 숨기고 있었다. 그 감정은 경멸일지, 부러움일지, 아부의 기회를 뺏겼다는 아쉬움일지.

윤해성은 그 와중에도 양다곤의 뒤편에 앉은 한이수의 표정이 살짝 일그러지는 것을 놓치지 않았다. 단순한 경멸 이상의 감정이 담겨 있다. 거의 적대감. 그렇게 느꼈다.

회장의 비서가 왜.

윤해성은 주의가 흐트러지려는 걸 얼른 다잡고 이어 말했다.

"회의 시작 전에 한 가지 말씀드리고 싶습니다."

"뭔가."

"회사 법무팀에서는 회사의 일이 아니면 공식적으로 나서거나 힘을 보탤 수 없을 겁니다."

"그렇지. 회사 법무팀이니까 당연한 거 아닌가."

"그렇기 때문에 회장님 개인적인 일이나 나아가 친지, 주변 분들의 일이 있을 땐 별도로 회사 밖의 변호사를 선임해야 합니다. 아무래도 껄끄럽고 불안하실 수 있습니다. 외부에 알리고 싶지 않은 사생활이 새어 나갈 수도 있고요. 제가 그런 부분까지 일심으로 도움을 드리도록 하겠습니다."

"이 친구. 아주 욕심이 많군."

양다곤은 싫은 표정이 아니었다. 이 젊은 변호사는 욕심이 있어. 정의파 따위가 아니야. 주무르기 쉬운 녀석이야. 그런 정도의 판단이리라.

법무팀 직원들의 낯빛이 어두워졌다. 이자를 그저 달래려고 데리고 왔는데, 우리 밥그릇을 뺏고 있어!

양다곤의 등 뒤에서 한이수는 여전히 냉랭한 표정을 짓고 있다.

그때 회의실 문이 열렸고, 젊은 남자가 들어왔다.

윤해성은 직감했다.

양건일이다.

양다곤의 아들. 어린 시절 악다구니를 부리던 그놈. 그 시절 얻어맞은 뒤통수가 아직도 얼얼한 기분이다. 기억에도 없겠지. 양건일은 가해자니까. 인간의 성정이 쉽게 변하지 않는다고 보면…….

물론 양건일이 양다곤의 살인이나 소송에 가담했을 리는 없다. 그땐 그도 꼬마였으니까. 그 책임을 물을 수야 없다. 하지만 그에게는 원죄가 있다. 양다곤의 아들이라는. 그리고 그가 가진 것 혹은 가질 것 중 절반 이상은 원래 윤해성 아버지의 것이었다.

양다곤이 아들을 보며 말했다.

"양 상무. 늦었군."

"네, 좀. 근데 제가 법무팀 회의에까지 참석할 필요가 있습니까?"

양건일의 말투는 공격적이었다. 역시 변하지 않았다. 양다곤의 유전자도 확실히 물려받았다.

"나중을 위해서 이런 거 저런 거 다 돌아봐야 하는 거야. 의사도 전공과목 정하기 전에 골고루 다 공부하잖아. 마찬가지야."

"법 문제야 아랫사람들이 알아서 하겠죠. 제가 법을 아는 것도 아니고요."

직원들 면전에서 '아랫사람'이라니, 등장하자마자 시건방을 떨고 있다.

하지만 한울 모터스 제국의 후계자, 양건일 앞에서 법무팀 직원들은 오히려 어깨를 움츠리고 있다.

"법무든 재무든 마케팅이든 CEO는 회사 돌아가는 전반을 알아 두어야 해. 그래야 밑에서 장난을 못 치지."

양다곤의 말은 더 모욕적이었다. 직원들을 예비 범죄자 취급하는 말이다.

법무팀 직원들은 괜히 자신들이 죄지은 것마냥 허리를 꼿꼿하게 세웠다.

"오늘 새 고문변호사도 왔고. 이쪽이야. 윤해성 변호사. 알지? 김정은 기소했던 검사 출신."

양건일은 대답도 없이 그저 윤해성을 쳐다보았다. 네가 먼저 인사하라는 뜻이다.

어쨌든 알아보지 못하는 건 분명하다.

"안녕하십니까. 윤해성입니다. 잘 부탁드립니다."

윤해성이 일어서서 허리를 숙여 인사했다.

양건일은 마주 인사를 하지 않고 몸을 휙 돌리더니 양다곤에게 말했다.

"꼴통 아닙니까? 저런 애가 도움 됩니까?"

양다곤이 오히려 난감해하는 표정이었다.

처음에는 마음에 들지 않았을지 모르지만 조금 전 자신에게 충성을 맹세하지 않았는가. 굳이 다시 모욕하고 적으로 돌릴 필요는 없다.

이때 윤해성이 잽싸게 말했다.

"걱정 마십시오. 한울 모터스에 도움이 되도록 최선을 다하겠습니다. 물론 회장님과 상무님께도요."

양건일은 윤해성을 힐긋 보더니 그제야 양다곤 옆자리에 앉았다.

이제 윤해성을 적어도 위험한 인간으로는 보지 않을 것이다.

완전한 항복.

말 잘 듣는 개.

그 정도로 자리할 것이다.

최윤식 팀장이 일어서서 말했다.

"그럼 현안을 말씀드리겠습니다. 우리 회사 '오딘' 차량의 배터리 결함 고발 건입니다만……."

양다곤이 손을 들어 최윤식의 말을 막았다.

"윤 변호사는 인사했으니까 돌아가지. 시간도 뺏길 텐데."

"전 괜찮습니다. 고문변호사로서 회사의 법률 현안은 알아야죠."

윤해성이 말했지만 양다곤은 완강했다.

"아냐. 오늘은 얼굴만 봐 두는 걸로 하지. 일은 차차 같이 하는 걸로 하고."

윤해성이 돌아보니 직원들이 전부 그를 쳐다보고 있다.

그 의미를 알 것 같았다. 토 달지 말고 양다곤 말대로 하라는 무언의 표현.

"알겠습니다. 그럼 다음 기회에 참여하기로 하고 오늘은 이만 돌아 가겠습니다. 안녕히 계십시오."

윤해성은 일어서서 허리를 깊이 굽혔다. 그러고는 회의장을 뚜벅뚜벅 걸어 나갔다.

그가 방을 나갈 때까지 아무도 입을 열지 않았다.

모두가 양다곤의 눈치를 보고 있었다.

양다곤은 윤해성이 방을 나간 것을 확인하고서 최윤식에게 말했다.

"최 팀장, 왜 그렇게 눈치가 없어! 오늘 처음 본 인간이 있는데 회사 내부의 현안을 말하면 어떡하나!"

"죄송합니다. 그래도 이제는 회사 고문변호사니 같이 의논해야 하지 않을까 싶었습니다."

"우리 회사 고문변호사가 한둘이야!"

"죄송합니다."

"저 친구는 김정은이를 기소하고, 동양 자동차를 고발할 정도로 꼴통이야. 안 그래도 지금 우리가 배터리 결함 건으로 고발이 들어와서 검찰 조사를 받고 있어. 저 친구가 우리 회사 상대로 또 고발이니 뭐니 하면 골치 아플까 봐 고문변호사로 묶어 두기로 한 거잖아! 근데 저 친구 있는 데서 배터리 결함 건을 꺼내면 되겠어!"

"죄송합니다."

최윤식이 연신 머리를 조아렸다.

그때 양건일이 끼어들었다.

"아까 보니까 우리한테 해를 끼칠 정도의 배짱은 없겠던데요. 완전히 굽실굽실하지 않았습니까."

"어리석은 놈!"

양다곤의 일갈에 양건일은 입술을 꽉 깨물었다. 사람들 앞에서 체면을 상했다고 여긴 듯했다.

질책이 이어졌다.

"사람은 함부로 믿는 게 아냐! 눈앞에서 입에 혀처럼 구는 건 누구나 할 수 있어. 쓸 사람일지 아닐지는 더 두고 봐야 해. 성과를 보고 결정하는 거야!"

"네……."

양건일은 풀이 죽었다.

"자, 그럼 최 팀장. 보고해 봐."

양다곤이 말했고, 최윤식은 일어서서 ppt를 열었다.

* * *

윤해성은 회의실을 나와서 화장실로 향했다. 다행히 아무도 없다. 얼른 변기 칸 문을 걸어 잠갔다. 넥타이를 목 뒤로 넘기고 변기에 대고 구역질을 했다.

전략적 필요에서라지만 가족의 원수 양다곤 앞에서 꼬리를 흔들고 아부를 떤 것은 정신이 받아들이기 힘들었다.

젠장.

술이라도 마시고 들어갔어야 했나.

입에서 나오는 것은 없었지만 헛구역질이 금세 멈춰지지는 않았다.

* * *

회의를 마친 후 윤해성은 최윤식에게 전화를 걸었다.

"팀장님, 회사의 내부 조직도나 연락망 있으면 좀 받았으면 싶습니다."

"왜요?"

최윤식은 불편한 심기를 노골적으로 드러냈다.

"고문변호사로서 최소한의 회사 조직은 알아야 하지 않겠습니까."

"……알겠습니다. 메일로 보내 드리죠."

최윤식은 떨떠름해하면서도 수락했다.

스타 변호사가 알고 보니 아부꾼으로 드러났지만, 어쨌든 조금 전 만족해하던 양다곤 회장의 모습을 보지 않았는가. 윤해성의 요구를 무시할 순 없었다.

윤해성은 마음 같아서는 회사 주주 명부라도 받고 싶었지만, 지금 그런 걸 얘기해 봤자 건네줄 리도 없고 경계심을 품는다.

우선은 별 필요 없는 가벼운 서류를 요구해 둔다.

나중에 정말 필요한 때를 위해 발판을 쌓아 두는 것이다.

* * *

한이수는 오늘도 정시 퇴근이다.

양다곤은 여의도에서 전경련 비공식 모임이 있어 일찌감치 자리를 비웠다.

회사 로비를 걷는 동안 늘 그렇듯이 남자들이 한이수를 힐끔거렸다. 남자 사원들의 단체 카카오톡방에서 비공식 미모 투표로 늘 1위를 차지한다는 한이수는 단연 시선의 중심에 있다. 그 시선도 이제 익숙하다.

또각또각.

힐 굽을 울리며 삼성동 한울 모터스 빌딩 회전문을 나섰다.

지하철역을 향해 걷는데 누군가가 슥 다가왔다.

"실망하셨습니까?"

한이수는 놀라 돌아보았다. 윤해성이었다.

금방 알아보았지만 한이수는 일부러 약간의 시간을 둔 다음 반응했다.

"네?"

"아까 법무팀 회의에서 말이죠."

"무슨 실망을……?"

"줏대 있는 변호사인 줄 알았는데, 용비어천가나 부르고 앉았으니 말이죠."

"글쎄요. 제가 왜 그런 생각을 하겠어요?"

"그럼 제가 과민했나 보죠."

"설마 그게 신경 쓰여서 절 기다리신 건가요?"

"네."

한이수는 발걸음을 멈추고 윤해성을 쳐다보았다.

이 아부쟁이 남자는 조금 이상하기까지 하다.

"근데 말씀하시는 투나 표정을 봐서는 전혀 그래 보이지 않는데요. 너무 자신만만하시잖아요. 마치 돈 받으러 온 사람마냥."

"변호사 시장이 생각보다 어렵더라고요."

"네?"

"검사로 있다가 호기 있게 사표는 던졌는데, 나와 보니까 여기 경쟁이 엄청 치열해요. 그래서 먹고사는 문제가 걱정스럽더라, 이겁니다."

"그래서요?"

"자존심 세우고 굶는 남자보다 허리 굽히고 처자식 먹여살리는 남자가 더 낫지 않을까요?"

"아니, 근데 왜 저한테 그런 말씀을 하세요? 초면에."

한이수가 발끈했다.

"아, 이런 실언을. 오해 마십시오. 일반론을 이야기한 겁니다."

윤해성은 손을 마구 내저었다. 이유를 설명할 순 없지만 갑자기 그 모습이 조금 귀여워 보였다. 한이수는 픔, 하고 웃고 말았다.

"오해 마세요. 실언을 용서한 게 아니라 어처구니가 없어서 웃은 거예요."

그 틈을 놓치지 않고 윤해성은 품에서 명함을 꺼내 내밀었다.

"제 명함입니다. 아까 회의장에서도 말씀드렸지만 회사일뿐만 아니라 회사 관계자분들의 법률문제까지도 전 언제든 해결에 나설 준비가 되어 있습니다."

윤해성은 그렇게 말하면서 한이수의 기색을 살피는 것 같았다.

한이수는 무심한 얼굴을 하고 형식적으로 명함을 쓱 훑어본 다음 백에 넣었다. 법률문제라니. 그런 게 있을 리 없다. 당신, 영업 상대를 잘못 골랐어. 그래도 답례로 자신의 명함을 건넸다.

"비서실 한이수예요."

"아, 한이수 씨군요."

"네. 어쨌든 말씀은 감사해요. 그럼……."

한이수는 인사를 하고 떠나려 했다. 하지만 윤해성의 말이 이어졌다.

"가벼운 맘으로 상담해 주세요. 저렴하게, 아니 경우에 따라서는 무료로 일을 맡을 수도 있습니다."

"말씀은 감사하지만 제가 어떻게 회사 고문변호사님을 이용하겠어요. 전 일개 비서실 직원이에요."

"제가 잘 보이고 싶어서라고 이해해 주세요."

"왜 저한테 잘 보여요?"

"아까 보셨잖습니까? 회장님에 대한 저의 태도. 그 연장선상이라고 생각해 주세요."

"설득력이 없네요."

"정말인데, 마음을 보여 드릴 수가 없네요."

"이거 혹시 작업인가요?"

"아닙니다. 갓 개업한 젊은 변호사의 열정입니다."

윤해성의 눈빛은 강렬했다. 한이수는 왠지 순간의 아득함을 느꼈다.

열정?

요즘은 청춘들 사이에서도 퇴색해 버린 단어 아닌가.

길거리에서 이 무슨 뜬금없는 대사일까.

"어쩌면 지금 제가 가진 열정 같은 건 잠시일 수도 있고, 금세 지나갈 수도 있습니다. 하지만 지나 버리기 전에 그걸 이용하시는 건 한이수 씨에게 분명 이득일 겁니다."

이 남자는 도무지 장소와 상황에 어울리지 않는 대사를 쏟아 내고 있다.

아무튼 조금 전 회의실에서 받은 첫인상보다는 나아지고 있었다. 싫어하는 사람까지 필요하면 자기편으로 만드는 재주. 이 사람은 그런 걸 갖고 있는 걸까.

한이수는 멍해 있다가 정신을 차리고서 말했다.

"알겠습니다. 말씀 감사하고요. 조심히 들어가세요."

한이수는 더 이상의 대화를 자르고 걸어갔다.

윤해성은 그 뒷모습을 잠시 지켜보다가 발길을 돌렸다.

조금 걷다가 누군가가 앞을 막아서 있다고 느꼈다.

"어?"

고개를 든 윤해성은 놀랐다. 박시영이 웃는 얼굴로 서 있었다.

"퇴근 시간이지? 술 한잔하자."

박시영은 어깨를 툭 치고는 윤해성이 뭐라 대꾸하기도 전에 성큼성 큼 앞서 걸었다.

* * *

한도균은 식당에 먼저 와 기다리고 있었다.

힘없이 식당 문 쪽을 힐끔거리던 그는 들어오는 딸을 보더니 활짝 웃었다.

"아빠 참. 내가 간다니깐. 왜 서울까지 나왔어."

한이수는 한도균 맞은편에 앉으며 말했다.

"너 온종일 일하고 힘들잖아. 또 양평 집에 있어 봐야……."

한도균은 뒷말을 어물거렸다. 말하지 않아도 한이수는 알 것 같았 다. 한도균은 요즘 층간소음 탓에 신경이 부쩍 예민해져 있다. 차라리 외출하는 게 속 편할 것이다.

두 사람이 자리한 곳은 방이동 먹자골목의 이천식 쌀밥집.

곧이어 그득한 한상차림이 나왔고, 배가 고팠던 한이수는 밥 한 그 릇을 이내 싹싹 비웠다. 한도균은 숟가락을 드는 둥 마는 둥 하다가 밥 을 조금 남겼다.

"더 안 먹어? 아빠가 좋아할 줄 알고 이 집으로 정했는데."

"아냐. 맛있었어."

한도균은 따뜻한 숭늉을 들이켜고는 빙그레 웃었다.

한이수는 가방에서 종이 한 장을 꺼내더니 식탁 위에 놓았다.

"이건 뭐냐?"

한도균이 마시던 숭늉 그릇을 내려놓고서 물었다.

"회사 주주 명부를 몰래 빼내서 조사해 봤어. 큰 지분 위주로 현재 소유관계뿐만 아니라 그동안의 지분 이전관계도 추적해 봤거든."

"그런데?"

"걸리는 게 있어. 대략 20년 전엔 의외로 김민호란 사람의 지분이 제일 컸어. 양다곤은 그다음이었고. 물론 회사가 쪼그맣던 시절의 얘기긴 하지만."

"김민호? 그 사람이 양다곤보다 더 주식이 많았다고?"

"응. 근데 김민호가 그 무렵 사망하고 지분이 상속됐어. 윤서경, 김한울, 두 사람한테로."

"아내하고 아들인가 보구나."

"그랬나 봐. 근데 그 두 사람 지분이 곧 다시 양다곤한테로 넘어갔어."

"그 지분이 양다곤으로?"

"소송을 통해서 가져온 걸로 되어 있어."

"어찌 된 일일까……."

"여기서 수상한 건 그거야."

한이수는 식탁 위에 올려놓은 종이를 가리켰다. 한도균은 그제야 종이를 집어 들어 읽기 시작했다.

신문 기사의 출력물이었다.

기사를 다 읽은 한도균이 고개를 들었다.

"김민호 교수…… 자살?"

"응. 김민호는 서울대 교수였어. 근데 그 무렵 자살했어. 그래서 유족인 윤서경, 김한울이 회사 지분도 상속했고, 그런데 양다곤이 소송으로 그 지분을 가져온 거야."

"그런 일이…… 음."

"어딘가 석연치 않아."

"좀 그렇긴 하다. 한울 모터스의 최대 주주가 자살하고, 그 지분을 양다곤이 가져오다니…… 뭔가 전개가 이상해."

"윤서경 모자를 만나 보면 자세한 사정을 알 수 있지 않을까 싶어."

"20년 전 일이니까…… 윤서경 씨는 이제 나이가 많을 거고…… 김한울은 지금 너보다 몇 살쯤 위겠네. 근데 찾기는 어렵지 않을까."

"그래도 찾고 싶어. 분명 이 사람들은 사건의 흑막을 알고 있을 거야."

"……아마도 양다곤을 증오하고 있겠지. 김민호 교수가 왜 자살했는지는 모르겠다만 적어도 이 가족이 지분 전부를 빼앗긴 건 사실이잖아. 그것도 자그마치 한울 모터스 주식인데."

"그래. 정식 소송에서 졌다지만 억울한 마음은 같을 테니까."

"어쩌면……."

한도균이 뒷말을 또 삼켰다.

"어쩌면, 뭐?"

"같이 힘을 합칠 수 있을지도 모르지."

한이수는 빙그레 웃었다.

"아빠, 너무 앞서 나간 거 같아."

한도균은 멋쩍은 듯 웃었다.

"너 혼자 너무 고생하는 것 같아서 해 본 말이야."

"알았어, 일단은 찾아볼게."

한이수는 종이를 다시 집어 가방 속에 넣었다.

* * *

삼성역 무역센터 맞은편 먹자골목의 한 이자카야 안.

윤해성과 박시영은 창밖이 내다보이는 자리에 나란히 앉아 있다.

"작업 중이었어?"

박시영이 놀리듯 말했다.

"무슨 작업?"

"젊은 남자가 길에서 미녀에게 말 걸고 명함 줬으면 작업 아냐?"

"엉뚱한 소리 하지 마."

"난 그거 말곤 생각할 수 없는데?"

"상상력 부족이야. 용건이 있었어."

박시영은 윤해성의 빈 잔에 술을 채워 주며 놀리듯 말했다.

"그 여자 예쁘더라."

"너도 예뻐. 귀여움 쪽으로는 네가 더⋯⋯."

"그런 수법 안 통해. 어서 털어놔 봐."

"용건이 있었다니까."

"좋아. 말해 봐. 그 구차한 변명 들어주지."

"아니, 내가 이걸 왜 해명해야 하는지 모르⋯⋯."

윤해성은 말하다가 입을 닫았다. 이렇게 말하면 박시영과 너무 선을 긋는 셈이다.

"아니, 너 참 집요하다구."

"농담이야. 무슨 용건이었어?"

박시영도 한발 물러섰다.

"그 여잔 양다곤의 비서야. 한이수라고."

"이름도 예쁘네."

"그게 중요하냐? 비서란 게 의미 있는 거지."

"그래서?"

"그래서 접근했어. 회장의 비서와 운전기사. 어디서든 이 둘이 개인적인 일을 가장 잘 알고 있는 법이지. 근데 양다곤의 차는 앞뒤가 유리로 차단되어 있다더라. 기사가 뭘 들을 수 있는 위치가 아니란 거지. 그래서 기사는 제외했어."

"게다가 아마도 중년 남자일 테니까. 비서는 아리따운 젊은 여성이고."

"나 참. 아니라니까."

박시영은 가볍게 웃고는 말했다.

"비서는 그래도 양 회장 편일 텐데. 자칫 위험하지 않을까? 네 목적만 들통날 수 있잖아."

"오늘 회의장에서 눈빛을 봤어."

"눈빛?"

"내가 양다곤한테 비굴하게 굴었거든. 그때 한이수 눈빛이 좀 그렇더라구."

"어땠는데?"

"날 경멸했어."

박시영은 잔을 내려놓고 푸하하, 크게 웃었다.

"너 무슨 관심법 써?"

"아니. 분명히 느꼈어. 경멸. 그때 생각했어. 분명 심지가 있는 여자다, 라고 말이야."

"그게 무슨 의미?"

"이 여자는 양다곤에게 무조건 충성할 타입은 아니라고 보는 거지. 그렇다면 공략할 틈이 있는 거야. 그래서 명함도 주었어."

170

박시영은 한동안 윤해성을 빤히 바라보더니 이윽고 물었다.

"만약에."

"만약에?"

"그 여자가 널 남자로서 좋아하게 된다면, 하는 걸 기대하는 거 아냐?"

"아냐. 아무리 목적이 있대도 내가 사람 마음을 이용할 정도로 비열한 놈은 아니야."

"그렇다고 정의의 투사도 아니지."

"옳고 그른 걸 떠나서 혐오스러운 건 싫어. 그런 방식으론 안 해."

박시영이 또 물었다.

"그렇담 만약에."

"또 무슨 만약."

"네 의도는 아녔더라도, 그 여자가 널 좋아하게 된다면, 그래서 네 뜻대로 하겠다고 한다면?"

"……너무 나간 거 아니냐?"

"왜. 가능한 일이지."

"가능성이 없어. 그 여자가 날 왜 좋아해?"

"너 좀 매력 있다니까."

윤해성은 박시영을 똑바로 쳐다보며 말했다.

"망상 집어치우지 않을래?"

망상이라.

박시영은 생각했다.

윤해성이 한이수를 만나는 장면을 왜 난 신경 쓰고 있을까.

한이수라는 여자의 강렬한 미모 때문일까.

설마 난 윤해성을 남자로서 느끼는 걸까.

박시영은 누가 묻기라도 한 듯 머리를 저었다.

그렇다고 생각해 보진 못했다.

박시영은 윤해성의 과거를 알고, 공분하고, 동감했다. 그래서 친구로 지내 왔다고 믿었다. 더 근본적으로는 그가 처음 보는 유형의 흥미로운 인간이었기 때문이다.

박시영이 그저 친구였던 윤해성에게 관심을 갖게 된 건 대학 3학년의 어떤 사건 때문이었다.

* * *

윤해성과 박시영은 학생식당 구석에서 혼자 밥을 먹던 서준철을 발견했다.

"같이 먹자."

두 사람은 식판을 들고 서준철의 맞은편에 앉았다. 그런데, 왠지 서준철은 시선을 피하고 있었다. 얼굴이 퉁퉁 부어 있다.

"야, 이거 뭐야?"

"어디서 자빠졌댄다. 덜떨어진 놈."

뒷자리에 앉아 있던 다른 친구가 빈 식판을 들고 일어서며 말했다. 서준철의 얼굴이 벌게졌다.

"야, 왜 그래. 친구가 다쳤는데."

박시영이 편을 들자 그 친구는 혀를 차고는 퇴식구 쪽으로 가 버렸다.

"어쩌다 그렇게 됐어?"

싸운 흔적이 분명했다. 서준철은 평소에 모범적인 생활을 하는 친구는 아니었다. 대학생답지 않게 유흥을 좋아해서 욕을 먹지만 계산에 밝은 친구들과 달리 털털한 인간성이 좋았다. 그래서 박시영도 유독 정이 갔다.

박시영이 물었지만 서준철은 쭈뼛거렸다.

"쪽팔린다. 그냥 넘어가자."

"왜?"

"그냥 넘어진 걸로 해."

박시영이 정색을 하고 추궁했다.

"맞은 게 분명한데, 어떻게 그래? 그게 보통 일이야?"

"야, 너 정의감 앞서는 것도 피곤하다. 그래, 맞았다. 어제 술집에서."

"술집?"

"어……."

박시영이 입을 다물고 지긋이 노려보고 있으려니 서준철이 움찔했다. 박시영이 버럭 소리를 높였다.

"그냥 소줏집 아니지? 말해!"

"왜 화를 내냐……."

"어서!"

"내 돈으로 내가 술 마시러 갔는데……."

서준철의 음성은 기어들어 갔다.

"야. 시영이가 이 정도 얘기하면 이제 발 못 뺀다. 그냥 순순히 털어놔."

옆에서 윤해성도 거들었다. 결국 서준철은 털어놓았다.

"어제 모은 돈으로 친구하고 같이 단란주점을 갔어……."

"뭐, 단란주점? 이 머리에 피도 안 마른 자식이!"

박시영이 손을 들었고, 서준철이 찔끔했다. 윤해성이 말렸다.

"때리지 마. 이러면 준철이 입이 또 닫힐 거야."

박시영은 손을 내리고 낯빛을 부드럽게 바꾸었다.

"그래. 학생이 공부 스트레스를 받다 보면 단란주점에 한 번쯤 갈 수도 있는 거지, 뭐. 이야기해 봐."

"어……."

박시영이 되지도 않는 말을 주워섬기며 위로했고, 서준철은 눈치를 보며 아래와 같은 이야기를 털어놓았다.

방에서 놀다가 나와 화장실을 가는 길이었다.

그곳 복도에서 어떤 남자와 스쳤다. 그리 넓지 않은 통로였는데, 남자는 마치 일부러라도 그러는 듯이 어깨를 있는 대로 펴고 가운데로 뻣뻣하게 걸었다. 어린 서준철이 더 만만하게 보였을지도 모른다.

서준철이 가장자리로 걸었지만 부득이하게 어깨가 스쳤다.

상대 남자는 마치 럭비 태클이라도 하듯 어깨를 세게 부딪쳐 왔다.

"뭐야? 조심해야지!"

남자가 다짜고짜 화를 냈다.

"아니, 그쪽이 부딪친 거잖아요. 조금만 옆으로 걸으면 될 걸 왜…… 윽!"

서준철은 말을 다 끝마치지 못했다. 남자의 주먹이 날아든 것이다.

서준철은 바닥에 쓰러졌고, 이어 지근지근 밟혔다.

종업원이 달려와서 말렸지만 이미 실컷 맞은 뒤였다. 종업원 말로는 남자가 기분 나쁜 일이 있어서 분풀이 대상을 찾은 거라 했다.

얼굴의 멍은 그때 맞아 든 거지만 실은 몸의 상처가 더 크다고 했다.

"그렇게 됐어……."

서준철의 음성은 또 기어들어 갔다.

"경찰에 신고하지 그랬어?"

"그냥 양아치가 아니야. 이수대라고, 그 지역 유명한 건달이래. 지독한 독종이고. 아무도 쉽게 못 건드린다더라."

"네가 그걸 어떻게 알아?"

"주점 종업원이 얘기했어. 그 술집에 매일 오는데, 너무 꼴통이라 자기들도 골치 아프다면서."

"그래서 그냥 넘어갈 거야? 이렇게 얻어맞고?"

박시영이 묻자, 서준철의 눈동자가 흔들렸다.

그러다 잠시 후 무너졌다. 그는 팔에 얼굴을 묻고 어린아이처럼 엉엉 울었다.

"나도 분해 죽겠어. 분해 죽겠다고…… 근데 어떡하냐, 그런 놈을 상대로……."

"얘 어떡하냐……."

박시영이 윤해성을 돌아보며 말했다. 딱히 방법이 떠오르지 않았다.

"네가 그래도 명색이 법대생인데, 어떻게 좀 해 봐."

"그럴까."

"그래. 고소장을 쓰든 뭘 하든."

서준철이 눈물 젖은 얼굴을 들었다.

"아니, 고소는 좀…… 그러다 부모님이 알게 되면 어떡하냐. 또 고소했다가 그 자식이 보복할까 봐 겁도 나고……."

"으이그, 이 멍청이!"

박시영이 눈을 부라리며 손을 번쩍 들었다. 서준철이 팔을 들어 얼굴을 막았다. 윤해성이 박시영의 팔을 잡았다.

"맞은 데 또 때리면 어떡하냐."

박시영이 손을 내렸다.

"준철이 녀석은 차라리 이 일로 정신을 크게 차리는 게 나을 거야. 하지만 시영이 네가 특별히 부탁하는 거니 한번 해 볼까."

윤해성이 서준철의 움츠린 등을 툭 쳤다.

* * *

"대체 무슨 생각이야?"

박시영이 방 안을 휘휘 둘러보며 말했다. 조악한 인테리어에 퀴퀴한 술 냄새가 배어 있다. 박시영, 윤해성, 서준철 세 사람은 서준철이 얻어맞은 그 단란주점의 룸에 와 있다. 윤해성이 가자며 이끈 것이다.

"왜 이 단란주점에 오자고 한 거야?"

"범죄현장 재방문이란 건가?"

박시영과 서준철이 잇달아 물었다.

"이수대하고 맞짱 뜨려고."

윤해성이 빙글빙글 웃었다.

"뭐, 맞짱?"

박시영과 서준철이 마주 보았다.

"그 자식 유명한 건달이라니까. 대학생이 붙어서 이길 상대가 아니야. 객기 부리지 말고 경찰에 가자."

서준철이 걱정했지만 윤해성은 대꾸하는 대신 주점 종업원을 불렀다.

"이수대 오늘도 왔어요?"

"네…… 있어요."

"룸 밖으로 나오면 좀 알려 줘요."

"네? 왜요?"

"팬이라서요."

윤해성은 종업원에게 2만 원을 찔러 주었고, 종업원은 꾸벅 허리를 굽히고는 방을 나갔다.

박시영은 뭐라 하려다가 입을 닫았다. 윤해성은 엉뚱한 구석이 있지만 이상한 행동에는 대개 고개를 끄덕일 만한 이유가 있었다. 지켜보기로 했다. 훗날 기자가 되는 박시영의 겁 없는 기질이 발휘된 것인지도 모른다.

세 사람은 노래를 부르며 시간을 보냈다. 40분쯤 지났을까, 박시영이 「비밀번호486」을 부르고 있을 때, 문이 열렸다.

"이수대 나왔습니다."

윤해성은 자리에서 일어섰다.

"어딜 가려고?"

박시영은 마이크에서 입을 떼고 물었다.

"만나 봐야지."

"우리도 같이 가?"

"너넨 여기 있어."

윤해성은 서슴없이 문을 열고 나갔다. 박시영은 음악을 끄고 문을 빠끔히 열고서 그의 뒤를 눈으로 좇았다. 서준철도 박시영 아래에서 눈알만 내놓은 채 걱정스레 지켜보았다. 아무래도 상대는 건달인데…….

불량한 인상의 남자가 복도를 걸어오고 있었다. 뱃살이 두툼하고, 양 허벅지 살이 서로 밀어내며 팔자걸음을 만들고 있다. 그가 이수대인 모양이다.

키는 윤해성보다 작지만 덩치는 압도했다. 차분한 대화가 통할 것 같은 느낌은 아니다. 저 살덩어리에 주먹이 먹힐 것 같지도 않다. 어쩔 생각일까.

이수대와 어깨를 스치며 지나치는 순간. 복화술처럼 윤해성의 입술이 움직였다.

"면상 한번 더럽네. 양아치 새끼."

낭랑하고 선명한 음성.

윤해성의 얼굴 각도는 그대로였기에 이수대가 깨닫는 데는 약간의 시간이 필요했다.

"뭐?"

이수대가 험악한 얼굴로 돌아보았다.

자신에게 욕을 한 사람이 대학생 정도로 보이는 윤해성임을 확인했다.

"이 새끼가!"

이수대는 오른 어깨를 뒤로 슬쩍 뺐다. 주먹계에서 알아준다는 소문답게 거의 반사적인 동작이었다.

윤해성은 그 순간 양팔로 가드를 올렸다. 두 팔이 바짝 위로 치켜 올라가 얼굴을 뒤덮듯이 감쌌다.

지켜보던 박시영과 서준철은 새하얗게 질렸다. 멀리 있었으니 윤해성이 먼저 한 욕설은 들리지 않았다. 그들이 본 것은, 이유는 모르겠지만 멀쩡하게 지나던 이수대가 멈추고 갑자기 주먹을 날리려는 장면이다. 윤해성은 겁을 먹고 양팔을 잔뜩 치켜들고 있다. 싸움에는 문외한인 그들이 봐도 너무 엉성해 보였다.

얼굴은 완전히 가려지지만 아래쪽이 완전히 비는데…….

이수대가 주먹을 뻗었다. 커다란 반원을 그리며 복부를 노리고 날아든 훅. 온 힘을 실은 철권이 윤해성의 배에 정확히 꽂혔다.

아악!

하지만 비명을 지른 쪽은 이수대였다. 그는 그 자리에 나뒹굴었다.

주먹이 완전히 깨져 피가 철철 흐르고 있었다.

이수대는 성한 손으로 깨진 주먹을 움켜쥐고 고통에 몸부림치며 풍뎅이처럼 빙글빙글 돌았다.

"맞은 건 난데, 왜 네가 엄살이야?"

윤해성은 이수대를 내려다보며 양팔을 벌리고 어깨를 으쓱했다.

이어 남방을 슬쩍 걷어 올리고 배에서 무언가를 풀었다. 날카로운 쇠징이 촘촘히 박힌 복대였다.

눈을 휘둥그레 뜨고서 종업원이 뛰어왔다.

"무슨 일입니까? 그게 뭐죠?"

종업원은 바닥의 이수대를 버려두고 윤해성에게 물었다.

"허리가 안 좋아서 말이죠."

윤해성은 복도 위 CCTV 카메라가 보라는 듯이 복대를 펼쳐 보였다.

"쇠징이 몸에 좋대서 박았어요. 덕분에 살았네요."

복대에 거꾸로 박힌 못처럼 튀어나온 쇠징에서 피가 뚝뚝 떨어지고 있었다.

* * *

"어떻게 된 거야?"

단란주점을 나와 걸으며 박시영이 물었다.

"본 대로야. 주먹이 깨졌으니 당분간은 건달 은퇴하겠지."

"복대는 대체 언제 둘렀어?"

"술집 들어가기 전에 화장실에 가서 했어."

"이수대하곤 왜 갑자기 싸움이 붙은 거야."

"스쳐 지날 때 욕 한마디를 찰지게 해 줬지. 역시 바로 주먹을 날리더라."

서준철이 고개를 갸웃했다.

"근데 이수대가 다쳤으니까 너도 문제 되는 거 아냐? 폭행이나 상해 뭐 그런 걸로…….."

"아니. 난 그저 이수대가 때려서 맞은 것뿐이야. 가해자는 이수대지."

"그럼 가드를 얼굴만 했던 건……?"

"그렇게 하면 자연히 배를 때리게 되니까. 복대를 한 곳."

"그쪽으로 때리도록 유도한 거구나."

"이수대하고 붙어서 깨 버린다고 해도 법으론 쌍방 폭행이 되잖아. 귀찮지. 그래서 간단하게 처리하려구."

박시영이 웃었다.

"야, 그 유명한 건달을 깨 버린다고? 허세 쩌는데?"

"뭐, 그럴지도."

박시영이 걱정스럽게 말했다.

"……근데 이수대는 네가 먼저 욕하고 싸움을 걸었다고 할 텐데."

"증거가 없어."

"응?"

"CCTV에는 영상만 녹화되고 음성 녹음이 안 돼. 말소리까지 녹음되면 도청이 돼서 불법이거든. 그래서 내가 욕한 건 기록이 안 돼. 고개를 돌리지 않고 입술만 슬쩍 움직였어. 그냥 이수대가 술 처먹고 혼자서 주먹 휘두른 게 되는 거야."

"그렇구나……."

"오히려 내가 이수대를 폭행으로 고소할 수 있지. 뭐 귀찮아서 안 할 거지만."

흠. 박시영은 고개를 끄덕였다. 윤해성이 서준철을 돌아보았다.

"이제 속이 좀 시원하냐?"

"히히."

서준철은 멋쩍은 웃음으로 대답을 대신했다.

"너 좀 재미있다!"

박시영은 오른팔로 윤해성의 목을 감았다.

윤해성에게 친구 이상의 호기심이 생긴 건 그때부터였다.

* * *

박시영은 과거의 회상에서 깨어나 물었다.

"근데 왜 하필 변호사야?"

"응?"

"법으로 깨부수겠단 네 생각은 알아. 그렇다면 판사나 검사가 더 유리할 수도 있지 않을까?"

"판사는 자신이 맡은 사건에서야 신이지. 하지만 사건을 맡지 못하면 아무것도 아니야. 힘은 세지만 공격 범위가 너무 좁아. 거의 쓸모가 없지."

"검사는?"

"검찰은 확실히 힘도 있고 공격 범위도 넓어. 하지만 역시 한계가 있어. 소속이 있거든. 사건을 인지 수사하려고 해도 상대가 한울 그룹쯤되면 부장검사, 차장검사, 검사장, 덕지덕지 태클도 들어올 거고. 게다가 순환 근무로 지방발령 나면 그걸로 끝이야."

"그런 면이 있구나…… 하지만 변호사는 전반적인 스탯이 떨어지지 않아?"

"아니."

윤해성은 고개를 젓고는 말했다.

"오히려 그래서 한계가 없지. 캐릭터를 키우기 나름이야. 법이라는 장난감이 완전히 손에 들어온 거거든. 상상력만 있다면 무엇이든 할 수 있어."

"무엇이든, 이라. 이를테면 한울의 양다곤을 무너뜨리는 일 같은 것도?"

윤해성은 말없이 고개를 끄덕였다.

"하지만 개인이 무슨 힘이 있을까?"

"그래서 팀을 짠 거야."

"팀? 무슨 팀?"

"바로 '이람 법률사무소'지."

박시영은 앞 유리에 비친 윤해성을 보며 천천히 잔을 들었다.

"알겠어."

"뭘."

"그건 겉만의 이름이지, 실제 이름은 따로 있었어."

"뭔데."

박시영이 검지로 유리창 안의 윤해성을 가리켰다.

"복수 법률사무소"

하하하. 윤해성은 마주 잔을 들고서 크게 웃었다. 그러다 조심스럽게 말머리를 꺼냈다.

"실은……."

"실은 뭐?"

"시영이 네가 꼭 필요해."

"내가 왜."

"양다곤 까는 기사를 써 달란 청탁은 아냐."

"그럼?"

"네 정보력, 인맥 그런 것들. 그리고 무엇보다……."

"응."

"……네 정의감."

박시영은 깔깔깔 웃었다.

"잘못 봤는데? 맨입으로는 곤란한데?"

"그런가. 하긴 정의의 사자도 먹고는 살아야 하니까."

"내 인센티브는 뭐야?"

"한울 그룹 지분이면 어떨까."

"우와, 윤해성. 영업 잘하잖아! 지금 가지고 있지도 않은 걸로 상대를 꼬신다? 이거 순 피라미드 아니야?"

"아아, 이걸로 안 먹히면 곤란한데. 내가 지금 손에 쥔 게 없는데."

윤해성의 너스레에 맞장구치듯 박시영은 손가락을 까딱까딱했다.

"그럼 이걸로 해."

"뭐?"

"목적을 이룬 뒤에, 네 이야기를 글로 쓰는 독점적 권한, 어때?"

"그거 좋은데."

"기억해. 독점이야."

"응. 퓰리처상을 노려 봐."

그 말을 끝으로 윤해성은 잠깐 화장실 좀, 하며 자리를 비웠다.

박시영은 손을 턱 밑에 괴고 중얼거렸다.

"……그땐 다른 걸 더 원할지도 모르지."

* * *

윤해성은 한울 그룹 법무팀 회의에 참석했을 때 들었던 이야기를 놓치지 않았다.

최윤식은 본회의를 시작하면서 분명 이렇게 말했다.

'오딘' 차량의 배터리 결함 고발 건에 관해서…….

양다곤은 그때 최윤식의 말을 막았다.

물론 윤해성을 쉽게 해 주려 막은 건 아니다.

외부인에게 들려주고 싶지 않은 이야기가 있는 거겠지.

집에 돌아오자마자 모니터 앞에 앉아 포털 사이트를 통해 검색해 보았다. 한울 모터스, 배터리 결함, 오딘 같은 키워드를 입력했다. 찾기도 힘든 구석에 조그만 뉴스 몇 개가 떴다.

'이거로군.'

한울 모터스의 전기차 '오딘'의 배터리 폭발 사고가 발단이었다.

비슷한 화재가 몇 건이나 이어졌고, 한울은 신속히 보상하고 사건을 마무리 지었다. 그런데 화재 차량 소유자 가운데 아내가 중상을 입은 사람이 있었다. 그는 한울에 거액을 요구했고, 한울은 여론을 의식했는지 인피 사고는 자기들 책임이 아니라며 거부하여 결국 합의가 결렬됐다. 그 사람은 변호사를 선임해서 한울 모터스를 상대로 형사고발을 했다.

한울의 CEO를 포함한 경영진이 배터리의 결함을 알면서도 그대로 판매를 강행했다는 거였다. 결함보완 장치가 있었지만 그 부착 비용보다 배터리 사고 후 보상해 주는 비용이 훨씬 적다, 그래서 알고도 그대로 방치했다는 주장이었다.

하지만 수사 결과 결국 검찰에서 '혐의 없음' 처분으로 종결되었다.

자동차업계에 관심 있는 사람이 아니면 찾기 힘들 정도로 뉴스 기사가 별로 없었다. 그나마 나온 기사도 한울 측에 은근히 유리한 내용이었다. 일상적인 결함 정도인데 소비자가 트집을 잡는다, 혹은 억측에 기반한 고발이라는 뉘앙스였다.

한울 모터스를 비난하는 기사를 낸 군소 언론사도 드물게 있었다. 하지만 후속 기사에서는 갑자기 태도가 돌변, 한울을 두둔하고 있었다.

아마도 그룹 차원에서 입을 막았겠지. 적대적인 기사를 낸 언론사는 광고를 싣든가 아니면 아예 현찰 다발을 안기든가 해서 어떻게든 우호적으로 바꾸었으리라.

그리고, 어쩌면 검찰의 '무혐의' 처분도 양다곤이 손을 쓴 결과일지 모른다.

그런데.

무혐의로 종결되었다면 왜 법무팀 회의에서 의제가 되었을까. 아직 문제가 남아 있단 얘길 텐데.

고발을 대리한 변호사 이름이 익숙했다. 김충구.

그는 마침 사법연수원 선배였다. 잘됐다. 찾아가 봐야겠다. 기사 몇 줄로는 알 수 없는 자세한 내막을 들을 수 있을 것 같다. 고발인 자격으로 검찰수사 기록도 복사했을 것이다.

거기엔 한울 모터스의 내부정보도 있지 않을까.

* * *

방수희는 그날 밤 클럽 '카멜리아'에 있었다.

몇 달간은 이람 법률사무소에 취직해 생소한 일을 배우느라 마음의 여유가 없었다. 이제 업무도 익숙해졌고, 윤해성은 무슨 생각인지 사건 수임에도 적극적이지 않아 사무실 일도 없었다.

"요즘 여기가 뜬대!"

친구들의 성화에 논현동에서 요즘 핫하다는 클럽으로 향했다. 미국에서 건너온 지 얼마 되지 않은 방수희에게 한국 클럽은 처음이었고, 궁금하기도 했다.

남자는 줄곧 보고 있었던 모양이다. 플로어에서 춤을 추는 방수희에게 그가 접근했다. 몸을 슬쩍 비빈다거나 허리에 손을 대거나 하는 따위의 서툰 짓은 하지 않았다. 조금 떨어진 곳에서 맥주병을 들고 리듬에 맞춰 몸을 흔들며 눈짓을 보내왔다. 그러다 슬쩍 귀에 대고 말했다.

"오늘 분위기 좋죠?"

귀에 꽂히는 중저음의 목소리.

매너가 나쁘지 않은데.

방수희는 그제야 남자를 유심히 보았다. 중키에 꽤 잘생겼고 몸매가 미끈했다.

"낫 배드."

방수희가 대꾸하자 남자가 웃었다. 고르고 흰 이가 조명을 받아 빛났다.

김종신이라는 이름의 남자는 자신을 프리랜서라고 소개했다. 방수희는 그와 같이 춤을 추고 맥주를 마셨다. 친구들은 어디론가 사라져 있었다.

밤이 무르익은 무렵, 방수희는 시계를 보았다. 알코올 기운 탓에 12시를 넘긴 숫자판이 흐리멍덩하다.

이제 갈까.

그때 남자가 말했다.

"오늘 같이 있을래?"

남자의 말이 담백하게 들렸다.

이런 게 원나잇이란 건가. 호기심이 일었다. 알코올도 용기를 부추졌다.

방수희는 고개를 끄덕였다.

친구들에게 먼저 인사를 한 후 밖으로 나와 남자의 SUV에 올랐다.

"음주운전이잖아. 대리 불러."

방수희가 말했지만 남자는 피식 웃더니 "걱정 마. 근처야."라고 말
하고는 그대로 차를 출발시켰다. 보기보다 대담한 구석이 있다.

약 5분 후 남자가 도착한 곳은 강남구청역 근처의 모텔이었다.

헤매지 않고 이 모텔로 온 거하며 곧장 프런트와 엘리베이터를 찾
아가는 걸 보면 단골인 듯하다.

"먼저 샤워 할게. 난 씻지도 않고 덤비는 비매너 놈은 아냐."

김종신은 샤워를 시작했다. 휘파람 소리가 들렸다.

방수희는 옷을 입은 채로 침대에 벌러덩 누웠다.

천장이 거울로 되어 있었다. 거기에 한 여자가 침대에 멀뚱히 누워
있었다. 방수희, 본인이었다.

자신이 객관화되는 시간.

정신이 점점 멀쩡해졌다. 낯설었다. 여긴 어디. 나는 누구?

알코올이 날아가면서 방수희의 이성을 깨웠다. 30분 전의 자신과
지금의 자신은 다른 사람이었다.

샤워실에서 남자의 콧노래 소리가 들렸다.

저 남자와?

도저히 못 하겠다는 생각이 들었다. 김종신이 그저 길 가다 스친 남
자 같은 느낌이 들었다.

잠시 후 남자가 아랫도리에 수건을 걸친 채 나왔다.

방수희는 몸을 일으켰다. 남자가 말했다.

"씻어."

"아니."

"씻기 싫어? 그럼 말고. 그냥 해도 난 상관없어."

"아니. 하기 싫어졌어."

"뭐?"

"미안."

"아니, 여기까지 와서 왜?"

"원나잇이란 게 궁금했는데, 역시 난 못 하겠다. 미안."

"아니. 잠깐만."

"나 땜에 모텔 잡은 거니까, 모텔비는 내가 낼게."

방수희는 지갑에서 10만 원을 꺼내 테이블 위에 놓고는 신발을 신었다.

"잠깐!"

김종신은 손을 뻗었지만 이미 방수희는 문을 닫고 나간 뒤였다.

그 통에 아랫도리를 가린 수건이 흘러내렸다.

남자는 멍한 표정으로 모텔 방 안에 한동안 서 있었다.

* * *

"윤해성 변호사님 좀 뵈러 왔어요."

이람 법률사무소 방문자들은 대개 가장 먼저 만나는 방수희의 부리부리한 눈빛에 기가 죽기 마련인데, 이번 방문자는 달랐다.

틀어 올린 머리 아래로 백옥 같은 피부가 빛을 발하고 있었다. 커다란 선글라스 아래 도드라진 콧날과 새빨갛고 관능적인 입술. 그 아래 갸름한 턱이 완성한 유려한 곡선미.

비록 옷차림은 수수했지만 그 고혹적인 자태에는 남녀를 불문하고 자신을 존중하지 않을 사람은 없다는 듯한 자신감이 깃들어 있었다.
낭랑하면서 넓게 퍼지는 발성도 어딘가 보통 사람들과는 다르다.

방수희가 물었다.

"예약을 하셨나요?"

"어머, 예약을 해야 하나요?"

방문자는 선글라스를 내렸다.

유심히 보고 있던 전기호가 튀어나왔다.

"저, 저, 저. 배우 장유나 님 아니세요?"

장유나는 빙긋 웃었다.

"은퇴한 지 꽤 됐는데, 알아봐 줘서 고마워요."

"당연히 알아보죠. 제가 얼마나 팬이었는데요. 예약이고 뭐고 필요
없습니다! 잠깐만 기다리세요. 변호사님!"

전기호는 곧장 윤해성을 부르러 들어갔다.

윤해성은 의자에 몸을 묻고 졸고 있었다. 전기호가 큰 소리로 부르
며 문을 버럭 열어젖히자 놀라서 깨어났다.

"뭐야? 불이라도 났어?"

"장유나 배우님 오셨어요!"

"응? 누구?"

"아, 글쎄, 배우 장유나 님이요!"

전기호가 또 소리를 높였다.

뒤이어 장유나가 막 들어서고 있었다.

윤해성은 일어서서 엉거주춤 인사했다. 졸고 있었단 걸 숨기려 하지
만 표 나지 않을 리 없다.

장유나가 미소를 띠고 말했다.

"깨워서 죄송해요."

"아닙니다. 이쪽으로 앉으세요."

윤해성은 장유나를 테이블 안쪽으로 앉히고 자신은 맞은편에 앉았다.

전기호는 윤해성을 향해 계속 눈을 끔벅거리면서 문을 닫고 나갔다. 무슨 뜻인지 뻔하다. 반드시 수임하라는 신호.

장유나는 용건을 불쑥 꺼내지 않고, 한동안 사무실을 두리번거렸다.

굴곡이 뚜렷한 얼굴. 도발적인 몸의 선. 평평한 배경에 장유나만 3D 로 튀어나온 것처럼 보였다.

화려한 여자. 그것이 윤해성이 받은 첫 느낌이었다. 이 여자는 언제 어디서든 자신이 주목받지 않는 상황은 못 견딜 것이다.

잠시 후 방수희가 차를 가져다주었다. 방수희도 도장을 찍듯 강렬한 눈길을 한 번 보내고는 방을 나갔다. 역시 반드시 수임에 성공하라는 신호.

장유나가 입을 열었다.

"사무실이 깔끔하고 좋네요. 전 치장 많은 인테리어를 별로 안 좋아하거든요. 뭐랄까, 아르데코풍의 심플하고 이해하기 쉬운 쪽이 좋아요."

"디자인에 관심이 많으신가 봅니다."

"원래는 전혀 몰랐어요. 근데 제 친한 언니가 디자인에 관심이 많아서 어깨너머로 배웠죠."

"제 사무실에 들르신 용건은?"

"그 언니 일 때문이에요."

"언니분이 법률문제가 있으신가 보죠."

"네. 아주 중요한 법률문제죠."

"어떤 겁니까?"

"그 언니가 유명애라는 사람이에요. 웨딩홀 '르씨엘'의 대표."

윤해성의 눈이 커졌다.

"르씨엘이라면 그 살인사건?"

"네. 맞아요."

"뉴스에서 봤습니다. ……아마 남편이 범인이라고. 지금 1심 재판이 진행 중인 걸로 아는데요."

"재판은 끝났어요. 어제 선고가 있었어요."

"아. 네. 근데 재판이 끝났는데 어떤 문제가 있으신가요?"

"언니 남편이 무죄를 받았거든요."

윤해성은 난감한 표정을 지었다.

"아…… 그런가요. 몰랐습니다. 뉴스를 잘 안 봐서."

"남편이 죽인 게 분명해요. 누가 봐도요."

"저도 기사로 봤을 땐 남편이 범인이 틀림없다고 생각했는데, 의외네요."

장유나가 윤해성을 정면으로 쳐다보았다.

"저한텐 친언니나 마찬가지였어요. 갑자기 죽었다는 소식을 듣고는 거의 실신할 정도로 놀랐죠. 살해되었다더군요. 그때 바로 직감했어요. 범인은 남편이라고."

"경찰도 남편을 범인으로 보고 기소했죠. 틀린 감이 아니셨습니다."

"그런데 무죄를 받았어요. 설마, 설마 했는데 너무 충격적이고 화가 나요."

"상식에 맞지 않는 판결들이 종종 있죠."

"그래서 변호사님을 찾아왔어요."

"네에."

"2심에서 유죄 판결을 받아 주세요. 피해자 측 변호인으로서. 그게 의뢰예요."

"유죄 판결이라…….'

윤해성은 낮게 되뇌면서 의자를 좌우로 빙글빙글 돌렸다.

"왜요. 어려운가요?"

"물론 쉬운 일은 아니죠. 상식의 범인과 법의 범인은 기준이 다릅니다. 저도 남편이 범인이라고는 생각하지만 판결은 또 다른 문제니까요. 말하자면 재판에서는 완전한 입증을 요구합니다. 그 정도 사건에서 무죄가 나왔단 건 결정적인 증거의 부족이 있었단 얘깁니다. 수사도 끝난 상황인데 이제 와 그걸 메우는 건 쉽지 않죠. 게다가 유죄를 무죄로 뒤집는 것보다 무죄를 유죄로 뒤집는 게 훨씬 어렵습니다."

"힘드실까요?"

"힘듭니다. 다만."

"다만?"

"제가 맡는다면 그렇지는 않습니다."

"대단한 자신감이군요. 그렇게 말하는 변호사님은 없던데."

"사실에 가까운 자신감이죠."

"그저 영업 멘트일 수도 있구요."

윤해성은 미소를 지었다.

"제가 걱정하는 건 단 하나입니다."

"뭐죠?"

"과연 장유나 님이 수임료를 지불하실 능력이 있는가 하는 겁니다."

장유나는 윤해성을 물끄러미 보다가 웃음을 터트렸다.

"왜죠? 왜 그걸 걱정하시는 거죠?"

"죄송하지만 몇 년 전에 은퇴하신 걸로 압니다. 지금은 당연히 수입이 없을 테고요. 또."

"또?"

"또, 자기 일도 아닌데, 친한 언니 일에 과연 얼마만큼의 수임료를 지불할까 하는 거죠. 그리 큰 금액은 생각할 수 없겠죠. 아무래도 남 일이니까요. 또 일이 잘되고 나서 과연 성공보수를 기꺼이 지급할지, 하는 것도 의문이겠죠."

"역시 남 일이니까? 재미있네요."

장유나는 차를 한 모금 들이켜고는 말했다.

"윤 변호사님은 내가 누군지 잘 알겠지만, 한편으로는 잘 모르시기도 해요."

"모르는 면은 어떤 거죠?"

"그건 다음에 얘기해 드리죠. 인연이 또 닿는다면 말이죠."

장유나는 의미심장한 웃음을 남기고 일어섰다.

윤해성은 정중하게 방문을 열어 주며 배웅했다.

장유나가 사무실을 떠나기가 무섭게 방수희와 전기호가 득달같이 방으로 뛰어 들어왔다.

"왜 그냥 보내요! 저런 의뢰인을!"

"무슨 배짱으로 튕기냐구요! 설설 기어서 모셔도 될까 말까 한 판에."

윤해성은 손을 내저었다.

"그만, 그만."

"아니, 저런 유명한 사건을 맡으면 홍보에도 도움 될 텐데, 왜요?"

전기호가 눈을 동그랗게 뜨고 다시 항의했다.

"니들 밖에서 다 듣고 있었군!"

방수희와 전기호는 당연하다는 듯 고개를 끄덕였다.

"……어쩔 수 없군. 저 의뢰인은 우리 사무실에 도움 안 돼."

"왜요?"

"자기 일도 아니고 지인 일에 얼마나 수임료를 내겠어?"

"그래도 한때 잘나갔던 배운데."

"게다가 아마 수임료도 연예인 DC를 원할 거야. 저 사건 맡았다간 땅콩만 한 수임료 받고 몇 달간 생고생할 판이야."

"금액은 아직 말도 안 꺼냈잖아요?"

"성공보수도 애매해. 대법원이 성공보수 약정을 무효로 해 버린 통에 재판에서 이겨도 안 주면 도리가 없거든. 아는 언니 일에 성공보수를 제대로 주겠냐고."

"그건 그때 가 봐야 아는 일이죠! 또 안 주면 다른 수를 써도 되고."

"그래도 요즘 더 급한 일들이 있어."

"우리 사무실에 급한 사건이 있나요?"

전기호와 방수희는 서로 마주 보았다.

그러고는 동시에 고개를 가로저었다.

윤해성이 말했다.

"곧 있을 예정이야."

"그래도."

"걱정 마. 월급은 꼬박꼬박 나오고 있잖아."

"아직은, 이죠."

"곧 일을 맡을 거야. 근데, 두 사람 한가해? 일하러 나가야지."

윤해성은 간신히 두 사람의 등을 떠밀어 방을 내보내는 데 성공했다.

방문을 닫았는데도 투덜거리는 그들의 대화가 들렸다.

"변호사님은 아직 배가 부르신 거야!"

"어쩔 수 없어. 배가 고파 봐야 정신을 차리지."

"그때쯤이면 우리 배가 더 고플 거라구!"

방수희와 전기호는 고액 급여를 받는 황금 같은 일자리가 날아갈까

봐 전전긍긍이다. 나쁜 것만은 아니다. 이유야 어쨌든 이 사무실에 애
착이 있는 거 아닌가.

물론 이들에게 양다곤이 최후의 타깃이라는 말은 할 수 없다. 안다
면 아마 그 자리에서 뒤로 넘어갈 것이다. 아니면 바로 사표를 던지고
내빼든가.

언젠가는 해야겠지만 지금은 아니다.

장유나가 들고 온 '르씨엘 살인사건'은 변호사라면 분명 탐을 낼 만
하다. 하지만 윤해성에겐 아니었다.

이제 겨우 양다곤의 회사 안으로 들어갔다. 여기에 집중해야 한다.
막대한 시간과 에너지가 필요한 살인사건은 곤란하다.

이 사건은 버릴 수밖에 없다.

* * *

윤해성은 로필 빌딩 지하 주차장에서 포르쉐의 핸들에 손을 얹고
있었다.

로필 빌딩 9층에는 사법연수원 선배인 김충구 변호사가 일하는 로
펌 사무실이 있다. 그는 한울 모터스의 배터리 결함 고발을 대리하고
있다. 로필 빌딩 주차장에서 전화를 했더니 마침 그 고발 건의 의뢰인
도 와 있다고 했다.

"의뢰인하고 점심 먹으러 가려던 참이야."

"잘됐네요. 저도 같이 가요."

"그럴까."

"지하 주차장에 있어요. 내려오세요."

윤해성은 두 사람과 지하 주차장에서 합류하기로 했다. 만나면 같이

식사하면서 천천히 사건에 관한 이야기를 들어 볼 참이다.

통화한 지 얼마 후, 지하 주차장 엘리베이터가 열렸고 김충구와 한 남자가 모습을 드러냈다. 윤해성은 포르쉐의 깜빡이를 켰다.

김충구가 이쪽을 보더니 활짝 웃으며 다가왔다.

"어이, 윤 변호사! 잘 지냈어?"

큰 소리로 말하며 걸어왔다. 걸걸한 성격은 여전하다.

그와 일행인 남자도 뒤따랐다. 그가 의뢰인인 모양이다.

그때였다. 검은 벤츠 S클래스 한 대가 옆 주차공간에서 슬금슬금 기어 나왔다.

그 차량은 김충구의 뒤에서 앞으로 지나쳐 가는가 싶더니 김충구 일행의 바로 귀밑에서 "빵!" 하고 클랙슨을 울렸다.

김충구와 의뢰인은 거의 경기를 일으킬 만큼 놀랐다.

"아니, 왜 사람 바로 앞에서 경적을 울려요!"

김충구가 버럭 소리를 질렀다.

벤츠의 운전석 창문이 내려갔다. 젊은 남자가 창밖으로 빠끔히 목을 내밀었다.

"길 막아 놓고 오히려 화를 내네? 뭐 이런 친구가 다 있나?"

"이봐요, 내가 언제 길을 막았어요? 그리고 뭐, 친구? 왜 다짜고짜 반말입니까!"

김충구는 다혈질이다. 연수원 때와 달라지지 않았다.

벤츠 운전석에서 또 말이 들렸다.

"황당하네. 이 존만한 새끼가."

김충구의 얼굴이 벌게졌다.

"지금 욕했어? 뭐 이런 인간이 있어! 좋아. 당신, 법적 조치 할 테니까 두고 봅시다. 사람 있는 데서 욕했으니까 일단 모욕죄고, 경적을 그렇게 울리는 것도 폭행죄에 해당한다는 판례가 있어!"

의뢰인이 그만하라는 투로 김충구의 팔을 슬쩍 잡았지만 이미 늦었다.

김충구의 말이 신호라도 된 듯 벤츠의 문이 모조리 열렸다. 운전석, 조수석, 뒷문 두 개까지.

각각의 문으로 한 명씩 도합 남자 네 명이 내리자 김충구와 의뢰인은 어안이 벙벙해졌다. 포르쉐 앞 유리를 통해 상황을 보고 있던 윤해성의 눈도 커졌다.

"너 법 좀 좋아하나 본데, 우린 그것보다 더 빠른 방법을 좋아하지."

남자 중 한 명이 장갑을 꼈다.

심상치 않은 분위기에 윤해성도 차에서 내렸다.

"잠깐. 괜한 일 만들지 말고 좋게 해결합시다."

의뢰인이 겁먹은 목소리로 말했다. 맨 앞에 선 젊은 남자가 비아냥거리듯 말했다.

"너 뭐야? 보디가든가?"

"……그냥 가세요. 우리도 법 조치 안 할 테니까."

김충구의 말투는 어느새 주눅 들어 있었다.

"이 새끼들이 장난하나?"

뒤쪽에서 다른 남자가 불쑥 튀어나왔다. 그는 김충구에게 달려들어 대뜸 안면에 주먹을 날렸다. 퍽. 둔탁한 타격음이 났다. 김충구는 얼굴을 감싸고 허리를 굽혔다.

그 남자는 뒤이어 무릎으로 의뢰인의 복부를 가격했다. 의뢰인은 흡, 하며 무언가를 삼키는 듯한 신음을 내고는 바닥에 나뒹굴었다.

마치 신호라도 한 듯 남자들이 일제히 덤벼들었다. 그들은 바닥에 쓰러진 김충구와 의뢰인을 둘러싸고 무차별적으로 밟고 때리기 시작했다.

더 이상 말이 필요 없는 상황.

윤해성은 달려가며 몸을 날렸다. 김충구를 때리던 남자 중 한 명이 윤해성의 발차기에 나가떨어졌다.

"이 새끼 봐라!"

남자들이 구타를 멈추고 윤해성에게 다가왔다.

"보디가드가 또 있었구먼."

윤해성을 양 주먹을 올리고 제대로 자세를 갖추었다.

"뭐야. 너 복싱 배웠냐?"

남자 한 명이 피식 웃더니 갑자기 주먹을 뻗었다.

기다렸다는 듯 윤해성도 동시에 팔을 뻗었다.

남자의 팔과 교차하며 윤해성의 주먹이 상대를 향해 날아갔다. 윤해성의 팔이 남자보다 훨씬 길었다. 남자의 팔은 윤해성의 얼굴 앞에서 멈췄고, 윤해성의 주먹은 정확히 남자의 면상에 꽂혔다.

크로스카운터.

상대의 팔을 지렛대 삼아 두 배의 타격을 가하는 펀치.

스크루 같은 주먹을 얼굴에 정면으로 맞은 남자는 마치 뱀 허물처럼 무너져 내렸다.

패거리들의 눈빛이 변했다.

이쪽으로 주의는 충분히 끌었다. 이제 놈들이 김충구 쪽으로 달려들진 않을 것이다.

남은 상대는 셋.

이들을 동시에 상대할 수는 없다.

일대일로 한 명씩. 일대 다수 싸움의 기본이다.

윤해성은 주춤주춤 뒤로 스텝을 밟았다.

남자 한 명이 자석에 끌리듯 따라왔다. 앞으로 휙 기우는 남자의 몸.

그 순간, 윤해성은 뒷발을 세차게 디디고 무게중심을 재빨리 앞으로 옮기며 오른 주먹을 뻗었다. 히트. 주먹에 제대로 신호가 왔다. 남자의 턱이 정통으로 걸렸다. 마치 긴 창으로 찌르는 듯한 타격. 뇌수까지 흔들렸을 것이다. 남자는 쓰러졌다.

윤해성은 기세를 몰아 또 다른 상대 앞으로 뛰어들었다. 당황한 남자에게 펀치를 난사했다. 원투 잽과 스트레이트에 이은 훅, 어퍼컷. 수천수만 번을 연습한 콤비네이션이었다. 마지막에 복부를 맞고 쓰러진 남자는 거의 숨도 쉬지 못했다.

남은 건 한 명. 마흔 후반가량의 남자.

아마도 가장 맏형인 모양이다.

남자는 선글라스를 벗었다. '김 실장'이었다. 물론 윤해성은 처음 보는 얼굴이다.

선글라스를 차에 던져 넣은 김 실장이 돌아서서 말했다.

"이것 참. 내가 나서게 될 줄은 몰랐는데."

김 실장은 마치 요리를 시작하는 사람처럼 양팔을 털털 털었다.

"어디서 권투 좀 배웠나 본데, 난 길거리 싸움으로 잔뼈가 굵은 사람이야. 링 위에서 춤추는 권투 같은 거하곤 질적으로 달라."

김 실장은 말을 끝내기가 무섭게 주먹을 내질렀다.

얼굴, 복부, 턱을 가리지 않고 기관총처럼 펀치를 연사했다.

어.

주먹에 와 닿는 타격감이 전혀 없다. 분명 표적은 앞에 있는데.

윤해성은 몸을 아래로 숙이거나 좌우로 흔들면서 김 실장의 주먹을 전부 흘려버렸던 것이다. 근육의 리드미컬한 움직임은 표범을 연상시켰다. 더킹과 위빙의 정석과도 같은 움직임. 자다가도 주먹이 다가오면 본능적으로 피할 만큼 익힌 권투의 방어기술이었다.

김 실장은 주먹이 전부 허공을 가르자 휘청했다.

일순 상대의 실루엣이 김 실장의 시야에서 사라졌다. 윤해성이 김 실장의 턱 밑으로 뛰어든 것이다. 윤해성의 주먹이 아래에서 위로 날카로운 각도를 그렸다. 면도날 같은 어퍼컷.

김 실장은 동물적 감각으로 상체를 뒤로 휙 물렸다.

실로 종이 한 장의 차이로 주먹을 피했다.

머리카락이 조금 닿아 출렁거렸다.

등골이 서늘했다.

저 어퍼컷을 턱에 제대로 맞았다면 지금쯤 바닥에 누웠을 테지.

김 실장은 본능적으로 깨달았다.

더는 안 된다.

"스트리트 파이터라고? 정규 교육을 무시하면 안 되지. 해 볼까."

윤해성은 이제 시작이라는 듯 스텝을 탁탁 밟았다.

"자, 잠깐."

김 실장은 급히 손을 내저었다.

"이 정도에서 그만하지. 더 해 봐야 서로 손해야. 애들 데리고 갈 테니까, 여기서 끝내자구."

갑작스러운 상대의 태세 전환에 윤해성은 황당해하면서도 자세를 취했던 양팔을 일단 내렸다.

"야, 일어나!"

김 실장의 말에 쓰러진 남자들이 비틀거리며 일어났다.

거의 동시에 김충구와 의뢰인 남성도 겨우 정신을 차리고서 일어났다.

"가자!"

김 실장의 한마디에 남자들은 윤해성을 힐끔거리면서 벤츠에 몸을 구겨 넣듯이 올라탔다.

부웅.

벤츠가 굉음을 내며 떠나갔다. 마치 뺑소니치는 모습 같았다.

윤해성은 휴대전화 카메라로 번호판을 찍었다.

* * *

"자네도 늙었나. 첫 실패로군. 20년 만에."

양다곤이 노기를 억누르며 말했다.

김 실장은 회장실에서 무릎을 꿇고 있었다.

"죄송합니다."

"자네에게 주기로 했던 과천 땅 건은 없던 일로 하겠네."

김 실장은 고개를 푹 숙인 채 손을 떨었다.

땅 이야기가 없던 거로 되다니……. 그렇다고 일에 실패해 놓고 달라고 할 수도 없다.

김 실장은 마음의 격동을 숨겼다.

거역할 마음을 품지 못하는 거대한 산, 양다곤 앞이었다.

그 산이 말하고 있었다.

"김정면이가 확실한 친구라며. 왜 안 데리고 갔나?"

"하필이면 지인의 모친상이 있어 지방에 내려가 있었습니다. 그래서 제가 직접……."

"자네가 직접 갔는데도 그 꼴이 났단 말이지."

"네……."

김 실장은 숙인 고개를 더 숙였다.

"보디가드가 붙어 있었습니다. 프로였습니다. 죄송합니다."

양다곤은 그 '보디가드'가 변호사 윤해성이라는 사실은 꿈에도 알지 못한다.

윤해성도 김 실장의 배후에 양다곤이 있다는 건 꿈에도 알지 못하지만.

"보디가드라…… 습격당할지 모른다고 예상하고 준비했단 얘기 아닌가?"

"그건, 그건……."

양다곤은 곰곰이 무언가를 생각하다가 말했다.

"꼬리를 잡히진 않았겠지?"

김 실장이 고개를 번쩍 들었다.

"물론입니다! 대포차를 이용했습니다. 차량 조회해도 추적은 안 됩니다. 소유자 명의는 서울역 노숙자거든요."

"용건은 실패하더라도 그것만은 확실히 해야 해."

"절대 안심하십시오! 어디 깡패들하고 시비 붙었다는 정도로 생각할 겁니다. 한울 모터스 고발 건하고 연관 지을 건덕지는 조금도 없습니다."

"흠."

"오늘은 물러났지만…… 다음번엔 꼭……."

양다곤이 한심하다는 듯 김 실장을 쳐다보았다.

"한 번 실패하더니 머리가 어떻게 됐나?"

"네? 왜 그러시는지……."

"같은 방식으로 하면 이젠 의심받을 거 아닌가!"

"……죄송합니다."

"단명오 변호사가 가르쳐 준 방법을 20년째 그대로 써먹기만 하니…… 상황에 따라 달라야지. 머리를 써야 할 것 아냐, 머리를!”

“네……."

김 실장은 다시 머리를 푹 숙였다.

“당분간은 자중해."

“네. 알겠습니다……."

“가 보게."

김 실장은 바닥에 꿇은 무릎을 뗐다. 다리가 저린지 후들거리며 회장실을 나섰다.

김 실장이 나간 뒤 양다곤은 의자에 앉았다.

의자 등받이에 몸을 기대고 한동안 창밖으로 시선을 던졌다. 도무지 화가 풀리지 않았다. 불쑥 책상 위의 휴대전화로 손을 뻗었다. 연락처 목록을 열었다.

한 이름 위에 손가락이 멈췄다.

단명오.

양다곤은 손가락을 꿈틀거리다가 중얼거렸다.

“이 정도 일로 악마 새끼를 끌어들일 필요 없지. 위험이 더 커."

그는 휴대전화를 닫았다.

* * *

김 실장이 회장실 밖으로 나왔지만 비서실 직원들은 그에게 눈길 한 번 주지 않았다. 매서운 눈매, 뺨의 흉터부터가 가까이하고 싶지 않은 인상이지만, 무엇보다 그는 공식적으로 한울 모터스의 직원이 아니다.

'회장의 개인 허드렛일을 하는 심부름꾼.'

'정식 운전기사 아래의 저 어딘가에 있는 사람.'

'회장이 인정으로 거두어 준 불우한 중년.'

직원들에게 그의 위치는 그 정도다.

지금도, '회장이 구두라도 닦아 오라고 시킨 모양이지' 정도로 여기는 것이다.

그가 밤의 세계에서는 이름난 인물이라 하더라도 한울 그룹 안에서의 존재감은 극히 미미했다. 그를 아는 사람도 없다.

오늘따라 김 실장은 더 풀이 죽어 있다. 양다곤에게 깨지고 나온 참이니 당연하다.

관심을 기울일 사람은 없다. 딱 한 사람을 제외하고.

한이수가 일어서서 다가왔다.

"김 실장님, 안 좋은 일 있으세요?"

비서실 안에서 김 실장에게 말을 걸어 주는 유일한 인물.

그 근심 어린 표정을 보노라면 예의상 해 보는 말이 아니라는 생각마저 든다.

어둠 속에서 양다곤을 수행하던 김 실장이 그나마 표면에 드러난 건 장유나의 일이 계기였다. 양다곤이 장유나와 만나면서 일을 도와줄 사람이 필요했고, 처음에는 그 역할을 김 실장과 그의 부하들이 담당했다.

하지만 얼마 안 가 장유나는 불편해했다. 또, 두 사람의 관계가 장기화되면서 굳이 은밀하게 할 필요도 없어졌다. 결혼이든 동거든 같이 살 여자라면 세간에 알릴 필요까지야 없더라도 절박하게 숨길 일도 아니다.

양다곤은 센스 있는 한이수가 예민하고 잘 변하는 장유나와 맞을 것 같다고 판단했다. 그 무렵 한이수에게 말했다.

"집사람 일은 앞으로 한 비서가 좀 신경 써 줘. 인수인계는 김 실장한테서 받고."

이렇게 장유나를 도와주는 역할을 떠맡으면서 자연스레 한이수는 김 실장과 안면을 텄다. 그녀 역시 김 실장을 그저 '허드렛일을 해 주는 사람' 정도로 알고 있기는 하지만.

"회장님이 심부름 보낸 일을 좀 실수했어요."

김 실장은 적당히 얼버무렸다.

김충구 팀 습격에 실패했다는 얘기는 당연히 할 수 없다.

"그 뒤로 통 안 보이셨는데, 다른 일 하셨어요?"

'그 뒤로'는 장유나의 일을 넘긴 뒤를 의미한다. 그 후로 김 실장은 표면에서 사라졌다. 이번 김충구 변호사 습격 건으로 오랜만에 소환됐지만 이 모양이다.

"이것저것 했죠. 막노동도 하고. 배도 타고."

또 적당히 둘러댔다.

"고생이 많으셨겠어요."

"괜찮아요. 원래 그거 하던 놈이었는데, 제자리로 돌아갔던 겁니다."

"회장님이 이번에 다시 부르셔서 다행이에요."

"근데 좀 실망시켜 드렸네요. 하하."

김 실장은 어색하게 웃으며 비서실을 나섰다.

"안녕히 가세요."

한이수는 끝까지 상냥하게 인사했다.

* * *

한울 모터스 빌딩 옆 블록 주차장에 남자 한 명이 차를 대고 김 실장을 기다리고 있었다.

김 실장이 조수석 문을 벌컥 열고는 자리에 앉자, 남자가 물었다.

"형님 안색이 안 좋습니다."

"그러냐."

"회장님한테 깨졌습니까?"

"……일을 망쳤잖아."

남자가 앞을 보며 화가 난 듯 목을 그르릉 울렸다.

"비서실 것들 또 형님 생깠죠?"

"네가 어떻게 아냐?"

"지난번에 멀리서 봤습니다. 회장님한테 깨진다고 형님을 물로 보고 있어! 그것들을 그냥!"

양다곤 회장한테 직접 뭐라 말할 수 없으니 남자는 애꿎은 비서실에 화살을 돌리고 있다.

"형님이 어떤 사람인지 알게 해 줘야 하지 않겠습니까?"

"어쩔 수 없어. 회사 쪽에는 내 존재를 철저히 숨겨야 하니까."

"하여간에, 시건방진 것들. 언젠가 전부 박살 낼 날이 올 겁니다."

남자는 괜히 목청을 돋우었다.

그의 말에 김 실장이 실소를 했다.

잠시 후 뜬금없이 말했다.

"한 명만은 살려 줄 거야."

"네?"

남자가 되물었지만 김 실장은 이미 눈을 감고 시트에 몸을 묻은 뒤였다.

* * *

"입원할 정돈 아니잖아요."

"이참에 휴가 내고 좀 쉬는 거지."

윤해성은 김충구가 입원한 정형외과 병실에 들른 참이었다. 크게 다치지는 않았지만 김충구는 로펌에 병가를 내고 입원실 침대에 드러누웠다.

"해성이 네가 싸움 그렇게 잘하는 줄 몰랐다. 나 그동안 괜히 까불었나 봐."

"뭐 이제라도 깨달았으면 됐어요."

윤해성은 가벼운 인사를 나눈 후, 정색하고 물었다.

"전화로 먼저 얘기했던 그 용건인데요. 형이 대리한 그 한올 모터스 고발 건은 어떻게 된 겁니까? 무혐의로 끝났다고 하던데."

"고발인이 억울하다고 해서 항고했어."

"아. 역시. 검찰항고를 한 거였네요."

"역시, 라니. 너 뭐 아는 거 있냐?"

"아닙니다."

윤해성은 얼버무렸다.

검찰이 무혐의 처분을 내렸을 때 고소인이 이의하는 제도가 검찰항고다. 항고가 근거 있다면 고등검찰청에서 사건을 재검토해서 수사를 다시 하라고 명령할 수 있다.

"고발인이 성격이 보통이 아니야. 무혐의 결론을 절대 못 받아들이겠대. 끝까지 가 보겠다고."

고발인이 항고하여 사건이 재검토되고 있으니 법무팀에서 대책을 논의했던 거로군. 고발인이 강성이라는 사실도 감지했을 테고, 후속 조치도 준비해야 할 것이다.

"항고가 받아들여질 거 같아요?"

"글쎄…… 뭔가 증거가 더 발견되지 않는 한 재수사하기 쉽진 않을 거야. 검찰항고란 게 다 그렇잖아."

"그렇죠……."

역시 쉽지 않을 것이다. 너구나 상대는 한울 모터스다.

윤해성이 문득 이상한 생각이 들어 말했다.

"며칠 전 주차장에서 시비 붙은 놈들, 좀 이상하지 않았어요?"

"이상한 놈들이지. 양아치 새끼들. 아직도 그런 것들이 설치고 다녀."

김충구는 허공을 노려보며 이를 갈았다.

"경찰이 벤츠 번호를 조회했지만 대포차였잖아요. 그냥 양아치가 대포차까지 쓰겠어요?"

"스포츠토토나 마약 쪽 애들일 수 있어. 일상적으로 경찰을 피해야 하니까."

"혹시 한울 모터스 측에서 사주한 걸 수도 있지 않을까요?"

"응? 한울 모터스가? 왜?"

"양다곤 회장이 열 받아서. 혹은 고발인이 계속 귀찮게 할까 봐."

김충구가 컬컬컬 웃었다.

"윤 변호사도 음모론 너무 좋아해. 아무럼 대기업 회장이 그런 양아치 짓을 하겠어? 말도 안 되는 소리."

대기업 회장이 양아치 짓을 한 게 아니라, 양아치가 대기업 회장이 된 거다.

하지만 그런 말은 할 수 없다. 어차피 지금은 경찰조차 추적할 수 없는 상태다.

양다곤을 상대로 싸우는 건 이런 게 불편하다. 설마 대기업 회장이, 하는 편견이 방어막을 친다. 그걸 깨기란 보통 힘든 게 아니다.

김충구가 싸우고 있는 배터리 결함 고발 건도 그래서 어려운 건지도 모른다. 설마 기업 회장이 알고도 생산을 지시했을까…… 하지만 양다곤은 예외적인 인물이다. 그리고 그 사실을 아는 사람은 아마도 윤해성뿐.

하하하.

윤해성도 따라 웃었다.

"농담이에요, 농담."

"하여간 넌 좀 이상한 생각을 많이 했어. 예전부터."

"그건 그렇고, 고발사건 기록 좀 보여 줄래요?"

"응? 그건 왜?"

"제가 동양 자동차 고발한 거 아시죠?"

"잘 알지. 보도 크게 났잖아. 난 좀 놀랐어. 네가 그런 공공문제에 관심 있는 줄은 몰랐거든."

사실 관심 없다.

당신이 처음에 제대로 본 거다.

그건 양다곤의 한울 모터스를 자극하기 위한 페인트모션에 불과했다.

그리고 지금 이런 말을 하기 위해 딱 좋은 구실로도 쓰고 있다.

"그 문제하고 관련해서 자동차 기업들 전반의 비리를 파 보려고 하거든요. 하필 형이 한울 모터스 고발도 대리하고 있으니까 잘되었잖아요. 자료 좀 받아서 참고하게요."

"공짜로?"

"양아치한테 맞던 거 구해 줬는데, 벌써 잊었네요. 에휴."

"알았어. 은혜도 은혜지만 뭐 공익을 위해 일하겠다는데 도와야지. 우리가 갖고 있는 자료는 전부 빌려줄게."

"고마워요. 바로 복사하고 돌려줄게요."

윤해성은 활짝 웃었다.

* * *

"안녕하세요. 사모님."

한이수는 장유나의 아파트 현관을 들어서며 인사를 했다.

"어서 와요. 이수 씨."

장유나가 걸어 나오며 환하게 웃었다. 쇼트 팬츠에 목이 훤히 드러나는 흰 티셔츠를 걸친 소박한 차림이다. 하지만 수십 개의 잔 다이아몬드가 박힌 다미아니 목걸이가 강렬하게 반짝거렸다.

"회장님이 이거 가져다 드리래요."

한이수는 조그만 상자를 내밀었다. 상자를 열자 차 키가 나왔다.

이번에 양다곤이 장유나에게 사 준 신형 벤츠 CLS 키였다.

처음에 양다곤은 페라리를 뽑아 주었다. 장유나는 잠깐 몰아 보다가 싫다고 했다.

"그럼 맥라렌, 람보르기니? 코닉세그?"

장유나는 전부 고개를 저었다.

"그런 차들은 운전이 부담스러워. 난 무조건 삼각별이야!"

"자긴 역시 소박해."

양다곤은 흐뭇해하면서 곧바로 비서실 한이수를 시켜 차를 보낸 것이다.

"차는 지하 2층 36면에 주차해 두었어요."

"번번이 미안해요. 나 땜에 심부름하고."

"아니에요. 사모님."

한이수는 싹싹하게 웃었다.

양다곤에게는 원한이 있지만 장유나에게 딱히 나쁜 감정은 없다.

양다곤이 장유나를 처음 만날 때는 은밀했다. 그래서 주로 '김 실장' 쪽 사람들이 일을 처리해 주었다. 하지만 장유나 입장에서는 거친 남자들이 들락거리는 게 영 불편했다. 장유나가 호소하자 양다곤은 김 실장의 역할을 한이수에게 맡겼다.

어차피 장유나와의 관계가 대중에 공개되지 않았을 뿐 아는 사람은 안다. 양다곤은 이혼한 몸이고 법적으로 아무런 문제가 없다. 나이 차는 가십거리는 될지언정 결정적인 흠이 아니다.

"차 한잔하고 가요."

장유나는 차를 내왔다.

독일산 로네펠트 중에서도 최상급 티를 쓰고 오늘은 특히 찻잔에도 신경을 썼다.

"와아, 야드로에서 이렇게 이쁜 찻잔도 나오네요!"

한이수는 도자기의 질감을 느끼듯 찻잔을 손으로 쓰다듬었다.

장유나는 자랑스러웠다. 자신의 센스를 인정받은 것 같다. 한이수를 만나면 늘 이렇게, 은근히, 기분이 좋다. 김 실장 같은 남자들과는 교감할 수 없는 부분이다.

장유나는 차를 호호 불며 한 모금 마시고는 말했다.

"어제 변호사 만나 보고 왔어요. 언니 건으로."

"아, 네. 그러셨어요?"

"윤해성 변호사라고."

한이수는 흠칫했다.

"내가 그이한테 언니 사건 얘길 했거든요. 무죄 판결이 너무 억울하다, 회사 법무팀이 좀 도와줄 수 없겠냐고. 그랬더니 그게 사적인 일이라 회사가 공식적으로 나서지는 못한다나요. 대신에 이번에 새로 온 젊은 고문변호사가 있는데 개인 사건도 열심히 하겠다고 하니 한번 만나 보라고 하더라구요. 아무래도 제 지인 사건이다 보니 그이도 귀찮아하는 느낌이었어요. 그런 애송이 변호사를 붙여 준다니, 쬐끔 서운했죠."

"네에."

"그래서 별 관심이 없었는데, 알고 봤더니 그 변호사가 윤해성이라는 거예요. 김정은을 기소해서 유명해진 그 검사 출신."

"네. 그 건으로 떴죠."

"얼굴도 잘생겼고."

장유나는 그렇게 말하며 웃었고, 한이수는 딱히 어떻게 반응해야 할지 몰라 머뭇거렸다.

"정의파, 열혈 변호사. 뭐 그런 이미지를 안고 갔는데, 좀 의외였어요. 다른 모습이 있더라구요."

"어떻게요?"

"영업이 아주 뛰어나요."

"그래요?"

"그게 아니라면, 엄청난 자신감을 가진 남자더군요. 자신이 맡으면 2심에서 유죄로 뒤집어 줄 수 있다고."

"하긴, 자신감은 있어 보이더라구요."

장유나가 눈을 올려 떴다.

"이수 씨도 윤 변호사를 아세요?"

"아, 아뇨. 법무팀 회의에서 잠깐 봤을 뿐이에요. 공적으로."

"아하, 그랬겠네요. 회사 고문변호사니."

"근데, 왜 사건 안 맡기셨어요? 본인이 이길 자신도 있다고 했다면서요."

"그 본인이 안 맡겠다네요."

"의외네요……."

장유나가 갑자기 호호호, 웃었다.

"물론 내가 양다곤 회장의 아내란 사실은 말 안 했죠."

"네?"

한이수는 되묻고는 자신도 크게 웃고 말았다.

웃음이 멈춘 뒤 말했다.

"그래도 좀 특이하네요. 그 사건 인터넷에서 꽤 유명한데. 그거 맡아서 만약 2심에서 이기기라도 하면 이름값이 올라갈 텐데요. 변호사라면 다 맡고 싶어 할 사건이잖아요."

"그래서 좀 호기심이 생기긴 했어요. 물론 그렇단 이유만으로 언니 사건을 맡길 수야 없지만."

"그럼 언니분 사건은 어디에 맡기실 거예요?"

"그이한테 얘기해서 큰 로펌 하나 연결해 달라고 하려고요. 귀찮아하겠지만……."

"네. 그게 낫겠어요."

그때 한이수의 휴대전화가 울렸다.

"죄송해요." 하며 고개를 돌리고 전화를 받았다.

"네에?"

한이수의 목소리가 찢어질 듯 올라갔다.

"뭐라고요? 네? 네…… 네…… 알겠습니다. 곧 들를게요."

휴대전화를 쥔 손이 힘없이 축 늘어졌다.

손가락이 덜덜 떨리고 있었다. 큰 충격을 받은 모습이었다.

한이수는 시곗바늘처럼 늘 단정하고 정확했다.

장유나가 아는 한 그녀가 이런 모습을 보인 적은 한 번도 없었다.

"왜 그래요? 무슨 일 있어요?"

장유나가 걱정스럽게 물었다.

"아빠…… 아빠가……."

"아버님이 왜요?"

"구속되셨대요."

"네에? 무슨 일로?"

장유나는 깜짝 놀라 물었다.

"……층간소음을 못 견디고 2층에 올라가서 몽둥이로 사람을 팼대
요. 크게 다쳤다고……."

"어머, 저런, 어째요. 어떻게 이런 일이……."

장유나가 말을 잇지 못했다.

"저도 도무지 믿기지 않아서……."

한이수는 넋이 나간 듯했다.

"죄송해요. 오늘은 일찍 들어가 봐야 할 것 같아요."

그 와중에도 깍듯한 인사말을 잊지 않는 한이수였다.

"그래요. 어서 들어가 보세요. 어떻게 이런 일이…… 도울 일이 있으
면 저도 도울게요."

한이수는 꾸벅 고개를 숙이고는 장유나의 아파트를 나갔다.

마치 영혼이 빠져 버린 인형 같은 걸음이었다.

                          * * *

　'지난번엔 즐거웠어.'

모르는 번호로 문자 메시지가 와 있다.
방수희는 고개를 갸웃했다.
잘못 온 모양.
무시하고 모니터로 시선을 향했다.
잠시 후 띠링, 하며 또 문자 수신음이 울렸다.

　'저녁이나 먹을까.'

방수희는 답을 보냈다.

　'누구?'
　'카멜리아 ㅋㅋ'
　'카멜리아?'

기억을 더듬던 방수희는 그제야 생각났다.
김종신.
얼마 전 클럽에서 만나 원나잇 하려다 그만둔 상대 남자. 그때 만났
던 클럽 이름이 '카멜리아'였다. 방수희는 일단 답을 주었다.

　'아하.'
　'한번 볼까.'

'바빠.'

'남는 시간에 보면 되지.^^'

남자는 만나자며 계속 졸랐다.

그리 나쁜 기억은 없다. 오늘 저녁 같이 먹을 사람도 없었다.

방수희는 '오케'라며 메시지를 보냈다.

그날은 취한 상태에서만 보았기에 맑은 정신으로 만나면 어떨지 궁금한 마음도 있었다.

남자는 저녁 7시 영동대교 남단 근처의 이자카야로 약속장소를 정했다.

퇴근 후 약속장소로 나간 방수희는 흠칫 놀랐다.

같은 남자가 맞아?

다시 만난 김종신은 그날의 그 느낌이 아니었다.

알코올과 조명이 만든 아우라가 사라져 있었다.

자리에 앉는 방수희를 보며 "안녕!" 하고 반가운 표정을 짓는데, 그 얼굴에 욕심이 덕지덕지 묻어 있었다. 말투는 조급하고, 간사한 웃음을 짓는다.

그게 그날은 매너로 보였던 걸까.

무언가 서두르고 있다는 느낌. 모습을 꾸미려 애쓴다는 인상.

방수희는 흥미를 잃어 갔고, 김종신의 말에 그저 단답형으로 대꾸하고 있었다.

그 태도에 김종신이 조금 불만이었던 듯하다.

"재미없냐?"

"그건 아냐. 매일 가는 운동도 건너뛰고 너 만나러 온 건데?"

"근데 왜 이렇게 말이 없어."

"어릴 때 미국에 가서 거기서 자랐어. 한국말이 어려울 때가 있어."

"어쩐지. 가끔 버터 발음 나더라. 한국엔 왜 다시 왔어?"

"보스한테 스카우트 됐어."

"스카우트?"

"응, 미국에서 우연히 우리 보스를 만났어. 그러곤 고용됐지."

"너 변호사 사무실에서 일한다며? 근데 변호사한테 스카우트됐다고?"

"어."

"황당하다……."

"일이 그렇게 됐네."

가벼운 신상 얘기가 지나간 후, 김종신이 물었다.

"그날 모텔에서 왜 그냥 갔어?"

"얘기했잖아. 원나잇은 나하고 안 맞는 거 같다구."

"그럼 정식으로 사귀면 되겠네."

"뭐야, 겨우 두 번 봤는데?"

"남녀 사이에 통하면 되는 거지, 만난 횟수가 중요해?"

"글쎄. 너하고 통하는지도 모르겠다."

"오빠한테, 너라니."

방수희는 피식 웃었다.

"난 너 나이도 모르는데, 네가 오빤지 어떻게 알아?"

김종신은 크게 웃었다. 그 모습이 어딘지 연극적으로 보였다.

"이런 화끈한 성격이 좋다니깐."

"내가 화끈하다고?"

"거침없는 반말이 섹시해. 그리고."

"그리고?"

"난 말라깽이보단 너처럼 키 크고 몸 좋은 여자가 좋더라."

"……."

남자의 눈이 파충류 같다고 느꼈다.

"모텔에서 네가 돈 던지고 가는데 멍했어."

"왜."

"그냥. 멋져 보이더라."

남자는 방수희에게 자꾸만 술을 권했다.

하지만 자신의 잔은 그다지 비우지 않았다.

갈수록 김종신의 대화 템포가 빨라졌고, 무언가에 쫓기듯 초조해 보였다.

그가 보인 초조함의 실체는 곧 드러났다.

"오늘 같이 있을까?"

"싫어."

"원나잇 말고, 사귀는 사이로 말이야."

"우리가 언제부터 사귀었어?"

"오늘부터지. 같이 가자."

김종신은 숫제 조르기 시작했다. 남자의 값어치가 나락으로 떨어지는 순간.

"나 갈게. 연락은 이제 않는 걸로 하자."

방수희가 일어섰다.

김종신이 방수희의 팔목을 잡았다.

태도가 달라져 있다.

"남자 약만 올리고 이런 식으로 하면 안 되지."

"약을 올렸다고? 내가?"

"모텔까지 갔다가 그냥 가 버리고, 장난하냐?"

"그게 그렇게 맺힐 일이야? 너 그렇게 상처받기 쉬워서 어떻게 사냐?"

"오늘도 그렇잖아. 나왔다가 또 그냥 가려고 하고."

"그만하자. 갈게."

방수희가 팔목을 빼려 했지만 김종신이 힘을 주어 못 빼게 했다.

"이럴 거면 처음부터 날 자극하지 말았어야지."

방수희는 팔목에 힘을 조금 더 주어 팔을 풀고는 말했다.

"니 자극은 니가 알아서 해."

김종신은 팔을 늘어뜨린 채 방수희를 올려다보았다.

"안녕. 오늘 밥값은 네가 내. 네가 만나자고 했으니까."

방수희는 뚜벅뚜벅 걸어 나갔다.

* * *

"아빠, 이게 대체 무슨 일이야."

구치소 가족접견실.

한이수는 투명 아크릴 판 너머 한도균을 바라보았다.

한도균은 갈색 수의를 입고 초라하게 고개를 숙였다.

"미안하다…… 내가 순간적으로 어떻게 됐나 봐."

"그러게, 위층 소음 신경 쓰지 말라니깐. 이사 가면 됐잖아."

"그러려고 했는데, 위에서 쿵쿵 소리만 들리면 미치겠는걸."

"그렇다고 사람을 패? 몽둥이로?"

"내가 죽어야지…… 소음이 계속 들리니까 나중에 거의 환각 같은 게 생기면서…… 정신 차려 보니까 몽둥이를 들고 있더라. 윗집 남자는 머리에 피가 홍건한 채 쓰러져 있고."

"세상에."

고개를 숙인 한도균의 정수리에는 머리카락이 듬성듬성했다.

초라한 남자. 아버지.

참으려 했지만 한이수는 이미 자신의 눈시울이 빨개져 있단 걸 느꼈다.

양다곤 때문에 인생이 망가진 것도 모자라 사람을 때려 구치소까지 가다니.

아버지의 죄는 밉지만, 너무나 기구하고 불쌍했다.

"변호사는?"

"국선변호사가 있어."

"뭐래?"

"실형을 받을 거래. 사람이 너무 크게 다쳤고, 게다가 몽둥이를 든 것도 특수상해라고 해서 중형감이란다. 변호사뿐만 아니라 여기 구치소 안에서도 다들 그래."

"실형을 받는대?"

"응…… 그것도 꽤 길게……."

한도균이 고개를 떨구었다.

한이수는 양손으로 눈가를 슬쩍 찍어 내고는 물었다.

"혹시 심신미약이나 뭐 그런 거 안 되는 거야?"

"내 경우엔 안 된다는구나. 그냥 화나서 때린 거지, 그게 무슨 심신미약이냐고. 그런 주장 하면 판사가 더 화낼 거래."

한이수는 할 말을 잃었다. 한도균이 힘없이 말했다.

"다들 피해자하고 합의부터 하란다. 합의 안 되면 징역 길게 갈 거라고."

"아빠 같은 사람이 징역을 어떻게 견뎌……."

한도균은 딸에게 겉치레뿐인 위로를 보내기도 힘든 모양이다.

"여기…… 사람이 있을 곳이 못 돼."

그는 간절한 눈빛을 보냈다. 염치없어 대놓고 말하지 못하는 그 뜻을 한이수가 모를 리 없다.

"걱정 마. 합의 문제는 내가 알아서 할게."

"면목이 없구나…….'

가족 면회는 5분 조금 넘어 끝났다.

구치소를 걸어 나오는 한이수의 다리가 후들거렸다.

그 싫은 양다곤의 얼굴을 매일 보며 홀로 외줄타기를 해 왔는데. 근근이 버텨 오고 있었는데. 누가 툭 밀면 쓰러져 버릴 것 같았는데. 도저히 일어나서는 안 될 일마저 벌어지고 말았다.

서 있기조차 힘들었다.

아버지 앞에서 내색을 하지 않는 게 더 힘들었다.

한이수는 그만 아찔해져 길가의 나무를 짚고 손 위에 이마를 대고 잠시 몸을 추슬렀다.

"괜찮으세요?"

그 장면을 본 교도관이 멀리서 달려왔다.

"아, 네. 괜찮아요. 감사합니다."

한이수는 고개를 꾸벅하고는 다시 걸어갔다.

* * *

《정안일보》사회부 기자실.

박시영의 휴대전화가 울렸다. 윤해성이었다.

"여보세요."

"안녕. 바쁘지?"

"늘 그렇지, 뭐. 무슨 일이야?"

"얼굴 좀 보려고."

"용건이 있구먼."

"사실은 그래."

"일단 전화로 해 봐."

"아냐. 만나서 뭐 좀 전달해 줄 것도 있고. 지난번에 얘기했던 그거."

"좋아. 언제 볼까?"

"지금."

"지금? 너 어딘데?"

"너희 신문사야. 로비에서 잠깐 볼 수 있을까?"

박시영이 1층 로비로 내려가 보니 윤해성은 등받이 없는 소파에 앉아 커피를 마시고 있었다. 환하게 웃으며 손을 흔드는 윤해성을 보자 새삼스레 반가웠다. 그 반가움의 절반쯤만 얼굴에 띠고는 다가갔다.

윤해성이 컵을 내밀었다.

"너 바닐라 라테 좋아하지?"

"와우, 변호사 하더니 센스가 날로 좋아져."

"내 사랑하는 친구 취향을 모르면 되겠어?"

윤해성이 아무렇지도 않게 던진 '사랑'이라는 말에 박시영의 가슴이 덜컹했다. 내색은 하지 않았다.

박시영이 라테 컵을 받아 들고 옆에 앉자 윤해성은 갈색 서류봉투를 내밀었다.

"이거야."

박시영은 봉투를 열어 안에 든 종이를 꺼내 보았다.

비닐 커버 안에 든 그것은 세월의 흔적으로 변색되어 있었다. 그 문서를 조심스레 빼서 읽고는 고개를 들었다.

"네가 말한 아빠 유언장이 이거구나."

얼마 전 윤해성이 이천의 모친 집에서 가져온 김민호의 유언장이었다.

"이 갈색 얼룩은?"

종이 가장자리의 갈색 얼룩이 바래져 있었다.

"핏자국이야."

"윽."

"아버지 피가 묻은 거래. 당시에 코피를 좀 흘리셨다더라구."

"이거, 왠지 너무 끔찍하다."

"시영이 네가 몇 달 전에 말했지. 최근 새로운 유전자 기법이 도입돼서 극소량의 흔적에서도 DNA 검출이 가능해졌다고."

"국과수에서 일하다가 이번에 서령대 교수로 가신 김근배라는 분이 계신데, 그분이 그러더라구. 요즘엔 20억 분의 1그램만 있어도 염기서열을 분석해서 신원확인이 가능해졌다고."

"예전의 유전자 분석으로는 알 수 없었던 것도 이젠 판별이 가능해졌단 거지?"

"그렇지. 그 덕에 화성연쇄살인사건도 30년 만에 해결된 거잖아. 범행 당시 피해자의 내의에 튄 범인의 땀방울 자국에서 DNA를 검출해냈어. 발전된 과학기술 덕분이지."

"네 말을 듣고서 나도 이거 가져와 본 거야. 이 유언장도 당시에 유전자감식을 하긴 했지만 아무래도 최신 기술로 감정해 보면 다른 결과가 나올 수도 있지 않을까 싶어서."

"그럴 수도 있겠지."

"무엇보다 아버지 유언장에는 피가 묻어 있어. 아버지 거라고 판명은 났는데, 혹시 다른 사람의 DNA는 정말 없었을까, 싶어."

박시영이 의미심장하게 말했다.

"이를테면 양다곤의 것, 같은?"

윤해성은 먼 곳을 바라보았다.

"아버지의 죽음으로 가장 큰 이익을 본 사람이 바로 양다곤. 그 아버지의 죽음의 순간에 양다곤이 현장에 있었다면, 그게 무얼 의미하는 걸까…… 그자가 범인이라는 설명 말고는 가능하지 않겠지."

"살해 현장에는 양다곤이 직접 가지 않고 부하를 보냈을 수도 있잖아. 꼭 양다곤의 DNA가 묻어 있다고는 장담 못 해."

"물론 그럴 수도 있지. 어쨌든 지금은 양다곤을 먼저 조사해 볼 수밖에 없어."

"양다곤의 DNA가 있기를 간절히 바라면서 말이지."

"그래, 바람일 뿐인지도 모르지만."

윤해성은 어떤 의지를 다지는 듯한 눈빛으로 박시영을 보았다.

"당장은 내가 양다곤의 DNA를 갖고 있는 것도 아니니까 대조할 수도 없고. 우선 유언장에 아버지의 피 말고 다른 사람의 것이 섞여 있는지를 알고 싶어."

"그게 순서겠지. 당장은 타인 DNA 확인부터."

"국과수는 개인 감정은 안 해 주니까, 네가 잘 안다는 그 국과수 출신 교수님한테 부탁해서 대학 연구실에서 감정을 받아 봤으면 싶어."

"좋아. 그 정돈 문제없어."

"역시, 박시영! 너의 인맥을 믿는다."

윤해성이 박시영의 어깨를 두드렸다.

박시영은 유언장을 봉투에 집어넣다가 말했다.

"아. 갑자기 생각난 거 있어."

"뭔데?"

"예전에 양다곤이 너희 집안 상대로 소송할 때 아주 악랄한 변호사 있었다면서. 거 누구더라……?"

"법무법인 미다스."

"아. 맞다. 변호사 이름도 특이했는데."

"단명오였지."

"글쿠나. 그 사람은 양 회장하고 요즘 사이가 뜨악한가 봐. 한울 모터스 소송은 전부 LNK가 맡아서 하는 것 같더라. 그 사람 한번 찾아볼 필욘 있지 않을까?"

"실은 검사 시절에 한 번 찾아본 적이 있어. 추잡한 소송 해서 잘 먹고 잘사나 싶은 마음에."

"그런데?"

"법무법인 미다스는 우리 집 소송 몇 년 후에 법인이 해산됐고, 단명오 변호사는 아예 변호사 명부에도 없어. 법조계에서 완전히 사라졌더라구."

"그래? 황당하네……."

박시영은 고개를 갸웃했다.

"아무튼 의미 없어. 예전에야 미다스같이 조그만 데에 맡겼겠지만 지금에야 한울 모터스가 그런 중소 로펌하곤 거래 안 하겠지."

윤해성은 별거 아니란 듯 말하고는 일어섰다.

* * *

양평의 어느 종합병원 1인실.

한이수는 머리를 조아리고 있었다.

"정말 죄송합니다. 제 아버지의 잘못을 한 번만 용서해 주세요."

"지금 죄송하다고 해서 될 문제야!"

머리와 다리에 붕대를 칭칭 감은 남자가 버럭 소리를 질렀다.

그러고는 아이고, 하더니 붕대를 감은 이마에 손을 댔다.

갑자기 큰 소리를 질러 머리가 울리는 모양이다.

한도균에게 얻어맞은 유남근이었다.

"죄송합니다. 드릴 말씀이 없어요."

"사과하려면 본인이 와야지, 왜 딸이 대신 와서 이래!"

"아시다시피 아버지는 지금 구치소에 계셔서요. 하지만 너무 죄송하고 사죄드리는 마음은 똑같아요……."

유남근은 머리의 붕대를 가리켰다.

"이걸 봐요. 이걸 봐. 서른 바늘이나 꿰맸어. 다리도 금이 갔고."

"정말 할 말이 없습니다."

"자그마치 전치 8주야. 병신 될지도 모른다고."

의사 말로는 전치 8주이긴 해도 심각한 부상은 전혀 아니라고 했다. 장애인이 된다는 말은 더 터무니없다.

하지만 그런 얘길 할 수는 없다. 화만 돋울 뿐이다.

한이수는 머리를 연신 조아렸다.

그때 중학생으로 보이는 남자아이 두 명이 축구공을 들고 병실에 뛰어 들어왔다.

"아빠!"

주변 병실에 환자들이 가득했지만 두 아이는 아랑곳하지 않고 큰 소리로 아빠를 불렀다. 거친 발걸음에 병실 복도가 쿵쿵 울렸다.

"아빠 중요한 얘기 중이니까 잠시 나가 있으렴."

유남근은 목소리 톤을 부드럽게 바꾸었다. 아이들한테는 한없이 다정한 아빠다. 병원에선 뛰지 말라는 얘기 한마디가 없다.

아이들이 나간 후 유남근은 다시 표정을 돌변하여 목청을 높였다.

"회사도 못 나가고 지금 손해가 얼만지 알아? 당신들이 우리 가족 생계를 책임질 거냐고?"

"몸과 마음에 큰 상처를 입으신 걸 잘 알고 있습니다. 그래서…… 합의만 해 주신다면 저희들이 성심성의껏 한번 금액을 마련해 보겠습니다."

"합의?"

"네. 합의를 좀."

"이거 영 경우가 없구먼. 결국 사과보다 합의서 받으러 온 거였네?"

"아니, 그게 아니라요……."

"거참. 아가씨 얼굴은 예쁘게 생겨 갖고 좀 그러네."

이 상황에서 '얼굴은 예쁘게 생겼다'란 말이 왜 튀어나와?

불쾌했지만 내색하지 않았다.

"그래서, 합의금은 얼마 정도 낼 수 있는데?"

"저희들이야 처분에 따라야죠. 선생님께서 금액을 말씀해 주시면 좋겠습니다."

"치료비에다가 일 쉬는 급여 손실, 위자료 등등 해서 한 2억 원 정도면 생각해 보지."

"네? 2억 원요?"

유남근은 당연하다는 듯 턱을 쳐들었다.

"응. 2억 원."

"너무 많아요. 저희들이 도저히 마련할 수 없는 금액입니다."

유남근은 "하!" 하면서 고개를 옆으로 돌렸다.

"금액을 말하래서 말했더니 또 이 지랄······."

혼잣말처럼 했지만 둘만 있는 공간에서 혼잣말일 수가 없다.

"사람을 병신 만들어 놓고 정당한 배상은 하기 싫다? 이거 정말 막 가는 사람들이구먼!"

"도저히 능력 밖의 액수예요. 다시 생각해 봐 주세요."

"전세금 빼면 되잖아!"

"······그럼 아빠 살 데가 없어져요."

"부녀가 같이 살면 되겠네."

"저도 원룸이라 공간이 안 돼요."

"이거 뭐야. 요리 말하면 조리 피하고, 조리 말하면 요리 피하고. 장난하는 거야?"

"죄송합니다. 죄송해요······."

소리를 지르고 욕을 하고 무리한 요구를 해도 무조건 사과만 하는 한이수가 만만해 보인 탓일까.

한이수를 가만히 지켜보던 유남근이 말했다.

"아가씬 얼굴도 이쁜데 말이야······."

음침한 목소리였다. 남자의 말이 이어졌다.

"몸매도 좋고······ 아가씨 입장에서 할 수 있는 또 다른 성의를 보일 수도 있지 않나? 뭐 노력에 따라서는 1억 이하에 합의해 줄 수도 있어."

유남근의 시선은 한이수의 가슴을 훑고 있었다.

약간의 시간이 흘렀다.

"우리 아빠는······."

한이수가 고개를 들었다.

지금까지 일관되게 빌던 목소리의 톤이 달라져 있다.

"……이런 말을 듣고서도 빌면서 합의해 온 걸 알면 혀 깨물고 돌아가실 거거든."

매서울 정도로 차가운 음성이었다.

유남근은 어안이 벙벙해져 한이수를 보았다.

"뭐? 그, 그래서……."

더듬거리는 유남근의 말을 한이수가 잘랐다.

"때린 건 잘못한 거니까 얼마든지 사과할 수 있어. 하지만 이건 아니잖아. 이 빌어먹을 새끼야."

"너, 너 지금 욕했어? 감히 피해자인 나한테?"

"배상받고 싶다고? 어쩌지? 아빠 전세금은 내 명의야. 아빠 명의의 다른 재산은 없고. 형사처벌은 받겠지만 너 줄 배상금은 먹고 죽으려도 없어. 미안. 합의금은 내가 어떻게든 마련해 보려고 했는데, 넌 아가리를 너무 크게 벌렸어."

"뭐? 뭐?"

"대가리는 다쳤는데 좆 대가리는 살았구나. 그걸로 만족하고 살아."

한이수는 그 말을 남기고 뒤돌아 병실을 나갔다.

* * *

서울동부지법 정문 앞 한적한 길목.

손을 들고 있는 방수희를 본 윤해성은 포르쉐 박스터를 세웠다. 그러고는 보닛 앞쪽의 조그만 트렁크를 열고 방수희로부터 건네받은 두툼한 사건기록을 집어넣었다.

방수희가 서울동부지법에 가서 사건기록 복사를 했고, 마침 일이 있어 잠실 쪽에 가 있던 윤해성이 방수희를 태우고 사무실로 돌아오기로 한 것이었다.

"고마워요, 변호사님. 무거운 기록 들고 어떻게 사무실까지 가나 싶
었는데."

"나야 수희가 얘기하면 언제든지. 우리 귀하신 특채잖아."

그렇게 말하며 보닛을 닫던 윤해성이 어, 하고 소리를 냈다.

"젠장! 펜더가 긁혔어!"

어디서 그랬을까, 스크래치가 나 있었다.

윤해성은 트렁크에서 컴파운드와 융을 가지고 와서 입김을 호호 불
며 닦았다. 방수희가 보니 언뜻 보면 알아채기도 힘든 미세한 스크래
치였다.

닦기를 마치고 같이 차에 오른 뒤 방수희가 말했다.

"변호사님도 좀스러운 데가 있었어."

"뭐?"

"시크한 줄만 알았더니, 차에는 약하시네요."

윤해성이 끙, 하는 소리를 냈다.

"인정해."

"이거 얼마예요?"

"옵션에 기타 등등 비용 하면 한 1억 정도."

"좀스러울 만하네요."

"으음. 돈 때문이 아니라 내가 차를 좀 아끼는 편이긴 해. 아니 근데,
그 좀스럽단 말은 좀……."

하하하하.

방수희가 웃었다. 늘 무표정하던 그녀가 웃으니 평소와 완전히 다른
화사함이 묻어났다.

"웃으니까 다른 사람 같은데?"

"어떤데요."

윤해성은 입을 달싹거리다가 말았다.

"……아니. 얘기 안 할래."

"싱거운 면도 있으시네요. 알았어요."

방수희는 시선을 앞으로 하고 헤드레스트에 머리를 기댔다.

잠시 후 신호에 걸려 차가 서자, 방수희가 헤드레스트에서 슬쩍 머리를 떼고 입을 열었다.

"변호사님. 상담 하나 해도 돼요?"

"뭔데?"

"이거 좀 보실래요?"

방수희는 휴대전화를 켜서 내밀었다. 윤해성은 고개를 비틀어 화면을 보았다.

문자 메시지와 카카오톡 화면이었다.

'이젠 그냥 씹네?'

'ㅋㅋㅋ 한번 만나자는데.'

'너 왜 모텔에 따라왔어. 내 몸에 불 싸질러 놓고, 날 갖고 놀았나?'

'X년 XX년.'

협박과 욕설이 가득한 문자들이었다.

그러다가도,

'그동안 미안했어.'

'좋아해. 한눈에 반했나 봐. 생각이 자꾸 나서 어쩔 수 없었어. 이제 연락 안

할게.'

'사랑해.'

'마지막으로 얼굴만 한 번 봤으면 좋겠다.'

그랬다가,

'너 참 이상한 여자다. 뭐 하자는 거지? ......자존심 상하네.'

'어의가 없네. X년! 두고 봐. 너 사람 잘못 봤어.'

'어의가 없네'라니. 맞춤법도 틀렸다.

정서적으로 불안해 보이는 메시지들의 발신자는 '김종신'이었다.

"김종신? 이 자식 뭐야?"

그때 신호를 받아 차가 출발했고, 방수희는 자초지종을 설명했다.

클럽에서 남자를 만나 모텔에 갔다가 그냥 나온 이야기. 다시 만났
는데 이상한 모습을 보여 끝내고 나왔는데, 그때부터 전화, 문자 등으
로 계속 집착하며 괴롭힌다는 것.

이야기를 다 들은 윤해성은 핸들을 잡은 채로 말했다.

"......그러니까, 미친놈이군."

"황당해요. 사귄 적도 없고, 딱 두 번 봤어요."

"원나잇 하려다 못 하니까 약이 바짝 올라서 이 짓거릴 하는 거 같아."

"아마도 그렇겠죠."

"사랑이니 뭐니 읊고 있지만, 목적은 오로지 몸."

"아. 징그러."

"신경 쓰이겠네."

"문자 한 번씩 울릴 때마다 기분 더러워요. 그래도 증거는 모아 놔야

하니깐 수신 거부 않고 일단 받아는 두었죠."

"잘했어."

방수희가 휴대전화를 닫고는 말했다.

"아참, 며칠 전엔 퇴근하는데 어디선가 불쑥 튀어나오더라고요."

"뭐? 직장은 어떻게 알았지?"

"첨 만났을 때 우리 사무실 이름을 얘기했거든요. 위치 검색해서 기다리고 있었대요. 딱 잘라 돌려보냈는데, 그 뒤로도 문자가 와요."

"그 정도면 위험한데……."

잠깐 생각하던 윤해성이 말했다.

"아무래도 그 친구는 조치를 해야겠다. 걱정 마. 내가 고소대리해줄게."

"고소밖에 방법이 없을까요. 고소하면 경찰서 가서 진술해야 하잖아요."

"그렇긴 하지. 재수 없으면 재판까지 가서 법정에서 또 증언해야되고."

"그거 너무 싫은데."

"어쩔 수 없어. 법 절차란 게 그런 거야."

"아, 정말 귀찮아."

"그렇다고 그냥 둘 순 없잖아. 저러다가 돌아 버리면 위험하지. 요즘 스토커나 데이트폭력 같은 거 많아."

"……생각 좀 해 보구요."

두 사람은 한동안 말이 없었다.

방수희가 마음을 털어놓고 상담 같은 걸 해 온 건 처음이었다.

핸들을 잡고 있던 윤해성이 불쑥 말했다.

"수희 잘못이 아니야."

방수희는 말없이 고개를 돌려 윤해성을 보았다.

윤해성은 여전히 앞을 주시하고 있었다.

"이상한 놈하고 모텔 갔다가 이런 일 겪는다고 혹시라도 자책하는 마음 가질까 봐."

"……."

방수희가 윤해성을 빤히 쳐다보았다.

이런 말을?

그의 평소 모습에서는 상상하기 어려웠다.

윤해성의 내면에서 어떤 버튼이 눌렸다는 사실을 방수희는 알지 못했다. 당연한 말이라 해도, 아무튼 그 말은 꽤 마음에 들었다. 어쩌면 윤해성의 사무실에서 일한 이래 처음 들은 '감정의 음성'이었다.

그가 또 말했다.

"몸 다칠까 걱정되는데."

"그럴 일은 없어야죠."

윤해성은 조금 침묵하다가 입을 열었다.

"맘대로 해."

"네?"

"수희 맘대로 하라구. 법이니 뭐니 필요 없어. 위급한 때는 안전만 생각해. 나머진 내가 다 처리해 줄게."

"알았어요. 기억할게요."

방수희는 조수석 의자에 몸을 깊게 묻었다.

* * *

윤해성과 방수희가 사무실에 도착했을 때, 전기호가 뛰다시피 하며 튀어나왔다.

"미녀, 미녀!"

"뭐? 무슨 소리야."

"또 초미녀 의뢰인이 왔어요. 지금 변호사님 방 안에 있어요."

"아니, 나도 없는데 의뢰인을 왜 방에 들어가게 해."

전기호는 아랑곳하지 않고 윤해성을 방으로 밀다시피 했다.

방 안에는 젊은 여성이 등을 돌리고 앉아 있었다.

가녀리지만 꼿꼿한 자태.

하얀 블라우스에 H라인 검정스커트는 단정함의 극치였지만, 아찔하게 붉은 하이힐이 여자의 어떤 도발을 드러내 주는 듯했다.

여자는 얼굴을 돌렸다. 은은한 시트러스 향.

한이수였다.

"아, 이수 씨!"

"안녕하세요. 윤 변호사님."

한이수는 일어서서 인사했다.

환하게 웃던 윤해성은 상대의 심각한 표정을 보고는 급히 웃음을 거두었다.

"걱정거리가 있으신 모양이군요. 하긴 이 사무실까지 괜히 들르진 않으셨을 테지만."

"맞아요. 변호사님한테 좀 상의드릴 게 있어서요."

"네. 역시."

"회사 고문변호사님이시지만 회사 일은 아니에요. 지난번에 개인적인 일도 얼마든지 맡겠다고 하셔서 고민 끝에 이렇게 찾아뵙게 됐어요."

"잘하셨습니다. 회사 일이든 아니든 전혀 상관없습니다. 기탄없이 말씀해 보세요."

윤해성은 최대한 부드럽게 말하며 맞은편에 앉았다. 한이수가 개인적인 일로 회사 고문변호사를 찾아왔다는 마음의 거리낌을 없애 주어야 했다.

똑똑.

노크 소리와 함께 방문이 열리더니 방수희가 차를 가져다 놓고 나갔다.

한이수는 방수희가 나가는 걸 확인한 다음 입을 열었다.

"저희 아버지가 구속되어 계세요."

"넷? 아, 네……."

윤해성은 표정을 어떻게 지어야 할지 몰라 입술을 달싹거렸다. 아버지의 구속을 전하는 한이수의 얼굴이 상대적으로 더 무덤덤했다.

"대체 어쩌다가?"

한이수는 차분하게 사건의 자초지종을 설명했다. 자신의 부친이 층간소음을 참지 못하고 위층 사람을 폭행한 일. 피해자와 합의하러 갔다가 성희롱을 당한 일까지.

"평소에도 아빠 정서가 불안하셔서 걱정했는데, 그런 일까지 벌어지고 말았어요…… 제가 더 잘 돌봐 드렸어야 하는데, 후회돼요."

한이수는 말을 마치고는 차를 한 모금 기울였다.

눈물은 이미 많이 흘렸다. 윤해성 변호사에게는 그저 남의 일처럼 담담하게 설명할 수 있어서 다행이었다.

윤해성은 팔짱을 끼고 심각한 표정으로 듣고 있다가 말했다.

"걱정 마세요."

"네에."

"제가 맡을 테니까요."

"네? 그래 주시면 정말 감사하겠지만……."

한이수는 인사치레를 하면서도 뜨악한 느낌이 들었다.

맡아 준다면 다행이지만 '내가 맡을 거니 걱정 말라'는 건 무슨 소리야.

윤해성은 자신감이 과하더라는 장유나의 말이 떠올랐다.

이 인간, 영업만 잘하는 거 아냐?

갑자기 신뢰감이 뚝 떨어져 버렸다.

적당히 둘러대고 나가는 게 나을지 몰라.

수임료가 비싸다는 둥 적당한 핑계를 대고…….

"저…… 수임료는 얼마일까요?"

한이수가 물었다.

수임료 핑계로 그냥 돌아가려고 벌써 준비 중이다.

"수임료 문제는 원래 사무장이 담당합니다만, 이수 씨는 제가 말씀 드리죠. 100만 원입니다."

"네? 100만 원요?"

"네."

"너무 싼 거 아닌가요? 서초동 변호사 수임료는 저도 좀 알아보고 왔는데…….

"제가 한울 모터스 고문변호사이지 않습니까? 이수 씨는 회장님 비서시고. 무엇보다, 아버님 사정이 너무 딱해서 제가 도와 드리고 싶습니다."

윤해성의 눈빛이 강렬했다.

그건 마음에 든다.

하지만 수임료가 100만 원이라니. 무슨 속셈일까.

아. 알았다. 착수금은 적게 불러서 일단 수임해 놓고 성공보수를 거액으로 책정하려는 거야.

한이수가 조심스레 물었다.

"그럼 성공보수는⋯⋯?"

"없습니다."

"네? 성공보수도 없다고요?"

"원래 형사사건 성공보수 약정은 무효입니다."

"그건 그렇지만⋯⋯."

성공보수 약정은 무효지만 불법은 아니다. 당사자가 약정해서 지급하면 그것으로 되는 것이다. 윤해성이 쐐기를 박았다.

"괜찮습니다."

"네에⋯⋯ 감사합니다."

한이수는 얼떨떨해하면서 수임계약서에 도장을 찍었다.

도무지 거부할 명분이 없다.

그 자리에서 휴대전화를 꺼내 100만 원을 윤해성 통장으로 이체했다.

"이렇게 해도 될지 모르겠어요."

"물론입니다. 이수 씬 아버님 사정만 생각하세요."

"감사해요."

한이수는 일어서서 가볍게 머리를 숙이고는 백을 챙겨 들고 방을 나갔다. 이어 방수희와 전기호에게 인사하는 소리가 들렸다. 잠시 후 힐 소리가 또각또각 멀어져 갔다.

윤해성은 머리 뒤로 양손 깍지를 끼고서 그녀가 나간 쪽을 멀거니 쳐다보았다.

"전투력 있는데."

그렇게 혼잣말하면서 빙그레 웃었다.

심지가 강한 여자다.

좀처럼 감정을 타인에게 드러내지 않는다.

설사 상대가 자신을 도와줄 변호인이라 할지라도.

자로 잰 듯한 그녀의 매너는 아버지의 구속 건으로 왔어도 전혀 무너지지 않았다.

한이수가 사무실에서 나가자마자 윤해성의 방문이 벌컥 열렸다.

윤해성의 상념이 깨졌다.

전기호와 방수희가 할인마트 오픈런 고객처럼 뛰어 들어오고 있었다.

젠장. 그럴 줄 알았다.

윤해성은 마치 방어라도 하듯이 양팔을 내렸다.

"변호사니임!"

전기호가 먼저 소리를 높였다.

"100만 원? 그게 뭐예요!"

"적당히 받은 거야. 원래 안 받으려다가 본인이 부담스러워할까 봐 형식적으로 받았어."

전기호가 기가 찬다는 듯 하, 하며 고개를 돌렸다.

"여기 월세만 해도 얼만지 알아요?"

"잘 알아. 너 월급이 800만 원인 것도. 수희 월급은 더 높고……."

"변호사님은 사업주니까 급여 안 받고 퉁친다 쳐요. 그거야 내 알 바 아니고. 하지만 사무실은, 이 사무실은 어떡할 겁니까!"

방수희도 가세했다.

"월세나 급여는 물론이고, 4대 보험에다 부가세, 기타 생수값에 복사기 렌트비, 전화 요금 등등 하면 매달 얼마 필요한지 아세요? 수임료를 100만 원씩 받아서는 사무실이 돌아갈 수가 없다구요."

"기다려 봐. 다 굴러가게 돼 있어."

전기호는 길길이 뛰었다.

"100만 원? 지금 서초동에 형사사건이면 최소 500이에요. 500! 더구나 변호사님은 스타 검사 출신 변호사잖아요! 얼마든지 더 받아도 돼요! 계약관계나 수임료 문제 같은 건 사무장한테 좀 맡겨 두라고욧!"

"너한테 맡기면 높게 부를까 봐 내가 한 거야."

"아, 진짜. 보스라는 사람, 멱살이라도 잡고 싶네."

"야."

너무 나간다 싶어 방수희가 제지했지만 전기호의 입은 모터를 단 듯 멈추지 않았다.

"얼굴 예쁘다고 거의 공짜 수임을 해요? 우리가 뭐 봉사단쳅니까!"

"그런 거 아니라니깐. 아, 두통이야."

윤해성은 이마를 짚었다.

"전 사무장. 황금알 낳는 거위 배는 가르는 게 아니야."

"저 허세는 정말!"

전기호는 소리를 높이더니 거의 이를 갈면서 덧붙였다.

"하여간 월급 밀리면, 사무실 TV라도 압류할 테니까 그때 가서 섭섭하다는 말 마세요!"

방수희는 씩씩대는 전기호의 얼굴을 힐끗 보고는 말했다.

"그건 뭐 저도 말릴 수 없겠네요."

방수희도 이 문제에서만큼은 철저히 전기호와 한편이다.

두 사람은 조금 더 투덜대다가 나갔다.

* * *

방수희는 조금 전부터 이상한 기척을 느꼈다.

방배동 연립주택으로 이어진 도로.

대로변에서 들어간 길인 데다 시간이 늦어 인적이 없다.

논현동에서 친구를 만나 가볍게 맥주를 마시고 귀가하는 참이었다.

뒤에서 유령처럼 차가 다가오더니 방수희 옆에서 슬금슬금 속도를 줄였다.

돌아보니 눈에 익은 대형 SUV다.

운전석 창문이 내려가고, 안으로부터 남자의 음성이 건너왔다.

"늦게 오네."

김종신이었다. 흰 이를 드러내고 웃고 있었다.

방수희는 그 자리에 멈추어 차 안을 들여다보았다.

"이런 짓 그만하라고 했지."

"내가 뭘."

"내 집까지 미행했냐. 너 이거 스토커 짓이야."

"타라."

"돌아가. 다시 연락하지 말고. 더 하면 경찰에 신고 들어간다."

"스토커는 얼마 전만 해도 경범죄로 벌금 10만 원이었어. 까짓것 내지, 뭐. 사랑을 위해서라면."

김종신이 느물거렸다.

방수희는 더 대꾸하지 않고 그대로 걸었다.

김종신은 SUV를 길가에 대더니 차에서 내렸다.

그새 방수희는 10여 미터를 앞섰고 빠른 걸음으로 따라붙은 김종신이 뒤에서 거칠게 방수희를 팔을 낚아챘다.

"차에 타 보라니깐. 잠깐 얘기 좀 하자."

김종신의 음성이 변해 있다. 화나고 불안정한 목소리.

방수희는 잡힌 팔을 돌려 빼고는 휴대전화를 꺼내 들었다.

"여기서 끝내면 나도 그냥 잊을게. 아니면 112 누른다."

"정말 좆같이 구네!"

"너 지금 욕했냐."

"아, 씨팔. 연락도 안 받고! 얘기 좀 하자는데 왜 그냥 가!"

"난 분명히 싫다고 했어."

"그래서."

"싫다잖아. 더 말이 필요해? 내가 널 이해시켜 줄 의무까진 없는데."

"니가 그렇게 비싸? 금테 둘렀냐?"

"미친 새끼. 바닥을 드러내는구나."

방수희는 휴대전화 번호를 누르려 했다.

그러자 김종신은 오른팔을 홱 휘둘러 방수희의 손을 쳤고, 휴대전화는 콘크리트 바닥에 떨어졌다.

쨍. 깨지는 소리가 났다.

방수희가 소리를 쳤다.

"뭐 하는 짓이야!"

김종신이 더 크게 소리를 질렀다.

"씨펄! 너 날 잘못 봤어!"

김종신은 돌연 위에 걸친 점퍼를 벗어 던졌다.

더 이상 정상이 아니었다.

정신의 리미트를 해제한 상태다.

"잠깐. 우리 말로 해."

방수희가 제지했지만 김종신은 험악하게 목청을 돋우었다.

"내가 누군지 보여 줄게. 내가 싫다고? 곧 후회 좀 할 거다. 너처럼 뻗대다가 내 손에 골로 간 년들이 한둘인 줄 알아? 나중엔 다 질질 짜더라. 너도 오늘 죽어 봐라."

김종신의 충혈된 눈이 다가왔다.

희번덕거리는 흰자위에는 광기가 깃들어 있었다.

김종신은 방수희를 향해 달려들었다.

* * *

윤해성이 방수희를 만난 건 미국에서였다.

검사직을 그만두기 석 달 전 휴가를 냈다. 예전 윤해성 모자를 미국으로 불렀던 이모도 만날 겸 행선지를 뉴욕으로 정한 것이었다.

"세상에, 이게 얼마 만이니, 한울, 아니 이제 해성이지, 해성아!"

이모는 눈시울을 붉힐 만큼 반가워했다.

"잘 지내셨어요? 이모는 하나도 안 늙으셨네요, 하하."

"검사로 바쁠 텐데 어떻게 휴가를 냈니?"

"곧 그만두려고요. 앞으론 더 바빠질 거라서 이모 얼굴 뵈러 왔죠."

"그렇구나. 푹 쉬었다 가렴."

윤해성은 이모 집에서만 일주일을 보냈다.

모처럼 모든 것을 잊고서 먹고 쉬고 운동하는 나날이었다.

그러던 5일째.

이모 집 근처에는 마을 공원이 있었다. 윤해성은 밤에 그 공원을 걷는 것을 좋아했다. 이국의 낯선 정취가 좋았다. 오붓한 공원은 밤에 인적이 없고 오히려 덜 위험했다.

산책을 마치고 공원을 막 빠져나오면 도심의 한적한 길로 이어진다.

막 그 길로 들어섰을 때 누군가가 뛰면서 윤해성을 지나쳤다.

후드 티 사이로 힐긋 얼굴이 보였다. 긴 머리를 한 라틴계의 여자.

원투 주먹을 휘두르는 걸 보아 권투를 하는 여성이 아닐까.

흥미가 일었다. 윤해성 자신이 오랫동안 권투를 해 왔기에 더 눈길이 갈 수밖에 없다. 한밤중의 로드워크도 예사롭지 않다.

멀찍이 뛰어 나가던 여자는 어느샌가 멈춰 서 있었다.

그 여자 앞에 또 다른 여자가 서 있었다. 먼 거리여서 확실하게 분간은 되지 않았지만 동양인 같았다. 포니테일 머리가 눈에 들어왔다.

로드워크를 하던 라틴계 여자가 동양인 여자에게 뭐라고 하고 있었다. 무언가 화난 것 같기도 했다.

윤해성은 조금 더 다가가 보았다.

무언가를 이유로 맞서 있는 여자 두 사람.

윤해성은 왠지 모습을 드러내기 뭣해서 대형 입간판 뒤에 서서 지켜보았다.

라틴계 여자가 몇 마디 더 화난 목소리로 말하더니 갑자기 격투 자세를 잡았다.

권투는 아니고 종합격투기 쪽 같다. 프로의 자세였다.

저 여자는 프로 격투가였나.

그렇다면 상대는?

동양인 여자는 멀거니 서 있었다.

큰일이다. 저 동양인도 키가 크고 덩치도 있지만, 프로 격투기 선수가 마음먹고 공격하면 남자도 당해 낼 수 없다.

윤해성은 막 뛰어 나가 싸움을 말리려 했다.

하지만 늦었다.

라틴계 여자가 주먹을 뻗었다.

아. 끝장이다. 곧 끔찍한 장면이…….

하지만 동양인 여자는 바로 몸을 웅크리며 주먹을 마주 뻗었다.

동시에 튀어나온 주먹.

놀랍게도 얼굴을 강타당한 쪽은 라틴계 여자였다.

동양인 여자는 틈을 놓치지 않고 재차 상대의 안면에 원투 스트레이트를 적중시켰다.

라틴계 여자는 휘청했다.

하지만 역시 그녀는 프로였다.

급히 자세를 바로잡고는 다시 주먹을 뻗었다.

동양인 여자가 자세를 취한 건 그때였다.

무릎을 90도로 낮추더니 갑자기 뛰어올랐다.

윤해성은 그때까지 제자리에서 뛰는 서전트 점프로는 그렇게 높이 뛰어 오르는 사람을 보지 못했다.

동양인 여자는 공중에 뜬 채 라틴계 여자의 주먹을 양팔로 잡고, 오른 다리는 여자의 턱에 왼 다리는 여자의 가슴에 끼웠다. 거의 허공에서 가로로 누운 모습이었다. 그대로 라틴계 여자를 뒤로 자빠뜨렸다.

윽.

라틴계 여자는 바닥으로 뒹굴었다.

동양인 여자는 라틴계 여자의 팔을 잡은 채 양다리 사이로 비틀었다.

완벽한 암바였다.

더구나 상대가 뻗는 펀치를 잡아 공중에서 암바를 걸어 바닥에 넘어뜨리는 기술은 윤해성도 생전 처음 보는 것이었다.

아악!

팔을 비틀린 여자는 비명을 질렀다.

그 틈에 여자의 후드 티가 벗겨졌다. 얼굴이 똑똑히 보였다.

윤해성은 깜짝 놀랐다. 눈앞에 외계인이 등장하지 않는 이상 이보다 놀라긴 어려우리라.

여자는 잡히지 않은 팔로 자신의 어깨를 필사적으로 두드렸다. 항복의 표시다.

동양인 여자는 팔을 놓았고, 라틴계 여자는 벌떡 일어섰다.

그러고는 다가오지 말라는 듯 양팔을 휘젓더니 바로 등을 돌려 달려가 버렸다.

뉴욕의 뒷골목.

가로등 어스름 아래서 순식간에 벌어진 일이었다.

윤해성은 동양인 여자에게 다가갔다.

"아 유 오케이?"

여자는 윤해성을 보더니 고개를 갸우뚱했다.

밤에 남자가 다가오니 경계하지 않을 수 없다. 더구나 방금 싸움을 끝낸 직후다.

왜일까, 윤해성은 여자의 얼굴을 정면으로 보는 순간 한국인이 아닐까 싶었다.

"혹시 한국인이세요?"

"네. 그래요."

"아. 그러시군요. 저도 한국인입니다. 윤해성이라고 합니다. 이상한 사람 아닙니다."

윤해성은 여자가 경계할까 봐 이름을 먼저 밝혔다. 무엇보다 윤해성의 맑고 선량한 인상이 여자의 마음을 놓이게 했던 모양이다. 여자도 자신의 이름을 밝혔다.

"전 제니 방이에요. 한국 이름은 방수희고요."

짙은 허스키 보이스가 야성을 느끼게 했다.

"아. 네. 수희 씨. 반갑습니다."

윤해성은 그 자리, 그 상황에서는 어울리지 않는 말을 하고 말았다. 그만큼 방수희가 준 인상이 강렬했던 탓이리라.

"혹시 격투기 선수세요?"

"예전에요."

"역시 그랬군요."

윤해성은 고개를 끄덕이다가 말했다.

"근데 왜 싸움이 일어난 거죠?"

"저 여자가 뛰다가 마주 오던 제가 좀 방해됐나 봐요. 'Fuck! Yellow man!' 그러기에 제가 'Racist bitch!'라고 했죠. 그러니까 덤비더라구요."

"근데 저 여자가 누군지는 알고 싸우신 겁니까?"

"네. 알아요."

"안다구요?"

윤해성은 되묻고는 할 말을 잃었다.

저 여자가 누군지 알면서도 싸웠다니…….

잠시 후 윤해성의 눈이 번득하고 빛났다. 그가 말했다.

"수희 씨하고 꼭 나누고 싶은 말씀이 있는데요. 혹시 내일 잠깐 만날 수 있을까요?"

윤해성은 방수희에게 명함을 건넸다. 마침 가져오길 잘했다.

서울중앙지방검찰청 검사 윤해성

그 명함이 안도감을 주었던 것 같다.

"검사님이 왜요? 무슨 볼일이실까요?"

"제 직업과 관계없는 개인적인 용건입니다. 제 이모님은 여기 근처에 사시고요……."

혹시나 해서 이모의 집 주소까지 불러 주었다.

"좋아요."

그제야 방수희는 고개를 끄덕였다.

*　*　*

다음 날 만난 방수희의 느낌은 많이 달라져 있었다.

포니테일 머리는 여전했지만 여전사의 이미지는 온데간데없었다.

건강하고 밝은 여성. 그저 조금 지나치게 시크하다는 정도.

방수희는 교포라고 했다. 원래 운동을 좋아했고, 어린 시절에는 잠깐 골프를 쳤다.

그런데 엄청난 펀치력이 관계자의 눈에 띄어 격투기로 전향했다. 그 뒤로 방수희는 세계 최고의 격투기 대회 UFC에서 뛰기 위해 줄곧 운동을 해 왔다.

주 종목은 주짓수.

방수희는 뛰어난 운동신경으로 금세 두각을 드러냈다. 격투기 관계자들은 아만다 누네스를 누를 사람은 방수희뿐이라고도 했다. 챔피언 벨트가 눈앞에 있는 것 같았다.

하지만 운동을 그만두었다고 했다.

윤해성은 자신도 권투를 오랫동안 하였다고 밝히고는 말했다.

"이해가 안 가네요. 수희 씨 실력이면 이미 세계 챔피언을 하고도 남았을 텐데."

"사정이 좀 있었어요."

"어떤 사정이죠?"

"무릎을 좀 구부렸어요."

"네? 무릎을 구부리다뇨?"

"좀 많이 굽혔나 봐요."

방수희는 쓴웃음을 지었다.

"윤 검사님은 혹시 UFC 보스가 누군지 아세요?"

"데이나 화이트잖아요."

"네. 그런데 프로도 라울이라고 UFC의 실질적 2인자가 있어요. 그가 경기 일정, 출전 등을 관장하죠. 조직의 인사권자라고 할 수도 있어요."

"그렇군요. 그런데 그 사람이 무슨 관계죠?"

방수희가 전한 이야기는 이랬다.

프로도 라울은 승승장구하던 방수희를 저녁 식사에 초대했다. 동양인인 방수희를 고려했는지 고급 중식당으로 약속을 정했고, UFC의 고위 관계자들도 여럿 동석했다.

음식이 가득한 라운드 테이블.

마오타이도 열 병 정도 비워졌다.

방수희는 라울의 옆자리였다.

"제니 방은 우리 UFC의 보물이야. 론다 로우지, 아만다 누네스의 뒤를 이어 흥행을 책임질 인재지."

라울이 자랑하듯 얘기했고, 대회 관계자들도 연신 고개를 끄덕이며 맞장구쳤다.

방수희의 장래는 보장된 것처럼 보였다.

딱 그때까지만.

방수희는 아까부터 이상한 느낌을 받았다.

라울이 테이블보로 덮인 탁자 밑에서 다리를 쩍 벌리고 있었고, 그의 무릎이 자꾸만 방수희의 무릎에 닿는 것이었다.

라울이 너무나 다리를 넓혀 앉는 바람에 방수희가 무릎을 완전히 모아도 접촉을 피할 수 없었다.

치마를 입고 와 맨살이 노출된 상태.

라울은 반바지를 입고 있었다.

맨살과 맨살이 닿고 있었다.

방수희는 라울이 일부러 그런다는 강한 느낌을 받았다.

그 느낌이 틀리지 않았음이 곧 드러났다.

어.

방수희의 다리에 손이 와 닿았다.

테이블보로 가려져 있지만 분명 라울의 손이었다.

라울을 힐끗 보니 연신 방수희를 낯 뜨거울 정도로 칭찬하고 있다. 그러면서 테이블보 아래로 몰래 털북숭이 손을 뻗어 방수희의 무릎을 만지고 있는 것이었다.

방수희의 선택에는 1초도 걸리지 않았다.

앉은 자리에서 일어나며 니킥을 날렸다.

치마가 펄럭하는 순간.

퍽.

팍팍하게 뼈와 뼈가 부딪치는 소리가 났다.

방수희의 무릎에 턱을 정통으로 맞은 라울은 그 자리에서 바닥으로 굴렀다.

눈알이 뒤집혀 있었고, 입가에 거품이 삐져나왔다.

기절한 것이다.

"무릎을 좀 굽혔더니 그 끝에 라울의 턱이 있었고, 그때 끝났어요. UFC에는 더 이상 못 뛰게 된 거죠."

250

방수희는 담담하게 말했다.

하지만 그녀의 마음이 어떠했으랴.

평생을 목표로 삼아 온 UFC 무대가 물거품처럼 사라진 순간이었다.

"하필 더러운 인간한테 걸렸네요."

"알고 봤더니 피해자가 꽤 있더라구요. 어린 선수들 아니면 회사 스태프들, 직원들까지."

다른 격투기 단체에서 스카우트 제의가 있었지만 세계 최고의 UFC 무대가 아니면 방수희에게는 의미가 없었다.

윤해성이 의자를 바싹 당기며 물었다.

"요즘은 뭐 하고 지내시나요?"

"글쎄요. 운동은 계속하면서 잡을 찾고 있어요. 먹고살아야 하니까."

윤해성은 방수희를 잠시 바라보다가 결심한 듯 말했다.

"한국으로 오지 않을래요?"

"네? 한국이요?"

"제가 곧 변호사 사무실을 열 계획입니다. 거기서 일하시면 어떨까요?"

방수희는 피식 웃었다.

"전 그쪽 일이라고는 해 본 적도 없어요. 원래 전공은 경영학이고요, 나머진 운동만 했어요."

"일은 금방 배울 수 있습니다. 그 과정까지도 제가 책임질게요."

"그래도 너무 갑작스럽네요. 여기에 제 생활도 있고요."

"월 1000만 원 정도면 어떨까요."

"네?"

놀란 방수희의 눈이 새처럼 커졌다.

"그 정도면 한국에서도 그럭저럭 자리 잡고 생활하실 수 있을 겁니다. 물론 그건 기본급이고, 실적에 따라 인센티브도 제공합니다. 경우에 따라서는 그게 아마 훨씬 큰 금액이 될······."

"잠깐만요."

방수희가 손을 들어 말을 중단시켰다.

"죄송한데, 정말 검사님 맞으세요?"

윤해성은 휴대전화를 열었다. 웹사이트에 접속해 변호사협회에서 제공하는 법조인 명부를 펼쳐 보여 주었다.

서울중앙지방검찰청 검사 윤해성.

약력과 학력이 사진과 함께 떡하니 실려 있었다.

"죄송해요. 이런 말은 그렇지만 사기꾼 아니면 저한테 그런 제안을 할 리가 없을 것 같아서요."

"왜 그렇게 생각하시죠?"

"변호사 사무실 일이라고는 조금도 모르는데, 그런 거액을 제시한다는 게 말이 안 되잖아요."

"그 일만 있는 게 아닙니다."

"네?"

"물론 서류 복사하고, 장부 정리하고······ 그 일만 한다면 그 급여는 많을 수도 있겠죠. 하지만 저는 수희 씨의 특별한 재능을 사고 싶은 겁니다."

"저의 재능······ 설마 격투기 말씀하시는 거?"

"물론입니다. 전 세계 톱클래스. 무관의 제왕이시잖아요. 말뿐만이 아닙니다. 그건 어젯밤 제 눈으로 확인했어요. 이보다 더 확실한 이유가 있을까요?"

"그런데 변호사 사무실을 여실 거라면서 왜 격투기에 관심을 두세요?"

"제 사무실은 일반적인 방식의 소송수행을 하지 않을 때도 있습니다. 경우에 따라 상대는 무력을 쓸 수도 있고, 제 목숨이 위험해질 수도 있어요. 말하자면 수희 씨는 사무직원이면서 제 보디가드가 되시는 겁니다."

"보디가드를 겸한다……."

방수희는 말을 되뇌면서 고개를 갸웃했다.

"그렇게 위험한 일이에요? 한국의 변호사는 목숨을 걸고 일하나요?"

"당연히 그렇지 않습니다. 아마 그런 상황이 닥칠 일도 거의 없을 겁니다. 다만 만일의 경우, 그 한순간, 수희 씨의 힘이 필요할 수 있습니다. 그게 제 목표, 혹은 제 생명까지 구해 줄지도 모르죠. 그걸 위해서라면 그 정도 급여는 전혀 아깝지 않아요."

"……."

"그렇지 않더라도, 세계 최고의 재능을 그 정도 월급으로 쓰는 건 오히려 너무나 싼 거죠."

방수희는 잠시 생각하는 듯했다.

적어도 라울의 턱을 날리는 니킥을 할 때보다는 더 오래 생각했다.

이윽고 고개를 끄덕였다.

"좋아요. 검사님이 일하는 곳이라면 재미있을 거 같네요. 사표 내고 사무실 오픈하게 되면 연락 주세요."

윤해성은 기쁜 나머지 방수희의 손을 덥석 잡고 말았다.

그러다 아차, 하면서 급히 몸을 물리고 자신의 턱을 가렸다.

그 모습을 본 방수희는 하하하, 크게 웃었다.

* * *

이틀 뒤 윤해성은 한국으로 떠날 짐을 정리하고 나서 쉬면서 TV에 눈길을 주고 있었다.

유료 스포츠채널에서 막 UFC 여성부 생중계가 이루어지고 있었다.

챔피언 아만다 누네스의 방어전이었다.

지리멸렬하던 여성 격투기계는 수년 전 론다 로우지의 등장으로 폭발적 관심을 모았다. 무패의 여제로 군림하던 론다 로우지. 하지만 론다는 홀리 홈과의 경기에서 예상을 뒤엎고 패배했다. 사람들은 론다가 운이 좀 없었나 보다 정도로 생각했다.

론다는 절치부심해서 복귀전을 펼쳤다. 이 복귀전에서 론다 로우지는 상대의 타격으로 피떡이 된 채 패배했다. 론다는 재기불능, 프로 레슬링으로 방향을 틀게 된다. 이 복귀전에서 론다를 타격으로 완전히 잠재운 이가 바로 아만다 누네스였다.

이 걸출한 챔피언은 수년간 적수가 없었다. 발렌티나 세브첸코, 홀리 홈에 이어 타격 여제였던 '싸형' 크리스 사이보그까지 침몰시켰다.

아마 한국 기준으로 남자 중에서도 프로 격투가가 아니라면 그녀를 이길 사람은 거의 없을 것이다.

그 아만다 누네스를 상대로 이날 경기를 펼칠 선수는 여자 UFC 랭킹 1위 브라질계의 사라 버제스, 소위 '머신건 사라'였다.

이틀 전 밤 방수회에게 싸움을 걸었다가 얻어맞은 장본인이었다.

도전자의 얼굴이 클로즈업되었다.

눈가의 부은 자국.

앵커는 사라 버제스가 스파링 하다가 생긴 상처라며 떠들었지만 윤해성은 그게 방수회에게 맞은 자국이라는 걸 안다.

이날 경기는 혈투였다.

그리고 마침내 새 챔피언이 탄생했다.

아만다 누네스는 주 무기인 강력한 타격으로 사라 버제스를 압박했지만, 3라운드에서 사라에게 테이크다운을 당하고 연이은 파운딩으로 TKO패를 당했다.

사라 버제스는 환희에 찬 얼굴로 챔피언 벨트를 쳐들었다.

UFC의 새 챔피언 사라 버제스가 탄생한 순간이었다.

윤해성은 방수희가 했던 말이 기억났다.

"그날 밤 얼굴을 보고 바로 알았죠. 사라 버제스. 이틀 후에 아만다 누네스하고 시합이 있잖아요. 그래서 암바에 걸린 팔도 풀어 주고 그냥 보냈어요."

사라 버제스는 방수희 덕분에 챔피언에 오른 셈이다.

* * *

방수희를 향해 달려드는 김종신의 눈은 이미 정상인의 것이 아니었다. 일그러진 표정은 악귀 그 자체였다. 그나마 처음 만났을 때의 잘생김은 온데간데없었다.

김종신은 방수희를 향해 양팔을 잡을 듯이 쑥 내질렀다.

방수희는 상체를 획 숙였다. 이어 김종신을 향해 돌진했다.

왼발을 상대의 오른발과 왼발 사이로 넣고 머리를 김종신의 옆구리에 들이밀었다. 그 자세로 김종신의 양발을 꽉 잡았다. 왼쪽 대각선으로 왼발이 들어가며 머리로 밀어 김종신을 공중에 띄운 다음 넘어트렸다.

그림 같은 테이크다운. 마치 종합격투기 교본에나 나올 것 같은 장면이었다.

헉!

김종신은 비명과 함께 뒤로 벌러덩 넘어갔다. 전혀 예상치 못했기에 중심을 완전히 잃었고, 충격은 컸다. 김종신은 보도블록에 머리를 찧었다. 둔탁한 소리가 났다.

우윽!

비명이 또 들렸다. 비명이 채 끝나기도 전에 방수희는 김종신에게 뱀처럼 달려들었다. 부지불식간에 스며든 그림자처럼 방수희는 그의 배 위에 완전히 올라탔다.

깔고 앉은 자세 그대로 상내의 오른손을 잡아 자신의 오른쪽 옆구리 방향으로 잡아당겼다. 김종신의 오른쪽 얼굴이 완전히 비었다. 방수희는 왼 주먹으로 김종신의 얼굴을 가격했다.

억! 윽!

김종신은 맞을 때마다 비명을 질렀다.

얼굴을 이리저리 돌리고 왼손으로 커버하려 해 보았지만 소용없었다. 아마추어가 막을 수 있는 파운딩이 아니다.

방수희는 김종신 위에 올라탄 채로 말했다.

"이런 자세를 원한 거 아녔어? 내가 올라타 주는 거. 어때? 좋아? 근데 왜 앓는 소릴 내?"

"미, 미안해. 제발 그만. 그만 때려. 제발……."

김종신은 거의 울먹였다.

방수희가 다시 왼 주먹을 휙 쳐들었다.

으악, 하며 김종신이 왼손을 들어 얼굴을 가리려 했다.

방수희는 쳐들었던 왼손을 내렸다.

그러고는 김종신의 배 위에서 내려왔다.

* * *

당직 경찰은 곤란하다는 듯이 펜으로 머리를 벅벅 긁었다.

"이 여성분이 선생님을 팼다고요? 거참······."

그의 앞에는 얼굴이 피범벅 된 김종신과 멀쩡한 방수희가 앉아 있었다.

싸움이 났다는 동네 주민의 신고로 출동해 보니 이런 상황이다.

여자는 일단 가해자로서 보호자에게 연락이 필요했다. 한국에 가족은 없고, 법률사무소에서 근무한대서 고용주인 변호사에게 일단 연락을 해 두었다.

묵사발이 된 김종신은 길길이 뛰면서 여자를 고소하겠다고 했다. 진술을 마치고 나면 곧장 병원에 가서 진단서를 떼겠다는 거였다.

"이 남자가 저를 습격했어요. 그래서 방어한 것뿐이에요."

방수희가 말했다. 김종신이 버럭 소리를 질렀다.

"거짓말입니다! 이 여자 얼굴과 몸을 보세요! 멀쩡하잖아요. 내가 이 여자를 폭행했다면 이럴 리가 있겠어요?"

경찰이 차분하게 말했다.

"글쎄요. 정황으로 봐선 김종신 씨가 방수희 씨를 스토킹 한 것으로 볼 수밖에 없어요. 여자분이 방어하다가 그 과정에서 좀 다친 거 아닌가요? 여자분이 댁을 먼저 때릴 이유가 없잖아요."

김종신이 하, 하고 크게 소리를 내고 말했다.

"왜 무조건 여자 편만 들어요! 액면을 봐요, 액면을! 저 여잔 멀쩡하고, 난 맞았어요."

"그게 댁이 먼저 공격하지 않았다는 증거는 아니잖아요."

상황으로는 김종신이 불리하다. 여자를 집요하게 쫓아다니고 집까

257

지 알아 두었다가 밤길에 불쑥 나타난 건 명백하다.

김종신은 잠시 머리를 굴리다가 말했다.

"남자가 여자 좋다고 따라다닌 게 뭐 잘못입니까? 그런다고 사람을 머리가 깨지도록 패요? 이 여자는 날 자빠뜨리고, 꼼짝 못 하게 하구선 얼굴을 주먹으로 무차별 때렸어요. 그런 건 정당방위가 아니잖아요?"

"거참. 말이 좀 되는 소릴 해요. 아무렴 여자가 남자를 상대로 어떻게 그렇게 해요?"

경찰이 핀잔을 주었고, 김종신은 답답하다며 가슴을 쳤다.

하지만 오히려 방수희는 별다른 말을 하지 못했다. 김종신의 말이 거의 맞는 소리였기 때문이다.

경찰은 두통이 인다는 듯 머리를 짚으며 말했다.

"하필 그 골목은 CCTV도 없었고…… 난감하네. 아무튼 일단 진단서 떼 오세요. 상해 사건으로 접수하고 차차 수사해 보죠."

* * *

"우리 직원이 사람을 때렸다고요?"

경찰의 전화를 끊은 윤해성은 바로 옷을 챙겨 일어섰다. 주차장에서 포르쉐를 꺼내며 전기호에게 전화를 걸었다.

"……이 밤에 웬일입니까?"

졸음에 겨운 목소리.

"일이 생겼어."

"일이요? 그럼 야근 수당 주셔야 하는데요."

"수희가 사람을 팼대."

"엑? 수희 누나가요?"

전기호는 깜짝 놀라는 것 같았지만 곧 차분하게 말했다.

"하긴…… 언젠간 그럴 줄 알았어……."

"네 집에 들를게. 같이 가 보자."

"저도 가야 해요?"

"네가 할 일이 있어."

전기호는 집 앞에 나와서 기다리고 있다가 포르쉐를 보더니 침을 흘렸다.

"캬! 죽인다! 변호사님, 포르쉐였어요? 이 미끈한 라인 봐!"

"응. 이럴 때 아니야."

"와아, 난 언제 이런 거 몰아 보나."

전기호는 미적거리며 어린아이 같은 눈으로 차를 구석구석 훑었다.

윤해성이 말했다.

"곧."

"예?"

전기호는 차에서 눈을 떼고서 픽 웃었다.

"으…… 현타 오네요."

"타."

전기호가 조수석에 오르자 윤해성은 차를 바로 출발시켰다.

그가 향한 곳은 경찰서가 아니었다. 어둑어둑한 길로 들어서고 있었다. 전기호가 고개를 갸우뚱했다.

"서초 경찰서는 이쪽 길 아니잖아요?"

"경찰서로 가는 게 아냐."

"그럼요?"

"현장으로 가는 거지."

윤해성은 포르쉐를 길가에 댔다.

두 사람은 차에서 내렸고, 윤해성은 가로등 쪽을 살폈다.

"다행이야······."

중얼거리던 윤해성은 이어 주변을 두리번거렸다.

"뭐 하세요?"

윤해성이 무엇을 발견한 듯 전기호를 손으로 불렀다.

"저거 딸 수 있어?"

그가 가리킨 것은 커다란 SUV였다.

*　*　*

경찰서 사무실 문이 벌컥 열렸다.

그 기세가 맹렬했기에 경찰은 퍼뜩 뒤돌아보았다. 방수희도 덩달아 그쪽을 보았다. 이어 놀란 눈을 떴다.

경찰서 문을 헌 집 문짝 걷어차듯이 열고 들어온 이는 바로 윤해성이었다.

"누구시죠?"

경찰이 물었다.

"방수희 씨 변호인입니다."

"변호인요?"

경찰이 되물었다. 단순 상해 사건에 변호사가, 그것도 야밤에 달려온다는 건 드문 일이다.

김종신도 입을 헤벌리고 윤해성을 보았다.

"네. 저는 윤해성 변호사라고 합니다."

윤해성은 뚜벅뚜벅 걸어와 명함을 건넸다.

"윤해성 변호사님이군요."

경찰도 이름을 아는 눈치였다.

김정은을 기소한 스타 검사 출신. 동양 자동차를 고발한 변호사.

경찰은 명함 한 장이 무거운 듯 손에 꽉 쥐었다.

"아까 연락하셨죠. 우리 직원이 남자를 폭행한 것 같다고."

"아, 아까 통화하신 변호사님. 그럼 방수희 씨 보호자시군요."

"지금은 변호인으로서 왔습니다만."

"아, 네⋯⋯."

경찰은 또 긴장하는 것 같았다.

윤해성은 김종신을 가리키며 말했다.

"이 친구는 방수희 씨를 오랫동안 스토킹 해 온 남자입니다. 하마터면 오늘 밤 방수희 씨가 큰일을 당할 뻔했더군요. 경찰에도 여러 차례 보호를 요청했습니다만. 강정일 경장님."

윤해성이 굳이 경찰의 이름을 불렀다.

"경찰에⋯⋯ 보호를 여러 번 요청하셨다고요?"

"피해 여성은 무사한 모양이네요. 이거 참 다행입니다. 다치기라도 했다면 경찰 입장도 좀 곤란하셨을 텐데요. 역시 경찰이 피해자 보호에 애써 주신 덕분이겠죠? 강정일 경장님?"

윤해성은 한 번 더 경찰의 이름을 불렀다.

그는 당황한 경찰의 어깨 너머로 방수희에게 눈을 찡긋해 보였다.

방수희는 윤해성이 반가웠지만 윙크는 좀 가르쳐야겠다고 생각했다.

* * *

얼마 후 윤해성은 방수희와 같이 경찰서를 걸어 나왔다.

윤해성이 말했다.

"경찰하고 잘 얘기됐어. 아마 정당방위로 의견서 쓰고 종결할 거야."

"김종신은요?"

"아, 그 친구. 스토킹에다 폭행으로 조사를 더 하기로 했어."

"잘됐네요. 아깐 김종신이 먼저 덤볐다고 말해도 안 먹혀들던데."

"정당방위는 법전에만 들어 있지, 원래 거의 인정 안 해 주거든."

윤해성이 빙그레 웃었다.

"그 골목에 CCTV가 없었던 게 다행이었어. 영상을 봤으면 경찰도 정당방위 처리는 어려웠을 거야. 수희가 많이 주물러 줬던데?"

"어떻게 아세요?"

"연락 받고서 사건 현장으로 먼저 달려갔거든."

"왜요? 경찰서로 바로 안 오시고?"

"CCTV가 있는지 확인하려고."

"아하."

"영상이 있으면 둘러댈 여지가 없으니까. 확인부터 해야지."

"없어서 다행이네요."

"하지만 위험했어."

"네?"

"블랙박스가 있었거든. 길가에 주인 없는 SUV가 있었는데, 주차된 모양이나 상황 봐서 그 친구 차인 것 같았어. 거기 블박이 돌고 있었어. 메모리 뽑아서 영상 보니까 수희가 그 친구를 심하게 손봐 주고 있던데? 그래서 메모리는 숨겨 버렸지."

"차 문은 어떻게 열었어요?"

"기호가 열었어. 우리 전 사무장 전공이잖아. 딱 7초 만에 열더라구."

"하하. 다들 고마워요."

방수희는 길을 걸었다. 왠지 기분이 좋아졌다.

윤해성이 말했다.

"지난번 수희가 그 친구 얘기 첨 꺼냈을 때."

"네."

"내가 몸 다칠까 봐 걱정된다고 말했잖아."

"그래요. 기억나요."

"걱정대로 됐더라."

"네?"

"그 친구 몸 다칠까 걱정된다는 거였거든."

"뭐라고욧!"

방수희는 장난스럽게 윤해성의 팔을 때렸다.

문득 분위기가 묘했다.

왠지 남녀 사이에 편하게 장난친 것 같은 느낌.

윤해성도 그렇게 느낄까.

방수희는 급히 표정을 되돌렸다.

모른 척하고 길을 걸었다.

* * *

세빛섬의 유려한 곡선이 그림처럼 펼쳐진 반포한강공원.

쨍한 햇살이 잔물결에 부딪혀 무수히 부서졌다.

자전거와 행인이 교차하고, 잔디밭에서 아이들과 강아지가 뛰어놀고 있다. 여유로운 복작거림. 나른함과 따뜻함이 공존하는 그곳에서도 굳이 주차장 구석 그늘진 자리에 한 남자가 그랜저 차량을 대고 운전석에 앉아 있다.

창문이 3분의 1쯤 내려가 있다. 경치를 감상하는 것 같지는 않다. 손목시계를 연신 내려다보는 남자의 표정은 짜증에 절어 있다.

"별것 아니기만 해 봐. 검사를 가지고 논 죄로 확 그냥."

남자가 네 번째로 시계를 쳐다보았을 때 조수석 문이 열리며 한 여자가 탔다.

"박재훈 검사님이세요?"

나긋나긋하지만 세련되고 또 빈틈없는 목소리. 한이수였다.

조수석에 앉는 한이수를 본 박재훈 검사의 눈이 커졌다. 자신을 만나러 온 사람이 예상과 달랐던 모양이다.

"제보 전화 주신 분입니까?"

조금 전의 짜증이 온데간데없는 정중한 음성이었다.

"네."

"양다곤 회장 고발 건에 대해 중요한 제보가 있으시다고요."

"네. 그래서 제가 전화를 드렸어요."

"죄송하지만, 어떤 분이시죠? 양다곤 회장하곤⋯⋯."

"양다곤 회장의 비밀을 알기에는 너무 동떨어진 사람 같아서요?"

"네에⋯⋯ 솔직히 중년 이상 나이의 남성 정도로 생각했습니다. 전화는 그냥 여성분을 시켜서 한 줄 알았는데. 여성분 본인이 제보자일 줄은 몰랐습니다."

너절너절 길어지는 박재훈 검사의 말에 한이수는 굳이 설명하지 않고 본론으로 직행했다.

"양다곤 회장 고발 건이 무혐의를 받았고, 거기에 대해 항고가 들어와서 지금 재수사 여부를 검토하고 계신 거로 알아요. 맞죠?"

"그렇습니다. 그 건은 우여곡절이 있었죠. 아니, 있는 중이죠. ⋯⋯아무튼 뭐 그렇습니다."

"이렇다 할 증거가 없었나 보죠. 1차로 무혐의 나왔고, 재수사를 할지도 쉽게 결정 내리지 못하고 있는 걸 보면."

"글쎄요. 증거가 있었는지 없었는지는 수사에 관한 사항이라 말씀드리기 곤란합니다만."

한이수는 손에 쥐고 온 봉투를 박재훈 검사에게 내밀었다.

"한번 봐 주세요."

"뭡니까."

박재훈이 심드렁하게 봉투를 받아 들었다. 안에는 종이 두 장과 USB 메모리가 들어 있었다.

종이를 꺼내 들여다보던 박재훈의 눈이 휘둥그레졌다.

"이, 이건?"

그러고는 바로 목을 쭉 빼서 한이수를 보았다.

"이거 양다곤 이메일 계정인 거죠?"

"네."

"양다곤에게 이메일로 배터리 결함이 보고되었군요!"

"그런 내용이에요. 양다곤 회장은 배터리 결함을 알았던 거죠. 그래도 생산을 강행했고."

박재훈은 종이에서 눈을 떼고 의심스럽다는 듯 한이수를 쳐다보았다.

"그런데 누구십니까? 어떻게 이런 자료를 갖고 계시죠?"

"한이수라고 해요. 양다곤 회장의 비서죠."

"아! 그렇군요. 그래서 이런 메일을……."

박재훈은 탐욕스러운 표정을 지었다. 수사를 담당한 검사로서 핵심 증거를 손에 쥘 때만큼 즐거운 순간이 있을까. 한이수는 박재훈의 얼굴을 보고 조금 안심한 기분이 되었다. 이 사람은 수사할 의지가 있어.

박재훈이 고개를 들었다.

"그런데 왜 이 증거를 저한테 주시는 거죠?"

"양다곤 회장이 싫어서라고 해 두죠."

"흐음……"

박재훈 검사는 무언가를 더 말하려다가 그만두었다. 한이수의 입에서 깊은 사정은 여기서 나오지 않을 것이다.

"저로선 도박이에요."

"도박?"

"솔직히 검찰에도 양다곤 회장의 입김이 분명히 미치죠. 그래서 1차 무혐의 받은 거 아니겠어요? 물론 검사님들 다 그렇다고는 믿지 않아요. 대충 말하면 반반이죠. 박재훈 검사님이 어느 쪽일지 전 알 수 없어요. 이 증거를 제보한 건, 박 검사님이 후자 쪽일 거라는 데에 걸고 하는 거예요."

"걱정 마십쇼. 그런 거라면 제대로 찾아오셨습니다."

박재훈은 씩 웃었다.

"그런가요?"

한이수가 박재훈의 눈을 들여다보았다.

"그 점은 전화 통화로 어느 정도 재 보셨던 것 같은데요?"

"어느 정도는……"

"제가 좀 꼴통이거든요. 목에 힘주는 사람들 보면 배알이 틀려서요."

한이수는 조그맣게 웃었다.

"그렇담 다행이구요."

"이 증거는 큰 도움이 될 겁니다. 일단 이걸로 재수사를 개시할 수 있을 거고요, 압수수색 영장도 받아 낼 거고요. 더 나가면 구속까지도."

"구속까지요? 하실 수 있겠어요?"

"재벌은 재벌대로 방법이 있겠지만요, 검사는 검사의 노하우란 것도 있습니다. 이를테면."

박재훈은 이를 한껏 드러내고 미소 지었다.

"이를테면요?"

"이런 증거로 양다곤을 깊숙이 치고 들어가면, 아니, 깊게 들어갈 것처럼 겁주면, 그때 피의자들이 반드시 하는 행동이 있습니다."

"뭐죠?"

"증거인멸."

"증거…… 인멸……."

"정확히는 시도겠죠. 그런데 그 증거인멸 시도야말로 정면으로 구속영장 발부 사유거든요."

"일종의 토끼몰이…… 같은 거네요."

"그렇게 이해하셔도 좋습니다. 우린 이제 같은 편이니까요."

먹잇감을 앞에 둔 박재훈이라는 늑대가 지금 침을 흘리고 있다.

한이수의 신뢰가 조금 더 올라갔다.

"같은 편이라시니까 부탁이 있어요."

"뭡니까, 얼마든지요."

"제가 이메일을 제보한 게 드러나지 않도록 해 주세요. 유출 경로는 비밀로."

"물론입니다. 그런 거 표 내지 않고도 얼마든지 족칠 수 있습니다."

"믿을게요."

"감사합니다. 양다곤 회장의 최측근에 계신 분이 협력해 주시다니, 천군만마입니다."

"혹시 앞으로도 제가 도울 일 있으면 도울게요. 다만 요즘엔 아빠한테 일이 좀 있어서, 당장은 좀 어렵지만요……."

"알겠습니다. 나머진 저한테 맡겨 주세요."

박재훈은 자신만만하게 말했다.

한이수는 고개를 가볍게 숙이고는 차에서 내렸다.

* * *

여주교도소 제3호 접견실 문이 열리며 한도균이 들어왔다.

한 달이 넘은 구치소 생활에 몰골이 초췌해져 있다.

빗지 않은 머리는 덤불 같고 주름 가득한 얼굴은 세상 풍파를 정통으로 맞은 듯하다.

"안녕하세요. 변호사님."

한도균은 허리를 꾸부정하게 구부려 인사를 했다.

무기력한 노인.

이 사람에게 위협을 느낄 사람은 없을 것 같다.

최소한 몽둥이를 들고 사람을 두드려 팰 야성은 조금도 보이지 않았다.

"고생이 많으시죠?"

"나보다 이수가 고생이죠. 못난 아버지 때문에……."

"합의는 안 되었습니다."

"아……."

한도균의 눈동자가 크게 흔들렸다. 이어 목이 푹 꺾였다.

합의만이 나갈 수 있는 길이라고, 큰 기대를 걸었던 모양이다.

"상대방이 무리한 요구를 해서요."

"얼마를 달라고 했나요?"

한도균이 다시 고개를 들고 간절한 눈빛을 보냈다.

얼마라도 마련해 보겠다는 애처로운 의지가 담겨 있었다.

"지금 살고 계신 전셋집을 빼도 턱도 없을 만큼의 액수였답니다."

"아······."

탄식 같은 음성이 새어 나왔다.

한도균의 눈에서 힘이 빠졌다. 남아 있던 기대도 같이 빠져나갔다.

"어쩔 수 없지요······."

한도균은 바람이 빠져 버린 튜브처럼 맥없이 고개를 떨구었다.

윤해성은 한이수가 피해자가 입원한 병원으로 합의하러 갔다가 성희롱을 당한 사실은 말하지 않았다.

"그걸 알면 아버지가 심하게 자책할 거예요. 절대 말하지 마요."

한이수의 부탁이었다.

윤해성이 몸을 앞으로 기울였다.

"이젠 재판에 집중할 수밖에 없습니다."

"어차피 합의 못 하면 나갈 가망이 없다고······."

"그래도 최선을 다해야겠죠."

"네. 부탁드립니다."

하지만 노인의 말투에 희망의 기색은 전혀 없다.

윤해성이 말했다.

"국민참여재판을 신청하려 합니다."

"국민참여재판이요?"

"네. 배심재판 같은 겁니다."

"그거······ 시민들이 와서 재판하는 거잖아요."

"그렇죠."

"너무 창피하고 부끄러운데······ 이 나이 돼서 화를 주체 못 하고 그런 어리석은 짓을 했다는 게······."

안색이 붉으락푸르락하다 못해 거무스름하게 변해 갔다. 체면을 중시하는 나이다. 많은 사람들 앞에 선다는 게 더 부담스러울 법하다.

"그렇지만 직업 법관이 하는 재판보다 유리할 수도 있습니다."

"유리하다고요?"

"네. 물론 불리할 수도 있습니다. 결국 우리 쪽이 하기에 달렸죠."

"……어떻게 해야 하나요?"

"제게 다 맡기세요. 선생님은 그냥 지금 대로만 하십시오. 공소장만 보면 포악한 인간으로 그려지겠지만, 이런 선생님 모습을 보면 그렇지 않구나, 하고 생각할 겁니다."

"네……."

내키지 않는 표정이었지만 변호사가 그렇다는 데야 딱히 반박할 수가 없다.

무기력하게 대꾸하던 한도균이 문득 고개를 들었다.

"이수는 어떻게 지냅니까? 가족은 접견 와도 5분밖에 얘기를 못 하니…… 그나마 자기는 괜찮다고만 하고."

"씩씩합니다. 걱정하실 만한 일은 전혀 없습니다."

역시 한이수한테 부탁받은 말이다. 아버지가 걱정할까 봐 무조건 잘 지내는 거로 되어 있다.

실은 한이수가 아버지 이야기를 하며 눈가가 빨개지는 모습을 여러 번 보았다. 그 차가운 도시 여자도 실은 감정에, 가족에 지고 있었다.

"불쌍한 아이예요……."

"네에."

"어린 시절 엄마가 죽고…… 하지만 이수를 혼자 키우면서도 난 조금도 힘들지 않았습니다. 늘 아빠 마음을 먼저 헤아리고, 단 한 번도 날 걱정시키지 않았어요. 오히려 내가 의지를 많이 하며 살아왔죠. 남들은 아버지가 아이를 바른길로 인도한다지만 이수가 없었다면 내가 막살았을지도 몰라요."

"마음 씀씀이가 깊은 분이더군요. 주변도 많이 배려하고."

하지만 부친이 모르는 면도 있을걸.

한도균이 모르는 곳에서 벼락처럼 분출하는 에너지를 가진 여자.

합의서로 간 보며 질팍대던 유남근을 박살 낼 만큼.

"못난 아버지 땜에 지금 얼마나 힘들까……."

"갑자기 선생님이 구속돼서 좀 놀랐겠지만 그 정돈 아닐 겁니다."

"이 일도 이 일이지만…… 거기서 일하면서 자기 처지도 너무나 힘들고 어려울 텐데……."

한도균은 말끝을 흐렸다.

"걱정이 지나치신 것 같습니다. 한울 모터스란 데는 다들 못 들어가서 안달인 직장 아니겠습니까. 더구나 비서실은 선망의 대상이죠."

윤해성은 뻔한 위로를 전하면서도 한편으로 의아했다.

이 사람은 왜 이런 말을 할까.

아버지는 잘나가는 딸에게도 늘 미안한 걸까.

한도균의 어두운 낯빛은 접견을 마칠 때까지도 끝내 풀리지 않았다.

* * *

윤해성은 박시영과 함께 서령대학교 유전자 분석 연구실에 와 있었다.

서령대학교 김근배 교수에게 부탁한 유언장 DNA 감정이 끝났다는 전갈이었다.

김근배 교수는 환하게 웃으며 손을 내밀었다.

"그 유명하신 윤해성 변호사님이군요."

"김 교수님, 도와주셔서 감사합니다."

"천만에요. 최신 감정 기술을 테스트해 볼 좋은 기회이기도 했어요."

김근배 교수는 김민호 교수의 유언장과 함께 감정서를 내밀었다.

"아무래도 감정서를 읽는 것보다는 말로 좀 설명해 드리는 게 낫겠죠."

"네. 실은 저도 그편이 좋습니다."

윤해성은 받아 든 유언장과 감정서를 책상 위에 내려놓고, 김근배 교수의 입을 쳐다보았다. 교수가 말했다.

"우선 유언장에 지문이 몇 개 나왔는데 그 부분은 감정 대상에서 뺐습니다. 우리가 지문 감정 전문도 아니고 해서요."

"네. 지문 감정은 당시 경찰도 했습니다. 아버지 것만 나왔죠. 나머지는 발견자하고 경찰이 만진 거였고요. 그래서 이번엔 유언장에 묻은 피에 대해서 감정 요청을 드렸습니다. 20년 전 국과수 감정에서 저희 아버지 피라고 판명은 났습니다만, 최신 기술로는 훨씬 정밀하게 감정이 가능하다는 말을 들어서요. 혹시 오류는 아닌지, 다른 DNA는 없는지 알고 싶었습니다."

김근배는 잠시 침묵하다가 말했다.

"다른 사람의 DNA가 있었습니다."

"그렇습니까?"

윤해성은 흥분한 기색을 감추었다. 교수가 이어 말했다.

"피는 아니고, 땀이나 침일 가능성이 있습니다. 그 당시 누군가 재채기라도 했을지 모르죠. 하여간 타인의 체액이 핏자국에 섞여 들어가 있었습니다. 20년 전의 검사에서는 못 밝혀냈을 겁니다. 워낙 극미량이어서요."

"그러니까 분명히 김민호 교수님 말고 다른 사람의 DNA가 나왔단 거죠?"

"네. 분명히 나왔습니다."

"네에……."

윤해성은 입술을 지그시 깨물며 마음의 격동을 숨겼다.

옆에 있던 박시영이 물었다.

"그 다른 사람이 누군지는 알 수 없는 거죠?"

김근배 교수는 머리를 저었다.

"알 수 없죠. 우리나라는 전 국민의 DNA 자료가 없어요. 살인이나 성폭행 같은 강력범죄자들의 DNA만 채취되어서 대검에 데이터베이스화되어 있지요. 그래서 만약 범인이 그런 중범죄 전과자라면 바로 신상이 나오지만, 그렇지 않으면 이게 누구의 것인지 지금으로선 전혀 알 수 없는 거죠."

"의심되는 사람의 DNA가 있어야 검사할 수 있단 거네요."

"그렇죠. 비교대상이 있어야 합니다. 대조할 사람의 DNA가 필요해요."

얼마 후 윤해성과 박시영은 서령대학교 교정을 걸어 내려오고 있었다.

윤해성이 말이 없다 싶었다. 생각에 잠긴 듯한 모습. 박시영은 그런 그를 내버려 두었다.

윤해성의 발걸음이 조금 휘청거렸다. "잠깐만." 하더니 옆 건물 벽을 짚고 숨을 몰아쉬었다.

"괜찮아?"

박시영이 묻자 윤해성은 그제야 무언가에서 깨어난 것 같았다.

"어……."

"감개가 남다를 것 같은데. 20년간의 의혹이 사실로 드러났잖아."

273

"······나 지금 심장 뛰고 있냐."

윤해성은 박시영의 팔을 들어 자신의 가슴에 가져다 댔다.

무언가에 홀린 듯한 행동이어서 박시영은 조금 당황했다.

손에 와 닿는 윤해성의 심장 박동.

박시영은 손끝이 떨리는 걸 감추어야 했다.

이런 식의 행동은 예전 대학생 시절에 늘 하던 거였는데. 지금은 기분이 왜 이럴까.

"응. 좀비는 아니야."

박시영은 장난스럽게 말하며 팔을 뺐다.

"분명히 아버지가 자살이 아니라고는 믿고 있었어. 하지만 눈앞에서 분명한 증거를 보고 나니까······."

윤해성은 말을 잇지 못했다.

"그럴 거야. 어떻게 안 그럴 수 있겠니."

박시영은 잠시 지켜보다가 말했다.

"이제 어떻게 할 생각이야? 바로 경찰에 고발?"

윤해성은 고개를 저었다.

"이미 20년 전에 무혐의를 받은 사건이야. 유전자 검사만 갖구서 재고발 해 봤자 경찰은 꿈쩍도 안 할 거야. 운이 좋아 수사가 재개된다 해도 강력범 DNA만 대조해 볼 수 있기 때문에 범인의 자료가 거기에 없다면 허탕이야. 그러다가 이 건이 외부에 알려지거나 언론을 타 버리면 우리 정체만 양다곤 측에 탄로 나고 모든 계획은 수포로 돌아가. 지금 단계에서 재고발 하는 건 너무 섣불러. 더 확실한 무언가가 있어야 해."

"어떤 근거?"

"유언장에 묻은 DNA의 주인을 찾아내야지."

"그렇다면……."

"양다곤의 DNA가 맞는지를 확인해야 해. 만약 아버지 유언장에 뜬금없이 양다곤의 체액이 묻어 있다는 것만 확인된다면 그땐 망설일 이유가 없지. 살인으로 재고발할 거야. 그럼 경찰도 수사에 착수하겠지. DNA만큼 결정적인 증거는 없으니까."

"그렇다면 이제 양다곤의 DNA를 구하면 되는 거네."

"……쉽진 않아. DNA는 구강세포나 머리카락 같은 데서 검출되는데, 가족이 아니면 손에 넣기 어려워."

"그래도 20년 만에 길이 보이는 거잖아. 정말 잘됐다."

윤해성이 그윽한 눈길로 박시영을 쳐다보았다.

"시영아."

"왜."

"고마워."

"뭘. 그냥 아는 교수님한테 전화 한 통 걸어 준 건데."

"그것도 그렇지만."

"응."

"지금 옆에 있어 줘서."

박시영은 물끄러미 마주 보다가 팔을 슥 뻗어 윤해성의 어깨에 둘렀다.

"뭘, 친구끼리 당연한 거지!"

조금 전 윤해성의 가슴에 손끝이 닿았을 때의 떨림은 멈춰 있었다.

한편으로는 가슴에 불안한 의문이 돋아났다.

과연 유언장에 묻은 게 양다곤의 DNA일까.

해성이가 섣불리 기대하는 건 아닐까.

그러다 박시영은 생각을 접었다.

윤해성이 실망할 만한 생각은 하고 싶지 않았다.

교정에 땅거미가 지고 있었다.

* * *

한도균에 대한 재판은 수원지방법원 여주지원에서 열렸다.

사건의 무대인 한도균의 집은 양평이고, 양평은 여주지원 관할이기 때문이다.

첫 기일인 이날은 공판준비기일.

향후 재판을 두고 양측의 입장이나 증거를 정리하는 절차인데, 명칭만 그럴 뿐 공판이나 크게 다를 것은 없다.

한도균의 죄명은 특수상해.

먼저 검사가 공소사실 요지를 낭독했다. 기소 내용만 보면, 한도균은 생활 소음을 못 참고 몽둥이를 들고 갑자기 쳐들어가 선량한 이웃을 무자비하게 두드려 팬 미치광이였다.

한이수는 마음이 아팠다. 자신이 아는 아버지와는 너무나 다른 사람이 그려져 있었다.

판사가 윤해성에게 물었다.

"피고인 측 입장은 어떻습니까?"

"다 인정합니다."

판사가 당연하다는 듯 고개를 끄덕끄덕했다.

증거는 명백하다. 부인하려야 부인할 수 없는 사건이다.

이어 판사는 검사에게 어떤 증거가 있는지 물었고, 검사는 증거목록을 제출했다.

"증거에 대한 변호인 입장은 어떻습니까?"

"전부 동의하겠습니다."

"그럼 검사는 증거를 모두 제출해 주십시오."

검사는 얇은 수사기록을 참여관에게 건넸고, 참여관은 그 기록을 법대에 앉은 판사에게 전달했다.

마치 컨베이어 벨트처럼 일사천리로 진행되는 재판을 보며 한이수의 낯빛은 어두워졌다. 재판에 대한 불안이자 변호인인 윤해성에 대한 불안이었다.

저 사람은 과연 진지하게 변호할 마음이 있는 걸까. 아버지를 악마로 그려 낸 검찰의 기소를 인정했고, 피해자 위주로 꾸민 증거들에도 주저 없이 동의해 버렸다. 이래 놓고서 남은 재판을 어떻게 하려는 거지? 이럴 거면 변호사가 무슨 소용이야.

혹시.

요즘 서초동 변호사들이 사무실 운영이 어려워 영업에 혈안이라는데 수임료 100만 원이라도 챙기려고 무작정 수임한 걸까?

한때는 윤해성이 고마웠다. 터무니없이 적은 수임료로 사건을 맡아 주었다. 아버지를 접견하러 구치소도 다녀왔다. 아버지는 변호사를 만난 후 마음이 좀 편해졌다고 했다. 적게 받고도 열심히 하는 것 같아 좋았다. 심지어 자기한테 관심이 있어서 그러나 싶어 괜히 싱숭생숭하기도 했다.

하지만 법정에서 지금까지 보인 모습은,

실망이었다.

윤해성이 일어나 말했다.

"피고인은 국민참여재판을 신청합니다."

"참여재판이요……."

판사는 난감한 듯 말을 끌다가 "알겠습니다." 했다.

판사는 국민참여재판 신청을 좋아하지 않는다.

일반 재판보다 시간과 품이 많이 들고, 무엇보다 자신의 판단 권한을 상당 부분 시민에게 뺏기는 게 싫은 것이다.

아무튼 피고인 본인이 원한다면야 절차상 거부할 수는 없다. 결국 판사는 저 떨떠름한 얼굴로 참여재판을 수용한 것이다. 힐끔 보니 검사의 표정 또한 좋지 않다.

한이수의 마음에 또 불안감이 출렁였다.

주변 사람들이 국민참여재판은 '모 아니면 도'라고 했다. 결과가 좋든지, 아니면 훨씬 나쁘든지. 예측이 더 어렵고, 그래서 불안하다. 양날의 검이다.

합의를 못 했으니 실형은 각오하고 있다. 하지만, 참여재판으로 진행했다가 자칫 잘못하면 너무 과한 형벌을 받을 위험도 있다. 윤해성은 무슨 자신감으로 국민참여재판을 신청한 걸까. 차라리 중형의 위험이 적은 직업 법관의 재판을 받는 게 낫지 않을까. 그나마 예측 가능한 형량을 받는 게 안전하지 않을까.

윤해성이 번거롭게 국민참여재판을 신청한 것에 보복이라도 하듯 검사가 말했다.

"아까 누락한 게 있는데요, 증거를 추가하겠습니다."

판사가 검사 쪽으로 고개를 돌렸다.

"뭡니까?"

"증인을 신청하겠습니다. 피해자 유남근입니다."

판사가 의아한 듯 말했다.

"피고인이 증거는 전부 동의했잖습니까. 유남근 씨 경찰 조서도 물론 포함이고요. 굳이 법정에 나와서 증언할 필요 없습니다."

증거에 동의한 건 저런 유리한 점도 있구나.

유남근이 법정에 나와서 좋을 건 하나도 없다.

필시 그 역겨운 얼굴을 들이밀고 아버지에 대해 악의적인 진술을 잔뜩 하고 가겠지.

하지만 변호사가 유남근의 경찰 조서에 동의를 해 버렸기에 원칙적으로는 그가 법정에 나올 일이 없는 것이다.

한이수는 고개를 끄덕이며 처음으로 윤해성의 변론에 납득했다.

그리고 증인신청이 기각되기를 빌었다.

하지만 검사는 한 번 더 밀어붙였다.

"피해자 본인이 꼭 법정에 나와서 증언하고 싶다고 합니다. 배심재판으로 진행되는 만큼 시민들에게 생생한 증언을 들려줄 필요가 있다는 의견입니다."

판사는 순순히 고개를 끄덕였다.

"그렇다면 알겠습니다. 채택하겠습니다."

결국 채택되고 말았다.

얻어맞은 피해자가 법정에 나와 좋은 말을 해 줄 리가 없다. 더구나 유남근의 비열함은 분명하게 경험하지 않았던가. 굳이 법정에 나오려고 하는 건, 우리를 엿 먹이려는 거야. 지난번 병원에서 자신한테 욕들은 것 때문에 앙심을 품은 걸까.

한이수는 윤해성을 보았다.

대책은? 준비하고 있겠지?

하지만 윤해성은 입도 벙긋하지 않았다.

유남근의 증인 채택에도 무심한 얼굴이다.

역시 무관심. 무성의.

아무래도 변호사를 잘못 고른 것 같아.

100만 원짜리 변호사란…….

한이수는 몰래 한숨을 쉬었다.

* * *

양다곤은 분을 주체하지 못했다.

서울중앙지검에 아침부터 불려가 일곱 시간의 조사를 마치고 돌아온 참이다.

배터리 고발 건이 무혐의로 종결되었나 싶더니 돌연 수사를 재개하기로 했다는 통보였다. 그것만으로도 뒷목을 잡고 넘어갈 일인데, 검사는 건방지기 짝이 없었다.

"어린놈의 새끼가 감히!"

박재훈 검사의 머리에 재벌 회장에 대한 예우 따위는 그림자조차 들어 있지 않았다.

그렇다고 그가 정의파여서는 아니다. 큰 건 하나 해서 출세하려는 것뿐이다. 양다곤이라는 거물을 잡아서 화려한 경력을 채우려는 거다.

양다곤은 그렇게 생각했다. 그러니 더욱 화가 머리끝까지 치밀었다.

출세욕으로 똘똘 뭉친 주제에 감히 날 훈계하려 들어?

박재훈은 거세게 몰아붙였다.

"'오딘' 전기자동차의 배터리 결함을 알고 있었죠?"

"몰랐습니다."

"회장이 모를 수 있어요?"

"보고받지 않았으니 모를 수밖에요."

"콩가루 기업이네요."

"에?"

"지금 당신 말은, 생산라인에서 회장한테 알리지도 않고 결함투성

280

이 차를 생산했단 거잖아요. 그게 콩가루가 아니고 뭡니까."

박재훈은 이죽거렸다. 그보다 더 화난 건 호칭이었다.

'당신? 지금 나더러 당신이라고 했나! 이 개미 같은 자식이!'

양다곤은 화가 불끈 치밀어 올랐다. 하지만 차마 검사 앞에서 폭발할 수는 없었다. 평소라면 일개 평검사에게 눈길도 주지 않겠지만 지금은 다르다. '피의자' 양다곤에게 검사는 저승사자와 같다. 무조건 머리를 숙여야 할 때.

참자, 참자…….

그런데, 박재훈 검사는 또 들쑤셨다.

"아, 회장이 허수아비라서 그런가?"

양다곤의 비위가 상할 대로 상했다.

기억이 나지 않았다. 근 10년간 자기 앞에서 이렇게 말한 인간은.

양다곤은 울컥하고 말았다.

"허수아비라니! 말조심하쇼!"

박재훈 검사의 안색이 싹 변했다. 조금 전까지 비아냥이었다면 지금은 분노를 띠고 있다.

"회사가 콩가루도 아니고, 허수아비도 아니라 이거요?"

"아니요!"

"그렇다면, 그렇게 멀쩡한 회사라면 당연히 회장으로서 보고를 받았겠네요?"

양다곤은 말문이 막혔다. 검사의 공격이 이어졌다.

"보고한 이메일과 서류는 왜 다 폐기했죠?"

"폐기한 적 없습니다. 수사해서 나오지 않으면 폐기한 거요?"

"어느 날짜 메일이 통째로 없어요. 폐기한 게 아니면 뭡니까?"

"그, 그건…… 잘 모르는…… 비서실에서 알아서 한 거겠죠."

양다곤은 버벅거렸다.

"그럼 역시 콩가루 아니면 허수아비인 거잖아!"

박재훈 검사는 숫제 반말로 소리쳤다.

그동안의 조사와 달랐다. 검사는 이날따라 자신만만하게, 기세등등하게 양다곤을 몰아붙였다. 무슨 증거라도 확보한 걸까. 하지만 박재훈은 자신 손바닥 안의 패를 절대 보여 주지 않았다.

아무튼, 다그치기만 했던 양다곤이 남한테서 다그침을 당한 건 모욕이었다. 돌이켜 보면 더 화나는 건 그 상황에서 매끄럽게 받아치지 못하고 주눅이 들어 우물쭈물 초라한 모습을 보였다는 사실이었다.

'새파란 놈이!'

양다곤은 거듭 이를 갈았다.

생각할수록 화가 났다.

화도 화지만 이대로는 저 밉살스럽고 출세욕에 눈먼 박재훈이 겨눈 칼이 턱밑까지 다다를 판이다.

회장실 안을 왔다 갔다 하던 양다곤은 책상 위의 인터폰을 눌렀다.

"법무팀장 오라고 해."

잠시 후 회장실 문이 열리고 최윤식 팀장이 모습을 나타냈다.

"중앙지검장은 어떻게 된 거야!"

양다곤은 다짜고짜 소리를 질렀다.

"내가 오늘 조사받으러 간다고 말 넣어 두지 않았나?"

최윤식은 파랗게 질렸다.

"그, 그게 저희 법무팀에 중앙지검장 연수원 동기가 있어서 전화했는데 연락이 통 안 된답니다. 아무래도 일부러 전화를 피한 것 같습니다."

"박재훈 위에 부장 선은?"

"부장검사 라인도 연결해 봤습니다. 외부의 동기 변호사를 통해서 자리까지 마련했고요. 근데 우리 회사 사건 이야기를 꺼내자마자 도망쳐 버렸답니다. 아무래도 직접 수사하고 있는 실무급들이니까 몸조심들을 하는 것 같습니다."

"그래서."

"네?"

"그게 다야?"

최윤식은 고개를 푹 숙였다.

"비싼 월급 받고, 법무팀이 왜 있어? 그쪽에 검사장, 법원장, 부장 출신 변호사들 특별수당 약속하고 다 끌어다 놨는데, 정작 사건이 터지니까 아무짝에도 도움이 안 되고 있잖아!"

"죄송합니다."

"무능한 것도 정도가 있지, 이럴 거면 법무팀 해체해!"

"죄송합니다."

최윤식의 목소리가 점점 기어들어 갔다.

"내가 대체 무슨 잘못을 했단 거야? 배터리 결함이니 나발이니, 그딴 것 하나 보고받았다고 범죄가 돼? 사람을 죽여도 버젓이 나돌아 다니는 놈들 수두룩해! 수천억 해 먹고도 멀쩡한 놈들이 이 나라에 몇십, 몇백 명인지 알아? 내가 뭘 어쨌다고, 왜 나만 가지고 다들 난리야! 내가 사람을 죽였어, 뭘 했어? 법무팀은 대체 뭐 한 거야? 내가 살인을 막아 달라고 했나? 겨우 이딴 것 하나 못 막아서야 무슨 소용이야!"

양다곤의 음성이 회장실을 쩌렁쩌렁 울렸다. 그의 분노는 말을 하며 더욱 고조되어 갔다. 최윤식은 '죄송합니다'만 연발했다.

양다곤은 그런 최윤식을 지긋이 노려보았다.

한심한 것들.

오늘 박재훈 검사에게 당한 모욕이 큰 만큼 법무팀의 무능에도 크게 화가 났다.

"나가 봐!"

양다곤의 말이 떨어지자 최윤식은 회장실 문을 조용히 닫고 나갔다.

그가 나간 뒤 양다곤은 소파에 앉아 분을 가라앉혔다.

이윽고 휴대전화를 꺼냈다.

"이런 일도 내가 직접 나서야 하나!"

혼자 역정을 내며 휴대전화 연락처 목록에서 누군가를 찾아 통화 버튼을 눌렀다.

벨이 네 번 울린 후에 연결됐다.

"아, 나요. 김 장관."

상대는 법무장관 김치원이었다.

가벼운 안부 인사가 오간 후 양다곤이 말했다.

"오늘 말이요, 중앙지검에 들어갔다 나왔는데, 검사 한 명이 아주 문제 있더라구. 아무래도 법무부 장관이 감찰을 좀 해야겠어요. 담당을 바꾸어 주든가……."

상대는 음성이 변하면서 양다곤의 말을 싹둑 잘랐다.

"법무부 장관은 검찰청법에 따라 개별 수사에는 관여할 수 없습니다."

"아니, 김 장관. 그게 아니라……."

"그럼 이만 들어가겠습니다."

"아, 아니……."

뚜.

전화가 끊겼다.

"여보세요, 여보세요!"

외쳤지만 당연히 메아리는 없다.

양다곤은 휴대전화를 팽개치려다가 간신히 참았다.

좀팽이 자식!

정작 일 생기니까 지 몸보신부터 먼저 생각하고 있어!

너무 사건을 직접적으로 얘기했나.

하긴 장관이래 봤자 공무원.

직접 청탁을 받는다 싶으면 부담스럽겠지.

우리나라도 예전 같진 않아.

일하기엔 옛날이 좋았지…….

양다곤은 전화 한 통이면 다 해결되던 시절에 대한 그리움에 잠시 잠겼다.

잠시 후 목록에서 다른 이름을 찾아 눌렀다.

"아, 정 총장!"

아까보다는 더 살갑게 불렀다.

상대는 검찰총장 정건섭이었다.

"아, 양 회장님!"

무척 반가워하는 기색이다.

음. 이 친구는 역시 말이 통하겠군.

"지난번 라운딩 같이 한 뒤로 오랜만이오."

"그러게 말입니다. 자주 인사도 못 드리고."

"요즘 사건이 많아서 정 총장이야말로 격무겠더만. 운동도 좀 하고 그럽시다."

"아, 그럼요. 조만간 라운딩 한 번 더 하시죠. 회장님은 건강하시죠?"

"내가 좀 건강하지 못한 일이 있어서."

"어디 편찮으십니까?"

"요새 시답잖은 일로 조사를 좀 받고 있어요. 중앙지검에 박재훈 검사라고……."

상대 쪽의 공기가 냉랭해지는 걸 전화기 너머로도 감지할 수 있었다.

정건섭 검찰총장이 양다곤의 말을 끊었다.

"아! 회장님. 지금 급한 전화가 오네요. 제가 다시 연락드릴게요."

정건섭 검찰총장은 그 말을 남기고 돌연 전화를 끊어 버렸다.

뚜.

개자식들!

양다곤은 휴대전화를 소파에 내팽개쳤다.

"그동안 기름칠한 게 얼만데, 이제 와서 다들 모른 척하고 있어!"

도무지 분이 풀리지 않았다.

"배은망덕한 것들! 쌍놈의 인간들! 하여튼 먹물들은 거두는 게 아니야!"

양다곤의 낯빛은 붉어지다 못해 거무칙칙해졌다.

* * *

한남동의 주택가.

성채 같은 집 안쪽을 높은 담장이 완벽히 가리고 있다. 집 한 채가 거의 한 구획을 차지하고 있다. 이들의 부를 가늠할 수 있는 사람은 없다. 그저 아는 건 수도꼭지를 틀면 물이 나오듯이 돈이 콸콸 쏟아진다는 것뿐.

담쟁이덩굴이 귀신처럼 기어 올라간 담장 옆길을 윤해성이 걷고 있다. 그가 지나치고 있는 집은 이 동네에서도 가장 큰 것 같다.

"어, 시영아, 이람 법률사무소 명의로 경비 결제했어."

윤해성은 통화를 마치고 휴대전화를 넣었다. 김근배 교수 연구실 통장으로 유전자 검사 경비를 이체했다는 사실을 박시영에게 알리는 통화였다.

옆에서 전기호가 터덜터덜 걷고 있다. 윤해성이 이태원에서 비싼 밥을 사 준다니 그저 좋다고 따라나선 거였다.

윤해성이 느닷없이 말했다.

"이 집은 어때?"

"어떻다뇨?"

전기호가 눈을 크게 뜨고 되물었다.

"좀 사는 거 같아?"

윤해성은 이 동네에서 가장 긴 담장을 자랑하는 집을 눈으로 가리켰다. 안은 들여다보이지 않지만 규모로만 보면 가장 부자라고 해도 틀린 말은 아닐 것이다. 전기호는 입에 거품을 물었다.

"농담합니까? 이 정도면 좀 사는 게 아니죠. 재벌 클래슨데. 변호사님 간이 너무 커졌어요."

"오늘의 막말은 그 정도로 하고, 이 집 안에 좋은 거도 많겠지?"

"당연한 말씀."

"여기 들어가서 물건 훔쳐 올 수 있어?"

전기호가 힐끔 옆을 보더니 에이, 하며 고개를 젓는다.

"이런 덴 안 돼요."

"우리나라 넘버원 도둑도 안 된다는 거야?"

"저기, 저기, 저기 보세요."

전기호는 손을 들어 하나씩 가리키며 말했다.

"온통 세콤에다, 적외선에다, 저쪽에는 방범초소도 있네요. 담 넘는 순간 바로 업체로 연락 가요. 들어간대도 현관조차 통과 못 하죠. 투명 인간쯤 되면 몰라도 저런 데는 안 돼요."

"안 되는구나. 쯧. 기대가 컸는데."

"「미션 임파서블」같은 영화 생각하시는 거죠? 그런 건 영화니까 가능하지, 실제론 안 돼요. 도둑들이 제일 많이 터는 데가 어딘지 아세요? 열쇠는 복잡하지만 부자인 집? 노우. 그저 문이 열려 있는 집이에요. 문 당겨 보다가 열려 있으면 들어가서 들고 나오는 겁니다. 저런 첨단은 못 뚫어요. 시도하는 순간 바로 깜빵 예약이죠."

"아. 그런 건가."

윤해성은 터덜터덜 발걸음을 옮겨 그 집 담장을 지나쳤다.

"와아, 근데 집 정말 크다. 재벌 회장쯤 되겠는데요."

재벌 회장 집이 맞다.

전기호는 그 재벌회장이 양다곤인 줄은 알지 못했다.

윤해성은 아쉬웠다. 양다곤의 머리카락 몇 올만 가져오면 바로 DNA 대조를 할 수 있는데.

하지만 집에 침입할 방법이 없다. 윤해성이 아는 한 최고의 도둑인 전기호가 금방 확인해 주었다.

전기호를 현장에 데리고 나오기 이틀 전 한이수에게 슬쩍 물어본 적이 있었다.

"양다곤 회장님은 몇 년째 혼자 사시잖아요?"

"네…… 뭐 그렇죠."

한이수가 대답을 머뭇거리는 게 조금 이상하다고 생각했지만 그 느낌은 금세 지나갔다. 장유나의 존재를 선뜻 말하기 곤란해 잠시 주저했다는 걸 그때는 알지 못했다.

"그 큰 집에 청소 같은 건 어떡하나 몰라. 아, 물론 사람을 쓰시겠죠?"

"그렇죠."

"어떤 분이시죠?"

윤해성은 솔깃해서 물었다. 양다곤의 집에 출입하는 살림 도우미만 알아낼 수 있다면 어떻게든 접촉해서 거래해 볼 수 있다.

양다곤 회장의 머리카락 몇 올만 가져다주시오, 돈은 얼마든지…….

"혹시 외국인 도우미를 쓰시는 겁니까? 재벌들은 집안의 비밀이 새어 나가지 않게끔 일부러 한국말 못하는 외국인을 데려다 쓰기도 하지 않습니까?"

하지만 한이수의 대답은 기대를 산산조각 냈다.

"아뇨. 양 회장님을 어릴 때부터 키워 온 유모 같은 분이 계세요. 회장님은 이모님이라고 부르는데, 그분하고 그분이 소개한 친구분, 이렇게 두 분이 집안일을 봐 주세요. 그분들도 다른 일손이 필요할 땐 철저히 믿을 만한 사람들만 불러다 쓰구요. 회장님이 사람을 좀 못 믿으세요. 그래서 가깝고 믿을 만한 사람 아니면 신변에 관한 일을 맡기질 않거든요. 이모님들은 회장님을 친아들처럼 생각한다고 해요."

"그렇군요……."

윤해성은 수상한 질문을 덮듯 느닷없이 크게 웃고는 말을 덧붙였다.

"핫핫핫, 역시 배울 게 많은 분이야! 역시 믿을 만한 사람을 써야죠!"

이쪽은 포기. 가족 같은 사람이라면 괜히 매수 시도했다가 이쪽 정체만 탄로 난다.

내부가 안 된다면 외부다. 그래서 이날 전기호를 데리고 와 양다곤의 집 담벼락을 보여 준 것이다. 담을 기어오를 수 없을까. 스파이더맨?

하지만 대답은 접근 불가.

역시 다른 방법을 찾을 수밖에 없다.

* * *

    수원지방법원 여주지원은 특이한 입지를 갖고 있다.

    법원 건물이 마치 폐허에 뚝 떨어진 돌덩이 같은 모습으로 허허벌 판에 서 있다. 주변은 논밭 아니면 공지에 가깝다. 여주 도심까지는 차를 타고 한참을 달려야 한다. 관공서가 들어섰으니 앞으로 개발의 여지는 있겠지만 현재의 모습은 외딴집에 가깝다.

    이곳 2호 법정에서 한도균의 두 번째 재판기일이 열린다.

    이번 재판은 국민참여재판으로 진행된다. 지난 공판준비기일에 윤해성이 참여재판을 신청한 때문이다.

    한이수는 방청석 맨 앞줄에 앉아 마음을 졸이고 있었다. 오늘 아버지의 운명이 결정된다.

    윤해성은 그랬다. 배심재판은 '바람'을 타는 것이라고. 그날의 재판 분위기가 어떻게 흘러가는지가 중요하다고 했다. 아버지 한도균은 오늘 어떻게 배심원들에게 어떻게 비칠까. 미치광이? 아니면 불쌍한 노인네?

    방청석에서 봤을 때 오른편이 변호인과 피고인석, 왼편이 검사석이다. 배심원석은 검사석 뒤편 자리를 조금 높게 만든 곳에 있다.

    배심원 선정과정에서 검찰과 변호인의 두뇌싸움이 치열하다고 들었는데, 윤해성은 특별히 신경 쓰는 것 같지도 않았다.

    한이수는 배심원들을 찬찬히 훑어보았다.

    일곱 명의 배심원 연령은 다양했다. 남녀의 비율은 반반. 모두 무표정하다.

    아직은 아무것도 가늠할 수 없다.

법대 위의 판사를 바라보며 검사가 기소 내용을 읊었다.

"피고인은 평소에 위층의 생활 소음에 불만을 가지고 있던 중, 사건 당일 저녁 8시 20분경 위층에서 다시 약간의 소음이 들리자 이에 보복할 마음을 품고 현관문 근처에 놓여 있던 위험한 물건인 박달나무 막대기를 들고 2층으로 올라갔습니다. 2층 벨을 눌러 피해자 유남근이 나오자 막대기로 피해자의 두부와 허벅지를 무차별 가격하여 전치 8주에 이르는 상해를 입혔습니다."

판사가 윤해성에게 물었다.

"피고인 측은 공소사실을 인정합니까?"

"네. 인정합니다."

윤해성은 순순히 대답했다.

판사는 윤해성 옆에 앉은 한도균에게도 같은 질문을 했다.

한도균은 고개를 푹 숙이며 역시 "예." 하고 대답했다.

다음 순서로, 검사가 일어서서 증거 목록을 읊었다.

"에…… 증거로는 피고인이 진술한 조서, 피해자 유남근이 진술한 조서, 피해자 아내 서민희의 진술조서, 범행에 사용한 몽둥이 사진, 피해자의 상해 사진, 8주 진단서, 관련 판결문이 있습니다."

판사가 물었다.

"증거에 동의합니까?"

윤해성은 모두 동의한다고 했다.

한이수의 낯빛이 어두워졌다.

공판준비기일에서 예견된 거였지만 다시금 불안과 불만이 찾아들었다.

저 사람 과연 진지하게 변호할 마음이 있는 걸까…….

"피고인 측에서는 내실 증거 있습니까?"

"하나 있습니다."

"뭐죠?"

"영상증거입니다."

"영상증거요?"

판사가 의아하게 되묻는 동안 윤해성은 USB 메모리를 법원참여관에게 건넸다.

"피고인의 집에서 측정한 층간소음 영상입니다."

윤해성이 증거에 관해 설명했다.

판사가 말했다.

"피고인 측이 증거로 내시겠다니 말릴 수야 없지만, 이 사건은 층간소음 분쟁이 아니라 어디까지나 상해 사건임은 알고 계시죠?"

판사의 말에 불신이 가득 차 있다. 젊은 변호사가 재판 실무도 모르고 분쟁의 핵심도 비껴간 엉뚱한 소송수행을 하고 있다는 질책성 멘트였다.

하지만 윤해성은 개의치 않는다는 듯 대답했다.

"물론입니다."

"그럼 지금 법정에서 영상을 틀어 보는 방법으로 증거조사를 실시하겠습니다."

판사가 말했다.

검사가 내는 진술증거는 피고인 측의 동의가 필요하지만 피고인 측이 내는 증거는 검사의 동의가 원칙적으로 필요 없다.

법원실무관이 배심원단 맞은편 벽에 흰 스크린을 내렸다. 그리고 법정의 불을 껐다.

화면에는 집이 비치고 있었다.

한이수에게 익숙한 곳, 한도균의 집이다.

영상 속에는 남자의 손이 보이고, 그는 소음측정기를 들고 있었다. 위층에서 전해지는 층간소음을 측정하려는 모양이다.

한이수는 답답했다. 판사 말대로 이 사건은 상해사건인데. 기껏 증거를 하나 낸다면서 저런 걸 하지? 더구나 층간소음의 특성상 실제 생활하는 사람은 크게 느끼지만 영상이나 소리로 녹음하면 거의 들리지 않는다.

저거 하나 해 놓고 변론했다며 면피하려는 걸까.

변호인에게 주어진 귀중한 변론기회를 저런 걸로 날려 버려도 되는 걸까.

몇 분간 소음측정기에 찍힌 수치는 45데시벨.

차가운 숫자와 함께 영상이 멈췄다.

배심원들의 표정에도 별다른 변화가 없어 보였다.

"그럼 검찰 측 증거에 대한 조사가 있겠습니다."

판사가 말했고, 검사가 의기양양하게 일어섰다.

"전치 8주 상해를 입었다는 의사의 진단서가 있습니다."

의사의 진단서가 스크린에 떴다.

배심원들이 표정에는 이번에도 별 변화가 없다.

배심재판 전에 윤해성이 해 준 말이 떠올랐다.

'배심원들은 서류 증거에는 별로 관심이 없어요.'

그 점은 검사도 잘 알고 있는 듯했다.

검사는 이어 말했다.

"그럼 다음 증거로 범행 직후 병원에서 찍은 피해자의 피해 사진을 보여 드리겠습니다."

벽면 스크린에 커다란 남자의 얼굴이 떴다. 2층 남자 유남근이었다.

한이수에게는 혐오스러운 그 얼굴. 하지만 배심원들에게는 아닌 밤중에 홍두깨로 두드려 맞은 불행한 피해자일 뿐이다.

유남근은 머리에 붕대를 감고 있었고, 붕대에는 피가 번져 있었다. 붕대를 칭칭 감은 다리 사진도 비쳤다. 전신사진도 두 컷 나왔는데, 머리와 다리에 붕대를 감고 있으니 마치 미라 같은 모습이었다.

배심원들의 얼굴에 비로소 표정이 떴다. 그들은 사진을 보며 인상을 찌푸렸다. 얼굴을 돌리는 이도 있었다.

'전치 8주'라는 말보다 몇 장의 사진이 주는 시각적 효과는 훨씬 컸다.

사실 이 사진 증거는 굳이 필요하지 않았다. 피해자가 다쳤다는 사실은 이미 진단서로 입증되어 있으니까. 그런데도 검사는 굳이 사진을 법정에 비추어 배심원단의 감정에 호소한 것이다.

아아, 끝장이다.

한이수는 머리를 감싸 쥐었다.

배심원들은 분노하고 있다. 피에 대해, 붕대에 대해, 아버지의 범죄에 대해.

설상가상, 판사가 말했다.

"다음 검찰 측 신청에 따라 피해자인 유남근 씨에 대한 증인신문을 실시하겠습니다."

검찰은 2주 전 공판준비기일에서 유남근에 대한 증인신문을 신청했고, 채택되었다.

판사가 배심원들을 향해 말했다.

"참고로 말씀드리겠습니다. 유남근 씨의 진술조서는 피고인 측이 동의해서 이미 증거능력이 있습니다. 이번 증인신문은 조서의 증거능력을 부여하기 위한 것이 아니라 증인 본인이 원해서 진행되는 것이니 양형에 참고하시기 바랍니다."

배심원들이 알아듣기 힘든 말을 빠른 속도로 읊고 난 후 판사는 다시 정면을 향했다.

"증인 유남근 씨. 앞으로 나오세요."

방청석에서 유남근의 머리가 불쑥 솟았다.

그를 보자 한이수는 오히려 조금 안심이 되었다.

'배심원들도 100킬로그램이 넘어 보이는 저 거구를 보면 층간소음이 꽤 있었겠구나, 하고 생각할 거야. 게다가 뻔뻔한 저 인상은 거부감을 줄 거고.'

한이수는 희망을 추측으로 바꾸어 가늠해 보고 있었다.

하지만 유남근의 머리에 감은 붕대에 피가 번져 있는 모습이 배심원들의 감정을 자극할 거라는 불리한 상상은 애써 피하고 싶었다.

유남근은 지금쯤은 나았을 것이 틀림없는 다리를 굳이 절뚝거리면서 증인석에 다가왔다. 이어 증인선서를 한 후 증언대에 앉았다.

검사가 물었다.

"증인은 피해자로서 법정에서 진술하고 싶다고 하셨지요?"

"네."

한이수의 선입견일까, 목소리도 상스럽다.

"그럼 당시 피해 상황을 자유롭게 진술해 주십시오."

유남근은 피고인석에 앉은 한도균을 쳐다보았다.

증오가 담겨 있다.

너도, 네 딸도 내가 엿 먹일 거야. 그런 심경일까.

"먼저 말씀드리지만, 저희 가족은 그렇게 큰 소음을 내지 않았습니다. 저 사람이 예민한 거였어요."

한도균은 입술을 꾹 깨물고 있었다.

큰 소음이 아니었다니. 골이 흔들릴 정도였다. 어쨌든 사람이 미쳐서 몽둥이를 들 정도의 소음이었다.

하지만 이곳은 법정이다. 억울한 말을 들어도 입을 열어 반박할 수 없다.

한이수는 가슴이 답답해졌다.

"그날 저녁에 가족들하고 소파에 누워 TV를 보고 있는데 벨이 울리더라고요. 열어 보니 아래층 저 사람인 겁니다. 눈알이 시뻘게져 있더라고요. 마치 귀신이 올라온 줄 알았어요. 놀라서 겁을 먹고 문을 닫으려는데 다짜고짜 몽둥이를 휘둘렀습니다."

유남근은 자신이 얼마나 잔인하게 얻어맞았는지, 얼마나 크게 다쳤는지를 입에 거품을 물며 이야기했다.

한이수는 증언이 이어지는 동안 차마 배심원들을 쳐다보지 못했다.

심기가 더 불편해졌을 것임이 명백하다.

"피고인의 딸이 합의하자고 찾아왔지만 너무 불쾌했습니다. 진정성 있는 사과는 없고 그저 합의서만 달라는 겁니다. 합의금으로 얼마를 원하냐고 해서, 금액을 얘기했더니 많다면서 버럭 화를 내더군요. 그게 사과하고 합의하려는 사람의 태도입니까! 사람 때려 놓고 반성도 하지 않는 피고인을 엄하게 처벌해 주십시오!"

이 말이 하고 싶어서 나온 모양이다.

개자식!

한이수는 욕설을 삼키며 주먹을 꼭 쥐었다.

암담했다.

이 정도면 끝났다. 배심원들이 좋게 볼 리가 없다.

여기서 한이수가 합의하러 찾아갔다가 성희롱을 당한 사실을 밝힌다면 분위기가 반전될 수도 있을 것이다.

하지만, 한이수는 재판에 들어오기 전에 윤해성에 말했다.

"제가 그 남자한테 성희롱적인 말을 들었단 건 법정에서 이야기 안 했으면 좋겠어요."

"왜죠?"

"그걸 알면 아빠 마음이 더 아플 거예요. 자기 잘못 때문에 딸이 그런 꼴 당했다고……."

"알겠습니다. 그 얘긴 뺄게요."

윤해성은 아무렇지 않게 대답했다. 그런 말 없이도 얼마든지 변론이 된다는 자신이 있는 듯했다.

하긴 성희롱을 당했다고 해 봐야 뻔뻔한 유남근은 부인할 거고, 오히려 피해자 측이 반성 없이 피해자를 모함한다고 몰고 가 상황이 악화될 수 있다.

유남근은 의기양양하게 열변을 토했다.

"이웃끼리 좀 참고 이해하면서 살아야지, 그걸 번번이 올라와서 싸움 걸고, 말다툼하고 말이야. 사람이 그러면 안 되지!"

유남근은 증언하다 말고 한도균에게 큰 소리로 훈계했다. 그러다 다시 배심원을 향해 말했다.

"그동안 살면서 그런 일이 한두 번이 아니었어요. 저도 계속 참았다고요. 사람이 살다 보면, 예? 소음도 생기고 애들도 좀 쿵쿵거릴 수도 있는 거고, 그렇잖습니까? 예? 소음 안 내는 사람 있습니까? 다 이해하고 넘어가야지, 좀스럽게 뭘 그런 걸 갖고 일일이 따지고……."

그때였다.

우르르 광광 컬컬컬컬!

법정을 뒤흔들 만큼 커다란 소리가 들려왔다.

굴착기로 돌을 깨는 듯한 소리였다. 공사는 법정 바로 옆에서 진행

되는 듯했다. 방청석 의자가 덜덜 떨릴 만큼 격렬한 진동이 전해졌다.

갑작스러운 소음에 배심원들은 인상을 찌푸리며 두리번거렸다. 판사는 좌우를 돌아보았고, 검사도 움찔하는 기색이었다. 방청석에서는 수군수군 말소리도 들렸다.

'별것 아닌 소음'을 강조하며 유남근이 몇 마디 더 말을 했지만 거의 덮여 버렸다.

유남근은 서둘러 증언을 마쳤다. 소음에 묻혀 자신의 마지막 말이 제대로 먹혀들지 않은 것에 화가 났는지 벌게진 얼굴을 하고서 법정을 떠났다.

검사가 일어나 증거 설명을 하였지만 그 의미는 소음과 진동에 완전히 묻혀 버렸다.

덜덜덜 쿵닥쿵닥 갸르르르!

배심원들의 이마가 잔뜩 찌푸려졌다.

판사도 난감한 표정을 지었다.

곧 끝나겠지.

다들 그런 생각을 가졌을지 모른다.

하지만 소음은 계속 이어졌다.

검사가 다음 증거를 설명하고, 또 다음 증거를 설명하고, 또 다음 증거를 설명할 때까지.

우르르 쾅쾅 켈켈켈, 조금도 쉬지 않는다. 바닥은 진동했다.

방청객 중 상당수는 견디지 못하고 밖으로 나가 버렸다.

배심원들의 얼굴이 붉으락푸르락했다. 소음은 견디기 힘든데 방청객처럼 자리를 뜨지도 못한다.

그나마 판사는 꾹 참는 기색이었다. 하지만 그 역시 직업이니 어쩔 수 없다는 체념일 뿐.

검사는 증거 설명을 마친 후 땀을 삐질삐질 흘리며 논고를 이어 갔다.

비슷한 사건에서 징역형을 받은 사례들이 차례차례 스크린에 비쳤다.

"본 사건과 유사하게 몽둥이를 들고 때려 6주 상해가 나온 사건에서 징역 1년을 선고받은 사례가 있으며…… 다음 사건을 보시면 역시 위험한 물건인 의자를 들고 사람을 때려 전치 8주가 나왔고 피해자와 합의가 안 된 케이스인데, 징역 1년 6월을 선고받았으며……."

판결문이 하나하나 등장하고 검사가 설명했지만 배심원들은 원망스러운 눈길로 검사를 쳐다보았다.

지금 저따위 판결문이 중요해? 어서 재판을 끝내란 말이야!

당신은 일인지 모르지만 우리는 남의 재판에 무슨 곤욕이냐고!

한이수도 아버지의 재판이기에 망정이지 소음을 참고 재판을 참관하는 일은 큰 고역이었다.

꽤 오래 견디던 옆자리의 중년 남자가 결국 밖으로 나가면서 중얼거렸다.

"야, 이거 정말 돌아 버리겠네!"

아마 배심원들도 그러리라.

* * *

허허벌판에 우뚝 선 여주지원 주변은 대부분 나대지다.

한도균의 재판이 열리고 있는 제2호 법정의 바로 옆 땅도 그랬다.

그 황폐한 토지 위에서 굴착기 두 대가 열심히 일하고 있었다.

우르르르 쾅쾅 카르르르!

연신 땅을 파고 돌을 박살 내고 있었다.

두 대의 굴착기를 운전하는 사람은 방수희와 전기호였다. 두 사람은 큰 헤드폰을 끼고서 음악을 들으며 콧노래까지 부르고 있다.

방수희의 귀로 전기호의 음성이 들려왔다.

"언제까지 해야 된대?"

"재판 끝나고 배심원 평결할 때까지. 변호사님이 따로 신호를 준댔어."

"근데 누나 하루 배운 것치곤 포크레인 운전 잘한다. 엄지 척!"

"네가 중장기 면허를 갖고 있었단 게 놀라워. 도둑질 손 씻고 갱생하려고 했니?"

"누나, 이럴 거야!"

전기호가 소리쳤지만 방수희는 통화를 끊었다.

두 사람은 다시 음악을 연결했고 콧노래를 부르기 시작했다.

* * *

검사의 기나긴 증거 설명이 끝났다.

배심원들의 짜증 섞인 표정에는 이 재판에 괜히 왔다, 하는 후회가 가득했다.

"그럼 증거조사를 마치겠습니다. 피고인신문 하시겠습니까?"

검사가 윤해성에게 물었고, 윤해성은 "하지 않겠습니다."라고 했다.

배심원들의 얼굴에 안도의 빛이 지나갔다.

"그럼 종결하도록 하고요. 검사님, 구형하시죠."

검사가 일어섰다.

말이 많은 검사.

배심원단의 시선이 곱지 않다.

우르르 쾅쾅 걸걸걸!

그 와중에도 공사 소음은 쉬지 않고 울리고 있었다.

이 사건 검사는 좀 눈치가 없었다.

논고를 준비해 온 듯 종이를 집어 들고 읽기 시작했다.

"몽둥이는 형법상 위험한 물건에 해당하며 따라서 이를 가지고 사람에게 상해를 입힌 것은 형법 제258조의 2 특수상해죄에 해당하는 바, 동 죄는 징역 1년 이상 10년 이하에 해당하는 중범죄입니다. 본 사건은 일상적으로 흔히 있을 수 있는 층간소음 문제를 정상적인 법 절차에 따르지 않고 직접 폭력을 행사함으로써 해결하려 한 중대한 법치주의의 위반 사건입니다. 피고인은 법 준수 의식이 중대하게 결핍된 인물로서 피해자와 합의에도 이르지 못했고……."

검사는 그게 업무니까 공사 소음이 있다고 해도 준비한 대로 논고를 하였겠지만 배심원단 입장은 다르다. 각자 생업에 종사하던 사람들이다. 아무 관계도 없는 남의 사건으로 법정에 강제로 소환돼서는 배심원 의자에 앉아 있는 것이다. 저 미칠 것 같은 공사 소음에 시달리면서.

검사의 법치주의, 법 준수 구호는 마음은커녕 귀에도 가닿지 않는다. 적어도 지금은.

검사의 꽤 긴 논고가 끝나고, 판사가 말했다.

"변호인, 최종변론하시죠."

윤해성이 일어섰다.

배심원들의 눈빛이 간절했다.

아아. 짧게. 제발 짧게. 당신을 믿어요.

"부디 우리 시민의 관점에서 피고인을 보아 주시기 바랍니다."

윤해성은 배심원단을 향해 그 말만을 하고는 자리에 앉았다.

배심원들은 안심하는 눈빛을 넘어 숫제 고마워하는 표정들이었다.

"그럼 재판을 마치고, 배심원단의 평결 후 곧 판결을 선고하겠습니다."

판사가 재판 종결을 선언했다. 배심원들이 우르르 퇴장했다.

이제 배심원 평결실로 돌아가겠지만 그렇다고 귀를 때리는 소음을 피할 수는 없다.

2호 법정 옆에 바로 붙어 있는 평결실 역시 공사현장 바로 옆이니까.

그들은 이제부터 굉음을 친구 삼아 평결을 해야 한다.

한도균은 교도관들의 호위 아래 법정 옆 피고인 대기실로 들어갔고, 윤해성은 서류를 챙겨 변호인석을 나오고 있었다.

한이수가 다가갔다. 윤해성이 눈을 찡긋했다.

"평결은 오래 걸리지 않을 거예요."

그의 말대로였다. 배심원 평결은 의견을 나누고 토의도 하면서 최소 서너 시간은 걸리고, 때에 따라서는 자정을 넘기기도 한다. 하지만, 이번에는 최단 시간 내에 끝났다.

20분 만에 선고한다는 통지가 윤해성의 휴대전화로 날아왔다.

한이수와 윤해성은 커피 한 잔을 채 다 마시지 못하고 다시 법정에 들어갔다.

법정에 들어가기 직전 윤해성은 어디론가 전화를 했다.

"이제 됐어. 그만해도 돼."

"어디에 전화하신 거예요?"

"우리 팀에게요."

윤해성은 씩 웃었다.

판사가 들어왔고, 모두 자리에 앉았다.

저녁을 넘긴 시각. 배심원은 모두 집에 돌아갔고, 검사도 자리에 없다. 윤해성과 한도균만이 자리를 지키고 있다. 방청객은 한이수 혼자다.

소음마저 멎은 법정은 쓸쓸했다.

한도균의 모습은 그래서 더 애잔해 보였다. 운명을 앞둔 아버지의 심정은 어떨까.

판사가 판결문을 집어 들었다.

"선고하겠습니다."

이어 메마른 음성으로 판결문을 읽어 내려갔다.

"배심원단 의견을 받아들여 피고인에게 다음과 같이 선고합니다."

한이수는 침을 꿀꺽 삼켰다.

윤해성은 희미하게 웃고 있었다.

"피고인 한도균을 징역 1년에 처한다."

헉. 징역 1년.

한도균은 울 듯한 얼굴이 되었다.

하지만 판사의 말은 끝나지 않았다.

"다만, 이 판결 확정일로부터 2년간 형의 집행을 유예한다."

집행유예.

아.

석방!

유예의 기간 따위는 문제가 아니다.

무슨 말이 더 필요하랴.

그 끔찍한 곳에서 나오는 것만으로도.

한이수는 자신도 모르게 눈물이 났다.

수의를 입은 한도균도 고개를 푹 숙이고 어깨를 들썩이며 오열했다.

웃고 있는 유일한 사람은 윤해성이었다.

* * *

"……그러니까 포크레인을 빌려서 일부러 법정 바로 옆에서 땅을 판 거였군요."

"우리 팀원들이 고생했죠."

"배심원들은 다들 죽을 것 같은 표정이더라구요. 몽둥이가 옆에 있다면 자기들도 당장 들 것 같은……."

재판이 끝나고 한도균의 집에 가는 길.

윤해성이 한이수의 차를 운전하고 있다.

오랜만에 보는 한이수의 미소 띤 옆얼굴을 윤해성이 신기한 듯 힐끔거렸다.

뒷좌석에 앉은 한도균은 차창에 머리를 대고 밖을 내다보고 있다. 이제 밤이 되어 어둠뿐이지만 얼마나 보고 싶었던 바깥일까.

한도균이 불쑥 혼잣말처럼 했다.

"하마터면 나만 감방살이 할 뻔했어……."

나만? 무슨 말이지?

윤해성이 룸미러로 한도균을 흘긋 보았다. 한이수는 당황한 듯 뒤돌아보았다.

"아빠, 이제 나왔는데 왜 자꾸 그런 생각을 해. 말 그만하고 좀 쉬어."

한도균은 "그래……." 하고는 다시 창밖으로 시선을 돌렸다.

윤해성은 한이수가 아버지의 입을 막은 듯한 느낌을 받았다. 그렇다고 무슨 일인지 물어볼 수는 없다. 실은 관심도 없다. 다른 집안 사정까지야.

한도균은 집에 돌아오자마자 잠에 곯아떨어졌다.

한이수는 아버지를 먹먹한 듯 한참 바라보다가 방을 나왔다.

"깨실지 모르니까 잠깐 나갈까요?"

한이수와 윤해성은 집 밖으로 나와 계단에 나란히 앉았다.

멀리 마을의 불빛이 아스라했다. 밤하늘엔 무수히 많은 별이 떴다. 양평의 밤하늘은 이렇게나 맑은지.

한이수는 툭 던지듯이 말했다.

"미안해요."

"네?"

"윤 변호사님을 한때 오해했어요. 법정에서 너무 무성의한 게 아닌가 싶어서요. 수임료 조금 받더니 딱 그만큼만 일하려나 생각도 했구요. 미안해요. 오해해서. 윤 변호사님은 누구보다 좋은 분이세요……."

한이수의 말에 진심이 묻어 있었다. 비록 자신을 좋은 사람이라고 생각한 거야말로 오해 같지만. 한이수의 재판을 맡은 건 다른 의도가 있었으니까. 어쨌든.

한이수의 목소리가 참 포근하다.

이 밤에 어울려.

윤해성은 문득 한이수와의 거리가 무척 가깝다는 걸 깨달았다. 앉을 때부터 위치 선정이 조금 잘못되었다. 연인도 아닌데 이런 거리라니.

그렇게 느낀 때부터 무언가 불편해졌다.

불편해진 건 자신의 심장 박동이었다.

이게 뭐지.

윤해성은 떨쳐 버리려는 듯 말했다.

"오해했으면 밥으로 보상하시는 건 어때요?"

불쑥 말을 뱉어 놓고서 윤해성은 자신도 놀랐다.

한이수와 가까워지려는 심산은 있었지만, 지금은 계산한 말이 아니었다. 여자에게 이런 말을 해 본 적이 있었던가.

말이 잘못 나와 버렸다!

다시 담을 수 없을까!

하지만 한이수는 방긋 웃었다.

"좋아요."

다행이다.

윤해성은 콜록콜록, 하며 마른기침을 두세 번 했다.

* * *

"안녕하세요!"

하이톤의 맑고 깨끗한 목소리가 이람 법률사무소를 두드렸다. 한이수가 환하게 웃으며 들어오고 있다.

"안녕하세요. 언니."

"이수 누나, 어서 오세요!"

방수희와 전기호가 일어서서 환한 웃음으로 맞이했다.

재판을 준비하면서 한이수는 사무실에 자주 들렀었다.

"이거 연트럴파크에서 유명한 마카롱이래요."

"이건 고로케 맛집!"

"달짝지근한 슈크림 빵 좀 드세요."

그녀는 올 때마다 핫플레이스나 유명 디저트카페에서 사 온 간식거리나 과자를 사 들고 왔다.

방수희와 전기호가 끔뻑 넘어갈 만하다.

"지난번에 너무 수고들 많으셨어요. 감사했습니다. 그리고 이건 별

거 아닌데……."

한이수는 쇼핑백을 하나씩 방수희와 전기호에게 건넸다.

"와아, 언니. 감사해요."

방수희가 방긋 웃었다.

"뭘 이런 걸 다! 고맙습니다!"

전기호가 호들갑을 떨었다.

포장을 풀어 보니 하나는 스카프, 다른 하나는 벨트다. 둘 다 명품 브랜드.

"영수증 넣어 놨으니까 다른 거로 교환하셔도 돼요."

"와! 이거 너무 예쁘다!"

방수희는 스카프를 목에 둘러 보고는 어린아이처럼 좋아했다.

"맘에 드신다니 다행이에요."

"아니, 정말 예뻐요. 전 스카프 같은 건 모르는데, 이렇게 예쁜 게 있는 줄 몰랐어요!"

방수희의 반응을 보아하니 그냥 인사치레의 말은 아닌 듯하다.

전기호는 벨트를 허리에 갖다 대며 말했다.

"와, 누나, 고마워요! 몸에 걸쳐 본 것 중에 젤 비싼 거예요!"

전기호의 말에 한이수가 웃었다.

"두 분 다 어떻게 감사를 드려야 할지 모르겠어요. 우리 아빠 재판 땜에 몇 시간이나 굴착기 운전하구."

"기호가 고생했죠. 나한테 중기 조작도 가르쳐 줬구."

"좀 짜증 나더라구요. 누나가 너무 빨리 배워서. 난 며칠 버벅댔는데."

전기호가 넉살을 부리는데, 문이 열리고 윤해성이 방 밖으로 나왔다.

"이수 씨. 안녕하세요."

한이수는 윤해성을 보자 환하게 웃으며 남은 쇼핑백을 건넸다.

"고생하셨어요. 인사드리러 잠깐 들렀어요."

"아니, 뭘 이런 걸 다."

윤해성이 쇼핑백을 받으며 말했다.

한이수가 깔깔깔 웃었다.

"'뭘 이런 걸 다'라니, 무슨 매뉴얼 있어요?"

윤해성이 쇼핑백을 열어 보니 남자용 반지갑이다. 지갑에는 'Y.H.S.'라고 윤해성의 이니셜이 각인돼 있다. 얼마나 마음을 써서 준비한 선물인지 느낄 수 있다.

전기호가 들여다보더니 말했다.

"나 이런 거 첨 봐. 지갑에 이니셜을 박았네."

"와, 언니. 이 디테일 무엇!"

방수희도 감탄했다.

해성은 지갑을 들고서 말했다.

"감사합니다. 오늘부터 제 돈은 전부 여기로 들어갑니다."

"하하, 멀쩡한 지갑 버리진 마시구요."

"근데…… 지갑은 너무 맘에 드는데."

윤해성이 말했다.

"네?"

"이걸로 때우고 저녁 안 사시는 건 아니겠죠?"

한이수가 방긋 웃으며 말했다.

"걱정 말아요. 그건 별개니까. 대신 뭘 살진 내 마음이에요."

"좋아요. 김밥천국도 오케입니다."

"그 정도 자세면 됐어요."

"안으로 오시죠. 차 한잔하세요."

윤해성과 한이수는 같이 방으로 들어갔다.

"와아, 변호사님은 밥도 얻어먹기로 한 거야? 하여간 저 누나, 섬세하고 배려심 많고. 어떤 남자가 데려갈까?"

전기호는 한이수가 사라진 윤해성의 방문을 보며 말했다.

대답이 없다.

"누나?"

전기호가 방수희를 불렀다.

"어. 어?"

방수희는 잠깐 딴생각을 한 듯하다.

손에는 스카프를 쥔 채다.

"왜 멍하게 서 있어?"

"아, 아니."

전기호는 나름의 상황 이해를 하고는 씩 웃으며 말했다.

"스카프에 뻑이 갔구먼. 됐어. 누난 여기 있어. 차는 내가 갖고 들어갈게."

전기호는 한이수의 얼굴을 보는 것만으로도 좋은 모양이다.

방수희의 표정이 그다지 밝지 못하다는 것은 깨닫지 못했다.

* * *

한울 모터스 양다곤 회장 구속영장 청구

기사가 떴다.

이어 모든 방송과 매체에서 일제히 보도했다.

기사만 수백 개, 댓글은 수천 개.

뉴스 방송을 틀면 양다곤의 얼굴이 나왔다.

'드디어.'

윤해성은 침을 꿀꺽 삼켰다.

발단은 역시 지난번 한울 모터스의 전기차 '오딘'의 배터리 폭발 사고. 피해자 중 한 명이 보상을 거부하고 김충구 변호사를 선임해서 고발을 감행했다. 1차로 '혐의 없음' 결론이 나왔다. 하지만 고발인은 항고하고 재수사를 요구했다. 예상을 깨고 어찌 된 일인지 재수사가 개시됐다. 그리고 이제 그 결과가 나온 것이다.

배터리 결함을 숨긴 것이 사실이며, 검찰 발표에 따르면 한울 그룹의 양다곤 회장 선까지 알고 관여했다고 한다. 그리고 양다곤에게 구속영장이 청구되었다. 재수사가 개시되자 한울 그룹 차원에서 증거인멸을 한 정황이 포착되었고, 그게 영장청구의 결정적인 이유였다.

구속영장심문은 4일 후 서울중앙지방법원에서 열릴 예정이었다.

윤해성은 곧장 휴대전화를 집어 들고 꾹꾹 눌렀다. 상대방은 김충구 변호사.

"형님, 저 윤해성입니다."

"어, 윤 변."

김충구의 음성이 들떠 있다.

"축하합니다! 검찰에서 양다곤 회장 영장 쳤대요."

"흐흐, 그러게 말이야."

"근데, 증거가 좀 약하지 않았나요? 어떻게 재수사가 개시되고 영장까지 청구되었죠?"

"실은, 나도 잘 몰라."

김충구의 머리 긁적이는 모습이 보이는 듯하다.

"모른다구요?"

"검찰이 우리한테 수사 상황을 알려 주진 않으니까. 근데 대충 눈치로 보니까……."

"네."

"……양 회장한테 배터리 결함이 보고되었다는 문건 같은 게 발견됐나 보더라고."

"와아, 그거 행운이네요, 정말."

"행운보다도, 내부에서 흘러나온 게 아닌가 싶더라구."

"내부? 한울 그룹?"

"응, 그런 거 같아. 짐작이지만. 양 회장 측근 중에 등 돌린 사람이 있었을지도 모르지."

구속영장의 결정타가 된 문건은 물론 한이수가 검찰에 넘긴 이메일 자료였다. 하지만 담당 박재훈 검사는 철저히 비밀로 했기에 고소인 측인 김충구 변호사도 영문을 알지 못했다.

전화를 끊은 윤해성은 의자를 빙글 돌려 창밖으로 시선을 던졌다.

내부인이 검찰에 자료를 제공했다면 역시 확실한 증거가 있단 얘기다. 게다가 그룹 차원에서의 증거인멸. 영락없는 구속이다.

하지만. 너무 섣부르다. 현 단계에서 구속영장이 발부되어선 안 된다. 물론 언젠가는 양다곤을 넘어뜨릴 것이다. 그건 필생의 목표다. 하지만 이번에 구속되는 건 곤란하다. 한마디로 사건성이 약한 것이다.

배터리 결함 정도라면야 그리 중대한 사안이 아니다. 여론 바람 타고 구속되어 봤자 최종 중형까지는 못 간다. 기껏해야 집행유예나 몇 개월 실형. 결정적인 타격을 입히지 못한다. 얼마 후 사건이 잊힐 무렵 양다곤은 다시 회장으로 복귀해 또다시 재계의 제왕으로 군림할 것이다. 양다곤을 영구히 잠재우기엔 턱없이 부족한 사건이다. 그저 다리를 걸어 살짝 넘어트리는 정도? 그가 저지른 죄는 배터리 결함 따위가 아니다. 살인이다. 양다곤이 지금 구속되면 그의 DNA를 확보하는 일도 그만큼 멀어진다.

어차피 그 정도일 거라면…….

윤해성은 턱에 불끈 힘을 주었다.

이번 구속영장 건은 오히려 기회다. 다른 종류의 기회.

막대한 수임료를 챙기고, 양다곤의 절대적인 신뢰를 얻어 낼 수도 있다.

그때 지름길이 열린다. 궁극의 복수를 완성하는 그 길이.

그 단 하나의 조건.

양다곤의 영장만 기각시켜 준다면.

"이거, 이거, 이거 봤어요?"

전기호가 호들갑 떨며 방으로 들어왔다.

손에는 휴대전화가 들려 있다. 전기호는 뉴스 기사가 떠 있는 휴대전화 화면을 내밀었다.

"양다곤 회장 영장이 청구됐대요!"

"나도 봤어."

뒤따라 방수희도 뛰어 들어왔다.

"변호사님! 속보! 한울 모터스 뒤집어짐!"

윤해성은 손으로 이마를 짚었다.

"또 시작이군."

"우리 사무실 고문 계약은 어떻게 되는 거예요?"

전기호가 불안한 듯 물었다.

"고문 계약은 관계없지. 회장 개인이 아니라 회사하고 체결한 거니까."

"그래도 양 회장이 지시해서 한 건데, 그 양반이 없어지면 계약도 흐

지부지되는 거 아닌가요?"

전기호의 말이 채 끝나기 전에 방수희가 말했다.

"기회 아녜요? 변호사님이 영장사건 맡으면."

그러자 전기호가 펄쩍 뛰었다.

"기회는 무슨 기회? 이 토끼 똥만 한 사무실에 그런 사건을 맡기겠어요?"

"너 왜 이렇게 삐딱해?"

"맞잖아요. 젠장, 겨우 고문 계약 하나 들어왔나 했더니, 회장 구속으로 다 날리게 생겼구먼……."

상황이 엉키게 되자 전기호의 막말이 또 폭주하고 있다.

윤해성이 말했다.

"수희 말이 맞아. 기회지. 우리가 영장사건을 수임할 거야. 구속이 걸려 있으니까 보수는 확실히 받을 수 있어."

"변호사님이 무슨 수로요?"

"기호야, 아니, 전 사무장."

"네?"

"이번에 사건 맡으면 네가 같이 좀 뛰어야겠어."

"내가요? ……그거야 당연한데, 변호사님한테 사건을 맡기겠어요? 이 쥐똥만 한 사무실에 그런 큰……."

참다 못한 방수희가 소리를 질렀다.

"아깐 토끼 똥이라며! 얘가 우리 사무실에 똥이란 똥은 다 갖다 붙이네!"

전기호가 움찔했다.

"어쨌든 내가 한울의 고문변호사야. 영장사건을 맡을 충분한 이유는 있지."

"에이, 대형 로펌이 맡겠죠. 이런 새똥……."

말하던 전기호는 방수희를 보더니 입을 닫았다.

마침 TV에서 뉴스 속보가 뜨고 있었다.

"양다곤 회장의 구속영장 심사는 나흘 뒤 서울중앙지방법원에서 열리게 됩니다. 한울 모터스 측은 변호인으로 우리나라 최고의 로펌인 법무법인 LNK를 선임했고, 성실히 재판에 임할 것이라며……."

"저것 봐요! 내 말이 맞잖아요!"

전기호가 목청을 돋우었다.

"아아, 이미 저기를 선임했네요…… 근데 변호사님이 할 수 있겠어요?"

방수희도 미심쩍은 듯 한발 물러섰다.

윤해성은 머리 뒤로 팔짱을 끼고 의자 등받이로 몸을 기댔다.

"구속은 못 피해."

"엣?"

"배터리 결함을 은폐한 건 명백해. 더 결정적인 건 증거인멸 문제야. 한울 모터스 측은 양다곤 회장의 지시가 있었던 휴대폰 통화나 메시지, 이메일 같은 걸 다 폐기했어. 100퍼센트 구속사유야."

"그러면……?"

"아마 회사 내부적으로도 결론을 내렸을 거야. 어떤 로펌을 붙여도 구속은 불가피하다고. 그렇다면 양 회장은 지푸라기라도 잡고 싶어지는 거지."

"그래서 변호사님이 지푸라기라고요?"

전기호가 어처구니없다는 듯 눈썹을 올렸다.

"아니."

"그러면요?"

윤해성이 말했다.

"동아줄이야."

하!

어처구니없다는 듯 탄식하는 전기호를 뒤로하고 윤해성은 휴대전화를 들어 어디론가 전화를 했다.

"최윤식 팀장님. 구속영장 문제로 회장님을 급히 뵙고 싶습니다. 긴히 드릴 말씀이 있어서요……."

* * *

한울 모터스 회의실은 초상집 분위기였다.

양다곤 양옆으로 말 많은 법률 전문가들이 줄지어 앉았지만 회장이 이마에 심각한 주름을 그리고 있으니 아무도 입을 열지 못했다.

결국 양다곤이 입을 열었다.

"그래서, 이정환 변호사 의견은 어떠시오?"

법무법인 LNK의 수석변호사 이정환은 난감한 얼굴로 말했다.

"결론적으로, 쉽진 않을 것 같습니다."

"쉽지 않다니, 애매하잖소!"

"네에……."

"솔직한 전망을 말해 줘요."

이정환은 우물쭈물하다가 체념한 듯 말했다.

"영장이 발부될 가능성이 높습니다."

"LNK가 전력을 기울여도?"

"네…… 그렇습니다."

"왜!"

315

양다곤의 어투가 거칠어졌다.

이정환은 침을 꿀꺽 삼키고는 어깨를 움츠렸다.

"사건 자체는 보기에 따라선 중하지 않을 수도 있는데, 증거인멸 부분이 큽니다. 결함을 보고한 이메일을 폐기하도록 했던 게 검찰의 포렌식으로 드러났습니다. 영장에서는 아무래도 증거를 인멸한 게 밝혀지면 치명적이라……."

"그래서 어떻게 된단 말이요?"

"영장 판사는 그런 쪽으로 특히 예민해서요. 구속 후에 본안 재판에서 열심히 다투어 보는 방향으로 대책을 세워야 할 것 같습니다."

"구속 후? 지금 그걸 대책이라고 내놓는 거요?"

이정환은 양다곤의 눈을 피했다.

양다곤은 화를 삭이며 법무팀장 최윤식에게 시선을 돌렸다.

"법무팀 의견도 마찬가진가?"

"네. 아무래도 구속은 피할 수 없을 것 같습니다. 당분간은 들어가 계실 각오를 하시는 게……."

"그게 할 말이야!"

양다곤이 버럭 소리를 질렀다.

최윤식은 움찔했다. LNK의 이정환 변호사도 찔끔했다. 다른 직원들과 변호사들도 마찬가지. 모두 얼굴이 새하얗게 질려 있다.

하지만 어쩔 수 없다. 만약 영장이 기각될 거라고 전망했다가 발부되면 양다곤의 성격상 그 후환은 감당할 수 없단 걸 잘 안다. 보험으로라도 차라리 '비관'을 던져두는 게 낫다.

양다곤의 고함이 이어졌다.

"최 팀장! 내가 서류질이나 하라고 그 자리에 앉혀 놓은 줄 알아? 안되는 사건이면 영장 판사 연수원 동기나 전관 변호사를 찾아서 다리를 놓아야 할 거 아냐!"

"다 해 봤습니다."

"그런데?"

"영장 판사가 만나기는커녕 전화도 받지 않더랍니다. 구설수에 오르는 걸 겁내는 거죠. 연락이 안 되니 도무지 어떻게 할 방법이……."

"법원장, 아니 대법관, 대법원장은? 위에서 누르면 되잖아. 안 돼?"

"회장님. 지난번 검찰 때도 그렇지만, 요즘 법원이 그렇게 돌아가지는 않습니다. 만약 법원장이 다른 판사 재판에 관여했다간 옷 벗는 정도로 끝나지 않습니다. 그런 방법은 긁어 부스럼을 만들 수 있습니다."

"젠장맞을!"

양다곤은 앞에 높인 서류 더미를 집어던졌다.

종이는 뿔뿔이 흩어지며 공중을 날다가 바닥에 떨어졌다. 산산이 흩어진 서류를 법무팀 직원이 허리를 굽혀 재빨리 주워 댔다.

"회의 끝! 다들 돌아가!"

양다곤이 먼저 자리를 박차고 방을 나섰다.

모두가 벌떡 일어섰다.

회장실로 돌아온 양다곤은 소파에 몸을 묻었다.

한이수가 따뜻한 차를 가져다주고 나갔다.

양다곤은 차를 한 모금 입에 머금었다. 언제나처럼 좋은 향기다. 방을 한번 휘이 둘러보았다.

교실보다 넓은 공간, 안쪽에는 침대까지 달린 내실이 있다.

노르웨이산 목재로 특별 제작해서 공수해 온 책상과 의자, 소파.

용트림하는 것 같은 천장 조명

95인치 TV와 뱅앤올룹슨 AV시스템

한강 너머 남산타워까지 보이는 통유리창.

화가 이름은 모르지만 억대라는 수묵화 그림.

그리고 향기로운 보이차 한 잔까지.

이 모든 것과 이별을 앞두고 있다.

몇 평짜리 공간에서 부랑자들과 뒤섞여 지내며 구멍만 뚫린 변기에서 기초 생리를 해결해야 하는 최하의 인생으로 떨어지게 된다.

현실 같지 않다.

현실일 리 없다.

이 양다곤의 인생에, 이런 일은 있을 수 없다.

품에서 휴대전화를 꺼내 들었다.

연락처를 검색했다.

한 이름에서 멈췄다.

'단명오.'

양다곤은 그 이름을 한참 들여다보았다.

통화 버튼 위에서 손가락이 머뭇거렸다.

그때 회장실 문이 열렸다. 장유나였다.

양다곤은 휴대전화를 닫았다.

장유나는 버킨 백을 옆 소파에 아무렇게나 던지고 양다곤에게 쓰러지듯 안겨 왔다.

"최 팀장한테 들었어. 자기 이번에 들어갈 거라며? 어떡해."

그렇게 말하며 가늘게 흔들리는 눈망울로 양다곤을 올려다보았다. 눈가가 촉촉이 젖어 있다.

비록 연기일지 모르지만 이 표정, 이 여자를 어찌 사랑하지 않을 수 있을까.

"법이 무슨 이따위야? 왜 기업 하는 사람만 못살게 굴어?"

장유나가 울먹였다.

양다곤은 장유나의 머리를 쓰다듬었다.

"안 들어가. 나 양다곤이야."

* * *

한울 모터스 회장실.

양다곤은 제왕처럼 가운데 소파에 앉아 있고, 윤해성은 그 옆 소파에 자리해 있다.

맞은편에는 최윤식 법무팀장과 양다곤의 아들 양건일 상무가 앉았다.

양다곤이 말했다.

"윤 변호사가 영장에 관해 할 말이 있다고?"

"네. 아마 회사 법무팀이나 로펌에서도 내부적으로 결론 내렸겠지만 회장님의 구속은 피할 수 없습니다. 특히 그 증거인멸 때문이죠."

양다곤의 이마가 꿈틀했다.

"내가 감옥에 간다는 사실을 굳이 다시 한 번 알려 주려고 보자고 한 건가?"

꾹꾹 눌러 담은 말에는 노기가 묻어 있었다.

내부적으로 '영장 발부' 전망이 서 있다는 것은 부정하지 않았다.

"회장님이 지금 시점에서 구속된다는 건 한국의 경제를 위해서도 재앙입니다. 그래서 제가 찾아온 겁니다."

윤해성이 다시 설명을 이어나가는데, 양건일이 끼어들었다.

"짧게 말해. 짧게."

법무팀장 최윤식도 보다 못해 한마디 했다.

"회장님은 지금 시간을 낭비하실 상황이 아닙니다. 그저 그런 이야기라면 나중에 하시고……."

윤해성의 말을 전하고 데리고 온 것은 어쨌든 자신이다. 윤해성이 양다곤의 심기를 건드리면 자신에게도 피해가 온다.

윤해성은 양건일과 최윤식에게는 대꾸하지 않고 곧장 양다곤에게 말했다.

"제가 영장을 기각시켜 드리겠습니다."

윤해성의 입에서 떨어진 말은 회장실에 약간의 침묵을 가져다주었다.

양다곤은 윤해성을 빤히 쳐다보았다.

잠시 후 양건일이 하, 하고 코웃음을 쳤다.

양다곤은 포갰던 다리를 자신도 모르게 천천히 폈다.

"한국 최고의 로펌이 안 된다고 하는 사건이야. 그런데 자네가 무슨 수로?"

"전 할 수 있습니다."

"어차피 안 되는 사건, 수임료나 먹겠다 이건가?"

양건일이 화난 음성으로 말했다. 최윤식은 안절부절못했다.

윤해성이 말했다.

"수임료는 받지 않겠습니다."

"응?"

"착수금을 받지 않는다는 말입니다. 다만 성공했을 때, 그러니까 영장이 기각되면 성공보수를 받기로 하겠습니다."

"호오."

"수임료만 먹튀하려는 게 아니란 걸 몸으로 보여 드리는 겁니다. 회장님은 손해가 전혀 없지 않겠습니까. 밑져야 본전입니다."

양건일이 눈알을 굴리다가 말했다.

"어차피 구속인데 굳이 착수금도 없이 사건을 맡겠다? 아하. 우리 아버지 사건을 맡아서 언론에 한번 뜨겠단 거로군?"

"아닙니다. 제 목적은 언론이 아니라 돈입니다."

"돈?"

"물론 성공보수를 말하는 겁니다. 영장을 기각시켜서 말이죠."

"그렇게 자신이 있단 거야? 대형 로펌도 안 된다는 사건인데?"

양건일이 계속 딴죽을 걸었다.

윤해성은 양건일의 말은 무시하고서 양다곤을 똑바로 보며 말했다.

"영장이 기각되면 100억을 주십시오."

"뭐?"

"100억?"

소리를 지른 사람은 양건일이었다. 놀란 눈알이 튀어나올 것 같다.

최윤식은 하얗게 질렸다.

양다곤은 말없이 윤해성을 노려보았다. 윤해성이 말했다.

"그렇습니다. 금액은 아주 저렴하게 책정했습니다. 아무래도 고문 계약과 별개로 맡게 되는 회장님과의 첫 사건이기도 해서요."

"그게 싼 거라고?"

"물론입니다."

"허어."

양다곤은 큼직한 소파 팔걸이를 탁탁 두드렸다.

"이번에 영장이 발부돼서 회장님이 들어가면 나중에 집행유예를 받더라도 최소 6개월에서 1년은 계셔야 합니다. 로펌에서도 이미 그 정도 의견을 밝혔을 겁니다. 회장님의 생산성을 생각해 보십시오. 그 기간 동안 회장님이 얼마나 벌 수 있을지 말이죠. 100억이 문제겠습니까? 회장님은 지금 식당에 지갑을 두고 와도 그걸 찾으러 가져선 안 될 분입니다. 지갑을 찾을 시간에 그 이상의 돈을 버시는 분이니까요. 물론 한국의 경제에 기여하는 금액은 훨씬 크죠. 100억 수임료가 싼 게 아니면 무엇일까요?"

"으음."

양다곤의 눈썹이 꿈틀했다.

자신의 가치를 높게 말해 주니 일단 기분은 좋지만 윤해성의 제안은 터무니없어 보인다. 또 한편으로는 구속되기는 끔찍하게 싫다.

온갖 감정이 뒤죽박죽되어 있다.

잠깐 생각하던 양다곤이 말했다.

"반드시 기각시킬 자신이 있는 건가?"

양건일이 또 끼어들었다.

"말도 안 되는 소립니다. 무슨 이런 친구가 있어. 당신 변호사 맞아? 협잡꾼 아냐?"

윤해성은 모욕에도 아랑곳하지 않고 오직 양다곤에게만 시선을 고정하고 있었다.

"회장님."

윤해성이 나지막이 불렀다.

양다곤이 눈을 올려 떴다.

"회장님은 이 정도의 기업을 일으켰으면 인생의 어느 순간에는 도박과 같은 모험을 하시지 않았을까요? 분명히 그러셨을 거라고 저는 생각합니다. 그리고 그 순간은 회장님만이 아시겠죠."

도박과 같은 모험.

이를테면 김민호 교수의 모든 것을 빼앗은 짓?

양다곤이 어떤 기억을 떠올릴지 알 수는 없지만 윤해성은 밀어붙였다.

"지금이 그런 도박을 할 순간이라고 저는 믿습니다. 회장님의 감을 믿으십시오."

'감은 개뿔. 그 감은 양다곤 당신의 것 같겠지만 사실은 내가 만들어 가고 있어.'

윤해성은 마음속으로 그렇게 말하고 있었다.

"생각해 보고 최 팀장 통해서 연락 주겠네."

"회장님, 아니 아버지! 이런 건 생각할 가치도 없어요."

양건일이 옆에서 소리쳤다.

하지만 윤해성은 양다곤의 말이 끝나자마자 일어서 버렸다.

여기서 더 미적대거나 설득해 보겠답시고 말을 풀면 모양새가 좋지 않다.

단호한 모습을 보이는 쪽이 낫다.

베팅해 놓고, 난 거기에 그리 목매지 않아, 하는 태도.

그게 상대를 이쪽으로 당긴다.

"저 인간 또라이 아니야?"

윤해성이 방을 나간 후 양건일이 흥분했다.

"글쎄요. 저도 저런 황당한 제안을 할 줄은 몰랐습니다."

최윤식은 땀을 삐질삐질 흘렸다.

"김정은이를 기소하고, 동양 자동차도 고발하고. 별난 놈이라고 생각은 했지만 두고 보니 정말 별난 놈이구먼."

그러면서도 양다곤은 곰곰이 생각하는 눈치였다.

"최 팀장은 어때? 저 친구 말은 어느 정도 믿을 만하긴 한가? 아님 그냥 허세만 부리는 종류인가."

"아무래도 허세가 아닐까 싶습니다. 다른 데서 다 안 된다는데 무슨 자신감인지 모르겠습니다. 이번 건은 도저히 방법이 없거든요. 법적으로 빠져나갈 구멍이 없……."

양건일이 최윤식의 말을 자르며 소리를 높였다.

"무조건 LNK로 해야 합니다! 거기가 우리나라 최고잖아요. 거기서 해도 안 된다면 어쩔 수 없지만 저런 애송이한테 맡겼다가 안 되면 그 후회를 어떻게 감당하시겠어요?"

그의 입에서 모처럼 맞는 말이 나오고 있다.

"그렇겠지? 속는 셈 치고 한번 시켜 보려도 구속이라는 중대사가 걸려 있잖은가. 그런 일을 함부로 맡길 수도 없고……."

양다곤은 그렇게 말하면서도 손가락을 톡톡 두드리며 생각에 빠져 있었다.

모두가 어렵다, 안 된다, 포기하라는 사건이었다. 그런데 새파란 젊은 변호사가 돌연 확실하게 성공시키겠다며 뛰어들었다.

무지막지한 박력.

이것도 위험하고 저것도 겁나고 하는 법률가 특유의 소심함이 조금도 없다.

압도적으로 강한 윤해성의 자신감이 자석처럼 그의 마음을 끌어당기고 있었다.

윤해성은 정의파 따위가 아니다. 그게 마음에 들었다.

무엇보다 양다곤은 100억을 믿었다.

100억.

자신에겐 아무것도 아닌 돈이다.

하지만 법률가가 부를 수 있는 금액이 아니다.

수많은 법률 분쟁을 거치면서도 어떤 변호사도 착수금 없이 성공 보수를 100억 베팅한 인간은 없었다. 그런데 윤해성은 100억을 요구했다.

그 눈에는 욕망이 이글거리고 있었다. 윤해성은 정말 100억 원을 벌려는 것이다. 영장을 날려 버릴 기세다.

물에 빠진 양다곤은 윤해성이라는 지푸라기가 자꾸만 눈에 어른거렸다.

* * *

회장실 바깥에 한이수가 서 있었다.

그녀는 환하게 웃으며 윤해성에게 인사했다.

"윤 변호사님, 안녕하세요. 여기서 뵈니까 느낌이 또 다르네요."

"이수 씨, 잘 지냈죠? 며칠 만이지만."

비서실 직원들의 시선이 이들에게 모였다.

둘이 따로 만났었나.

무슨 사이지.

한이수는 개의치 않고 윤해성과 같이 사무실을 나섰다.

복도를 걸으며 윤해성에게 말했다.

"밥도 한번 못 사고 죄송해요. 갑자기 회장님 사건이 터지면서 정신이 없어졌거든요."

"당연하죠. 저도 그 건으로 오늘 온 건데요."

"네에."

한이수의 표정이 어두워졌다. 아버지를 구해 준 윤해성이 하필이면 악당 양다곤이 구속되지 않도록 노력하고 있다니. 변호사의 입장으로서야 당연하겠지만…….

"법무팀 쪽에서 흘러나온 얘기로는 어차피 발부될 거라던데요?"

"그럴 겁니다."

한이수는 그 말에 살포시 미소를 띠었다.

그래.

어차피 양다곤은 들어갈 거야.

윤해성도 알고 있어.

"하긴, 이 정도 사건이라면 맡는 것만으로도 변호사로선 도움이 되겠죠. 경력이 될 테니까요."

"하하, 그렇긴 하죠."

"회장님은 사건을 맡기로 하셨어요?"

"고민 중인가 봅니다. 양손에 떡을 든 놀부죠."

윤해성은 유쾌하게 웃었다.

그가 탄 엘리베이터 문이 닫히고 한이수는 돌아서며 생각했다.

놀부?

사람 제대로 봤는데.

한이수가 비서실로 돌아왔을 때 막 최윤식 법무팀장이 회장실에서 나오고 있었다.

한이수는 가볍게 묵례를 하고는 최윤식과 교대하듯 어깨를 스치며 회장실로 들어갔다.

양다곤은 소파에 몸을 묻고 있었다.

양건일은 그 옆에서 아버지의 눈치를 보고 있다.

"회장님."

한이수가 양다곤의 옆에 비스듬히 섰다.

"응?"

양다곤이 눈을 치떴다.

양건일도 무슨 일인가 싶어 한이수를 올려다보았다.

"외람되지만 잠깐 드릴 말씀이 있어서요."

한이수가 이렇게 말머리를 꺼낸 건 처음이었다. 그동안 업무 외의 언행은 단 한 번도 하지 않은 그녀였다.

양다곤이 눈으로 그녀의 말을 재촉했다.

"얼마 전 저희 집에 큰 우환이 있었습니다. 솔직히 말씀드리면 아버지가 순간의 실수로 구속되셨거든요."

양건일은 '왜 뜬금없이 자기네 집 가정사를 꺼내지?' 하는 표정이었다.

양다곤은 무심하게 쳐다보다 물었다.

"그래서?"

"어떤 인연으로 윤해성 변호사님이 그 사건을 맡아 주셨어요."

"윤 변호사가?"

양다곤은 상체를 세우며 그제야 반응했다.

양건일의 미간이 조금 찌푸려졌다.

"다들 실형을 살 거라고 했는데, 석방되셨어요. 집행유예로."

"다행이군."

"재판 과정에서 겪은 바로는요, 윤 변호사님은 다른 변호사하곤 달랐습니다. 특출한 데가 있어요. 아마 큰 도움이 되시지 않을까 싶습니다."

양건일이 끼어들었다.

"한 비서. 그런 건 비서의 역할을 넘는 말이야."

"죄송합니다."

한이수가 머리를 숙였다.

"낄 때 안 낄 때를 구분하라고!"

양건일은 언성을 높였고, 한이수는 꾸벅 인사를 하고는 뒤돌아 방을 나갔다.

화가 덜 풀렸는지 그녀의 등 뒤에 양건일이 한마디를 덧붙였다.

"주제넘게."

하지만 양다곤은 오늘따라 낯선 한이수의 뒷모습을 바라보며 생각에 잠겼다.

분명 비서의 역할을 넘는 발언이다. 하지만 저렇게 말하고 나온 건 지금껏 한 번도 없었다. 더구나 회장의 구속이 달린 중대한 상황에서 위험할 수도 있는 말이다.

그건 그만큼 한이수가 자신의 말에 믿음이 있어서가 아닐까.

양다곤이 자신의 사람 보는 눈을 믿듯이.

* * *

그날 밤 양다곤은 신라 호텔 라이브러리 바 VIP 룸에 앉아 있었다.

수행원들을 거부하고 혼자 틀어박혔다.

눈앞의 밸런타인 30년도 위로가 되지 않는 밤.

마치 수도승이 참선하듯 조용히 생각에만 잠겨 있었다. 텅 빈 그만의 공간에서 많은 시간이 흘렀다. 이윽고 양다곤은 결심했다. 자신의 감을 믿기로.

어차피 LNK도 두 손 든 사건이다. 한국 최고의 로펌이라고 해서 무작정 선임하는 건 바보짓이다.

윤해성.

건방지지만 강렬한 자신감.

그리고 양다곤이 받았던 느낌.

그걸 믿기로 했다.

휴대전화를 집어 들고 최윤식 법무팀장에게 전화를 걸었다.

"최 팀장, 나야."

"네. 회장님."

"이번 영장사건 말이야. LNK를 쓰지 말고……."

"네? LNK로 하지 않으신다고요? 그럼 어디로?"

"음. 이번 사건은 윤……."

양다곤이 말을 채 마치기 전에 문이 벌컥 열렸다.

"회장님!"

김 실장이 외치며 들어왔다. 다급해 보인다.

다급한 일이 아니더라도 김 실장의 저 목소리가 직원들에게 들리면 곤란하다.

양다곤은 "이따가 얘기하지."라며 전화를 끊었다.

김 실장은 양다곤 옆 소파에 앉았다.

"김 실장, 왔나."

"영장 재판이 이틀 뒤입니다. 대책은 있으십니까?"

김 실장의 어투는 평소와 달리 조급했다.

"대책? 없어. 영장이 나올 거라는군. LNK도 그랬어. 우리 법무팀도."

"판사를 주무르면요?"

"요즘은 그런 게 안 된다는구먼."

김 실장이 양다곤을 물끄러미 쳐다보다가 말했다.

"회장님, 들어가시면 안 됩니다!"

"누가 들어가고 싶어서 가겠나."

"회장님."

"왜."

"단명오 변호사를 부르십시오. '악의 설계자'라고 불리던 그 사람."

"……."

"지금 남미에 있는 걸로 압니다만 이틀이면 올 수 있을 겁니다."

"단명오……."

양다곤은 그 이름을 되뇌었다.

"나도 생각을 해 봤어. 하지만 위험해."

김 실장은 어두운 표정으로 말이 없다. 그도 부정하기는 힘든 것이다.

"자네도 알다시피 20년 전 김민호 건을 설계했던 인물이야. 실행은 당신이 했지만. 난 단명오한테 한울 모터스 지분을 크게 떼어 줬고, 몇 년 후에 한울 주가가 수백 배 뛰자 단명오는 법무법인도 그만두고 지분을 팔아 치우고는 그 돈을 들고 파라과이로 건너갔어. 거기서 제주도만 한 농장을 사서 왕처럼 산다더구먼."

"그래도 회장님이 부르시면 바로 오겠지요."

"그자는 뱀 같은 놈, 아니 뱀이야. 그 악마 같은 두뇌로 나까지 집어삼킬 거라고. 내가 쓸 땐 좋지만 내게 칼을 겨눈다면…… 생각만 해도 오싹해. 단명오는 먼 나라에서 잘 지내는 편이 내게도 안전한 거야. 지금 힘들다고 그자를 불러들이는 건 너무 위험해. 그래서 나도 몇 번이나 생각했지만 결국 전화 안 했어."

"이런 말씀은 죄송하지만……."

김 실장이 머뭇거리자 양다곤이 재촉했다.

"뭔가. 해 보게."

"구속되는 순간 모든 게 끝날 수도 있지 않겠습니까."

"……."

"다음 기회가 없을 수도 있단 말씀입니다."

"……."

"다들 몇 달 살고 나올 거라 하지만 요즘 사회 분위기가 심상치 않습니다. 재벌에 대해 결코 호의적이지 않죠. 예측도 안 되는 거고요. 설사 몇 달 뒤에 나오신다고 해도 그땐 경영권이 위태롭지 않다고 누가 장담하겠습니까."

그런 불안은 양다곤도 가지고 있다.

얼마의 징역을 살지도 모르고 경영권의 행방도 알 수 없다는 예측 불가능성. 그것이 최고의 스트레스인 것이다.

"전 경영을 모르지만, 한 말씀 드려도 되겠습니까? 왜냐하면 회장님 주변에선 대놓고 이런 말씀을 드리지 못할 거니까 그렇습니다."

"말해 보게."

"지금 한울 모터스 지분은 회장님이 제일 많지만 국민연금이나 해외의 헤지 펀드, 기관투자가들도 있지 않습니까? 걔들 지분 합하면 회장님보다 많습니다. 구속을 계기로 이들이 힘을 합해서 위법행위를 한 회장님을 몰아내자고 하면 어떻게 되겠습니까."

양다곤도 어렴풋이 감지하고 있는 위험이었다.

주변의 아첨꾼들은 차마 입 밖에 내지 않는 말이었다.

김 실장이니까 할 수 있는 말이다.

"법무팀이나 LNK 측에서도 그런 우려를 하고 있을 거야. 차마 내 앞에서 그 얘기를 못 해서 그렇지. 뭐 나도 그 속내는 다 짐작하고 있지만."

"어차피 끝날 판이면 단명오를 부르는 쪽이 차라리 낫습니다. 단명오가 해가 될지 어떨지는 모르는 거잖습니까. 그저 막연히 위험하다는 것뿐이죠."

"……일리가 있어."

양다곤은 위스키를 쭉 들이켰다.

"단 변호사가 어떻게 지내는지 안부나 물어볼까."

양다곤은 그 자리에서 휴대전화를 열었다.

* * *

청담동의 M 프렌치 레스토랑은 손님들로 가득 찼다.

조곤조곤한 말소리가 클래식 음악에 섞여 나른하다.

어스름한 조명 아래 한이수의 모습이 고혹적으로 아른거렸다. 윤해성은 와인 한 모금을 입에 대더니 내려놓았다. 한이수가 물었다.

"별로예요?"

"아뇨. 최고인데요."

"근데 왜 드시다 마세요?"

"나중에 차로 모셔다 드리려면 더 마셔선 안 될 거 같아요."

"괜찮아요. 전 택시 타고 갈게요. 바래다주실 필요 없어요."

"제가 그러고 싶은데요."

"그럼 원하시는 대로."

한이수는 자신의 와인 잔을 들고 보란 듯 쭉 마셨다.

"변호사님 말이 맞아요."

"어떤?"

"이 와인 최고예요."

한이수는 눈을 찡긋했다. 윤해성은 입맛을 다셨다.

하트 문양 라벨로 유명한 샤토 칼롱세귀르 2016 빈티지. 한이수와의 만남을 고려해 특별히 주문한 와인이다. 이걸 바라만 보는 괴로움을 겪을 줄 알았다면 차로 바래다준다는 허세 따윈 떨지 않았을지도 모른다.

두 사람 접시 위의 음식은 다 사라진 상태.

"이걸 드릴 때가 됐군요."

윤해성이 조그만 쇼핑 봉투를 내밀었다.

"어머, 제가 좋아하는 브랜드예요."

쇼핑 봉투에서 나온 건 니치 향수 딥티크의 롬브로단로.

"이 음식에 이 와인. 거기다 이 향이 더해지면 오늘 분위기는 완성입니다."

"오늘은 제가 대접하는 자린데, 선물을 주시면 어떡해요?"

"특별한 의미는 없습니다. 그냥 이 향이 어울릴 것 같다는 생각에서요. 어울리는 분에게 어울리는 향수를. 제 취미입니다."

"감사해요."

한이수는 그 자리에서 쇼핑 봉투를 열어 아마도 직원이 넣어 주었을 시향지를 꺼내어 코에 댔다.

"향이 너무 좋아요!"

"다행입니다."

"점수가 자꾸 올라가는데요."

한이수가 방긋 웃었다.

"이수 씨도 그런 웃음을 지으시네요."

"왜요. 제가 늘 우울한 모습만 보여 드렸나요. 하긴……."

"회사에서. 아니면 법정에서. 거의 그랬죠."

"변호사님 덕분에 웃을 수 있게 된 거죠. 게다가 수임료도 저렴."

"가성비 변호사랄까요."

윤해성의 너스레에 한이수가 밝게 웃었다. 그동안 부친 일로 속앓이했던 스트레스가 한번에 날아가버린 듯한 활짝 웃음이었다. 그러다 문득 어떤 생각이 떠올랐는지 한이수는 웃음을 멈추고 물었다.

"회장님 연락이 왔던가요? 영장사건 수임문제로."

"아뇨. 아직."

"아. 역시. 대형 로펌 쪽으로 하시려나."

한이수가 눈썹을 찡그렸다.

"아직 고민 중인지도 모르죠."

"꼭 사건을 맡았으면 좋겠네요. 제가 윤 변호사님을 추천했는데."

"그러셨어요?"

"아빠 재판 이야기를 하면서 그랬어요. 특별한 분이니까 해 보시라고."

윤해성은 커피 잔을 입으로 가져가다 멈추었다.

"이거…… 몸 둘 바를 모르겠군요."

"제가 할 수 있는 게 그것밖에 없어서……."

윤해성은 잔을 조심히 내려놓았다.

"이수 씨는 참 좋은 면이 많은 것 같아요."

"네?"

"의리가 있으신 분이에요. 회사 보스한테 그런 이야기까지 털어놓을 수 있는 사람은 별로 없거든요. 회사 안에서 자기 이미지나 입장도 있고 할 텐데."

"변호사님이 특별하단 건 거짓말이 아니니까요."

한이수는 민망해졌다.

"그때도 말했지만 변호사님도 좋은 분 같아요."

"아닙니다. 좋기는요. 전 그냥……."

"매력도 있구요."

윤해성의 말문이 막혔다.

이런 때는 어떻게 해야 하더라…….

식사를 마치고 레스토랑을 나서는데, 혼자서 거의 와인 한 병을 마신 한이수의 걸음이 조금 비틀거렸다. 그사이 윤해성이 툭 튀어 나가 계산을 해 버렸다.

"오늘은 내가 사는 건데, 왜 변호사님이 계산해요?"

한이수가 나무랐다.

"빚이라 생각하시면 저녁 한 번 더 사시면 되죠."

윤해성은 코를 찡긋했다.

레스토랑 앞에는 주차요원이 가져다 놓은 포르쉐가 기다리고 있었다.

윤해성이 조수석 문을 열어 주었고 한이수가 올라탔다.

윤해성이 물었다.

"집이 어디시죠?"

"포르쉐가 가는 곳."

"네?"

윤해성이 눈을 크게 떴다.

한이수가 웃으며 윤해성의 어깨를 두드렸다.

"순진하긴. 출발!"

포르쉐의 배기구에서 굉음이 터졌다.

* * *

"이게 누굽니까! 양 회장님, 아니 형님."

단명오의 목소리였다.

벨소리가 열두 번 울려서야 겨우 받았다.

애태우겠다 이거지. 전화 한 번 받을 때도 머리를 굴리는 인간이다.

"파라과이에서 잘 지내나? 지주 노릇 하면서 왕처럼 지낸다는 소문은 듣고 있네만."

"형님하고야 비하겠습니까."

양다곤은 단명오가 '회장님'이 아니라 '형님'이라고 하는 게 마음에 들지 않았지만 그걸 따질 상황은 아니었다.

"겸손하긴. 자네 팔자가 더 좋아 보여."

"따분해요. 무엇보다 한국 사람은 역시 한국에서 살아야 합니다. 여기 있다 보니까 설렁탕이 그렇게 먹고 싶어요."

"소박하구먼."

"난 원래 좀 사람이 소박하잖습니까? 하하하하."

젠장!

양다곤은 속으로 욕을 했다.

소박하다는 놈이 김민호 교수 사건 때 한울 모터스의 내 지분 절반이나 요구했나? 겨우 을러서 대폭 깎았지만…….

"혹시 내 소식 들었나?"

"알고 있습니다. 여기서 늘 한국 뉴스 찾아보는 게 일이거든요. 허, 참. 어쩌다 그렇게 되셨습니까?"

"자네가 없어서 그렇지, 뭘."

"한국은 돈 있는 사람이 참 살기 힘든 곳이에요. 그렇지 않습니까, 양 회장님? 이놈도 찔러 보고 저놈도 찔러 보고. 난 일찌감치 그걸 깨닫고 이쪽으로 건너왔죠."

"그래서 말인데, 자네 힘을 좀 빌리고 싶어."

"나를요? 거기 유명 로펌들 많잖아요."

"그래도 일을 믿고 맡길 사람은 자네밖에 없어. 다른 친구들은 돈만 보지, 자기 일처럼 하냐 말이야."

"그렇긴 하죠. 나야 형님 일이라면 가족처럼, 아니 가족이지."

"와 주겠나?"

수화기 건너 잠시 침묵이 흘렀다.

와 달라고 할 줄은 예상하지 못했던 모양이다.

잠시 후 단명오의 목소리가 들렸다.

"당연하죠. 형님이 오라시면 가야지요. 영장재판이 이틀 후죠?"

"음. 이틀 후 오후 2시 30분. 서울중앙지방법원 102호 법정이야."

"바로 날아가겠습니다. 두근대는데요. 형님도 형님이지만 드디어 한국 설렁탕을 먹을 수 있겠네요."

양다곤은 전화를 끊었다.

조금 기분이 나아졌지만 마음 한 귀퉁이에는 불안도 깃들었다.

단명오가 한국에 들어온다…….

잘한 걸까?

* * *

양다곤은 그날 밤 장유나의 아파트로 갔다.

장유나의 눈은 아직도 젖어 있었다.

탈진한 듯한 모습으로 소파에 기대어 있었다.

세상을 다 잃은 듯한 얼굴.

창밖으로 한강을 내다보는 실루엣을 보면 비련의 여주인공이 따로 없다.

대단한 연기력이야.

애당초 저렇게 연기했으면 영화계에서 퇴출당하도 않았을걸.

양다곤은 그렇게 생각하면서 위스키 온더록스 잔을 들고 장유나의 옆에 앉았다.

장유나가 말했다.

"이제 내일이 영장재판인데, 준비는 다 됐어?"

"다 했어."

"변호사는 누구 쓸 거야?"

"당신은 몰라. 단명오라고 있어."

"단…… 뭐? 첨 들어 보는데. 단군의 후손이야?"

심각한 표정을 하고서 저런 소릴.

양다곤은 위스키를 들이켜고는 잔을 테이블에 내려놓았다.

"변호사 중엔 제일 확실한 친구야. 내가 알아."

"LNK는? 거기가 우리나라 최고 아냐?"

"그쪽에서도 자신 없대. 못 하겠다는데 왜 사건을 맡겨."

"윤해성 변호사도 하겠다고 나섰다며."

"정보통이 빠르군."

"그럼. 자기 일인데."

장유나는 양다곤의 팔을 감싸 안았다.

"실은 그 친구로 할까 했어. 워낙 자신 있다고 큰소리를 쳐서."

"근데?"

"문득 단명오가 생각이 났어. 지금 남미에 있는데, 확실한 친구거든. 그래도 검증된 사람을 써야지. 중요한 일인데."

"그럼 지금 남미에서 비행기 타고 오는 거야?"

"응. 전화했더니 그동안 너무 지루했다면서 내가 부르는 걸 아주 반가워하더라고. 젠장. 난 지금 감방 갈까 말까 하는 판에 팔자 좋은 소릴 하고 있어."

"잘됐으면 좋겠다. 정말."

그건 진심이겠지.

그래야 지금 너의 이 생활이 유지될 테니까.

내가 구치소에 들어가면 너도 개털이지.

양다곤은 창밖으로 고개를 돌렸다.

바깥 경치는 보이지 않았다.

씁쓸한 표정의 남자가 그곳에 있었다.

* * *

윤해성은 문득 깨어났다.

천장이 낯설다.

호텔 방이군.

머리가 지끈지끈 아팠다. 너무 마셨어. 침대 옆자리엔 한이수가 누워 있다. 윤해성은 이불을 걷으며 일어났다. 어젯밤 일이 서서히 기억났다.

한이수와 2차로 포차에 가서 술을 더 마셨다.

포르쉐는 주차장에 둔 채 택시를 탔다.

다행히 리츠칼튼에 당일 빈방이 있었다.

방에 들어서자마자 윤해성과 한이수는 격렬한 키스를 나누었다.

"맥주 딱 두 병만 더."

한이수가 몸을 떼며 말했다.

"룸서비스 부를게."

"과일도 시켜 줘."

윤해성이 룸서비스로 전화를 걸어 주문하고 났더니 한이수가 침대에 쓰러져 있었다. 그새 잠이 든 것이다.

윤해성은 허무한 얼굴로 한이수를 내려다보았다.

'어쩌면 잘됐어.'

양다곤의 비서라는 여자의 위치를 활용할 생각이었다. 그래서 한도균 재판을 굳이 맡았다. 하지만 남녀관계로 발전할 계획은 없었다. 그걸 이용하는 건 스스로가 불쾌하다.

박시영한테도 그런 말을 했다. 그런 건 구미에 맞지 않는다고.

그런데 한이수가 다가왔다. 목적을 떠나 싫지 않았다.

하지만 더는 변명할 수 없었다. 결국 이 여자의 마음을 이용하는 거잖아. 남녀관계로 발전하지 않아 차라리 잘된 거야. 나락으로 떨어지기 전에 되돌렸어. 그렇게 생각했다.

허전한 마음이 드는 건 왜인지 알 수 없었다.

윤해성은 이불을 잘 덮어 주었다.

잠시 후 도착한 맥주는 혼자서 들이켰다.

리츠칼튼의 밤은 그렇게 지나갔다.

윤해성은 한이수가 깨지 않도록 조심스럽게 침대를 빠져나왔다.

진동으로 해 둔 휴대전화가 부르르 떨고 있었다.

윤해성은 현관 근처로 가서 수신 버튼을 눌렀다.

"굿모닝."

박시영이었다.

"어, 어. 안녕."

윤해성은 더듬거리고 말았다.

박시영은 이상한 기운을 감지한 것 같았다.

"너 어디야? 집 아니지?"

"어. 아직 출근 전이지."

"집이냐고 물었는데, 무슨 출근 얘길 하냐."

"정신이 오락가락하네. 어제 술 마셨더니."

박시영은 용건을 꺼냈다.

"내일이 영장재판이네."

"그렇지."

"어떻게 됐어? 너 그거 수임해야 하잖아."

"연락이 없어."

"왜 그럴까. 너 그 사건 맡을 거 같다고 했잖아. 그러려면 아무리 늦어도 지금은 연락이 와야지. 바로 내일이 재판인데."

"그러게…… 예상 밖이긴 해."

"혹시 양 회장 반응이 시큰둥했던 거 아냐?"

"아냐. 분명 양다곤의 심리상 하게 돼 있는데."

"근데 연락 없잖아. 결국 LNK로 간 거 아냐?"

"LNK는 어차피 안 된다고 결론 내린 곳이야. 대형 로펌이라고 해서 무조건 할 리가 없어. 적어도 양다곤은 그런 결정을 할 사람이 아니야."

"이상하네…… 다른 사정이 생긴 건가."

"알 수 없지."

윤해성도 초조한 심경이었다. 그 탓에 어제 술을 지나치게 마신 건지도 몰랐다.

박시영이 또 말했다.

"양다곤은 이번에 들어가면 안 되지 않아?"

"그래……."

"이번에 구속되면 우리가 DNA 검사를 할 기회도 없고."

"언제 할 수 있을지 기약도 없어."

박시영은 윤해성과 같은 걱정을 하고 있다. 긴 설명이 필요 없는 친구.

윤해성은 입술을 깨물며 잠시 생각에 잠겼다.

그 순간 휴대전화 벨이 울렸다. 한이수의 것이었다.

끄응.

한이수가 뒤척이며 깨어나고 있었다. 윤해성은 휴대전화 입력부를 손으로 막았다.

하지만 박시영의 음성이 들렸다.

"누가 같이 있구나."

"어. 친구."

"여자지?"

"응? 어. 아니."

"하하하. 넌 거짓말 못 해."

뒤이어 박시영은 깜짝 놀랄 말을 던졌다. 윤해성으로 하여금 여자의 직감이란 건 어떠한 논리도 초월한다는 걸 절실히 깨닫게 만든 그 말을.

"한이수 아냐?"

"뭐? 아니야. 무슨 소릴."

"하하, 농담."

박시영은 그렇게 말하고 전화를 끊었지만 정말 그렇게 생각하는지는 알 수 없다.

한이수가 통화를 끝내고서 윤해성을 쳐다보고 있었다.

"어떻게 된 거야?"

한이수는 윤해성의 대답을 기다리지 않고 자신의 몸을 내려다보았다.

"옷 다 입고 있네. 나 그냥 잠들었나 봐."

"많이 취했던데요."

"당신은?"

"네?"

"당신도 어제 서로 반말했던 걸 까먹을 만큼 취했나 본데."

하하하, 윤해성이 웃었고, 한이수도 웃었다.

"룸서비스 주문하고 나니까 그새 잠들었더라구. 그래서 고이 이불만 덮어 주고 옆에서 잤지."

한이수가 벽을 깨 준 덕분에 윤해성도 편하게 말했다.

한이수가 장난스러운 웃음을 띠고 말했다.

"당신 설마……."

"왜."

"……나한테 진심인 거야?"

"아, 아니, 그……."

그 말에 웬일인지 윤해성의 얼굴이 확 붉어지고 말았다.

한이수가 그 모습을 보더니 크게 웃었다.

* * *

한이수와 호텔 방에서 같이 깨어난 그날도 한울 모터스로부터 아무런 연락 없이 날이 저물었다.

그리고, 다음 날 아침이 밝았다.

이날 오후 2시 30분에는 서울중앙지방법원 법정에서 양다곤의 구속영장재판이 열린다.

하지만 윤해성은 결국 그 사건을 수임하지 못했다.

윤해성이 사무실에 출근하자마자 두 사람의 닦달이 시작됐다.

"어떻게 된 거예요?"

"영장사건 맡는다면서요?"

전기호는 늘 그렇듯이 한 발 더 나갔다.

"그렇게 자신만만하더니, 이게 뭡니까? 내가 얘기했죠. 한울에서 이 쥐똥만 한 사무실에 사건을 맡길 리가 없다고……."

"됐고, 오늘은 약속을 잡지 마."

전기호의 푸념을 자르고 윤해성은 자신의 방에 들어갔다.

방수희와 전기호의 코앞에서 문이 닫혔다.

방수희가 전기호를 나무랐다.

"기호야, 너 좀 지나쳤어. 변호사님이 삐쳐서 그냥 들어갔잖아."

"지나치긴요. 한울 모터스가 약 먹었어요? 우리 사무실에 사건 맡기게? 큰소리치지나 말든지."

"사실 나도 좀 믿기진 않았어."

"알고 보면 구라가 엄청난 사람이에요."

"우리 변호사님이 좀 그런 면이 있지."

"월급 많이 준다고 해서 인생 접고 이리로 왔는데, 당한 거 아닌가 몰라."

"넌 그래도 한국이잖아. 난 미국에서 여기까지 왔어."

"낚인 거죠. 아주 제대로. 저 양반은 일단 지르고 보는 게 버릇이에요. 눈치 보니깐 성공보수 베팅도 엄청 세게 한 모양이던데. 그럼 안 되지. 한 1, 2천 부르면서 대형 로펌에 보조로 껴 주십쇼. 해도 될까 말깐데 말이야."

윤해성이 100억 원을 불렀다는 걸 알면 전기호는 사무실 창문으로 뛰어내릴지도 모른다.

"양 회장 구속되면 고문 계약도 위태로운 거 아녜요?"

"그래도 설마 회장이 지시한 건인데, 아래쪽에서 자르겠어?"

"그거라도 유지돼야죠. 월 2천이면 우리 사무실에선 큰 수입원인데."

"만약 그것도 깨지면."

"깨지면?"

방수희와 전기호는 동시에 서로를 마주 보았다.

"우리 월급!"

그때 사무실 전화가 울렸다.

"하필 이런 얘기 하는데. 불길하게."

전기호는 투덜거렸고, 방수희는 수화기를 들었다.

"네. 이람 법률사무솝니다."

이어 네, 네, 하는 소리가 연신 들리다가 어느 순간 방수희의 목소리가 쑥 올라갔다.

"구속영장 사건을요?"

방수희가 수화기를 든 채 입을 떡 벌렸다.

예사롭지 않은 기색을 감지한 전기호가 눈을 동그랗게 뜨고 쳐다보았다.

"……네, 네. 알겠습니다."

통화를 마친 방수희가 전기호에게 말했다.

"한울 모터스 최윤식 팀장이야. 우리한테 맡기겠대. 오늘 오후 2시 반이니까 빨리 준비해 달래."

"뭐라구욧? 세상에, 이런 일이!"

전기호는 풀쩍 뛰었다.

이어 숨 쉴 틈도 없이 윤해성의 방으로 뛰어 들어갔다.

방수희도 급히 뒤따랐다.

"변호사니임! 왔어요, 왔어!"

"응?"

서류를 들여다보고 있던 윤해성은 고개를 들었다.

"한울 모터스가 사건을 맡긴대요! 금방 수희 누나가 전화 받았어요!"

"그, 그래?"

윤해성의 눈꺼풀이 꿈틀했다. 하지만 윤해성은 곧바로 아무렇지 않다는 듯 눈을 내리깔았다.

"얘기했잖아. 내가 그 사건 맡을 거라고."

"헐."

방수희가 끼어들었다.

"지금 안 놀라는 척 애쓰고 있는 거 아니에요?"

"아냐. 이럴 줄 알았어."

윤해성은 끝까지 태연했다.

전기호가 미심쩍은 듯 말했다.

"에이, 변호사님도 실은 사건 안 올까 봐 쫄았죠?"

"아냐. 포커도 믿어야지 다음 장에 에이스가 들어오는 거야."

윤해성이 더 이상의 의심을 차단하듯 서류철을 탁 덮고는 일어섰다.

"그럼 준비를 해 볼까."

"아무튼 정말 잘됐어요. 축하축하. 우리 모두."

방수희가 양손으로 엄지를 세워 보이고는 먼저 방을 나갔다.

전기호가 물었다.

"근데 착수금은 얼마 받기로 했어요?"

"착수금은 왜."

"어차피 영장은 발부될 거라면서요. 그럼 착수금 먹고 끝나는 거 아닌가요. 속칭 '착수금 떼기'."

"착수금은……."

윤해성은 차마 말하지 못했다. '없다'고 하면 전기호의 얼굴에서 저 미소가 사라지겠지. 아니, 길길이 날뛸 게 틀림없다.

"……문제가 아니라, 영장을 기각시켜야지."

"안 된다면서요."

"되게 할 거야."

"예에……."

말을 끄는 품이 전기호는 영 미덥지 못한 모양이다.

"그럼 수고하십쇼."

전기호가 등을 돌려 방을 나가려는데, 윤해성이 불러 세웠다.

"어디가. 전 사무장은 남아야지."

전기호가 몸을 돌렸다.

"그 물건 구해 두었지?"

"며칠 전 말한 그 물건요? 구했죠. 제가 누굽니꽈."

"준비해."

"준비하라구요? 왜요?"

"이번 재판에 쓸 거야."

"에? 재판에 그걸 쓴다구욧?"

전기호는 입이 쩍 벌어질 만큼 놀랐다.

윤해성은 조용히 고개를 끄덕끄덕했다.

* * *

그보다 앞선 시각.

양다곤은 아침 잠결에 전화를 받았다.

잠결이라고는 하지만 거실 소파에 누워 거의 밤을 새웠고, 비몽사몽
이었다.

전화를 걸어온 이는 단명오였다.

"오, 단 변호사. 한국에 도착했나?"

"그게, 참 미안하게 됐습니다."

"뭐가?"

"여기 아직 파라과이예요."

"뭐? 아직?"

"여기 출입국관리소에서 자꾸 딴지를 거네요. 아무래도 내가 이쪽에 거물이다 보니까 혹시 큰돈 들고 한국으로 가 버리나 싶어서 심사를 하는 것 같아요."

"……."

"기다리다 보니까 시간이 지나 버렸어요."

"……아니 그럼 진작 얘길 해야지, 왜 이제 전화해! 오늘이 재판인데!"

"그러게요. 관 상대로 작업하다 보니 정신이 없었어요. 곧 해결될 줄 알고 조금만 더, 조금만 더 하다 보니까 비행기 시간이 한참 지났더라고요."

거짓말이다!

그쪽 정부에서 왜 출국에 태클을 걸어?

그리고 전화할 여유가 없었다는 게 말이 되냔 말이다!

혹시 이 자식은 내가 확실히 구속되길 바라고 이러는 건가?

뱀 같은 놈!

"이런 이유로 시간 맞춰서는 못 가게 되었네요. 형님."

단명오는 말로는 미안하다고 했지만 어투는 그저 식당에 노쇼를 통보하는 정도였다.

양다곤은 부글부글했지만, 그저 알겠다고만 하고서 전화를 끊었다.

단명오는 조금 늦더라도 꼭 한국으로 들어가겠다는 말로 복장을 긁었다. 오히려 그건 반갑지 않다. 영장재판 때문이 아니라면 오히려 곁에 두기 꺼림칙한 자다.

"자기, 뭐야. 왜 아침부터 열 받았어?"

장유나가 안방에서 걸어 나오고 있었다.

흐트러진 슬립 차림에 눈이 반쯤 감겨 있다.

"단명오가 한국에 못 왔다는군."

"어머, 그럼 어떡해? 재판이 오늘 오훈데, 변호사는?"

장유나는 잠이 깬 듯 화들짝 놀라 소리를 높였다.

"남은 건 하나밖에 없지."

양다곤은 그 자리에서 휴대전화 버튼을 꾹꾹 눌렀다.

"최 팀장인가. ……어, 아침 인사는 됐고. 당장 윤해성한테 연락해. 영장 건 맡으라고."

수화기 건너편에서 허둥대는 소리가 이곳까지 들리는 듯했다.

그 직후, 방수희는 최윤식의 전화를 받았던 것이다.

* * *

"야아, 서울 도심에 이렇게 호젓한 곳이 있었네."

한도균이 주위를 둘러보며 감탄했다.

한이수는 한도균과 점심을 먹고 선릉공원 안 벤치에 나란히 앉았다. 테이크아웃 커피를 한 잔씩 든 채다.

"네가 일하는 곳 근천데도 난 처음 와 본다."

한도균은 신기한 듯 연신 두리번거렸다.

"여기 가끔 와. 빌딩하고 녹지가 같이 있어서 좋아."

"공원 안에 사람도 별로 없고."

그건 입장료를 받는 탓이리라.

"근데 아빠 웬일로 서울까지 나왔어?"

"네 얼굴 보러 왔지."

"요새 위층은 괜찮아? 또 쿵쾅거리진 않구?"

"이사 갔어. 마주치기 껄끄러웠나 봐."

"다행이다. 혹시 괜히 또 트러블 생길까 봐 걱정했는데."

"설마. 이사 가기 전에도 이미 소음은 없었어."

"아빠가 또 몽둥이 들고 달려올까 봐 겁났겠지."

"어휴우."

한도균은 긴 한숨을 내쉬며 고개를 도리도리 저었다.

"그 일은 너한테 참 부끄럽다."

"……이젠 아빠가 맘 편하게 살았으면 싶어."

딸이 어렵게 꺼낸 말에 대꾸도 없이 풍경만 멀거니 바라보던 한도균이 불쑥 말했다.

"그 친구 괜찮더라."

"누구?"

"윤해성 변호사."

"아. 우리 재판 열심히 해 줬지. 좀 이상한 방법이긴 하지만. 의외로 인간적이더라."

"내가 괜찮다는 건 인간성이 아니야."

"그럼?"

"일하는 거, 처세하는 거 보니까 처자식 안 굶기겠더라. 그게 중요하지."

"치이. 요새 누가 굶어?"

한도균이 한이수를 멀거니 보았다. 눈에 애처로움이 담겨 있다.

"우리 이수가 잘살았으면 좋겠어. 아주 많이."

"나 참. 대체 무슨 말을 하고 싶은 거야?"

"눈치를 보아하니 너한테 호감도 있는 거 같고 말이야."

"관둬. 아빠는 눈치 꽝이야."

"무슨 소리. 내 감이 얼마나 정확한데."

한이수는 대꾸 없이 시선을 돌렸지만 슬그머니 웃음이 났다.

나쁜 기분은 아니었다.

한도균이 혼잣말처럼 읊조렸다.

"차라리 우리도 양다곤 같은 인간 잊고…… 행복할 일만 생각하면……."

한이수는 아버지의 옆얼굴이 쓸쓸해 보인다고 생각했다. 복수를 잊는다는 말은 지금까지 한 번도 한 적이 없는 아버지였다. 시간이 지나면 원한도 희미해지는 걸까.

생각에 잠겨 있던 한도균이 다시 입을 열었다.

"양다곤이 이번에 구속될 거라지."

"응. 거의."

"영장 재판이 두 시간도 안 남았네."

"오후 2시 30분이니까. 곧이야."

"그 인간이 구속되면 우리 한도 조금은 풀리겠구나……."

말을 줄이던 한도균이 한이수를 쳐다보았다.

"……이수 네가 정말 고생했다."

"내가 뭘."

"네가 비서실에 있으면서 그걸 빼낸 거 아니냐. 양다곤이 배터리 결함을 보고받았다는 이메일. 그걸 검찰에 넘긴 덕에 죗값을 치르게 되었어."

"그 인간이 한 짓에 비하면 가볍지, 뭐. 아무튼 무엇보다 아빠 마음의 응어리가 얼마라도 사라졌음 좋겠어. 조금, 조금 더 편해질 수 있게……."

한도균은 쿨럭쿨럭 기침을 했다.

공기 좋은 곳을 떠나 서울에 오니 다시 폐가 아파진 모양이다.

"정말 길었어. 너무 오래 기다렸다…… 그래도 이젠 좀 마음을 쉴 수 있을 것 같구나……."

한이수는 손을 뻗어 벤치 위에 놓인 아버지의 앙상한 손을 잡았다.

체념 대신 편안함이 깃든 표정이었다. 모든 것을 내려놓은 듯한 한도균의 얼굴은 10년 만이었다.

아버지는, 우리 가족은 이제 안식을 찾는 걸까.

* * *

양다곤은 눈을 떴다.

꿈이었구나.

역시.

천장이 새까맣다.

침대 옆에는 아무도 없다.

아, 내 집이었지.

이날은 장유나의 집에 가지 않았다.

손을 뻗어 머리맡의 물잔을 찾았다.

몸을 일으켜 물을 벌컥벌컥 마시며 조금 전의 꿈을 떠올렸다.

'왜 자꾸 우리 아빠가 자살했다고 해요?'

어린아이의 조그만 얼굴은 잘 기억나지 않았다.

그저 자신에게 적대감을 드러내고 있다는 느낌뿐.

양다곤은 그 아이의 이름을 알고 있다.

김한울.

한울 모터스가 그 꼬마의 이름에서 왔다.

얼마 전에도 비슷한 꿈을 꾸었는데. 하필 왜 오늘.

구속영장 재판을 앞두고 마음이 허해서일까.

꿈이 징조라면, 분명 불길하다.

나는 이번에 구속되는 걸까.

지옥으로 기약 없이 굴러떨어지게 되는 걸까.

김한울의 기억은 대단히 불쾌한 것이었다.

가장 감추고 싶은 비밀을 건드리는 그 무엇.

한울 모터스, 한울 그룹, 그리고 양다곤이라는 인간의 뿌리를 위협하는 깊고 깊은 적의.

왜 하필 이때 이런 꿈을.

심장이 세차게 두근거리고 있다는 걸 깨달았다.

다시 침대에 몸을 뉘었다.

하지만 양다곤은 감지했다.

이대로 아침을 맞이하리라는 것을.

잠은 완전히 달아나 있었다.

* * *

윤해성이 전기호를 만난 건 검사 시절이었다.

윤해성은 절도 전과 7범의 도둑을 취조하고 있었다.

나이 마흔이 넘도록 도둑질로 감방과 사회를 왔다 갔다 한 남자였다.

그는 술술 불었다. 현장에서 검거되었으니 발뺌할 여지도 없다.

이번에 훔친 물건은 자전거였다.

자그마치 1100만 원짜리였고, 그의 집을 경찰이 압수수색했더니 일반형 자전거 여섯 대, 수백만 원대의 고가 자전거 두 대가 더 있었다.

상습절도로 상당한 기간의 징역형이 예상되는 사건이다.

조사를 마치고 윤해성이 말했다.

"이만큼 전과가 있는데 또 도둑질이 하고 싶었습니까?"

"죄송합니다. 검사님."

"선처를 하려도 할 수가 없어요. 상습이라. 이쯤 되면 언젠간 잡힌단 거 알 거잖아요. 왜 자꾸 합니까?"

"그러게 말입니다. 왕년엔 저도 날아다녔는데, 역시 나이는 못 속이나 봅니다. 조방개 같은 놈은 몇십 개를 훔쳐도 안 잡히더만……."

"누구, 조번개?"

"아뇨. 조방개."

"그 조방개란 사람이 그렇게 잘해요?"

윤해성이 묻자 절도범은 신이 난 듯 말했다.

"조방개는 이 업계에서는 그냥 최곱니다. 새파랗게 어린 놈인데, 귀신같아요. CCTV에도 안 걸리고, 어떤 문이든 다 따죠."

절도범은 엄지 척을 하다가 상황 파악을 하고서는 황급히 내렸다.

형사들에게 끌려가는 그의 뒷모습을 보며 윤해성은 조방개라는 인물에게 흥미를 느꼈다.

조방개의 이름을 두 번째 듣게 된 건 석 달 후였다.

이번에도 다른 절도 피의자의 입에서 나온 이름이었다. 이다우라는

절도범이었는데, 이번에는 아예 대놓고 조방개를 언급하며 딜을 하려
했다.

"검사님. 제가 큰 놈을 하다 물어다 드릴 테니까 제 형량을 좀 깎아
주십쇼."

"큰놈?"

"검찰은 아직 모르고 있지만 우리 업계 최고인 놈이 있어요. 그놈을
제보할게요. 그러니까, 그거 공적확인서 하나만 나중에 판사한테 보내
주십쇼."

피의자가 다른 범인 검거에 도움을 주었을 때 경찰에서 공적을 세
웠다고 확인해 주는 서류가 '공적확인서'다. 추후 재판에서 정상참작
의 자료가 된다.

"업계 최고라…… 어떤 사람입니까?"

"본명은 모르고요, 조방개란 놈입니다."

"조방개?"

또 그 이름이 나왔다. 윤해성은 바짝 흥미가 일었다.

"어느 정도의 친구길래 업계 최고라고 하는 겁니까?"

"일단 많이 해 먹었죠. 그러면서도 한 번도 안 잡혔어요. 동에 번쩍
서에 번쩍하는 놈이에요. 털어 보면 큰 건 몇 개 나올 겁니다. 우리 쪽
에서 아는 사람은 다 아는데."

"하지만 한 번도 잡힌 적이 없어서 경찰은 아예 존재조차 모르고
있다?"

"바로 그거죠."

"주소나 연락처는 알아요?"

"모릅니다만, 조방개하고 연락이 되는 녀석을 알아요."

윤해성은 이름과 전화번호를 받아 적었다. 이우철.

"근데, 이 친구가 어떤 큰 건을 했는지는 알아요?"

"글쎄, 그것까지는 잘……."

이다우는 수갑 찬 손을 들어 올려 머리를 긁적였다.

"그럼 체포할 명분이 없잖아요."

"현행범으로다가……."

"그렇게 동에 번쩍 서에 번쩍한다는 친구를 절도 현장에서 검거한 다고요?"

이다우는 자기가 말해 놓고도 황당한지 헤헤, 하며 웃었다.

"알았습니다. 일단 검거하면 공적은 인정해 드리지요."

윤해성은 그렇게 말하고 이다우를 경찰에 인계했다.

조방개.

도둑 업계에서 최고봉이라…….

만나 보기로 했다.

다른 말로는 검거.

윤해성은 먼저 조방개와 연락이 닿는다는 이우철에게 전화를 걸었다.

"여보세요."

생각보다 목소리가 앳되다.

"이우철 씨죠?"

"어디세요?"

조심하는 목소리.

"여기 서울지방검찰청 507호 검사실인데요. 잠깐 나오시죠."

"헤엑! 검찰청이라구요?"

이우철은 기겁을 했다. 이어 빠르게 말을 이어 붙였다.

"그 건이죠? 그거 정말 억울해요. 난 훔친 물건인 줄 모르고 샀어요. 정말입니다!"

장물아비였군. 아무튼 오늘은 그 용건이 아니다.

"일단 나오시죠."

이우철은 바로 달려왔다.

윤해성은 조금 놀랐다. 앳돼 보이는 스무 살 중반의 남자였다. 보통 장물아비 하면 중년의 너구리 같은 남자를 떠올릴 텐데. 절도계에도 세대교체의 바람이 부는 건가.

윤해성은 이우철을 책상 앞에 앉혀 놓고 말했다.

"장물 건으로 부른 건 아니야."

이우철의 안색이 환해졌다.

"아, 그러면?"

"수사협조를 좀 받으려고."

"네. 뭐든지요. 말만 하십쇼."

"조방개 알지?"

"조방개요?"

의외의 말을 들은 양 이우철은 눈알을 굴렸다.

"아…… 그 녀석도 드디어 꼬리를 잡혔나."

역시 이 동네에서 유명한 모양이다.

"어디 있어?"

"몰라요."

"몰라? 금방 아는 것처럼 반응했잖아."

"그 자식하곤 거래를 해서 아는 거지, 신상은 전혀 몰라요. 나이도 몰라요. 그래서 그냥 서로 반말하죠. 좀 싸가지 없는 거 같긴 해요. 왠지 나보다 어린 거 같은데."

"그건 니들이 알아서 하고, 사는 델 몰라?"

"어디 사는지, 어디서 일하는지는 몰라요."

이우철은 너무 비협조적으로 비칠까 겁났는지 묻지 않은 말도 털어놨다.

"듣기로는 자기 사무실에 훔친 물건들 두고 직판도 한대요. 유통 마진을 없앤다나 뭐라나. 근데 정말 조방개하고 가까운 애들만 거기서 직거래할 수 있어요. 사람을 못 믿는 녀석이라서."

"넌 그 정도 사이는 아니라 이거지?"

"아니죠. 전."

"전화번호는?"

"전번도 몰라요."

"그럼 어떻게 거래해?"

"텔레그램으로 연락해요."

그러면서 조방개의 텔레그램 아이디를 알려 주었다.

"내가 갑자기 텔레그램으로 연락하면 의심할 거야. 너 아이디 좀 빌리자."

윤해성은 이우철의 아이디로 접속해 조방개에게 메시지를 남겼다.

* * *

장물아비 이우철의 표면적인 직업은 중고명품가게 겸 전당포다. 가게는 버젓이 종로3가 귀금속 가게가 밀집한 골목 안에 있다. 반지, 목걸이 같은 보석류부터 고급시계, 명품가방, 신발까지 없는 물건이 없다. 이렇게 중고명품가게로 위장하면 훔쳐 온 갖가지 물건을 당당하게 쌓아 둘 수 있는 장점이 있다.

윤해성은 이우철의 가게 유리진열장 뒤 동그란 의자에 앉아 조방개를 기다렸다.

이우철의 텔레그램 계정을 이용해 급한 용건이 있다는 메시지를 조방개에게 보내 놓은 상태다.

그 전에 윤해성은 근처 자전거 가게에 들렀다. 100만 원이 넘는 카본 프레임 자전거를 구입해서는 전당포 옆 골목 안 적당한 곳에 세워 두었다.

바퀴를 감는 자물쇠는 채워 두었다. 네 자릿수 번호링을 각각 돌려서 비밀번호를 맞추어야 열리는 종류다.

가게 앞에는 CCTV 카메라가 있다.

자전거는 마치 물광 낸 구두처럼 번쩍번쩍 빛나고 있다. 요즘 자전거 수집에 열을 올리고 있다는 조방개가 그냥 지나치지는 않을 새 물건이다.

그렇지만 좀도둑이라면 훔치기 쉽지는 않다. 자물쇠가 있고, CCTV가 있고, 대낮이다.

이건 일종의 '덫'이다.

약속 시간이 지났지만 조방개는 모습을 드러내지 않았다.

지루해진 이우철이 물었다.

"근데, 무슨 살인사건도 아니고 기껏해야 절도잖아요. 도둑놈 정도를 검사님이 이렇게 현장에 직접 검거하러 다닙니까? 검사들도 뭐 체포 실적 갖고 막 압박 주고 그러나요?"

"안 하지."

"근데 왜……?"

"조방개를 만나 보려고."

"왜요?"

"흥미가 당겨서."

"아, 네."

이우철은 이상하다는 듯 윤해성을 보았지만 더 묻지는 않았다.

흥미가 생겨서 조방개를 만나려 한다는 말은 사실이었다.

도둑이 아니라 한 인간으로서의 흥미.

약속 시간이 20여 분 정도 지났을 무렵, 가게 문이 열렸다.

이우철이 윤해성에게 눈짓했다. 이 친구가 조방개라는 신호.

"어이, 이 사장."

조그맣고 가냘픈 몸집에 피치가 높은 음성.

찢어진 눈은 들어서면서 이미 주변을 살피고 있다. 그 시선은 이우
철 옆에 있는 윤해성을 스쳐 지나갔다. 얼굴에 잠시 의아해하는 빛이
떠올랐지만 이내 사라졌다. 단골 거래선인 이우철과 같이 있다는 게
의심을 잠재운 듯하다.

"어. 조방개. 어서 와."

"무슨 일이야?"

그렇게 말하며 조방개의 시선이 다시 윤해성에게 머물렀다.

이 사람이 있는데 용건 이야기를 해도 될지, 하는 시선.

"동업자야."

이우철이 윤해성을 눈짓으로 가리키며 조방개에게 말했다.

이 사람 앞에서 이야기해도 괜찮다는 뜻.

그제야 조방개의 긴장된 낯이 풀어졌다.

이우철이 먼저 용건을 꺼냈다.

"물건 하나만 팔아 줘."

조방개도 편하게 입을 열었다.

"역할이 바뀐 거 아냐? 파는 건 이 사장 일이잖아."

"도저히 안 팔리는 롤렉스가 하나 있어. 너 아는 데 많잖아. 직판도 한다며. 이거 팔아 주면 30프로 줄게."

조방개는 솔깃한 모양이다.

"한번 줘봐."

이우철이 보관함을 열어 시계를 꺼냈다. 롤렉스의 비인기 라인 첼리니.

조방개는 팔목에 차고는 이리저리 돌려 보았다.

"딱 노땅용이네. 그래도 롤렉슨데. 팔아 볼게."

조방개는 시계를 찬 채로 덜렁거리며 가게를 걸어 나갔다.

윤해성은 대화가 오가는 동안 말없이 조방개를 지켜보았다.

조방개가 문 뒤로 사라진 후, 이우철에게 말했다.

"아까 내가 밖에 자전거 놓아둔 거 얘기했지?"

"예. 직접 자전거도 봤어요. 덫을 놓은 거잖아요. 조방개를 절도 현장에서 체포하려고."

어딘가 불만스러운 말투였다. 검거당할 위기에 처한 조방개에게 감정이입이라도 하고 있는 걸까. 동병상련.

아니면 한 번도 잡힌 적 없다는 조방개의 기록이 깨지지 않기를 응원하고 있는지도 모른다.

"조방개가 과연 자전거를 가져갈까?"

"저건 100퍼센트입니다."

"동종 업계에 있는 사람으로서의 확신이야?"

"검사님도 게임해 보셨죠?"

"그래서?"

"희귀템이 떨어져 있는데 그냥 가게 됩니까?"

"그렇긴 하지."

"비싼 자전거잖아요. 딱 보면 가격 나오거든요. 게다가 새거 아닙니까?"

"자물쇠 걸어 놨는데?"

"글쎄요. 조방개 저 친구면…… 아, 지금쯤 끊었을걸요?"

"벌써?"

윤해성은 자리에서 일어섰다. 자전거용 자물쇠는 대개 쇠톱을 써서 끊는데, 못해도 10분은 걸린다. 그런데 벌써?

윤해성은 반신반의하며 가게 문을 열고 나갔다. 가게 옆 골목으로 몸을 틀었다.

엇.

자전거가 없어졌다.

조방개는 조금 전에 나갔는데! 쇠톱질을 할 시간이 없었을 텐데?

자전거가 놓인 자리엔 쇳가루가 떨어져 있지도 않다. 떨어져 있는 거라곤 맥없이 풀려 있는 자물쇠뿐이었다.

눈을 들어 보니 조방개가 새 자전거를 타고 페달질을 하며 멀어져 가고 있었다.

윤해성은 그 자리에 멍하니 섰다.

재미있는 녀석인데.

"털렸죠?"

가게 문이 열리고 이우철이 뒤따라 나오며 마치 고소하다는 듯이 말했다. 검사 나으리, 한 방 먹었지? 우리 업계 친구한테 물먹었지?

"보는 대로야."

윤해성은 어깨를 으쓱했다.

일단 이우철의 가게를 떠나 옆 블록 스타벅스에 들어갔다.

라테 한 잔을 주문하고 자리를 잡았다.

느긋하게 다 마시고 난 뒤 일어섰다.

"출발해 볼까."

윤해성은 종로3가 탑골 공원 뒤 공영주차장으로 가 주차해 둔 승용차에 올라탔다.

조수석 글로브박스에서 조그만 기계장치를 꺼냈다.

지도 위에서 빨간 불이 깜박이고 있었다.

윤해성은 빨간 불빛의 궤적을 따라 차를 천천히 운전하기 시작했다.

청계천가 한복판.

자전거에 달아 놓은 추적기가 멈추어 있었다.

어.

좀 이상하다.

녀석이 가다가 청계천에서 쉬고 있는 건가.

빨간 불과 도로를 번갈아 쫓다 보니 자전거가 시야에 들어왔다.

오후의 시든 햇빛에도 한껏 반짝거리는 새 자전거.

분명 윤해성이 오늘 샀던 그 자전거다.

윤해성은 차를 세우고 자전거로 다가갔다.

자전거는 도로변 차단봉에 기대어 반쯤 쓰러져 있었다.

주변을 두리번거려 보았지만 조방개의 모습은 어디에도 보이지 않았다.

윤해성은 종로경찰서를 찾았다.

"서울중앙지검 윤해성 검삽니다."

"네, 검사님. 어쩐 일로……?"

"자전거를 도둑맞았는데 CCTV 좀 보려구요."

윤해성은 골목 안을 비추는 공공 CCTV 카메라 위치와 번호를 불러 주었다.

관할 구역에서 검사가 자전거를 도둑맞았다니, 별로 좋은 소식은 아니다.

형사는 즉시 중앙통제센터로 윤해성을 데리고 가 그 자리에서 해당 CCTV 기록을 재생했다.

호리호리한 남자가 골목 어귀에 등장했다. 몸집과 옷차림으로 보아 조방개가 틀림없다. 이우철의 가게에서 나온 직후 자전거를 발견하고 골목으로 들어오는 순간이다.

얼굴은 확인되지 않았다. 가게 앞에 내놓은 걸 주웠는지, 남자는 종이박스를 쳐들고 있었다. 어깨 위에 놓고 있어서 얼굴이 완전히 가려졌다. 누가 보더라도 그저 박스를 옮기는 모습이다. CCTV 카메라를 의식해 얼굴을 의도적으로 가린 게 분명하다.

조방개는 자전거 옆으로 가더니 종이박스를 자전거 안장 위에 내려놓고 쪼그려 앉아 자물쇠를 몇 번 조물조물했다.

고개를 숙이고 있어 여전히 얼굴은 보이지 않았다.

도대체 어떤 방법을 썼는지는 알 수 없지만, 자물쇠는 이내 풀렸다.

조방개는 일어서며 종이박스를 다시 한 손으로 들어 어깨에 졌다. 다른 손으로는 자전거 핸들을 잡고 안장에 올라타 페달을 밟고 가 버렸다.

누가 봐도 자기 자전거를 잠가 두었던 자물쇠를 풀고 자연스럽게 타는 모습이다. 그 과정에서 조방개의 얼굴은 박스에 완벽히, 자연스럽게 가려졌다.

아마 골목을 떠나서는 박스를 버리고 신나게 페달을 밟았겠지.

윤해성은 빙그레 웃었고, 그 모습을 본 형사가 어리둥절해 있었다.

　　　　　　　* * *

　윤해성은 그날 저녁 퇴근하고 곧장 귀가했다.

　안주로 산 하몽과 맥주가 든 봉지를 들고 강남역 뒤편의 독신자 아
파트로 들어섰다.

　저녁은 이걸로 때울 예정이다.

　밥 생각이 별로 없다.

　바삐 움직이던 발걸음은 자신의 아파트 현관 앞에서 멈추어졌다.

　어.

　비밀번호를 눌러도 문이 열리지 않았다.

　키가 뻑뻑해 잘 눌리지도 않았다. 들여다보니 키패드 사이로 시뻘겋
고 끈적끈적한 액체 같은 것이 스며들어 있었다. 그 탓에 키가 고장 난
모양이다.

　윤해성은 직감했다.

　도둑의 짓이다.

　이곳 독신자 아파트는 방범이 상대적으로 취약하다. 동이 세 개지만
경비실은 아파트 단지 입구에 하나밖에 없다. 대개 1인 가구이고 직장
에 다니는 성인들이다 보니 방범에 크게 신경 쓰지도 않는다. 도둑의
타깃이 되기에 십상이다.

　이번 절도범은 윤해성의 집을 노렸다. 침입하려고 자물쇠에 무언가
조작을 벌이다가 실패하고 가 버린 것이다.

　혹시 작업하다가 내가 오는 걸 감지하고 막 튄 것 아닐까.

　윤해성은 맥주와 안주 봉지를 내려놓고 아파트 엘리베이터와 마당
을 살폈지만 수상한 사람은 보이지 않았다.

　당장은 낭패였다.

현관문이 열리지 않으니 들어갈 수가 없다.

현관 문짝 위에 '출장 열쇠수리' 광고스티커가 붙어 있었다.

윤해성은 그리로 전화를 했다.

20분쯤 후, 작업복을 입고 작업모를 눌러쓴 남자가 보스턴백을 메고 왔다. 검은 마스크를 하고서 콜록거리고 있었다.

"1105호시죠? 자물쇠 부르셨던. 콜록."

"네. 여깁니다."

남자는 곧 작업에 돌입했다.

고장 난 자물쇠를 전기드릴과 톱으로 분리해서 떼어 내고, 윤해성이 주문한 특수형 새 자물쇠를 설치했다. 작업이 진행되는 동안 조금씩 기침을 할 뿐 묵묵히 일에만 몰두했다.

'젊은 나이에 비해 과묵한 친구로군.'

일이 끝나고 윤해성은 자물쇠값으로 16만 원을 내밀었다. 조금 전 열쇠공을 부를 때 협의된 가격이다. 긴급한 상황이라 울며 겨자 먹기로 시세보다 훨씬 비싼 값을 치르는 것이었다.

하지만 남자는 돈을 받지 않고 선 채로 말했다.

"이게 뭡니까?"

"열쇠값이죠. 16만 원."

"16만 원이요?"

"아까 전화할 때 얘기된 금액이잖아요."

"선생님! 그건 자물쇠 가격이죠. 콜록."

"그래서 드리잖아요."

"출장비는 따로죠. 2만 원 더 주셔야 합니다. 콜록."

"……."

소위 '눈탱이'를 맞는 기분이었지만 딱히 반박하기도 어려웠다. 분명히 아까 얘기할 땐 '특수형 열쇠' 가격이 16만 원이라고 했다. 여기서 출장비를 두고 실랑이하기도 그렇다. 윤해성은 2만 원을 더 건넸다.

그제야 남자는 돌아갔다. 윤해성이 출장비 2만 원을 가지고 캐물은 게 불쾌했는지 제대로 인사도 없었다.

* * *

다음 날도 윤해성은 조방개를 신경 쓰지 못했다.

전날 조방개가 자전거를 버리고 간 뒤 후속조치를 했어야 했는데, 구속 만료가 임박한 사건들이 몰린 통에 도저히 시간이 나지 않았다. 이날까지 그랬다.

'오늘 급한 건은 거의 처리했으니까, 내일쯤 슬슬 준비할까.'

어차피 조방개를 당장 찾아야 할 사정이 있는 것은 아니다.

윤해성은 이날도 늦게 귀가했다.

손에는 맥도날드 햄버거 세트 봉지를 든 채였다.

삑삑삑삑.

어제 새로 설치한 특수형 키를 누르고 현관문을 열었다.

허억.

윤해성은 햄버거 봉지를 떨어트렸다.

집 안이 난장판이었다.

거실 마루에 온갖 서류가 흩어져 있었다. 옷걸이가 쓰러져 옷이 뭉텅이로 쏟아져 있었다.

집에 들어가 보니 부엌 찬장문도 다 열려 있었고, 침실의 서랍장, 장롱 문도 열려 있다. 안에 든 것들은 밖으로 나와 널브러져 있었다.

도둑이 든 것이다.

기억을 더듬어 보았지만 다행히 집 안에 현금이나 보석 같은 물건을 둔 적은 없었다.

손해는 거의 없겠지만 침입자가 곳곳을 뒤진 비주얼이 충격을 던졌다. 으음.

윤해성은 선 채로 신음을 했다.

그 신음 사이로 한 단어가 흘러나왔다.

"조방개…… 이 자식!"

* * *

문이 열리고 남자가 들어왔다.

사무실에서 물건을 정리하고 있던 조방개는 눈을 크게 떴다.

"잠깐. 말로 합시다."

조방개는 즉시 두 손을 앞으로 뻗어 내저었다. 윤해성의 얼굴을 바로 알아본 것이다.

"나 잘 알지?"

"말로 해요, 검사님."

"검사가 조폭이냐? 당연히 말로 하지."

"자, 잠깐. 다가오지 말고."

조방개는 윤해성의 얼굴을 기억하는 건 물론 검사란 것까지 알고 있다.

"이우철이 알려 줬지?"

"자전거 들고 튀는데, 메시지가 왔더라고요. 옆에 있던 사람이 검사라고."

"그래서 자전거를 도중에 버렸나?"

"감이 왔죠. 이거 함정이다, 하고요. 그렇게 훔쳐 가기 딱 좋게 둔 자전거가 잘 없거든요. 혹시 추적장치 같은 거 있을지 몰라서 버렸죠."

"눈치 하난 끝내주는 녀석이네."

"검사님이 말로 하자고 하시니, 일단 차 한잔하시죠. 우리 천천히 하자구요."

조방개는 사무실 책상 뒤쪽으로 발걸음을 향하더니 돌연 창가로 뛰어갔다.

창문을 밀어 올리며 막 몸을 창밖으로 던지려던 조방개는 아래를 내려다보더니 움직임을 멈추었다.

뒤돌아보며 윤해성을 향해 씩 웃었다.

"창밖 전망이 좋네요."

"포기해. 2층이라 뛰어내려도 죽진 않겠지만, 우리 수사관이 아래에 대기하고 있어. 거기서도 잘 보이지?"

조방개는 히죽 웃으며 창을 다시 내렸다.

"그렇다고 검사님하고 맞짱 떠서 탈출할 생각은 없습니다. 키나 몸으로 봐도 검사님은 상당히 세 보이네요. 그렇지 않다 하더라도 검사님 몸에 손끝이라도 닿았다간 공무집행방해로 꼼짝없이 구속일 테니까요."

"나이에 비해 현명하군."

윤해성은 그렇게 말하며 책상 앞 소파에 앉았다.

조방개는 책상 뒤 의자에 털썩 걸터앉았다.

윤해성이 조방개 뒤쪽의 샤넬 가방을 가리키며 말했다.

"여러 가지 하는군. 짝퉁 가방도 취급해?"

조방개는 발끈했다.

"그거 짝퉁 아니에요. 샤넬 클래식은 짝퉁이 나와도 그거는 시즌 백이라 짝퉁이 거의 없어요."

"어이없네. 도둑의 자존심이란 건가."

윤해성은 실소를 했다.

"우리 집은 어떻게 알아냈어?"

"자전거를 청계천에 버려두고 주변에 숨어 있었어요. 검사님이 차를 세우고 자전거로 다가갔을 때 차로 가서 차창에 붙은 아파트 스티커를 봤죠. 휴대폰 번호도 찍어 놨고요."

"호수는?"

"대개는 아파트 스티커에 동호수를 뒤섞어 적어 놓는데요. 그 정돈 순서 좀 바꾸어 보면 바로 나와요. 미리 그 아파트 가서 우편함 뒤져서 한 번 더 확인했어요. 윤해성 검사님."

"이름까지 알아냈군. 자물쇠는 어떻게 했어?"

"주사기에 혈장을 넣어 갔어요. 그거 자물쇠 틈에 주사하면 자연스레 고장 나요."

조방개는 책상 서랍을 열더니 주사기와 함께 혈장이 든 용기를 꺼내 보였다.

"키패드 사이에 들어 있던 빨간 액체가 그거였군."

"고장 낸 다음에 옆에 다른 열쇠 광고스티커는 떼고 제가 만들어 간 출장열쇠 광고스티커를 붙여 놓았어요. 물론 그 번호는 제가 영업용으로 쓰는 폰 번호구요."

"그날 출장 온 것도 너였지?"

"당연하죠. 모자 쓰고 마스크 쓰고 고개 숙이니 알아볼 리가 없죠."

"말도 거의 안 했고."

윤해성이 말하다가 울컥했다.

"열쇠값도 눈탱이였는데, 출장비랍시고 2만 원도 뜯겼어. 그 와중에 지독하게도 해 먹었어."

조방개는 헤헤, 하며 옆머리를 긁었다.

"새로 단 열쇠는 내가 맘대로 주무를 수 있죠. 그래서 검사님이 다음 날 출근한 틈에 집에 들어가서 좀 뒤집어 놨어요. 나도 열 받았거든요."

"네가 왜?"

"함정을 팠잖아요. 무체포 기록이 깨질 뻔했다구요."

"그래서 보복한 거야?"

"집에 간 김에 좋은 물건 있으면 들고 가려고 했더니 별건 없던데요. 청렴한 검사님인 모양입니다. 그냥 밸런타인 한 병만 들고 왔어요."

건들거리던 조방개가 윤해성을 보며 말했다.

"저도 검사님한테 궁금한 거 있어요."

"뭐야?"

"이 사무실은 어떻게 알았어요? 누가 불었어요?"

"불긴 누가 불어. 추적장치가 있었어."

"추적장치요? 자전거는 버렸는데?"

"그날 이우철 가게에 왔다가 시계 차고 갔잖아."

"시계? 그 롤렉스?"

조방개는 뜨악한 얼굴을 했다가 잠시 후 입을 열었다.

"미쳤다…… 그 비싼 거를 망가뜨리고 안에 추적장치를 달았다고요?"

"롤렉스 아니야. 롤렉스 '스타일'이지."

"윽. 짝퉁!"

"진퉁이 좀 비싸야 말이지. 1500만 원은 검사 월급으론 무리거든."

"우와. 이거 도대체……."

조방개가 입을 벌렸다.

"자전거에도 달고 롤렉스에도 달아 놨어. 자전거 추적장치는 비교적 눈치채기 쉽지. 근데 그걸 눈치채면 이제 추적은 벗어났다고 안심하게 돼. 롤렉스시계까진 생각이 잘 못 미쳐."

"휴우우."

조방개가 탄식하듯 숨을 길게 뱉고는 말했다.

"······보통 검사님들하곤 다르네요. 꼭 고등 범죄자 같은······ 앗, 죄송."

"너도 보통 도둑하곤 다른데."

"제가요?"

"그래서 왔어."

"네?"

"사람들이 전부 그러더군. 네가 이 업계 최고이자 라이징 스타라고. 그래서 만나 보고 싶었어."

조방개는 고개를 갸우뚱했다. 아무리 봐도 체포하러 온 검사의 입에서 나올 말은 아닌 것 같았다.

"어린 나이에 한 업계에서 최고라는 평가를 듣는 인물. 과연 어떤 인간일까. 궁금했거든."

"······."

"솔직히 말하지. 난 재능 있는 사람을 보면 욕심이 나서 견디질 못해. 그게 범죄의 재능일지라도 말이야."

윤해성은 그랬다. 나아가 그를 자기 사람으로 만들고 싶어 했다. 거의 병적일 정도였다. 이번에는 그 더듬이가 조방개라는 절도계의 신성에게 향하고 있었다.

"체포하려는 게 아니라?"

"음. 자전거로 함정 판 것도 추적하려는 거보단 재능을 한번 보고 싶었어."

"이거 정말 황당해서리……."

"참. 자전거 열쇠는 어떻게 열었어? 웬만한 열쇠는 단번에 여는 건가?"

조방개는 피식 웃었다.

"도둑이라고 해서 그런 능력은 없어요. 다 영화가 만든 환상이지."

"그럼 어떻게 땄어?"

"자전거를 훔치려고 열쇠를 따는 게 아니에요."

"응?"

"열쇠가 따지는 자전거를 훔치는 거지."

"그게 무슨 소리야?"

"사람들은요. 자전거 링 키 같은 건 귀찮아서 링 네 개를 다 돌려놓지 않고 앞에 거나 뒤에 거 하나씩만 휙 돌려놓는 경우가 많아요. 그런 경우엔 앞에 거나 뒤에 링을 슬슬 돌려 보다가 맞아떨어지면 바로 열리죠. 그렇게 열리는 자전거를 들고 튀는 거예요. 그날 검사님 자전거도 그렇게 되어 있던데요."

"심리의 맹점이라 이거군."

윤해성은 조방개를 빤히 바라보다가 말했다.

"제안을 하나 하지."

조방개는 다시 겁먹은 얼굴이 되었다.

"스카우트 제의야."

"스카우트요?"

조방개가 화들짝 놀랐다.

"난 몇 달 후면 검사 관두고 변호사 사무실을 열 거야."

"그래서요?"

"그때 우리 직원으로 와 줘."

"에에에에에에?"

조방개는 입을 다물지 못했다.

"변호사 사무실 직원이요? 도둑을 직원으로? 아니, 도둑질을 그만 두고 법률사무소 직원으로 일하라구요?"

"들은 대로야."

조방개는 윤해성을 빤히 쳐다보았다. 그가 농담을 하고 있지 않다는 걸 깨닫자 고개를 절레절레 흔들었다.

"도대체 무슨 생각인지 모르겠네요. 설마 범죄 조직을 만들려는 건 아닐 테고."

"범죄냐 아니냐는 내 사무소에서는 의미 없어."

그 말에 조방개가 고개를 들었다.

"범죄일 수도 있다고 해석해도 되나요?"

윤해성은 대꾸하지 않았다. 대신 백제 불상 같은 그의 미소가 조방 개에게 어떤 믿음을 준 듯하다.

조방개는 가운뎃손가락으로 책상을 톡톡 두드리며 말했다.

"……아무튼 뭔가 색다른 사업을 생각하시는 듯한데, 다 좋아요. 다 좋은데, 검사님이 그렇게 얘기하니깐 나도 솔직히 말할게요. 거기 월 급이 별로 안 센 걸로 아는데요. 내가 이 일을 그만두기엔 말이죠."

"급여는 월 800만 원 정도를 생각하고 있어. 인센티브는 별도야."

"네? 월 800이요?"

조방개는 믿기지 않는다는 듯 눈을 올려 떴다.

"변호사도 그 정도 못 버는 사람 수두룩할 텐데, 도둑 출신 직원을 800을 준다고요?"

"도둑질로 한탕 해 봤자, 수입이 안정적이지 못하고 어차피 큰돈은 못 벌어. 평균 내면 결코 월 800만 원은 벌지 못할걸. 한탕 하는 돈보다 우리 사무실 인센티브가 더 클 수도 있어. 거기다 결정적으로 도둑질은 언젠가는 잡혀. 감방이 기다리고 있단 거지. 그 리스크까지 생각하면 고민할 대상이 아니라고 보는데. 난 너한테 사무장 자리를 줄 생각이야. 어디서 명함도 못 파는 도둑놈보다야 변호사 사무장이 낫지 않겠어?"

조방개는 콧김을 훅 내쉬었다.

"우리 엄마가 엄청 좋아하겠네요."

"예스야, 노야?"

조방개는 잠시 뜸을 들인 후 말했다.

"노, 예요."

"노, 라고?"

"지금은요."

"뭐?"

"아직은 변호사 아니시잖아요. 그때 가서 사무실 열게 되면 보죠. 그때까지만 노, 란 겁니다."

조방개는 손을 내밀어 악수를 청했다.

그날 사무실을 나오기 직전에 조방개는 본명을 말해 주었다.

전기호.

그는 넉 달 뒤 이람 법률사무소의 직원이 되었다.

서초동 최연소이자 최고연봉의 사무장이었다.

* * *

판사가 법정 문을 열고 들어왔고, 윤해성과 양다곤은 자리에서 일어났다.

오늘의 담당은 서울중앙지방법원의 네 명의 영장전담판사 중 한 명인 마인혁 부장판사.

판사가 자리에 앉아 말했다.

"지금부터 피의자 양다곤에 대하여 영장실질심문을 시작하겠습니다."

양다곤이 자리에 앉으며 윤해성을 힐끔 보았는데 이쪽으로 눈길도 주지 않는다.

'왜 이리 태도가 딱딱해.'

사회의 제왕으로 군림하던 양다곤은 판사가 지배하는 법정이란 곳이 영 낯설다.

윤해성이 자신보다 판사를 더 신경 쓰고 있는 모습도 마음에 들지 않는다.

재판에 들어오기 전 윤해성은 그렇게 당부했다.

"회장님은 재판을 위해 아무런 준비를 할 필요가 없습니다. 딱 한 가지만 기억하시면 됩니다."

"그게 뭐야?"

"납작 엎드리는 겁니다."

판사라고 해 봐야 마흔이 겨우 넘어 보이는 애송이다. 그렇지만 지금 자신의 운명을 거머쥐고 있는 사람이 저 새파란 판사다.

마음에 들지 않지만 윤해성이 말하지 않더라도 납작 엎드릴 수밖에 없다.

376

영장재판은 비공개다. 방청객도, 가족도 들어오지 못한다. 신동우 비서실장이나 최윤식 팀장 같은 사람들도 당연히 들어오지 못한다.

법정 안에는 오직 판사와 입회 참여관, 검사, 변호사, 그리고 양다곤 자신뿐이다.

법정에 들어온 검사는 자신을 그렇게도 모욕하고 괴롭히던 박재훈이었다.

양다곤이 기댈 곳이라고는 윤해성 변호사밖에 없다.

마인혁 판사가 박재훈 검사를 보며 말했다.

"검사는 영장청구 범죄사실을 말해 주십시오."

법복을 걸친 박재훈 검사가 일어섰다.

양다곤은 그 얼굴을 보자 이가 갈렸다. 몇 번이나 박재훈 검사 앞에 불려가 조사를 받았다. 건방지게도 경제계의 제왕인 자신을 마구 다그치던 검사.

넌 언젠간 내가 죽일 거야.

양다곤은 박재훈 검사의 얼굴을 잠깐 바라보다가 고개를 돌렸다.

박재훈 검사가 힘주어 말했다.

"피의자 양다곤은 한울 모터스의 회장입니다. 피의자는, 한울 모터스에서 생산한 전기차 '오딘'에 심각한 배터리 결함이 있고, 운행 중 폭발의 위험이 있다는 사실을 보고받았습니다. 이 결함은 보완할 수 있는 장치가 분명히 있었고, 생산 과정에서 얼마든지 부착도 가능했습니다. 하지만, 그 장치 부착에 드는 비용보다 배터리 폭발 시 소비자에 보상해 주는 비용이 훨씬 낮았습니다. 피의자는 그런 계산을 하고서 보완장치 부착 없이 흠 있는 배터리를 설치한 채로 차 생산을 강행하도록 지시하였습니다. 이는 한국을 대표하는 기업으로서 심각한 윤리의 실종을 보여 주는 사건이며 대단히 중대한 범죄 사안입니다. 더구나 이 사건으로 검찰수사가 시작되자, 피의자는 직원들에게 자신에게 결함을 보고한 서류와 이메일 등을 모두 폐기하도록 지시함으로써 증거인멸을 시도했습니다. 이는 명백한 구속사유에 해당합니다. 피의자에게 구속영장을 발부하여 주시기 바랍니다."

박재훈 검사는 말을 마치고 자리에 앉았다.

마인혁 판사가 양다곤을 보며 말했다.

"범죄사실을 인정합니까?"

"인정하지 못합니다."

양다곤은 꼬장꼬장한 목소리로 대답했다. 머리를 꼿꼿이 들고 판사를 쳐다보았다. 둘 다 윤혜성이 하지 말라는 행동이었다.

"피의자 입장을 말해 보세요."

"저는 차량에 그런 결함이 있다는 사실을 보고받은 적이 없습니다. 전 전혀 모르는 사실입니다."

"보고서류나 이메일은 왜 삭제하도록 시켰습니까? 그 때문에 검찰은 증거를 인멸했다고 주장하고 있습니다."

"그것도 제가 시킨 게 아닙니다."

"그럼요?"

"법무팀이 알아서 한 겁니다. 검찰이 수사한다고 하니, 누가 놀라지 않겠습니까? 아마도 법무팀에서 혹시, 하는 마음에 일단 관련 문서들을 다 폐기하고 메일도 지우라고 시켰던 모양입니다. 하지만 전 관여하지 않았습니다."

"서류는 문서파쇄기에서 사라졌지만 검찰이 이메일을 복구했습니다. 거기 보면 피의자가 배터리 결함이 있고 폭발 위험이 있다는 내용을 분명히 보고받은 걸로 되어 있습니다."

"전 못 봤습니다."

"못 봤다고요? 이메일에 읽었다는 표시가 떠 있는데요."

"제 개인 메일주소도 있지만, 비서실을 통하는 메일 주소도 있습니다. 비서실을 통하는 메일은 계정 주인만 저로 되어 있지, 제가 직접 메일을 읽지 않습니다."

"피의자 앞으로 온 메일을 피의자가 안 읽는단 말입니까?"

"비서실에서 일차적으로 메일을 거르고 그다음 저한테 전달합니다. 그 결함 보고 메일도 아마 그 계정으로 왔을 겁니다. 아마 읽었다면 비서실에서 읽었을 거고요. 전 그 메일을 보거나 읽은 적이 없으니까요."

양다곤의 입에서 변명이 술술 흘러나왔다. 법무팀과 이정환 변호사를 통해서 여러 번 예행 연습한 답변이었다. 미꾸라지 같은 변명에 판사는 조금 질린 듯한 얼굴이었다.

"지금까지 피의자가 한 말이 다 맞는다고 쳐도, 이렇게 중요한 내용을 비서실에서 회장인 피의자에게 보고하지 않았다는 겁니까?"

"전 절대로 보고받지 못했습니다."

"생산라인에서 이메일 보고만으로 끝내진 않았을 테고요. 당연히 같은 내용으로 대면 보고나 서면 보고가 있었을 거 아닙니까?"

"없었습니다. 전 보고받은 적 없습니다."

"한울 모터스가 구멍가게도 아니고, 그런 보고가 아예 없었단 말입니까?"

"없었던 걸 없었다고 하지, 어떡합니까!"

양다곤은 급기야 판사에게 짜증을 냈다.

양다곤은 말을 뱉고서 아차, 싶었다.

평소의 버릇이 나와 버렸다. 큰일이다. 이건 자폭 행위다.

마인혁 판사의 표정이 안 좋아졌다. 무언가를 꾹 참는 듯한 모습이었다. 뻔한 사실을 변명하는 것도 화가 나는 판에 태도도 불량하다.

당신, 착각하고 있는 모양인데, 이곳은 한울 모터스의 회장실이 아니야. 내 법정이야.

그렇게 말하는 듯한 표정이다.

마인혁 판사가 이번에는 윤해성을 향해 말했다.

"그럼 변호인이 변론해 주시죠."

윤해성이 일어섰다.

자, 어떻게 이 판을 뒤집을 것인가.

양다곤은 기대를 갖고서 윤해성을 쳐다보았다.

어떤 기막힌 변론을 펼칠 것인가. 자. 어서 펼쳐 보시지. 100억 원짜리 변론을.

윤해성의 입이 열렸다.

"금방 피의자가 말한 입장과 동일합니다. 피의자는 억울합니다. 재판장님께서 수사기록을 보시고 법과 원칙에 따라 잘 판단해 주시기 바랍니다."

그러고는 앉았다.

양다곤은 어이가 없었다. 윤해성을 쳐다보았지만 그는 모른 척 서류를 내려다보고 있다.

이게 다야? 혹시 아까 내가 판사한테 짜증 낸 것 때문에 이 재판은 다 끝났다고 포기하는 건가? 아니면. 혹시…….

그 순간 의심이 버럭 들었다.

……윤해성은 영장이 발부되기를 바란 게 아닐까?

돌연 닥친 의혹으로 가슴이 쿵쿵 뛰었다.

로펌이나 법무팀 의견과 달리, 이 영장은 기각될 게 아니었을까. 발부될 수 없는 법적 이유가 있었던 게 아닐까. 그래서 스스로 뛰어들어서 재판을 망치려고, 그래서 확실히 영장이 발부되게 하려고?

양다곤의 머릿속에서 온갖 망상이 소용돌이쳤다.

판사는 시선을 앞으로 되돌렸다.

"그럼 피의자는 마지막으로 할 말 있으면 하세요."

양다곤은 다급해졌다. 이대로라면 끝장이다.

제대로 싸워 보지도 못하고, 영장 발부다.

"재판장님, 아까 짜증스럽게 말했던 건 본심이 아니었습니다. 그냥 억울하다고 주장하려다 그만 그렇게 되고 말았습니다. 너무나 죄송하게 생각하며, 제 사건을 다시 한번 잘 살펴봐서 억울한 점이 없도록 해 주시기 바랍니다."

양다곤은 연신 머리를 조아렸다. 이제야 윤해성이 시킨 대로 납작 엎드렸다. 하지만 판사의 표정을 보아하니 이미 늦은 모양이다. 딱딱하게 굳어 있다. 변명을 듣고 있는 얼굴이 아니다.

양다곤은 어지럼증을 느꼈다.

수사관들에게 양팔을 잡혀 법정을 나가면서 윤해성을 보았다.

그는 외면하고 있었다.

이 자식!

이게 무슨 변론이야!

착수금 없다고 이따위로 하는 건가!

하지만 이를 갈 뿐 별 도리가 없다.

양다곤은 이제 서울구치소로 이동해서 영장재판 결과를 기다리게 될 것이다.

하지만 이미 그의 머릿속에서 기다림은 의미가 없어졌다.

구속은 확실해졌으니까.

윤해성은 변호인석에서 내려와서 곧장 밖으로 나가지 않고 법정 방청석 의자에 앉아 이 장면을 지켜보고 있었다.

박재훈 검사는 가장 먼저 법정을 떴고, 마인혁 판사는 서류를 챙긴 후 서기 일을 담당하는 참여관과 함께 앞쪽 재판부 출입구로 빠져나갔고, 양다곤은 수사관들에게 붙들려 법정 옆에 달린 문을 통해 피의자 대기실로 사라졌다.

법정에는 이제 법정 경위와 윤해성만 남아 있다.

법정의 뒤편 방청석 출입구는 좌우 두 개로 나뉘어 있다.

오른편 출입구가 열리면서 젊은 여자가 고개를 들이밀었다.

"저기, 이거 좀 도와주시겠어요?"

여자가 도움을 요청했다.

순간 법정 경위의 눈이 흔들렸다.

부리부리한 눈, 오똑한 코. 늘씬한 키에 폭발적인 몸매, 몸의 곡선이 그대로 드러나는 짧은 치마. 법정에서 보기 힘든 분위기의 미녀다.

법정이 아니라 하더라도 젊은 남자인 경위의 눈길을 사로잡기에 충분했다.

경위는 여자가 있는 오른편 출입구로 향했다. 경위는 문을 열고 밖으로 나갔다.

바깥의 여자는 복도와 오른편 출입문에 반쯤 몸을 걸치고는 경위에게 뭐라 뭐라 말했고, 경위는 열심히 설명했다. 여자의 귀여운 외모 때문에 더 도와주고 싶어졌는지 모른다.

그때 젊은 남자가 왼편 출입구로 슬쩍 몸을 숨기듯이 들어갔다. 경위의 시선이 보이지 않는 사각지대였다. 남자는 숄더백을 크로스로 메고 있었다.

젊은 남자는 법정에 들어가자 기다리고 있던 윤해성에게 눈짓했다.

윤해성과 젊은 남자는 신속히 법대 쪽으로 뛰어가더니 아까 판사가 지나간 법대 뒤편의 판사 출입구로 향했다.

경위는 복도의 젊은 여자와 대화를 마치고 난 다음 법정으로 돌아왔다.

텅 비어 있다. 이미 윤해성과 젊은 남자가 판사 출입문 뒤로 사라진 후다.

아까 미적거리고 있던 변호사는 그새 왼편 출입구를 통해 밖으로 나갔나 보다.

경위는 그렇게 생각할 뿐이었다.

조금 전 여자가 무척 매력적이었다는 생각도 함께.

"굿 럭."

복도에서 경위를 불러냈던 여자는 법정에서 멀어지며 말했다. 그녀는 방수회였다.

방수회가 경위를 불러냈을 때 반대편 문으로 들어간 남자는 물론 전기호였다.

* * *

서울구치소에 입감할 때 항문검사는 무엇보다 치욕스러웠다.

요즘에는 항문을 벌리지 않고 의자에 앉아 투시검사로 대체하지만 누군가가 자신의 그곳을 체크한다는 것 자체가 모욕으로 느껴졌다.

수의로 갈아입고 구치소 독방에 틀어박힌 양다곤은 이를 갈고 있었다.

그는 조금 전 영장재판을 생각했다.

그리고 윤해성을 생각했다.

어처구니없는 변론. 어떻게 그럴 수가…….

틀림없다. 이 인간은 내가 구치소에 들어가길 바라는 놈이다!

양다곤은 그렇게 결론 내렸다.

양다곤은 자신이 알게 모르게 적을 많이 만들어 왔다는 걸 알고 있다. 윤해성, 이 인간도 그중 하나일지 모른다. 애당초 100억이니 뭐니, 영장을 확실하게 기각시켜 준다는 것부터가 말이 안 되는 소리였다. 어떻게 그걸 장담할 수 있나 말이다.

내가 속아 넘어갔다! 이 애송이 변호사에게. 이자는 내게 원한을 품은 놈인 게 분명하지 않은가 말이다.

주마등처럼 온갖 일들이 떠올랐다.

그중에는 20년 전의 일도 머리를 스쳤다. 예전 김민호의 일도 있었고…… 김민호의 아들 이름도 기억한다. 김한울. 한울 모터스가 그 이름에서 유래했지. 윤해성은 혹시 김민호의 친척일까?

그런 생각을 하다가 깊게 숨을 토해 냈다.

말도 안 되는 상황에 처하니 별 헛생각이 다 나는군.

이런 생각들이 다른 어지러운 생각과 섞여 0.5초 정도 떠올랐다가 사라졌다.

바닥에 누워 구치소 벽면의 시계를 노려봤다.

자정이 지나고 새벽에 결정이 나올 거라고 했지.

영장이 발부될 것은 확실했지만 그래도, 하는 심정.

그러면서도 한편으로는 기다리는 자신의 처지가 비참했다.

희망이란 건 더럽구먼.

양다곤은 혼잣말을 하며 돌아누웠다.

　　　　　＊　＊　＊

　방수희는 이람 법률사무소로 돌아와 사무실을 정리하며 이른 퇴근 준비를 했다.

　영장재판에 들어가기 전 윤해성이 말했다.

　"기호하고 난 새벽까지 일해야 하니까 수희는 곧장 퇴근해."

　영장재판은 통상 길어야 두세 시간이면 끝난다. 실제로 이번 양다곤 재판은 30분도 안 되어 끝났다.

　그런데 두 사람은 오늘 새벽까지 일할 예정이다.

　영장재판을 맡기도 전에 기호는 뛰어다니면서 '어떤 것'을 열심히 준비했다. 윤해성의 지시에 따른 것이었다.

　그런 것이 재판에 도무지 왜 필요한지 알 수 없었다. 나중에 윤해성의 설명을 듣고서야 이해가 갔다. 기호는 오늘 그것을 들고 법정으로 향했다.

　누군가는 법과 도덕을 내세우며 열을 올릴지도 모른다. 하지만 밖에서 외치는 구호는 늘 방수희에게는 그다지 와닿지 않았다. 하물며 윤해성에게는 아예 의미가 없을 것이다.

　이런 건 들어 본 적도 없다.

　윤해성, 이 인간은 도대체.

　위험하다 어떻다를 판단하기 전에, 황당했다.

　그렇지만 도무지 미워할 수 없다. 오히려…….

　"희한한 남자를 만나 버렸어."

　방수희는 마음속의 어떤 느낌을 지우듯 크게 혼잣말을 했다.

　이어 사무실 문을 잠그고 나갔다.

385

　　　　　　　　　* 　* 　*

　윤해성과 전기호는 영장 담당 판사가 빠져나간 그 문을 통과해 복
도로 진입했다. 인기척은 없다.

　윤해성은 전기호에게 따라오라고 손짓하고는 계단실 문을 향했다.

　계단실에 들어가자 말했다.

　"이번 영장담당인 마인혁 판사는 1205호야. 올해 버전 법원조직도
에 나와 있어."

　"그럼 12층까지 걸어가야 하네요."

　전기호가 위로 뻗은 계단을 바라보며 한숨을 쉬었다.

　"엘리베이터는 CCTV 때문에 안 돼."

　"복도엔 없어요?"

　"없어. 법원은 출입할 때 엄격하게 통제하지만 일단 안에 들어오면
내부엔 CCTV가 없지."

　"법원 안에서야 설마 무슨 일이 생길까, 하는 자만감이네요."

　"판사들이 일거수일투족을 CCTV로 감시당하는 게 싫어서일 수도
있지."

　"덕분에 일하기는 편하겠어요."

　윤해성과 전기호는 계단을 오르기 시작했다.

　6층 계단을 오를 무렵 뒤에서 툭탁툭탁하는 소리가 들렸다.

　헉.

　전기호가 움찔했다. 이 음침한 계단실에 웬 사람이!

　"돌아보지 마."

　윤해성이 나지막이 말했다.

　뒤에서 중년 남자 한 명이 계단을 뛰어 올라왔다. 윤해성과 전기호

가 한쪽으로 비켜서 길을 만들어 주자 옆을 휑하니 스쳐 위로 올라갔
다. 운동복 차림이다. 남자는 후, 하, 후, 하 하고 일정하게 숨을 고르며
뛸 뿐 윤해성 일행은 신경도 쓰지 않았다.

그가 사라진 후 윤해성이 말했다.

"꽤나 고위직인 모양이야. 젊은 실무관들은 눈썹 휘날리며 일하고
있을 텐데."

"저 인간…… 여기서 운동을 하고 있어!"

전기호가 분하다는 듯 외치고는 이어 윤해성을 돌아보며 말했다.

"공무원이 이래도 됩니까!"

"되니까 공무원이야."

12층에 다다랐을 때 전기호는 숨을 거칠게 몰아쉬었다. 오히려 변
호사 가방까지 들고 있던 윤해성은 멀쩡했다.

두 사람은 계단실 창문을 열고 바깥 공기를 쐬며 한동안 휴식했다.

"이제부터 복도로 나가서 숨을 공간을 찾아야 해."

이윽고 평상의 호흡을 회복한 전기호가 앞장서서 계단실 문을 열
었다.

두 사람은 복도로 나섰다.

1201호, 1202호, 1203호…… 전부 판사실이다.

영장 담당 마인혁 판사의 방인 1205호도 지나쳤다.

앞서서 걷던 전기호가 손짓을 하며 방을 하나 가리켰다.

1211호 회의실.

전기호는 회의실 문을 벌컥 열었다. 이곳 직원인 것마냥 당당했다.

안은 큰 테이블과 의자뿐, 텅 비어 있었다.

의자에 나누어 앉은 후 윤해성이 말했다.

"여기서 기다리지."

"회의실이라…… 딱 좋네요."

"혹시 누가 들어와도 뻔뻔하게 있어야 해."

"오케이."

"여기 판사나 직원인 것처럼 하면 돼. 중앙지법은 커. 판사만 300명 가까이 되고, 직원은 수천 명. 어차피 판사들, 직원들끼리도 얼굴 다 몰라."

"좋아요. 우린 여기 회의하러 온 겁니다."

윤해성은 가방에서 서류 몇 장을 꺼내서 절반 정도를 전기호에게 건넸다.

"새벽까지 시간을 보내야 해."

"근데 판사들은 영장재판 결정을 왜 꼭 밤이나 새벽에 하는 거죠?"

"지금쯤 벌써 했을 수도 있어. 영장심문 하면서 벌써 마음의 결정을 하는 때도 많지. 저녁 먹고 TV 보고 설렁설렁 시간 보내다가 영장서류에 도장만 새벽에 찍기도 해."

"왜?"

"새벽에 결정해야 심사숙고한 것 같잖아."

"아하."

5시가 다 되어 갈 무렵, 회의실 문이 열렸다.

두 명의 남자. 한 명은 법률서적을 손에 들었다. 책의 제목은 『디지털 포렌식과 증거법』. 딱 보아도 판사다.

그들은 윤해성과 전기호가 앉아 있는 걸 보더니 "아, 죄송합니다." 하고는 문을 닫았다.

"와아. 우리가 판사님을 내쫓았네."

전기호는 키득거렸다.

그런데 다시 문이 열렸다. 금방 나간 남자 중 한 명이었다.

"근데, 죄송하지만 어디서 오셨죠?"

남자의 말투에 의심이 묻어 있었다.

전기호가 윤해성을 쳐다보았다. 불안으로 눈동자가 흔들리고 있다.

윤해성이 자리에서 벌떡 일어났다.

"저흰 경매계 직원들입니다."

"경매계요? 거기서 여긴 왜? 여긴 형사부 층인데요."

"잠깐 시간을 내서 경매실무 스터디 중인데요, 그쪽에 지금 빈방이 없어서 이곳 회의실까지 왔습니다. 혹시 여기를 판사님들만 이용하셔 야 하나요?"

마지막에는 거의 항의 조였다. 남자는 황급히 손을 내저었다.

"아, 아닙니다. 이 층에서는 처음 뵙는 얼굴들이라 그랬습니다. 실례 했습니다."

남자는 문을 닫았고, 이내 떠나가는 발소리가 들렸다.

"잘못하면 판사가 직원한테 갑질 한다고 소문날 테니까."

윤해성은 별일 아니라는 듯 말하며 자리에 앉았다.

전기호가 윤해성을 향해 엄지를 들어 보였다.

"범죄자 출신인 나보다 배짱이 낫다니깐."

그 이후 퇴근 시간인 6시까지 회의실에 들른 사람은 더 없었다.

손목시계를 보던 윤해성이 말했다.

"이제부터가 관건이야. 퇴근 시간 넘어 밤까지 회의실에 있으면 의 심받을 테니까. 다른 곳을 찾아야 해. 야간엔 경비도 순찰을 돌 테고."

7시가 넘어서자 배가 고파 왔다.

전기호가 크로스백에서 에너지 바를 두 개 꺼내 하나는 자기가 씹 고 다른 하나는 윤해성에게 건넸다.

"변호사님도 눈물 젖은 닥터유를 씹으셔야죠."

"그래야 도둑의 심정을 아나?"

닥터유를 다 먹은 두 사람은 복도로 나왔다.

복도에 늘어선 판사실 문 중 몇 개는 잠겨 있고, 몇 개는 문이 열려 있다. 빛이 새어 나오는 곳은 야근 중인 판사의 방이다. 영장 판사의 방인 1205호도 물론 열려 있다.

두 사람은 화장실로 가서 수돗물로 목을 축인 다음 다시 회의실로 돌아갔다.

"야근 중인 판사들이 너무 많은데요."

"음. 일이 많긴 많은가 봐."

"빨리 사라져 줘야 하는데……."

두 사람은 밤 9시가 넘어 다시 회의실을 나왔다.

이제 판사실 문은 거의 닫혔고, 1205호와 그 맞은편의 1202호만 열려 있다.

1202호 판사를 보내야 한다.

윤해성은 전기호에게 눈짓을 했다.

전기호는 크로스백을 윤해성에게 맡기고 마스크를 착용하고서 1202호 문을 열고 들어갔다. 부속실을 거쳐 판사실로 곧장 직행했다.

"판사님, 기계실 장경수 주임입니다."

기록 더미에 파묻혀 있던 1202호실 판사는 고개를 번쩍 들었다.

"네? 무슨 일이죠?"

"오늘 야간에 자체 발전기 수리가 예정돼 있어서요. 곧 전기가 내려 갈 겁니다. 미리 말씀드리려고요."

"아, 그래요?"

전기호는 방을 나왔다.

5분 후, 1202호 판사가 불을 끄고 방을 나서는 모습이 보였다.

두 사람은 화장실 문 뒤편에서 그 장면을 지켜보았다.

판사가 엘리베이터를 타고 내려간 뒤, 윤해성이 전기호에게 말했다.

"이제 고생 좀 해라."

"벌써요? 새벽은 돼야 결정이 나온다면서요!"

"쉿! 조용!"

윤해성은 손가락을 입에 갖다 댔다.

"원래는 근무시간인 6시 이전에 업무를 끝내는 게 맞지. 그보다 늦게 처리하는 건 판사 마음인 거야. 꼭 자정이나 새벽에 한다고 정해진 건 아니거든. 지금도 밤 9시가 넘었으니 언제든 영장이 나올 수 있어. 그 상황에 대비해야지."

"그니깐, 영장 판사가 1층 영장 당직실로 전화해서 처리 끝났다고 전화를 하면, 영장계 실무관이 기록을 가지러 판사실로 올라온다. 그 타이밍을 노려라, 이거죠?"

"잘 기억하고 있네. 그대로야."

전기호는 투덜거리면서 윤해성과 함께 복도로 나섰다.

천장 위를 올려다보았다.

환기구 창틀이 있다.

윤해성이 그 아래 부근에 앉았고 전기호는 그 위에 목말을 탔다.

윤해성이 일어서자 전기호의 손이 환기구에 닿았다. 전기호는 손에 들고 있던 일자 드라이버로 뚜껑을 조심스럽게 땄다. 딸칵. 환기구 뚜껑이 따졌다.

그 순간 전기호의 손에서 뚜껑이 미끄러지고 말았다.

챙그랑!

철 뚜껑은 복도 바닥에 떨어지며 큰 소리를 냈다.

우읍.

전기호는 새파랗게 질려 입을 막았고, 윤해성도 움찔했다.

두 사람 다 그 자리에 얼어붙어, 다른 움직임이 없는지 초긴장 상태로 귀를 기울였다.

저벅

인기척이 들렸다. 1205호 안에서였다.

야근 중이던 영장 판사가 바깥의 소음에 무슨 일인가 싶어 나와 보려는 모양이다.

전기호는 윤해성을 보았다. 섭먹은 눈. 이제 어떻게 하죠!

윤해성은 환기구 뚜껑을 집어 들고는 전기호에게 눈짓을 했다. 두 사람은 발소리를 죽이며 급히 화장실 쪽으로 달려갔다. 전기호는 화장실 안으로 몸을 던졌다.

윤해성은 조금 지체했다. 화장실 옆 벽면에는 화장실과 복도 전등에 연결된 스위치가 있었다. 윤해성은 화장실로 뛰어들면서 팔을 뻗어 그 스위치를 모조리 껐다.

딸칵.

윤해성이 불을 끄는 것과 거의 동시에 1205호 문이 열렸다.

판사는 절반쯤 문밖으로 몸을 내밀었다. 이어 휘휘 복도를 둘러보았다.

어둠 속에서 사물이 잘 보이지 않는다. 그저 아무도 없다는 사실만 확인할 뿐.

판사는 곧 문을 닫고 들어갔다.

윤해성이 어둠 속으로 다시 나왔다. 전기호도 따라 나왔다.

두 사람은 다시 환기구 아래까지 갔다.

전기호가 다시 윤해성의 목말을 타고서 환기구 구멍 안으로 올라갔다. 크로스백을 멘 채였다.

조금 전 환기구 뚜껑을 놓치는 실수는 했지만, 역시 도둑계에서 넘버원으로 인정받던 재빠른 몸놀림이었다.

윤해성은 위의 전기호에게 환기구 뚜껑을 전달해 주었다. 이어 그를 향해 손가락으로 동그라미를 만들어 보였다.

이제 그 좁은 환기통 안에서 전기호는 힘든 시간을 보내게 될 것이다.

윤해성은 복도에 붙은 회의실의 문을 열고 어둠 속으로 모습을 감추었다.

새벽 1시가 조금 넘은 시각.

서울중앙지방법원 12층 복도의 불은 전부 꺼져 있다.

지이이이잉.

엘리베이터 올라오는 소리가 들렸다.

불 꺼진 회의실 문을 열고 복도의 소음에 신경 쓰고 있던 윤해성은 직감했다.

영장계 실무관이다.

영장판사가 영장 처리를 마치고 영장계에 전화를 한 것이다. 영장사건 기록을 가져가라고.

엘리베이터는 12층에 멈췄다.

문이 열리고, 젊은 남자가 모습을 드러냈다.

피곤에 전 얼굴. 남자는 하품을 하며 수레를 밀고 나왔다.

수레는 대형마트의 장 보는 카트 비슷하게 생겼다. 기록 더미를 실어 나르기 위해서다.

남자는 카트를 밀며 복도를 지나 1205호로 들어갔다.

윤해성은 복도로 나와 환기통 아래에 섰다. 준비해 온 접이식 봉을 펼쳐서 손에 쥐고 위로 뻗어 봉으로 환기구 뚜껑을 톡톡 두드렸다.

전기호에게 보내는 신호.

위에서 기척이 났다. 알고 있다는 뜻 같다.

윤해성은 다시 회의실로 몸을 숨겼다.

그러고는 회의실 문을 빠끔히 열고 복도 상황을 살폈다.

잠시 후, 1205호 판사실 문이 열리며 안에서 노란 불빛이 새어 나왔다.

비어 있던 남자의 카트에는 기록이 가득 담겨 있었다.

저 기록 안에는 양다곤의 사건 기록도 들어 있겠지.

저걸 다 처리하려면 새벽까지 할 수밖에 없었겠어.

오늘은 쇼맨십으로 '새벽 결정'을 한 것 같지는 않다.

남자는 카트를 슬슬 밀며 복도를 지났다.

전기호가 숨어 있는 환기통 아래도 지났다.

엘리베이터 앞에 다가가는 순간.

남자는 갑자기 바람 빠진 풍선처럼 흐늘거리기 시작했다.

카트에 몸을 기대는가 싶더니 곧 복도 바닥으로 무너져 내렸다.

5초 정도 정적이 흘렀다.

남자는 바닥에 자는 듯 누워 움직이지 않았다.

윤해성은 회의실 문을 활짝 열고 밖으로 나왔다.

어느새 방독면을 쓰고 있다. 손에는 비닐 커버로 씌운 서류 한 장을 들었다.

자신이 들고 온 큼직한 변호사 가방에서 꺼낸 것들이다.

윤해성은 쓰러진 남자에게 다가가며 환기구 아래에서 손가락을 탁 튕겼다. 그것을 신호로 환기구 뚜껑이 열리며 전기호가 위에서 내려왔다. 그도 방독면을 쓰고 있다.

윤해성은 남자 앞에 놓인 카트로 다가갔다. 이어 서류 더미를 뒤적뒤적했다. 가장 두꺼운 기록이어서 금세 눈에 띄었다.

양다곤의 검찰수사 기록.

그 맨 위에 영장청구서가 끼워져 있다.

영장청구서 맨 아래 부분에 조그맣게 판사의 발부 여부를 기재하는 칸이 있다. 그곳에 판사는 간단하게 발부 사유를 적고 서명을 하고 도장을 찍는다.

역시. '발부'란에 판사의 도장이 찍혀 있다.

'발부 사유'에는 '범죄 사실이 소명되며, 증거인멸 우려가 있음'이라고 간략하게 기재되어 있다.

이 종이 한 장이 양다곤을 구렁텅이에 밀어 넣는 염라왕의 부적이다.

하지만.

윤해성은 그 영장청구서를 빼냈다.

그러고는 자신이 가져온 비닐 파일을 펼쳐 거기서 종이 한 장을 꺼냈다. '영장청구서'라는 제목이 붙어 있다. 미리 만들어 온 서류다.

윤해성은 양다곤의 영장사건 기록 맨 위에 만들어 온 영장청구서를 끼워 넣었다.

거기에는 '기각'란에 판사의 도장이 찍혀 있었다.

'기각 사유'란에는 '현 단계에서 구속의 필요성이 없음'이라고 간략하게 기재되어 있다.

윤해성은 그 기록을 다시 카트에 원위치시켜 놓았다.

윤해성은 이어 복도 끝으로 가 창문을 활짝 열어 환기를 시켰다. 그러고는 전기호와 같이 재빨리 계단실로 뛰어갔다.

10분쯤 지난 후, 복도에 누운 남자의 몸이 꿈틀거렸다.

끄응.

남자는 신음과 함께 정신을 차렸다.

잠시 눈을 굴리더니 자신이 어디 있는지 깨달은 모양이다.

겨우 몸을 일으켰다.

눈앞에는 자신이 정신을 잃기 전 판사로부터 받아 온 사건 기록이 가득 든 카트가 놓여 있다.

남자는 고개를 절레절레 흔들었다.

"이런…… 요즘 너무 피곤했나 봐. 어떻게 기록 밀고 가다가 쓰러지냐……."

뒤이어 기지개를 켰다.

"근데, 푹 자고 일어난 것처럼 몸은 개운하네. 그냥 잠들어 버렸던 건가? 헉. 혹시 나 기면증 같은 거?"

혼잣말을 중얼중얼하며 엘리베이터 버튼을 눌렀다.

이윽고 그는 기록이 가득 든 카트와 함께 12층에서 사라졌다.

* * *

"해치웠네요!"

"수고했어. 전 사무장."

윤해성은 전기호의 어깨를 두드렸다.

두 사람은 서울중앙지방법원을 나와 한밤의 서리풀 공원을 걸어가고 있다.

사람들 눈을 피해 차를 방배동 쪽에 주차해 두었다. 여기 사람들 눈을 피해 서리풀 공원을 통해 그리로 가는 중이었다.

"실무관이 판사실에서 들어갔다가 카트에 기록을 싣고 나올 때 환기구 아래로 노즐을 내밀고 복도에 수면가스를 잔뜩 분사해 두었죠. 보셨죠? 한 10초 만에 바로 가는 거? 와, 그거 구하는 거 힘들었어요. 영장재판 며칠 전에 변호사님이 갑자기 구해 놓으라고 해서 고생 좀 했죠."

"한 10분쯤 푹 잘 정도로 양은 조절했지?"

"물론이죠. 내가 전문가 아닙니까? 기절시킨 후엔 복도 창문도 열어 두었죠. 그 가스는 금방 날아가요. 깨고 나서도 눈치 절대 못 채요."

"위조도 꽤 하던데?"

"영장청구서 양식만 있으면 위조는 아무것도 아니죠. 근데 판사 필적을 몰라서 글씨는 대충 아무렇게나 썼는데, 괜찮을까요?"

"필적 같은 건 아무래도 상관없어. 뭐 판사야 내일 깜짝 놀라겠지. 자기는 영장을 발부했는데 양다곤이 풀려날 거니까. 하지만 판사는 절대 발설 못 해. 만에 하나 상부에 알린다 해도 법원 차원에서도 절대 추적하거나 밝히고 나오지 못해. 영장이 바꿔치기됐단 게 알려지면 담당 판사가 옷 벗는 정도로 끝나지 않아. 법원 조직 전체가 뒤흔들릴 문제거든. 그냥 차라리 양다곤 영장을 기각했다고, 또 재벌 봐주냐고 욕 좀 먹고 끝나는 게 만 배 낫지. 법원은 무조건 덮을 거야. 그런 판에 필적 같은 게 문제 될 리가 없지."

"하여간 오랜만에 재미있었어요."

전기호는 콧노래를 불렀다.

서리풀 공원을 빠져나온 방배동 주택가 골목에 윤해성의 포르쉐가 보였다.

"캬, 언제 봐도 아름다운 자태야!"

전기호가 과장스럽게 말했다.

그때 윤해성의 휴대전화가 울렸다.

"네, 네, 네. 알겠습니다."

윤해성이 휴대전화를 끊고 전기호에게 말했다.

"미안한데, 기호 너 먼저 택시 타고 가라."

윤해성은 5만 원권 한 장을 전기호에게 건넸다.

"어디 가세요? 이 밤중에?"

"한울 모터스 법무실 전화야. 양다곤 영장 기각돼서 석방된다고. 서울구치소로 지금 가 보려고."

* * *

"으하하하하하하하하하!"

양다곤은 서울구치소 정문을 빠져나오며 호탕하게 웃었다. 참을 수 없이 기분이 좋아 보였다. 정문을 지키는 교도관은 양다곤을 불쾌한 낯빛으로 쳐다보았다.

신동우 비서실장과 법무팀장 최윤식, 양건일 그리고 몇 명의 직원이 구치소 바로 앞까지 마중 나와 있었다. 그 옆 민원인 주차장에는 차가 대기하고 있다.

"윤 변호사 어디 있나?"

양다곤은 그들을 다 제치고 윤해성을 먼저 찾았다.

직원들 뒤에서 윤해성이 얼굴을 내밀었다.

"하, 이 친구! 정말 해내고 말았어! 대단해!"

양다곤은 윤해성에게 다가가더니 거칠게 끌어안았다. 마치 20년 만에 만난 부자지간 같은 모습이었다.

양다곤은 몸을 뗀 후 윤해성의 양 어깨를 붙잡고 계속 칭찬했다.

"역시! 대단해! 그냥 허세만 부린 게 아니었어."

"과찬이십니다."

"아니야! 정말 대단해! 우리나라 최고의 로펌들도 다 안 된다고 한 사건이었어. 내가 생각해도 꼼짝없이 들어가는 건이었고. 게다가 오늘 재판 봤잖아? 판사 똥 씹은 표정. 내 눈치가 보통이야? 날 반드시 집어 처넣겠단 얼굴이더구먼. 근데 영장이 기각됐어! 전혀 기대도 안 했는데 말이야."

"축하드립니다. 이젠 아무 일 없을 겁니다. 영장을 재청구해 봐야 발부되는 경우는 거의 없거든요."

"근데 도대체 어떻게 했지? 판사는 법정에서 날 죽일 듯이 노려보던데? 어떻게 한 거야? 변론 서면을 잘 쓴 건가?"

"그건 저의 영업비밀이라서요."

"하하하! 말해 봐. 궁금해서 그래."

"코카콜라 제조법을 알려 주시면 저도 알려 드리겠습니다."

"뭐? 이 친구 보게나, 하하하하하핫!"

평소라면 불같이 화를 냈을 말인데 양다곤은 그저 웃을 뿐이었다.

윤해성이 말했다.

"그래도 회장님이 궁금해하시니까…… 판사와 직접 컨택을 했다는 정도로만 말씀드리겠습니다."

"으음, 역시! 알았어! 더 자세한 건 묻지 않지."

이 정도는 슬쩍 던져두어야 했다.

그러지 않았다가는 나중에, 시간이 지나 양다곤의 좋은 기분이 가라

앉았을 때, '윤해성 그 친구가 변론한 게 뭐 있어? 그냥 운빨로 기각된 거 아냐?' 하는 생각이 들 수도 있다. 그걸 차단한 것이다.

양다곤은 윤해성이 판사와 연락해서 무언가 협잡을 꾸민 정도로 이해할 것이다.

양다곤은 비서실이 가지고 온 차량에 올랐다.

한울 모터스의 최고급 전기차는 그 놀라운 가속력으로 내달렸다. 그 뒤에서 정문을 지키는 교도관이 우두커니 바라보고 서 있었다.

양다곤은 헤드레스트에 깊이 머리를 묻었다.

하마터면 지금 떠나온 저곳에 있을 뻔했어.

지옥과 현세의 경계선 위에 있다가 한쪽으로 떨어지고 보니 다행히 현세였다.

양다곤이 타는 차는 앞뒤좌석이 유리로 구획되어 있고, 마이크를 온 오프 하면서 대화한다.

앞좌석의 신동우 비서실장이 마이크를 켜고 말했다.

"회장님 댁으로 모시겠습니다."

"아니, 회사로 가."

"네?"

"일단 회사로 가 보고 싶어."

기사는 핸들을 틀었다.

양다곤은 그 새벽에 한울 모터스 회장실 문을 열었다.

신동우 비서실장의 수행도 거절하고 홀로 방에 들어섰다.

양다곤은 가운데의 큰 소파에 앉았다.

늘 앉던 곳이다.

하루 만이지만 그리웠다.

다시는 이곳에 앉지 못할 뻔했다.

팔걸이를 어루만졌다.

매끄러운 질감.

돌아온 것이다.

한울 모터스의 회장실로.

그의 제국으로.

그 사실을 몸으로 확인하고 싶었다.

* * *

다음 날 조간 뉴스에는 서울구치소를 나서는 양다곤의 사진이 일제
히 실렸다.

환하게 웃는 모습이 여론을 더 자극했다.

재벌 앞에만 서면 왜 법원은 작아지는가.

유전무죄, 무전유죄.

어차피 짜고 치는 고스톱 아니었어?

영장판사 퇴임 후 한울 모터스행 예약.

기사에는 이런 댓글들이 수없이 달렸다.

하지만 이미 영장은 기각됐고, 양다곤은 석방됐다.

그것만이 중요했고, 그것만이 현실이었다.

"와, 영감님 입이 찢어졌구먼!"

전기호가 양다곤의 기사가 실린 휴대전화에서 눈을 떼며 말했다.

"왜 영장이 기각되었는지 영문도 모르고 웃고 있어, 하하."

"그 흑막에는 전기호 사무장이 있었고 말이야."

방수희가 옆에서 건너다보며 말했다.

"와아, 나 어제 죽는 줄 알았어. 법원 건물이 왜 그따위야. 환기통이 너무 좁아서 몸도 못 뒤척이겠더라. 거기서 도대체 몇 시간을 기다린 거지. 한 네 시간은 버틴 거 같아."

"고생했어. 그래도 다행이다. 너 방광이 커서. 네 시간 소변을 버틴 거잖아."

"그땐 몰랐는데, 일이 끝나고 나니까 급하더라고. 1층에 내려가서 바로 해결했지."

"그래. 어제는 수고 많았어. 전 사무장."

윤해성이 사무실로 들어오며 말했다.

"변호사님!"

"변호사니임!"

전기호, 방수희 두 사람은 일제히 윤해성에게로 달려들다시피 했다.

"어젯밤 양다곤 회장은 뭐래요?"

"설마 생까진 않았겠죠?"

"야. 아무렴 그러겠어? 재벌 회장이 양아치냐?"

방수희가 전기호를 나무라듯 말했다.

'아무렴 재벌 회장이 그런 양아치 짓을 하겠어?'

두 번째 듣는 말이다.

김충구 변호사도 깡패들에게 폭행당한 직후 병원에서 그렇게 말한 적이 있었다.

윤해성이 말했다.

"아주 나한테 홀딱 빠졌던데. 포옹을 하더라구. 그대로 놔두면 키스까지 할 거 같아서 밀어냈지."

"그런 식으로 할 줄은 정말 상상치도 못했어요. 영장재판을 맡기도 전에 기호한테 수면가스 같은 거 준비하라고 하더니."

"기호의 공이 컸지. 정말 직효더라고."

"일종의 프로포폴 비슷한 거예요. 그보다 훨씬 진한 거지만. 요즘 새로 뜨는 건데 약효가 엄청나요. 다들 못 구해서 난린데. 제가 좀 힘을 썼죠."

전기호가 어깨를 으쓱했다.

방수희가 윤해성을 빤히 보다가 말했다.

"하여간 변호사님은…… 뭐랄까 괴물 같아요."

"괴물?"

"네. 몬스터."

방수희는 못 박듯 말하고는 웃었다.

윤해성은 문득 기억이 아른거렸다. 몬스터? 어린 시절에 아주 가까운 누군가로부터 그런 말을 들었던 것 같기도 한데…….

어딘가로 도달하려는 회상을 전기호가 깼다.

"제일 중요한 거. 양 회장 돈은 언제 입금한대요? 성공보수."

"입금됐어. 오늘 오전에."

"에엑! 벌써요?"

"응, 부가세 포함 110억."

전기호가 놀라 탄성을 질렀고, 방수희는 윤해성에게 한발 다가가며 "축하해요! 변호사님." 하며 양 엄지를 치켜들었다.

"그런 종류의 양아치는 아니더라. 비서실에서 곧바로 처리해 주었어. 양다곤 회장의 개인 계좌에서 직접 이체. 일부를 주식으로 주겠다는 거 그냥 현금으로 달라고 했어."

윤해성은 이어 말했다.

"전 사무장 잠깐 내 방에 들어와 봐."

그러고는 곧바로 자신의 방으로 들어갔다.

전기호는 활짝 웃으며 방수회에게 V 자를 만들어 보였다.

"혹시 인센티브 이야기 아닐까?"

"그럴지도 모르지. 너 이번에 고생했잖아."

방수회가 부럽다는 듯 말했다.

전기호는 잽싸게 윤해성의 방으로 들어가더니 금방 나왔다. 입이 귀에 걸려 있다.

"뭐야? 좋은 이야기 들었어?"

"누나, 역시 인센티브 얘기야, 히힛."

"얼마 받았는데?"

전기호는 손가락 두 개를 펼쳐 보였다.

"2000만 원?"

"아아니. 2억."

"뭐? 2억?"

방수회는 입을 떡 벌렸다. 몇 년간 쌈 싸 먹을 때 말고는 이보다 입을 크게 벌린 적은 없었다.

"와아, 대단하다."

"변호사님이 누나도 잠깐 들어와 보래."

"날?"

방수회는 의아해하며 윤해성의 방에 들어갔다.

테이블을 사이에 두고 윤해성과 마주 앉았다.

윤해성이 먼저 말을 꺼냈다.

"수희한테는 미안해. 기호처럼 따로 인센티브를 챙겨 주지 못해서."

"괜찮아요. 기호가 이번에 얼마나 고생했는데. 잘 알아요. 전 따로 인센티브는 생각하지 않았어요. 한 게 없잖아요."

"그래도 미안하게 됐어."

"정말 아니에요. 따로 받으면 오히려 제가 불편해요."

방수희는 자리에서 일어났다. 진심이었다.

전기호가 귀한 수면가스를 뛰어다니며 구해 왔고, 어제도 좁은 환기
통에서 진탕 고생했다. 받을 자격이 충분하다.

방수희는 방문을 닫고 나왔다.

전기호는 아직도 입이 찢어질 듯 웃고 있었다.

"축하해."

방수희는 전기호의 머리를 헝클었다.

그날 방수희는 퇴근할 때 희한한 광경을 보게 된다.

사무실을 나서는데 눈에 익은 차량이 앞을 휙 지나갔다.

엄청난 속도였지만 분명히 알 수 있었다.

윤해성의 포르쉐였다.

그런데 낯설었다.

낯설음의 정체는 핸들을 잡은 사람이었다.

포르쉐의 운전석에 있는 사람은 분명 전기호였다.

어?

기호가 왜?

차를 하루 빌려줬나. 어제 공을 세웠으니 차까지 타게 해 주었나. 하
여간 윤 변호사님도 자상한 면이 있어.

방수희는 그렇게 생각하며 발길을 옮겼다.

아.

오늘은 현금을 좀 찾아 놓아야 해.

불쑥 기억이 났다.

퇴근 후 들르는 피트니스 클럽은 현금으로 내면 할인해 주었다.

내일이 석 달 치 회원비를 치르는 날이었다.

방수희는 가까운 ATM 기기로 갔다. 60만 원을 인출했다. 돈이 나왔고, 그다음 순간 기겁을 했다.

ATM 기기에 뜬 숫자

잔액 2억 1210만 원.

1210만 원은 지금 인출한 돈을 포함하면 어제까지 확인된 통장 잔액이다. 그렇다면 2억 원은?

방수희는 거래내역을 확인해 보았다. 오늘 날짜로 입금되어 있다.

이체한 사람은 '이람 법률사무소'.

방수희는 바로 윤해성에게 전화를 했다.

"어, 수희. 퇴근 후에 전화를 다 주고. 근데 내가 전화한 거 아니니까 야근시킨 건 아니야. 분명히 해 두자구."

"2억 원은 뭐예요?"

방수희는 다짜고짜 물었다.

윤해성이 어리둥절한 듯 말했다.

"인센티브잖아. 기호가 아까 내 방에서 나가서 얘기 안 했어?"

"인센티브요?"

"응. 인센티브."

"내 인센티브는 없다면서요?"

"아하."

윤해성은 그제야 알겠다는 듯이 말했다.

"미스 커뮤니케이션이 있었네. 기호한테 2억 말고 별도 추가 인센티브로 내 포르쉐를 줬어. 평소에 워낙 탐내고 있었거든. 그거 뽑은 지

몇 달 안 된 거니까 거의 새거야. 펄쩍 뛸 만큼 좋아하더라구. 수희한
텐 2억 말고 추가 인센티브를 못 줘서 미안하다고 말했던 건데?"

방수희는 순간 말문이 막혔다. 정확히는 목이 조금 멨다.

"저는 이번에 한 일이 없잖아요. 인센티브를 왜 주세요."

"왜냐고?"

윤해성이 이해할 수 없다는 듯 되물었다.

"네. 왜?"

윤해성이 조금 생각하는 듯하다가 말했다.

"한 팀이잖아."

방수희는 전화를 끊었다. 아까보다 목이 조금 더 메는 걸 느꼈다. 거
의 가져 본 적이 없는 느낌이라 대단히 낯설었다.

윤해성 이 인간…… 도덕도 법도 없는 인간 주제에.

왜 사람을 이렇게 만들지?

* * *

저녁 시간 압구정동 A 호텔 지하.

눈앞에서 두 친구 김세라와 채진이는 각각 전복 리소토와 라코타치
즈 비스크를 맛있게 비우고 있다.

트러플 파스타를 앞에 둔 한이수는 난감했다. 도통 먹을 생각이 나
지 않았다. 포크를 들다가 테이블 위에 놓아 버렸다.

실은 하루 종일 입맛이 없었다.

이날 점심시간만 해도 억지로 앉아 있느라 고역이었다.

비서실 전체는 양다곤의 구속영장이 기각되자 환호했다. 비서실
장 신동우는 자기가 밥을 사겠다며 비서실 직원들을 삼성동의 유명한

'스시 교'로 이끌었다. 하지만 한이수는 두어 점 먹다가 젓가락을 내려 놓았다.

"이수 씨, 왜 그래? 더 안 먹어?"

"아. 네. 갑자기 위통이 와서…… 죄송해요. 실장님."

한이수는 적당히 둘러댔다. 걱정스레 물었던 신동우는, 위통이 있다면서 맥주잔을 원샷하는 한이수를 의아한 눈으로 쳐다보았다.

"이수가 회장님 일을 너무 걱정했나 봐요."

"신경 바짝 썼다가 회장님이 풀려나니까 맥이 풀린 거예요."

"저러니 회장님이 이수를 제일 좋아하지."

비서실의 다른 동료들이 속도 모르고 말했다.

한이수는 그저 가볍게 웃으며 고개를 끄덕였다.

저녁이 되어 친구들과 마주 앉았는데도 좀처럼 웃음이 나오지 않았다.

원래 양다곤이 구치소에 들어갈 줄 알고 나름대로는 자축의 자리로 만든 급 번개 모임이었다. 구속영장이 기각되고 보니 그럴 기분이 영 아니었지만 스스로 잡은 약속이니 나가지 않을 수가 없다.

한이수가 평소보다 조금 침울하단 걸 눈치채지 못한 친구 두 사람은 왁자지껄했다.

김세라와 채진이는 "이건 꼭 먹어 봐야 해!" 하면서 음식을 잔뜩 주문해 버렸다.

한이수가 포크를 테이블에 놓을 때서야 평소와 다르다는 것을 알아챘다.

"안 먹어? 왜 그래? 너 같은 푸드파이터가?"

"무슨 일 있어?"

"아니…… 그냥 위장이 좀 아파서."

한이수는 낮에 점심 자리에서와 같은 핑계를 댔다.

"어쩌니. 하필이면 맛있는 음식을 앞에 두고."

"하긴, 아까 낯빛이 안 좋더라."

김세라와 채진이가 번갈아 걱정했지만 한이수는 음식은 고사하고 더 이상 대화를 이어 가기도 힘들어졌다.

"미안. 오늘은 몸이 너무 안 좋아서 먼저 일어날게. 밥값은 내고 갈 테니까 너네들은 천천히 먹고 가."

한이수는 자리에서 일어섰다.

"저런, 어쩌니."

"푹 쉬어. 걱정된다, 야."

김세라와 채진이는 그렇게 말하며 포크로 음식을 찍어 입에 넣었다.

한이수가 친구들과 헤어져 잠실 집에 도착했을 때, 골목에 익숙한 그림자가 있었다.

"아빠!"

한도균이었다.

"연락을 하지. 여기서 날 기다렸어?"

"오늘 서울에 볼일이 있어서. 양평으로 돌아가려다 갑자기 우리 딸 생각이 나서 와 본 거야. 벨 눌렀는데 집에 없더라. 전화하면 방해될 거 같고…… 저기서 그냥 기다렸어."

한도균은 건너편 조그만 공원을 가리켰다.

"으이그, 왜 그랬어. 힘들겠다. 어서 안에 들어가자."

한이수는 한도균의 팔을 잡아끌었다.

"아니. 그냥 갈게. 집은 답답해."

"답답해?"

한이수는 아버지의 안색을 살폈다.

역시.

아버지도 우울한 거야.

한이수와 다르지 않을 것이다. 다를 이유가 없다.

"그럼 저기 공원에 잠시 있다 가."

"그럴까."

한이수는 한도균과 공원 벤치에 나란히 앉았다.

날은 완전히 저물었고, 달이 말갛게 떠 있었다.

"아빠. 양다곤 때문에 그러지?"

"……난 이번에 꼭 구속될 줄 알았다."

"나도."

"구속된다고 분이 다 풀릴 순 없겠지만, 난 내심 이 정도로 만족할 수 있지 않을까 하고도 생각했어."

"……."

"왜냐하면…… 우리도 그동안 너무 힘들었잖아."

"아빠가 힘들었지."

"네가 걱정됐어. 원수 같은 놈과 한 직장에서 일하면서 그 마음이 어 땠을까, 싶어."

"생각보다 나쁘진 않았어. 저 인간을 꼭 쓰러트릴 거야, 하는 목표가 있으니까 오히려 직장생활은 할 만하던걸."

한이수가 일부러 밝게 말했다. 하지만 한도균에게 그다지 효과는 없 었던 듯하다.

한도균은 한동안 침묵하다가 입을 열었다.

"양다곤은 용의주도한 놈이야. 쉽사리 약점을 드러내지 않아. 너도 그놈 바로 옆에서 일하면서도 그동안 변변한 끄트머리를 잡지 못하고 있었잖아. 그러다 이번 건에서 결국 네가 핵심 증거인 이메일을 손에 넣었고…… 검찰에서 그걸로 구속영장도 청구했고. 그래서…….”

“그래서?”

“난 그냥…… 이 정도로 만족하려 했어. 양다곤이 구속만 되면…… 더 이상의 복수는 잊고…… 너도 그냥 사표 내고, 정상적인 생활로 돌아와서 결혼도 하고…….”

“왜 그래. 혼자 막 너무 나가고 있어.”

“아냐. 정말이야. 왕처럼 살던 인간이니까 구치소 생활은 몇 배나 더 견디기 힘들었을 거야. 그걸 알게 해 준 것만으로도 어느 정도 분이 풀릴 거라고 생각했어. 무엇보다 우리 이수가 힘들어하니까…….”

“아빠가 크게 실망했을 거라 생각했어. 그래서 나도 오늘 우울하더라.”

“다 못난 아빠 탓이야…….”

“왜 그래. 왜 그게 아빠 탓이야.”

한도균은 머리를 숙이고 깊은 한숨을 내쉬었다.

가족의 원한은 깊고 깊었다. 양다곤은 한도균의 아내, 즉 한이수의 엄마를 죽음으로 몰아넣은 장본인이었으니까.

한이수는 낙담한 아버지의 모습을 보면서 한없이 착잡한 기분을 느꼈다.

윤해성.

자신이 양다곤에게 그를 추천한 건 보답이자 호의였다. 어차피 기각될 사건이라는 생각이었다. 그런데 양다곤의 구속영장을 정말 기각시켜 버릴 줄은 몰랐다. 윤해성은 한이수의 사정을 알지 못하고 그저 맡은 사건을 열심히 한 것에 불과하지만, 그렇다고 원망스럽지 않은 것은 아니었다.

다들 발부된다고 하는 사건이었다. 윤해성이 영장을 기각시킨 건 무언가 꼼수를 썼기 때문이라는 소문이 돌았다. 자기가 느끼기에도 그런 것 같다. 자기 아버지 재판에서 변칙을 썼듯이.

결국 돈에 미친 변호사였어.

수임료에 눈이 돌아서 무슨 짓을 해서라도 양다곤을 꺼내 준 거겠지.

애당초 처음 법무팀 회의에서 봤을 때부터 느낌이 안 좋았어.

그 아부를 떠는 모습이라니.

그걸 '열정'이란 말로 포장했어.

난 잠깐 넘어가 버렸고.

윤해성에 대한 감정은 구렁텅이로 굴러떨어지고 있었다. 미움의 덩어리는 갈수록 커질 것이다. 그가 처음에 너무나 좋았던 만큼 추락의 깊이도 깊었다.

그런 인간과 호텔에서 몸을 섞을 뻔했다니.

다행이면서도, 소름이 끼쳤다.

한이수는 불쾌한 느낌을 털어 버리듯 머리를 흔들었다. 아직도 고개를 푹 숙이고 있는 한도균의 등을 감쌌다.

"기운 내, 아빠."

"……그래."

한도균은 고개를 들었다. 한이수가 굳은 음성으로 말했다.

"다른 방법이 있을 거야."

"……무슨 방법이 있겠니. 이번에도 정말정말 힘들게 몰아넣은 거였는데……."

"새로운 길을 찾아야지. 이를테면."

"이를테면?"

"지난번에 이야기한 거 있잖아. 김한울 모자."

한이수가 힘주어 말했고, 한도균은 힘없이 고개를 들었다.

"……양다곤한테 소송으로 회사 지분 뺏긴 가족 말이구나."

"김한울을 찾으면 새로운 길이 있을지도 몰라."

"그 사람들과 손을 잡겠다……고?"

"어떻게든 찾기만 한다면."

한이수는 고개를 들어 하늘을 쳐다보았다.

아빠는 딸이 애처로웠다.

막연하다. 너무 막연하다.

양다곤이 풀려났다는 당장의 현실이 너무나 뼈아플 뿐.

달이 가물가물 떠 있었다.

* * *

남자에게서 알코올 냄새가 확 풍겼다.

양복을 멀끔하게 차려입었다. 어딘가 화난 듯한 표정.

서울중앙지방법원의 경비 남순일은 지금 막 보안검색대를 통과한 남자를 제지했다.

"선생님, 잠시만요."

"왜요?"

남자의 태도는 불량스러웠다.

"어떤 용건으로 오셨습니까?"

"판사 만나러 왔수다."

"판사님을요?"

"이보세요. 난 검색대 통과했고 가방도 없어요. 흉기를 든 것도 아니고. 댁이 날 붙잡을 권리가 있습니까?"

"술 드신 거 같은데요."

남자는 인상을 확 찌푸리더니 품에서 신분증을 꺼냈다.

서울중앙지방검찰청 박재훈 검사.

"아, 네. 실례했습니다. 들어가십시오."

경비 남순일은 박재훈 검사에게 경례를 했다.

박재훈은 안으로 들어갔다.

남순일은 비틀거리는 박재훈의 걸음걸이를 보며 고개를 갸웃했다.

박재훈은 데스크로 가서 검사 신분증을 내고 판사실 스크린도어를
통과할 수 있는 출입증을 받았다. 스크린도어를 지나 엘리베이터로
뚜벅뚜벅 걸어갔다. 엘리베이터에 올라타고서 12층을 눌렀다.

12층에 내린 그의 발길은 거침이 없었다.

그가 향한 곳은 1205호 판사실.

양다곤의 구속영장 심사를 담당했던 마인혁 판사의 방이다.

마인혁 판사는 이번 주에는 영장을 맡지 않았다. 서울중앙지방법원
에는 영장전담판사가 네 명이 있어 돌아가면서 영장사건을 맡는다.
영장을 맡지 않는 주간에는 일반 형사사건을 처리한다.

박재혁 검사가 마인혁 판사실의 문을 벌컥 열었을 때는, 마인혁 판
사가 한창 교통사고 기록 더미에 코를 박고 있는 중이었다.

마인혁 판사는 눈을 들었다.

"누, 누구······?"

몇 초 후에야 남자의 얼굴을 알아보았다. 아는 얼굴이지만 너무나
의외의 인물이 방문했기 때문에 인식하는 데에 시간이 조금 걸렸다.

"박 검사님?"

박재훈 검사는 사천왕상처럼 표정을 구기고 있었다.

2, 3미터 앞에서도 술 냄새가 확 풍겼다.

박재훈 검사가 말했다.

"네가 판사야?"

돌연한 반말에 마인혁 판사는 혼비백산했다.

"뭐, 뭐라고요?"

"당신 판사 맞느냐고!"

"여, 여보세요, 박 검사님!"

마인혁 판사는 당황해서 더듬거렸다. 박재훈 검사의 고성이 이어
졌다.

"양다곤한테 그렇게 잘 보이고 싶었어? 한울 모터스에 개다리 붙어
보려고? 딸랑이 노릇 할 거면 지금 옷 벗고 변호사 하면서 해! 왜 판사
복 입고서 그딴 짓을 해!"

"말조심해!"

"넌 재판 조심해!"

마인혁 판사의 얼굴이 일그러졌다.

잠깐의 정적이 흘렀다.

서로 알고 있는 것이다.

말도 안 되는 상황이 벌어져 버렸다.

이윽고 박재훈 검사가 입을 열었다.

조금은 어투가 누그러져 있다.

"범죄 명백하고 증거도 인멸했어. 법정에서 그 태도도 봤잖아요? 그
런데 영장을 기각시켜요?"

"누가 기각시켰다고 그럽니까!"

이번엔 마인혁 판사가 소리쳤다. 참다못해 한마디 한 듯한 모습이었
고, 자못 억울한 표정과 말투였다.

"네?"

의외의 말에 박재훈 검사는 어안이 벙벙해져 되물었다.

"영장 기각 안 했단 겁니까?"

마인혁 판사의 얼굴에 급히 후회의 빛이 떠올랐다.

"아, 아니. 그게 아니라 영장 기각은 엄정한 법리에 따라 한 거라는 얘기지요. 내가 맘대로 누구 사정 봐주고 그런 게 아니라…… 양다곤 씨가 재벌이건 뭐건 나하곤 관계없잖아요…… 오해 마시란……."

마인혁 판사의 말이 중언부언 길어지고 있었다.

박재훈 검사는 술에 취했지만, 마인혁의 말과 태도, 낯빛에서 무언가 이상하다는 걸 느끼지 못할 만큼은 아니었다.

그리고 또 감지했다. 잠시 흥분해서 말이 샜겠지만 다시 태세를 정비한 마인혁 판사의 입에서 더 이상 나올 말은 없을 거란 것을.

"하여간, 법대로만 재판하십쇼. 판사님."

박재훈 검사는 작별 인사 대신 던진 그 말을 끝으로 마인혁 판사의 방문을 닫고 걸어 나왔다.

술은 거의 깨어 있었다. 벌써 후회가 찾아오고 있었다. 내가 무슨 짓을 한 거지?

늘 다혈질 성격 때문에 사고를 치곤 했다. 양다곤 건으로 검사로서의 출셋길을 밟는가 했는데, 영장 기각으로 수사의 동력을 모두 잃었고, 부장과 차장에게 엄청난 질책을 들었다.

다 잡은 고기를 놓쳤어!

검찰의 수치야!

박재훈은 홧김에 술을 마셨고 후회할 짓을 해 버렸다.

검사가 영장 기각에 불만을 품고 판사실에서 난동. 뭐 이렇게 치부되지 않을까. 하긴 사실도 그러하다. 분명 검찰 내부의 징계가 따를 것이다. 그놈의 성질머리를 이기지 못하고…….

그건 그렇고.

마인혁 판사의 말은 이상하다.

'영장을 누가 기각시켰다고!'

분명 그렇게 말했다.

화나서 되는대로 튀어나온 말일 수도 있다.

그런데 그 후의 태도도 수상했다. 무언가를 얼버무리고 숨기려는 기색. 무언가가 있는 것 같다.

술기운은 있지만 멀쩡해져 가는 머리 한가운데에 그런 생각이 자리를 잡아 가고 있었다.

한편 마인혁 판사는 박재훈 검사가 돌아가고 나서도 한참 동안 의자에 널브러져 있었다. 초점 없이 풀린 눈은 천장을 향했고, 팔다리는 아무렇게나 걸쳐져 있다. 넋이 빠진 사람 같다. 검사한테 이런 수모를 당한 판사는 일찍이 없었으리라. 왜 내가 이런 꼴을 당해야 하지?

얼마의 시간이 흘렀을까.

마인혁은 돌연 상체를 벌떡 세웠다.

"영장이 위조됐다고 털어놓을 수도 없고…… 도대체 어떤 개새끼가!"

그는 손으로 이마를 짚었다.

두통이 왔다.

* * *

오찬은 한울 모터스 영빈관에서 열렸다.

둥근 테이블에 양다곤을 필두로 양건일 상무, 법무팀장 최윤식, 비서실장 신동우, LNK 이정환 변호사, 그리고 윤해성이 둘러앉았다. 자리가 하나 비어 있다.

분위기는 화기애애했다.

양다곤의 기분이 좋으니 전체 무드가 좋을 수밖에 없다.

양다곤은 윤해성에게 술을 따르며 말했다.

"윤 변호사, 한 잔 받지. 역시 젊은 사람들이 나아. 국내 로펌들이 다 어렵다고 한 사건을 맡아서는 멋지게 해결했잖아!"

은근히 LNK의 이정환을 공격하는 말이다. 구속될 거라며 겁주었던 일을 마음에 담아 두었던 것이다. 이정환은 민망한 듯 술잔을 만지작거리다 말했다.

"전혀 예상치 못한 결과가 나오기도 하는 게 재판이죠."

그러면서 윤해성의 어깨를 툭 쳤다. 깡마르고 조그만 몸집의 그가 우뚝 솟은 윤해성의 어깨를 치는 그림은 어딘가 어색했다.

"하여튼 윤 변호사, 축하해. 이렇게 열심히 하니까 운도 따르는 거지."

대놓고 '운이 좋았다'는 뉘앙스다. 옹졸함이 부끄러운 줄도 모르고 삐죽삐죽 튀어나오고 있다. 다른 사람은 흘려듣겠지만 당사자에게는 강렬하게 꽂히는 종류의 말.

"네. 꼭 이정환 변호사님처럼 열심히 하겠습니다."

윤해성이 웃으며 대꾸했다.

분명히 비꼬는 말. 역시 다른 사람은 흘려듣지만 듣는 이정환에게는 타격이 있다.

이정환의 낯빛이 안 좋아졌다.

양다곤은 며칠간 억눌렸던 식욕이 폭발하는 모양이었다.

"많이들 먹게."

음식이 나오는 족족 다 비우면서 주변 사람들에게도 권했다. 음식에 전통주를 페어링 하고서 같은 술을 몇 병이나 내오게 해 몇 잔씩을 돌렸다.

"내가 구치소에 하루 있으면서 많은 걸 깨달았어. 내일, 모레, 다음 달, 내년, 그런 거 다 필요 없어! 내일 우리가 교통사고로 죽을지 감방에 갈지 어찌 아냔 말이야. 인생, 오늘이 전부더라고. 이 순간 이 자리에서 맛있는 거 먹고, 마시고, 즐기자구! 하하하!"

양다곤은 되는대로 말을 주워섬겼다.

이어 옆자리의 양건일에게 말했다.

"너도 윤 변호사 술 한 잔 따라 줘. 덕분에 아버지가 나왔는데."

양건일은 어딘가 못마땅한 표정이었다. 그는 윤해성을 선임하는 데에 끝까지 반대했다. 구속영장이 기각된 건 다행이지만 자신의 낯이 서지 않는다. 어쨌든 윤해성 때문이다.

"수고했어. 윤 변호사. 이번엔 참 판사도 잘 만났어."

그는 술을 따라 주며 한마디 했다. 이정환과 비슷한 이야기였다. 너의 능력을 인정 못 하겠다는 이야기. 즉 내가 사람을 잘못 본 건 아니라는 이야기.

"감사합니다."

윤해성은 이번에는 잔을 받을 뿐 말을 받아치지 않았다. 목표는 양다곤의 신임이다. 이정환은 때려도 양건일을 때리면 안 된다. 시답잖은 양건일 녀석과 대립할 필요도 없다.

법무팀장 최윤식과 비서실장 신동우도 윤해성에게 술을 따르며 덕담을 건넸다. 양다곤 회장이 윤해성을 좋아하고 있다. 이 자리에서 소홀할 수 없는 일이다.

그때 누군가가 불쑥 룸 안으로 들어왔다.

양다곤과 비슷한 나이의 남자. 하지만 어딘가 야성의 기운이 흘렀다.

긴 머리카락은 목덜미까지 덮었고, 툭 불거진 광대에는 검붉은 기운이 가득했다. 긴 머리카락 아래로 검은자위가 꽉 찬 눈알이 번들거렸다.

허리 라인이 깊이 들어간 양복에 앞코가 뾰족한 와인색 구두를 신었다.

"어서 오게!"

양다곤이 그를 보더니 반색하며 손짓했다.

"이리 와서 앉아."

남자는 양다곤이 가리키는 빈자리에 앉았다.

"소개하지. 단명오 변호사라고 오래 알고 지낸 동생이야."

"단명옵니다."

남자는 매끄럽고 낮은 저음으로 가볍게 인사하며 자리에 앉았다.

조금도 위축되지 않은 태도. 그 자리에 있는 사람들의 존재를 가볍게 무시하는 듯한 어투.

오히려 양다곤과 윤해성을 제외한 나머지 사람들이 압도되는 분위기였다.

단명오.

윤해성은 그 이름을 안다.

아니, 아는 정도가 아니라 잊을 수 없다.

집안을 풍비박산으로 만든 한울 모터스 지분양도 소송. 그 사건을 맡았던 법무법인 미다스의 대표변호사.

윤해성이 찾아봤을 때는 법무법인 미다스는 해체됐고, 단명오라는 변호사는 아예 이름이 말소돼 있었다.

그런데 여기서 볼 줄이야.

이자가 왜, 지금 여기에 나타난 걸까.

"어느 법인에 계십니까?"

이정환 변호사가 물었다.

"한국 법인에 있지 않고요, 남미에 십몇 년 살다가 이번에 잠깐 한국에 들어왔어요."

단명오가 대답했다. 여전히 이정환을 무시하는 태도와 말투.

"이 친군 말이야, 파라과이에서 제주도만 한 농장을 갖고 있어. 거기서 왕 노릇 하며 지내는 사람이야. 나보다 처지가 낫지, 안 그래? 난 주변에 하이에나 떼가 호시탐탐 노리고 있고, 이번처럼 구치소 맛이나 보고."

"제주도만 한 농장이라니, 대단하네요."

이정환이 말했다. 음성에 비굴한 기색이 묻어 있다. 단명오가 씩 웃으며 양다곤의 말에 덧붙였다.

"제주도는 과장이고요, 제주시 정도는 될 겁니다."

"왕처럼 지내는 건 맞잖아? 거 뭐야, 옛날 영화 「지옥의 묵시록」의 대령처럼 말이야."

"그 생활도 지루해요……."

단명오의 뚝 떨어진 텐션이 대화를 차갑게 식혔다. 그의 말이 이어졌다.

"왕개미 노릇도 오래 하니까 재미없더라고요. 어떨 땐 내 농장 보면서 저기다 네이팜탄 한 방 떨어뜨리면 재미있을 텐데, 하는 생각도 한다니까요."

단명오는 마지막에 씩 웃었지만, 분위기는 어색해졌다. 수많은 일꾼이 땀 흘리는 자기 농장을 네이팜으로 불태우는 공상을 한다니. 남미판 네로 황제? 그의 잔혹하고 무자비한 대사는 동시대인의 평균적인 정서에는 도무지 맞지 않는 말이었다. 사람들의 표정이 굳어졌다.

윤해성은 그 안에서 단명오를 유독 차갑게 주시했다.

아무래도 그냥 친목 삼아 양다곤을 방문한 것 같지는 않다.

자신의 소송을 맡긴 변호사와 이렇게까지 오랜 인연을 이어 가는 경우는 많지 않다.

단명오가 이어 말했다.

"실은 양 회장님하고는 둘만 만나서 회포를 풀어야겠습니다만 제가 이 자리에 꼭 끼고 싶다고 했어요. 될 수 있으면 한국 사람들을 많이 만나고 싶었거든요. 이렇게 능력이 출중한 여러분들하고는 알고 지내고 싶네요, 하하하. 그중에서도 특히⋯⋯."

단명오는 잠시 말을 끊고는 윤해성을 보았다.

"⋯⋯여기 윤해성 변호사를 만나 보고 싶었어요."

윤해성은 단명오를 마주 보았다.

"그 어렵다는 회장님 영장을 기각시킨 장본인 아닙니까. 어떤 친구인가 궁금했죠."

'어떤 친구?'

아무리 나이가 많고 법조 선배라 해도 초면에 무례한 호칭이다.

두 사람의 시선이 맞붙은 곳에 약간의 긴장이 자리 잡으려는 찰나.

윤해성이 빙긋 웃었다.

"선배님께서 궁금하셨다니 영광입니다."

"우리 친하게 지냅시다."

단명오가 일어서서 테이블을 가로지르며 불쑥 손을 내밀어 악수를 청했다. 윤해성도 일어서서 그 손을 맞잡았다.

단명오의 손아귀에서 과도한 힘이 느껴졌다.

기싸움을 하려는 건가?

윤해성은 적당한 힘으로 맞대응했을 뿐이다.

불쾌한 인물이고, 가족을 수렁에 몰아넣은 인물이기도 하지만 여기서 괜히 어떤 감정을 드러내는 건 불필요하고 위험하다.

두 사람은 다시금 잠시 눈빛을 부딪쳤다.

이번에는 단명오가 히죽 웃으며 앉았다.

그 웃음의 의미를 알지 못한 채 윤해성도 자리에 앉았다.

"왠지 두 사람이 통할 거 같아. 뭐 그냥 내 감이지만."

양다곤이 말하고는 껄껄껄 웃음을 덧붙였다.

* * *

양다곤의 차 안.

뒷좌석에는 단명오가 같이 타 있다.

양다곤의 표정이 조금 굳어 있다.

단명오가 말했다.

"내가 늦게 와서 오히려 잘되었네요. 저 친구가 사건 맡아서 영장을 기각시켰으니."

으음. 양다곤의 목에서 눌린 듯한 신음이 났다.

단명오가 영 마음에 들지 않는 눈치다.

영장재판을 앞두고 불렀는데 며칠 늦었고, 아무래도 일부러 그런 거 같다.

결과적으로 잘되었으니 묻혔지만 괘씸하기 그지없다.

그렇다고 함부로 하기도 곤란하다.

이번 점심 자리에 사람들과 같이 만나는 것도 양다곤은 내키지 않았지만 단명오 본인이 워낙 강하게 원했다.

양다곤의 악, 그 원천을 같이한 위험인물.

그 자신이 악의 설계자이기도 하다.

양다곤이 생각에 잠겨 있는데, 단명오가 은근히 몸을 숙여 왔다.

"근데 저 윤해성이 말입니다……."

"음. 윤해성이 왜?"

"믿을 만한 친군가요?"

"믿을 만하지. 왜 그러나?"

"형님이 아까 그 식사 자리에서 날 소개했을 때, 그 친구의 눈동자가 흔들렸어요."

"눈동자가 흔들렸다?"

"아니, 흔들린 걸 넘어 날 적대하는 듯한 눈빛?"

"무슨 소리. 이 사람, 아니야!"

"그래 보였어요. 이유는 모르겠지만."

"말도 안 되는 소리야. 자넨 남미에서 어젯밤에 도착했잖아. 윤해성이가 자넬 어떻게 알고 미워해? 자네가 인상이 좀 강하잖아. 말도 좀 세게 하고. 그래서 좋은 느낌을 받지 못했겠지."

"그런 것치고는 강렬했는데……."

"아니라니깐."

"혹시, 나나 형님한테 원한을 품은 인물 아닐까요?"

허허, 양다곤이 헛웃음을 웃었다.

"왜 웃어요?"

"그 말을 들으니 웃음이 나. 나도 잠깐 그런 생각 했거든."

"형님도?"

"영장재판 받고서 구치소에 하루 들어가서 기다렸잖아. 그때 윤해성이가 법정에서 너무 대충대충 하더라고. 그래서 혹시 저 녀석 나한테 원한 품고서 일부러 감방 보내려고 하나, 하는 생각마저 들었거든.

뭐 지나고 보니 황당한 의심이었지만. 근데 자네도 지금 똑같이 그런 말 하는 걸 보니 웃음이 난 거야."

단명오는 대꾸 없이 고개를 돌려 차창 밖을 내다보았다.

남미에서 어제 돌아온 자신을 윤해성이 알 리가 없다.

남미로 떠나기 전의 자신을 알기에는 너무나 어린 나이다.

무엇보다 양다곤을 구속 위기에서 구해 주었다.

적대적이지 않다는 걸 행동으로, 결과로 보여 주었다.

양다곤의 말이 이성적으로는 맞는다.

하지만 그 눈빛은…….

비록 잠시지만 그의 표정을 스쳐 지나갔던 그 강렬한 적의는…….

"하하, 형님. 저도 농담입니다. 농담!"

단명오는 억지웃음과 함께 얼버무렸다.

양다곤은 지금 윤해성에게 빠져 있다. 비방해 봤자 먹히지 않는다. 더 했다간 괜히 시기하는 모습으로 비칠지 모른다.

* * *

박재훈 검사는 며칠간 전전긍긍했다.

술이 깨고 나니 자신이 죽이고 싶을 만큼 미웠다. 마인혁 판사실에 가서 폭언을 퍼부은 일이 자꾸만 되살아났다. 술이 원수다.

영장 기각에 항의해서 검사가 판사실 난동. 가벼운 주의 정도로 끝날 일이 아니다. 법원이 공식적으로 검찰에 항의할 것이고, 검찰은 내부적으로 엄중 징계할 수밖에 없다.

그나마 재벌한테 강한 검사라고 우호적이었던 여론도 이 정도 되면 등을 돌릴 가능성이 높다. 알고 봤더니 그냥 또라이였네, 하는 반응.

징계당하기 전에 사직서를 쓸까?

그게 변호사 하기엔 낫겠지?

이런저런 궁리를 하고 있는데, 날이 갈수록 어째 분위기가 이상했다.

조용했다.

법원에서 직접 항의도 없었고, 검사장이나 차장, 부장이 그 일로 자신을 부르는 일도 없었다. 심지어 그 일과 관련해서 어떤 소문이나 풍문조차 들리지 않았다. 누군가 친한 지인이 찾아와서, "박 검사, 이번에 판사실 뒤집었다며?" 하는 일도 없었다.

아무 일 없이 조용히 날이 흘러갔다. 마치 그 일은 아예 없었던 것처럼 일상에서 지워져 있었다.

안심이 되면서 한편으로는 더 의구심이 들었다.

마인혁 판사가 너무나도 인격이 훌륭해서 그냥 덮은 걸까? 아니, 이건 인격의 문제라기보다 법원 대 검찰이라는 구도의 문제다. 이런 일이 공식적으로 문제 되지 않은 경우가 있었던가 말이다. 그렇다면 마인혁 판사는 스스로 입을 닫은 것일 수밖에 없다.

왜?

무언가 켕기는 것이 있어서?

있다면 혹시 양다곤과의 부정한 커넥션?

안심하는 한편으로, 박재훈 검사의 마음속 의구심은 점점 커져만 갔다.

"양다곤을 더 족쳐 봐야겠어! 분명히 뭔가 있어!"

마음속 의구심은 그만 소리로 되어 나와 버렸다.

키보드를 두드리고 있던 임지형 수사관이 깜짝 놀라 손을 뗐다.

"검사님? 무슨 말입니까?"

"아, 아니에요. 그냥 말이 튀어나왔어요."

박재훈 검사는 손을 펴 흔들었다.

*   *   *

한이수는 한울 모터스 빌딩을 막 빠져나온 참이었다.

즐거운 퇴근길임에도 발걸음이 무거워 보였다.

표정은 더 무거워 보였다. 조금 전 비서실에 있을 때와 다른 모습이다.

"안녕!"

앞에서 누군가가 반갑게 한이수를 불렀다.

고개를 들고 보니 윤해성이 환하게 웃으며 서 있다.

오늘따라 슈트는 더 번쩍이고, 키는 더 훤칠해 보인다.

반가웠다. 하지만 잠깐이었다.

이내 한이수는 울컥했고, 화가 났다.

가족의 원수, 양다곤을 결정적으로 도운 남자.

의도는 그렇지 않았다지만 그의 변론이 한이수와 한도균에게 안긴 결과는 참혹했다.

간신히 구렁텅이에서 빠져나오려던 부녀였다. 하지만.

아버지는 다시 우울에 빠졌다.

한이수 자신도.

어쩌면 복수 같은 거 겨우 잊고 일상으로 돌아갈 수도 있었는데. 연애 같은, 남들이 다 하는 그런 것도 할 수 있었을 텐데. 어쩌면 윤해성이 그 상대가 될 수도 있었을 텐데.

하지만 그 장본인이 망치고 말았다.

한이수는 인사를 받았다.

"안녕하세요."

"어? 우리 반말했는데."

윤해성은 여전히 웃으며 말했다.

"웬일이야? 회장님한테 볼일이 있어?"

한이수는 말을 놓았지만 친근감은 없다.

"아니. 이수 보러 왔지."

"왜."

"왜? 그냥 저녁이나 먹을까 하고."

"됐어. 생각 없어."

"저녁도 저녁이지만……."

윤해성은 도로 옆에 주차해 둔 차를 가리키며 이어 말했다.

"……새로 차를 뽑았거든. 이수를 제일 먼저 옆자리에 태우고 싶어서."

납작 엎드린 푸른색 차는 애스턴 마틴 밴티지.

"좋겠네. 007이 타는 차 사서."

"운이 좋았어. 원래 몇 달 기다려야 하는데, 마침 계약 취소된 게 있어서 바로 받았지."

"난 먼저 갈게."

"왜? 저녁 먹으러 가. 내가 좋은 델 알고 있어."

윤해성이 한이수의 어깨에 손을 얹었다.

한이수가 홱 돌아보며 말했다.

"안 먹는다잖아!"

"어? 난 그냥……."

윤해성은 슬그머니 어깨에 올린 손을 내렸다.

"성공보수 잔뜩 챙겨서 차 사고, 잘했어. 잘했다니까."

잔뜩 비아냥대는 말투.

"왜 그래."

"뭐가."

"난 우리가 가까워졌다고 생각했는데."

"우리가 무슨 사이라도 돼?"

"이렇게 갑자기 찾아와서 밥 먹을 사이는 되는 줄 알았어."

"그럼 인제 이렇게 찾아오는 거, 연락하는 거 안 했으면 좋겠어."

한이수는 매섭게 말을 남기고는 윤해성의 옆을 스쳐 지나갔다.

윤해성은 더 잡지 못했다.

또각또각.

보도블록에 새겨지는 구두 소리를 들으며 멍한 얼굴로 서 있었다.

지나던 행인 두 사람이 키득키득 웃었다.

'애스턴 마틴으로 여자를 꼬시려다 실패한 허세남' 정도로 생각한 것 같다.

* * *

검붉은 낯빛의 사내가 회장실을 나오고 있었다. 배 모양의 뾰족한 구두가 눈에 들어온다. 단명오 변호사였다.

자신만만한 표정이었다. 마치 자신의 방에서 막 나온 사람 같다.

한이수는 정중하게 머리를 숙여 인사했다.

오랜 친구라는 이 사람을 양다곤도 중히 여기는 것 같다. 이날도 선약을 잡고 아무도 들어오지 못하게 하고는 40여 분을 이야기하고 나온 것이다.

단명오는 바로 걸어 나가지 않고 서서 말했다.

"한 비서라고 했지? 앞으로 종종 볼 텐데 잘 부탁해."

단명오는 이를 드러내며 활짝 웃었지만 어딘가 소름 끼치는 표정이었다.

다짜고짜 던지는 반말도 불쾌감을 던져 준다.

마치 아랫사람을 대하는 듯한 어투도 꺼림칙하다. 저런 말투는 자신이 월급을 주지 않는 사람에게 해서는 안 되는 게 아닌가.

단명오는 손을 쑥 내밀었다.

여성에게 먼저 악수를 청하는 건 주로 남자가 상급자인 경우다.

자신이 한이수의 상급자라고 생각하는 건가.

한이수는 손을 마주 잡지 않고 고개만 살짝 숙였다.

"네. 저도 잘 부탁드리겠습니다."

단명오는 악수를 청했던 손을 슬쩍 거두고 머쓱해진 얼굴로 비서실을 나갔다.

도도한데, 라고 여기면서.

자신의 행동이 어떤 불쾌감을 유발했을 거라고는 전혀 생각지 못하고 있다.

단명오는 한울 모터스 출입문으로 이어지는 건물 간 연결통로를 걷다가 양건일과 마주쳤다.

"안녕하세요."

양건일이 허리를 숙였다.

"오. 건일이."

"아버지 뵈러 오셨어요?"

"응, 잠깐 이야기 나누다 왔지."

단명오는 새삼스럽다는 듯 양건일을 지긋이 보았다.

"참 많이 컸다. 이제 완전히 어른이구나. 마지막으로 본 게 코흘리개 때였는데."

"네. 삼촌. 아마 제가 중학교 올라갈 무렵 남미로 건너가셨었죠."

두 사람은 통로 옆 난간에 기대섰다.

"너 여기 상무라고 했지?"

"네. 아버지가 평사원부터 시작하라는 걸 그건 좀 쪽팔린다구 해서 과장부터 시작해서 여기까지 왔죠."

"초고속 승진이네."

"다른 애들하고 같나요."

양건일이 어깨를 으쓱했다.

지금의 지위가 자신의 힘으로 얻은 게 아니라는 자각 자체가 없다.

"어머님은 안녕하시냐."

양건일의 친모, 양다곤의 전처.

단명오의 갑작스러운 질문에 양건일은 당황했다. 친모와 연락하는 걸 양다곤은 좋아하지 않는다. 그렇다고 여기서 모른다고 시치미 떼면 더 이상하다.

양건일은 얼버무리듯 대답했다.

"아, 네. 잘 계시죠."

"지금 뭐 하시지?"

"회사를 하나 하고 계세요."

"어머님한테 안부 전해라. 양 회장님하곤 헤어졌다지만 예전에 나한테는 친누님 같았어."

"네. 어머니께도 삼촌 소식 전해 드릴게요."

평소 시건방진 언행으로 그룹 내에서도 평판이 좋지 않은 양건일이지만 단명오 앞에서는 얌전한 조카 역할이다. 어린 시절부터 단명오에게 주눅 들었던 때문일까.

"아버지도 잘 위로해 드리고. 이번에 영장 기각 안 되었으면 큰일 날 뻔했어."

"네. 운이 좋았어요."

"법이란 건 일이 벌어지고 난 다음에 수습하는 건 늦어. 항상 예방해 야지. 이번에 윤해성이란 친구가 일을 잘해 줘서 살았지만 운이었어."

"윤해성…… 아버지 일은 잘 해결해 줬지만 전 솔직히 느낌이 안 좋 아요."

"응? 왜 그럴까?"

"뭐랄까요. 그냥 저하고 주파수가 안 맞는 느낌?"

"하하, 경영자가 그런 감으로 사람을 가리면 쓰나."

"그렇긴 한데…… 어딘지 어릴 적 기억들을 떠올리게 만들어요. 안 좋은 쪽으로. 윤해성이를 볼 때마다 기분 나빴던 어떤 녀석이 생각나 요. 그래서 싫은가 봐요."

"넌 원래 꼬맹이 때부터 눈썰미가 좋았지. 근데 너무 좋아도 탈이야. 자꾸 옛날 사람이 겹쳐 보이면 되나."

"눈썰미 좋은 건 엄마 닮은 거 같아요."

"하여튼, 그룹을 물려받으려면 그런 사소한 것들에 구애받으면 안 돼."

"제가 한울을 물려받는 것도 운이 좋아야겠죠."

"그게 무슨 말이냐?"

단명오가 눈을 빛냈다.

"모르세요? 장유나라고 배우 출신인데, 아버지 옆에 찰싹 붙어 있어 요. 호적에 이름 올릴 날만 기다리면서요. 그 여자 야심이 보통이 아니 에요. 아버지가 정식 결혼을 거부해서 그룹을 통째로 먹는 덴 실패했지만, 그래도 계열사 몇 개 정돈 노리고 있을걸요."

"오호, 그런 일이 있어?"

단명오의 움푹 꺼진 눈이 한층 빛났다.

그는 곧이어 웃으며 양건일의 어깨를 툭 쳤다.

"걱정 마. 내가 왔잖아. 그런 일은 없어."

"삼촌만 믿을게요."

"음. 넌 잘 모르겠지만 나도 한울 모터스 초기 창립자 중의 하나나 마찬가지인 사람이야. 그 뒤에 내 지분을 다른 데다 넘기긴 했지만 아직도 애정이 각별하지. 이 회사를, 비록 일부라도 엉뚱한 여자한테 넘길 순 없어."

단명오는 양다곤에 이어 양건일을 손아귀에 넣고 주무르는 그림을 그리고 있었다.

양건일은 단명오와 헤어지고 복도 끝 엘리베이터에서 팽성희 실장을 만났다. 회사 내에서 흉금을 터놓는 양건일의 '여사친'이자 몇 안 되는 심복이었다.

"저분은 누구세요? 아까 지나가다 들으니까 삼촌이라고 부르시던데."

"아, 저 머리 긴 남자?"

"네."

"한울 그룹에 기생하는 벌레야."

양건일은 지나온 쪽으로 경멸의 눈빛을 보내고는 엘리베이터에 올랐다.

* * *

"하이!"

바의 스탠드 구석 자리에 있던 윤해성이 손을 번쩍 들었다.

윤해성을 발견한 태리현은 히죽 웃더니 앞머리를 한 번 손으로 휙 넘기고는 성큼성큼 다가왔다.

"오랜만이야, 테리우스."

윤해성은 옆 스툴에 걸터앉는 태리현의 등을 툭 쳤다.

"역시 넌 옛날 사람이야. 한 세기 전의 별명을 아직도 부르냐."

"싫으면 긴 머리 좀 자르든가."

"그건 안 되지. 이건 내 트레이드마크거든."

태리현은 또 한 번 긴 앞머리를 걷어 올렸다.

그가 툴툴거려도 도리가 없다. 잘생긴 외모, 긴 머리에 더해 이름까지 태리현이니 모든 조건이 '테리우스'라는 별명을 부른다. 무엇보다, 그는 여자들에게 인기가 높았다. 그의 친구들이 '카사노바'로 부르면 태리현은 머리를 도리도리 저었다.

"그 별명은 사양이야."

"응? 너 여자 엄청 좋아하잖아."

"카사노바는 마흔에 은퇴했거든. 난 더 길게 갈 거야."

친구들은 질려서 입을 다물었다. 그래서 '시효가 있는' 카사노바보다 '오래가는' 테리우스라고 불렀다.

태리현이 위스키와 치즈를 더 주문했다.

이어진 시시콜콜한 이야기들.

왜 이렇게 오랜만에 연락했냐.

그동안 어떻게 지냈냐.

네 소식은 누구를 통해 들었다…… 등등.

태리현은 예전 그대로였다. 현재도 두 명의 여성들과 소위 '썸'을 타고 있다고 했다.

윤해성은 역시, 라는 듯 고개를 끄덕이며 말했다.

"변하지 않는다는 건 좋은 거야. 편안함을 주잖아."

"관심법으로 보아하니……."

태리현이 윤해성의 잔에 술을 따라 주고는 말했다.

"여자 문제로 고민이 있군. 안 그러면 네가 이 형님한테 먼저 연락할 리가 없잖아?"

"아직 살아 있네. 카사노바 군."

"그 네이밍은 사양이라니깐. 특히 당분간은."

"왜."

"여자들이 경계해. 공략이 어려워져."

"그런가?"

"물론. 지금 썸녀 둘 다 전부 자기들이 내게 전부인 줄 알고 있어. 난 순정남으로 돼 있다구. 그 콘셉트로 경계심을 무장해제 시키는 게 지금의 내 전략이야. 근데 그 별명을 들어 봐. 어떻게 되겠어?"

"……흠. 어째 힘들게 사는 거 같다."

"쉽게 얻어지는 건 없어."

태리현은 씩 웃으며 이번에는 과한 고갯짓으로 앞머리를 팟 하고 넘겼다.

"실은……."

윤해성은 한이수에 대한 이야기를 털어놓았다.

고문으로 일하는 한울 모터스 회장 비서실에서 만난 여성이며, 부친의 형사사건을 수임했던 이야기, 식사를 하고 술을 마시고 호텔까지 간 이야기, 그런데 돌연 차가워진 것까지.

"⋯⋯이유를 모르겠어. 왜 마음이 변한 걸까?"

이야기를 마친 윤해성은 위스키 잔을 쭉 들이켰다.

"⋯⋯바로 그날 호텔에 간 게 좀 성급했나? 그래서 실망?"

쯧쯧.

태리현의 혀 차는 소리에 윤해성이 잔을 놓고 돌아보았다.

"뭐야. 벌써 진단이 나온 거야?"

"바보 같은 놈."

태리현이 손을 뻗어 윤해성의 머리를 헝클었다.

"호텔에 간 게 문제가 아니야."

"그럼?"

"그 이후의 네 태도가 문젠 거지."

"그 이후의 태도?"

"여자가 아무리 개방적이라고 해도, 그날 호텔까지 같이 갔다면 너한테 전부 마음을 연 거야. 그건 너와 그 여자의 '별의 시간'이었던 거지."

"그날 밤 아무 일이 없었는데?"

"나 참. 이 바보 녀석을 어떡하냐⋯⋯."

태리현은 한 번 더 혀를 챘다.

"왜?"

"비록 그날은 아무 일 없었다고 해도, 여자한테는 그만큼의 의미가 있었단 거지."

"그래서?"

"너 그다음 날 여자한테 연락했어? 전화나 하다못해 톡이라도."

"아니."

윤해성은 고개를 저었다.

"그 며칠간 양다곤 회장 영장 재판으로 무지하게 바빴거든."

"으이그, 당연하다는 듯 말하지 마. 그래서 문제란 거야."

"그런가."

"여자는 연락에 민감해. 호텔까지 가 놓고는 다음 날 소식이 없으니, 이 남자가 겨우 이 정도로 날 생각했나, 하는 생각이 들 수밖에 없어. 자기는 마음을 다 열었는데, 남자는 하룻밤 불장난 상대로 생각했나, 하는 불쾌감. 다른 말로 하면 배신감."

"으음. 그건 아닌데……."

"두 사람의 관계는 끝. 여자가 식은 건 당연. 네가 미련 가지고 이러는 건 질척대는 것밖에 안 돼. 끝났어."

"끝났다구? 내가 사과하면 되지 않을까?"

"돌았냐? 그런 얘기를 입 밖에 어떻게 꺼내. 포기해. 이미 기회를 놓쳤어. 이 정도 됐으면 이 형님이 출동한대도 어려워."

"버스가 떠나 버렸다, 이거냐?"

"물론. 되돌릴 수는 없어."

태리현이 고개를 깊게 끄덕이다가 덧붙였다.

"방법은 있지만."

"뭐야?"

"새 여자를 찾는 것."

새 여자를 찾는다라…….

윤해성은 씁쓸히 고개를 저었다.

"왜, 너답지 않게 미련이 많은 것 같다."

태리현이 놀리듯 말했다.

"맞아. 그 여자는 대체 불가야."

"세상에 여자가 얼마나 많은데. 잊어. 대체할 수 없는 사람은 없어."

아니.

그 여자는 역시 대체할 수 없어.

한이수는 양다곤과 접근할 수 있는 유일한 여자이니까.

윤해성은 위스키를 입안에 털어 넣었다.

* * *

양다곤은 박재훈 검사 앞에서 붉으락푸르락하고 있었다.

구속영장이 기각된 후 상급자에게 깨지고, 커리어에 큰 스크래치가 간 박재훈은 거의 폭주하고 있었다.

영장 판사에게 폭언을 퍼부은 사건도 그 배경에 있었다. 판사가 입도 벙긋 못 하는 모양새를 보고는 양다곤의 부정한 커넥션이 어떤 작용을 했을 거라는 강한 의심이 들었다.

양다곤을 족쳐야 한다!

이 모든 사태의 배후에는 양다곤이 있다!

박재훈은 양다곤을 바로 재소환 했다.

그러면서 변호인을 대동하지 말라고 겁을 주었다. 양다곤은 검사의 무리한 주문에 화가 났지만, 영장도 기각된 판에 무어 겁날 게 있을까 싶었다. 어쩌면 검사가 변호인 없이 몰래 '사건 무마' 같은 제안을 하려는 건지도 모른다.

하지만 그의 희망은 무참히 깨졌다.

변호인 없이 무방비로 출석한 양다곤을 박재훈 검사는 거세게 몰아 붙였다.

"왜 영장이 기각됐는지 아시죠?"

"판사님이 구속할 이유가 없다고 판단해서겠죠."

"아니, 아니!"

박재훈 검사가 소리를 버럭 질렀다.

양다곤의 얼굴이 벌겋게 달아올랐다.

"당연히 발부될 거였는데, 기각됐어요. 내 검사 생활에 가장 황당한 사건이라고요. 무언가가 분명히 있어. 근데 그 이유를 당신만은 알 거 같단 말이죠."

"'당신'이라니?"

양다곤은 울컥했다.

검사의 호칭이 귀에 확 거슬린다. 그 무서운 구속영장도 기각되었겠다, 이제는 기세를 조금 회복했다.

"'당신'이란 말이 싫다? 좋아요. 양다곤 씨."

박재훈이 이죽거리듯 말했다.

"양다곤 씨?"

"왜, 그것도 싫어요? 그럼 검사가 피의자 취조하면서 '양 회장님'이라고 부를까요? 어디 감사실에 진정이라도 넣어 보시죠. 나 회장인데, 감히 회장님으로 안 불러 준다, 하고."

박재훈 검사는 끝까지 비아냥거렸다.

양다곤은 말문이 막혔다.

영장 기각 이후에도 조사를 받는 입장이란 건 바뀌지 않았다. 검사가 예의를 차려 주면 고맙겠지만, 예의 없다고 화를 내거나 뒤집어엎을 수는 없다. 실리가 없다. 아마도 여론은 재벌 회장이 검사한테도 갑질 한다며 비난을 퍼부을 것이다.

"고분고분 수사 받고 구속돼 재판 받았으면 길어야 한 5, 6개월이면 나왔을걸. 굳이 수 써서 영장 기각시키고 뺀질뺀질. 이런 식이면 나도 이제 더 이상 신사인 척 못 합니다. 난 한번 물면 절대 안 놔요. 어떻게든 당신 실형 살릴 테니까, 한번 봅시다."

박재훈은 흥분한 투우처럼 무차별 들이받고 있었다.

검찰에 재차 소환됐지만 새로운 조사는 거의 없다. 영장 재판과 관련해서 무슨 장난을 치지 않았는지, 막연한 의혹을 던지는 수준이다. 급기야는 이런 협박 비슷한 말까지 던지고 있다.

황당했다. 검사는 그저 물먹은 분풀이로 자신을 소환한 것인가.

"박 검사. 조심합시다. 길게 봐야지. 이번으로 경력 끝낼 것도 아니고."

양다곤이 박재훈을 노려보았다. 안 그래도 심기가 불편한 박재훈에게 이 말이 불을 댕기고 말았다.

"뭐? 지금 검사를 협박하는 거야!"

"아니, 협박이 아니라 너무 막 나가지 말잔 얘기요."

"하, 이분 좀 보게. 나이도 좀 있고 해서 최대한 예우해 줬더니 검사를 자기 회사 아랫사람 대하듯 하네."

"그게 아니고……."

박재훈 검사는 옆에 있던 수사관을 보며 말했다.

"임 계장님! 이 말 녹음했습니까? 확 검사 협박으로 추가 입건해 버리게!"

"아쉽게도 녹음은 안 됐습니다."

수사관이 대답했다. 협박 운운은 물론 두 사람의 연출이다.

박재훈이 다시 양다곤에게 말했다.

"영장 하나 기각됐다고 좋아하지 마쇼. 본안 재판에서 무슨 수를 쓰더라도 반드시 당신을 처넣을 테니까. 아니, 만에 하나 이번에 빠져나간다고 해도 평생을 두고 당신을 쫓을 거야. 장발장을 평생 쫓던 자베

르 경감 알지? 그런 거야. 잘못 건드렸어. 사람 잘못 봤어. 두고 봅시다.”

급기야 박재훈 검사가 오히려 협박으로 끝을 냈다.

이런 일은 처음이었다.

한울 모터스의 회장, 한국 경제계의 거두로 군림해 온 양다곤.

어느 누구도 그에게 ‘당신’이나 ‘양다곤 씨’라고 말할 수는 없었다.

근거 없이 이죽거리고 비아냥대지도 못했다.

협박은 꿈도 꾸지 못했다.

하필이면 더러운 놈한테 걸렸어.

말 잘 듣는 검사도 많을 텐데.

양다곤이 검사실을 나간 후, 임 계장이 박재훈 검사에게 걱정스럽게
말했다.

“검사님, 너무 나간 거 아니었을까요? 저 양반 파워가 엄청날 텐데,
혹 상부에 얘기해서 검사님을 수사에서 빼 버릴 수도 있지 않겠어요?”

“그건 좋은 기회죠.”

“네?”

“만약 그러면 성명서 내고 세게 들이받는 거죠. 사람들은 누굴 좋아
할까요? 재벌 말 듣고 인사 조치한 검찰고위층 대 그걸 들이받은 평검
사 중에서 말이죠.”

“……저 양반이 검사가 폭언했다고 직접 막 언론에 떠들고 다니
면…….”

“그럼 더 땡큐죠.”

“네?”

“재벌 회장한테 큰소리친 기개 있는 검사가 되는 거죠. 나 완전히 뜨
는 거 아닙니까? 하하하하.”

박재훈 검사는 크게 웃어젖혔다.

임 계장은 어안이 벙벙했다.

이 인간이 출세욕 크고 소위 '관종'이란 건 알고 있었지만 이 정도일 줄이야.

그제야 생각났다.

박재훈 검사는 얼핏 술자리에서 그랬다. 내 목표는 검찰에서의 출세 따위가 아니다! 그때 풍긴 뉘앙스로는, 그는 분명 정치를 기웃거리고 있다. 그걸 위해서 반드시 필요한 대중적 인기. 그걸 얻을 절호의 기회가 온 것이다.

양다곤 사건이라는 절호의 기회가.

* * *

박재훈 검사의 조사 같지 않은 조사는 세 시간 만에 끝났다. 차에 오른 양다곤은 지쳤을 법도 하건만 허리를 꼿꼿이 펴고 있었다. 상기된 얼굴에는 흥분의 흔적이 남아 있었다.

"회사로 모실까요, 아니면 댁으로 모실까요?"

기사가 말했지만 대답이 없다.

"회장님?"

기사는 뒤돌아보았다. 그러다 흠칫 놀랐다.

양다곤의 얼굴은 마치 귀신을 연상시킬 만큼 일그러져 있었다. 검사실을 나올 무렵 품고 있던 약간의 온건함은 온데간데없었다.

초점이 맺히지 않은 채 어딘가를 노려보는 망량의 눈빛.

독침이라도 쏠 듯 도사린 몸.

늘 가지런히 위로 뻗쳐 있던 허연 머리칼은 땀에 젖은 이마에 흐트러졌고, 아래턱에 힘줄이 돋을 만큼 이를 악물고 있다.

무언가를 결심한 사람 같았다.

* * *

"왜 주차장으로 안 가시고?"

전기호가 물었다.

퇴근 시간.

방수희는 먼저 퇴근했고, 윤해성은 전기호와 거의 동시에 사무실을 나섰다.

주차장과 반대인 건물 현관으로 향하는 윤해성을 보고 전기호가 의아해서 물은 것이다.

"오늘은 차를 안 가지고 왔어."

"엥? 혹시 새 차 기스 날까 봐 모셔 둔 거예요? 하긴 변호사님은 차 엄청 아끼시지? 헤헷."

"내가 뭘 차를 아껴?"

"수희 누나도 그러던데요?"

전기호는 또 히히, 웃더니 주차장 방향으로 쑥 지나쳐 갔다. 그곳에는 윤해성이 준 포르쉐가 있다.

윤해성은 오늘 차를 가지고 오려니 왠지 흥이 나지 않았다.

'성공보수 잔뜩 챙겨서 차 사고, 잘했어. 잘했다니까.'

한이수의 그 말에 왠지 김이 샜다. 한이수는 갑자기 차가워졌다. 친구 태리현은 윤해성의 태도 탓이라고 했다. 그리고 돌이킬 수 없다고도 했다.

그녀는 양다곤의 최측근이었는데. 큰 우군을 잃었다.

힘이 빠졌다.

그리고 그런 이유가 힘이 빠진 전부는 아닌 느낌.

타인의 감정에는 무심했지만, 한이수라는 여자의 미움을 받는 게 왠지 싫다…….

윤해성이 건물을 막 빠져나가 전철역으로 향하는데, 가볍게 빵, 하는 클랙슨 소리가 들렸다. 돌아보니 길가에 벤츠 CLS가 있었다. 운전석에는 목에 스카프를 한 젊은 여자가 있었다.

그 여자는 윤해성을 향해 활짝 웃으며 손짓하고 있었다. 마치 친한 사이 같다.

여자를 알아보는 데는 2초쯤 걸렸다.

"아, 장유나 씨."

윤해성이 차로 다가갔다.

"내가 조금 늦었네요. 일찍 가서 상담하려 했는데, 퇴근 시간을 넘겨버렸네요."

"상담하러 오셨다구요?"

윤해성은 장유나의 의뢰 건이 기억났다. '르씨엘' 살인사건.

하지만 그 사건은 수임하지 않기로 하고 되돌려 보냈었는데. 지금 살인사건같이 시간과 에너지를 많이 소모할 재판을 맡을 이유가 없다. 게다가 장유나에게는 수임료를 과연 낼 수 있을지 의문이라는 식으로 말하며 돌려보냈었다.

"타요."

"네?"

"일단 타서 얘기해요."

윤해성은 차에 올랐다.

장유나는 바로 차를 출발시켰다.

"어디로 가시는 거죠?"

"도로에 차를 오래 댈 순 없잖아요. 어디든 가야죠. 이를테면 밥?"

"죄송한데 저녁은 생각이 없습니다."

"의뢰인이 저녁 먹자는데 그렇게 뺄 거예요?"

"또 죄송합니다만 의뢰인이 아니시죠. 의뢰하러 오셨던 건 맞지만 제가 거절했던 걸로 압니다."

"우리 언니 일, 기억하죠?"

"물론 기억은 합니다. 장유나 씨 언니분이라서가 아니라 워낙 유명한 사건이죠."

"1심에서 그 개자식, 어머 죄송해요. 언니의 남편이 무죄를 받았죠. 그래서 지금 2심 재판 중이고요."

"그러시다고요."

윤해성은 벌써 지루해지기 시작했다. 자신과는 아무 관계없는 일이다. 얼떨결에 차를 타 버렸다. 거의 신차인 벤츠 CLS를 보면 생각보다 장유나가 경제 형편은 괜찮은 것 같지만. 그래도 뭐 약간의 수임료를 받기 위해 수임해야 할 절박한 사정은 없다. 더구나 바로 며칠 전 100억 원의 성공보수가 입금되지 않았는가.

"그 2심 재판의 언니 측 변호인은 법무법인 다선이에요."

생각보다 돈은 좀 있나 보다. 법무법인 다선이라면 국내 다섯 손가락 안에 드는 대형로펌이다. 아는 언니를 위해 그 정도의 로펌을 선임하다니, 의외였다.

"그런데 재판 돌아가는 걸 보니 1심을 깨기 어렵겠더라구요. 공판에 한 번 가 봤는데, 알아듣기 힘든 절차 같은 얘기만 지루하게 하고."

"그때도 말씀드렸지만 1심에서 무죄 받은 걸 2심에서 유죄로 바꾸는 건 쉽지 않습니다. 1심 세 명의 판사가 유죄로 하기 힘들다고 한 건데, 2심 판사들의 주관적 확신만으로 유죄로 단정하긴 어렵거든요. 결정적인 새 증거가 나오지 않는 이상 쉽지 않아요."

"그래도 답답해요. 우리 측 로펌도 무기력한 거 같고, 영 맘에 들지 않아요. 살인을 했냐, 안 했냐를 가지고 싸워야지 조서의 증거능력이 어쩌구저쩌구, 그냥 법조인들만의 세상 안에서 자기들끼리 바둑 두는 느낌?"

"뭐니 뭐니 해도 결과가 안 좋으면 맘에 안 들 수밖에 없겠죠."

불쑥 찾아와 차에 타라고 하는 장유나 식의 거침없는 행동에 조금 경계심이 일었다. 하지만 시간이 지날수록 그게 무례나 건방짐이 아니라 그녀의 기질 자체라는 생각을 하게 됐다.

예전 연예계 생활로 다져진 나긋나긋하고 착착 감기는 말투가 상대를 자연스레 대화로 이끌었다. 친절하게 설명해 주고 싶게까지 만들었다.

"이번에 가까운 사람한테서 또 윤 변호사님을 추천받았어요. 역시 윤 변호사님밖에 없을 것 같아요. 이 사건을 뒤집을 사람은."

"말씀은 고맙지만, 제가 맡기는 곤란합니다."

"이번에 추천한 사람은 제 남편이에요."

"네. 그러시군요."

윤해성은 심드렁하게 대답했다. 대중적으로 유명하니까 추천했겠지.

"왜요. 지난번 말한 것처럼 수임료를 제대로 줄까, 걱정되는 거예요?"

장유나는 전방을 보며 깔깔깔 웃었다.

윤해성은 대꾸를 하지 않았다. 이제 그만 차에서 내려야…….

"잠깐 통화 좀 할게요. 실례."

차가 신호에 걸려 선 틈을 이용해 장유나가 휴대전화의 버튼을 꾹 눌렀다. 1번에 저장된 번호였다.

"자기, 나야."

"어. 그래."

전화를 받은 상대는 굵직한 목소리의 남자였다. 꽤 나이가 있어 보이는 음성이었다.

차량 블루투스로 연결돼 대화는 조수석 윤해성에게도 생생하게 들렸다.

"뭐 해?"

"전경련 만찬 가는 길이야. 당신은?"

"나도 만찬. 뭐 난 둘이지만."

전경련 만찬? 이 남자는 누구지?

윤해성의 귀가 자연스레 장유나 쪽으로 쫑긋 섰다.

"자기야 나 갖고 싶은 게 생겼어."

"뭐야?"

"갑자기 전기차가 타고 싶어졌어. 자기 회사 아스트로 평이 좋더라. 세컨드 카로 좋을 거 같아."

"색상은?"

"블루."

"알았어. 바로 비서실 시켜서 풀옵션으로 뽑아 보낼게."

"고마워, 역시 자기뿐이야."

"뭘. 아내한테 그 정돈 당연하지."

상대 남자는 껄껄 웃었고, 장유나는 전화를 끊었다.

옆으로 돌아보고는 말했다.

"아직도 수임료가 걱정되세요?"

장유나의 에르메스 스카프가 빛나고 있었다.

윤해성은 자세를 고쳐 앉고는 몸을 절반쯤 장유나에게로 틀며 말했다.

"사건 이야기를 좀 더 해 보실까요?"

* * *

"오랜만에 같이 운동하니까 좋구먼."

18홀 라운딩을 마친 양다곤이 땀을 닦으며 말했다. 좋네요, 최곱니다, 하며 단명오와 김 실장도 맞장구쳤다.

양다곤은 캐디들을 먼저 가도록 했다.

"우린 좀 천천히 걸어서 가지."

양다곤이 말하고는 걷기 시작했다.

클럽하우스까지 초록 잔디가 평원처럼 펼쳐져 있다. 세 사람은 그 위를 천천히 걸었다.

김 실장이 양다곤의 클럽을 캐디 대신 받으며 말했다.

"회장님 오늘 컨디션이 좋으시네요."

"야, 형님! 결혼도 싱글, 골프도 싱글, 대단하시네요."

"아니, 단 변호사님, 결혼이 싱글이라뇨."

단명오의 말에 김 실장이 화들짝 놀라며 말했다.

양다곤이 손을 휘이 내저었다.

"괜찮아. 우리 집 장 여사 얘기도 단 변호사한테 곧 해 줘야겠지."

"예? 형님 재혼하셨어요?"

이미 양건일에게 들어 알고 있지만 단명오는 모른 척하고 말했다.

"그 얘긴 나중에 하고……."

양다곤은 주위를 살피고는 목소리를 낮추었다.

"……단도직입적으로 얘기하지."

기색이 심상찮았다. 양다곤이 이런 목소리로 말한다면 보통의 용건은 아니다. 그 사실을 단명오와 김 실장은 누구보다 잘 안다. 두 사람은 숨을 죽이고 귀를 기울였다.

"손봐 줄 놈이 있어."

"손봐 준다면 어느 정도까지?"

김 실장이 조심스레 물었다.

"죽여야지."

세 사람 사이에 정적이 흘렀다.

그 말이 전혀 농담이 아니란 걸 확인할 만한 시간이 흘렀다.

먼저 침묵을 깬 건 김 실장이었다.

"네. 회장님 뜻이 그렇다면 그래야죠. 말씀만 하십시오."

그러고는 양다곤 옆에 바짝 다가가 낮은 목소리로 물었다.

"누굽니까? 손봐 줄 놈이."

양다곤이 말했다.

"박재훈 검사."

"……."

김 실장은 움찔했다. 단명오는 조용히 양다곤을 쳐다보았다.

대상이 뜻밖이다. 너무 엄청난 타깃이다.

두 사람이 말이 없자 양다곤이 말을 이었다.

"도저히 용서할 수 없어. 무엇보다 위험한 놈이야. 영장이 기각된 뒤로 빠짝 약이 올라 있어. 앞으로 재판이 남았는데 무슨 짓을 할지 몰라."

"그건 형님답지 않은데요."

단명오가 말했다.

"응? 뭐가?"

"검찰은 조직입니다. 그자 하나 어떻게 한다고 해서 수사가 끝나는 게 아니죠. 그 자리를 다른 누군가가 채울 뿐입니다. 그런데 큰 리스크를 감수하면서 해치울 필요가 있겠습니까?"

"박재훈만 아니면 다른 검사는 괜찮아. 박재훈이는 앞으로 두고두고 날 괴롭힐 작정이야. 개만 없애면 그 자리에 내가 주무를 수 있는 검사가 올 수도 있겠지."

"그것도 랜덤 아닙니까."

"그렇긴 해."

"아무래도 이유가 더 있는 것 같습니다."

"분명히 말하지만, 검사를 처리하는 리스크보다 그대로 두는 리스크가 더 커. 이건 사업가로서의 내 감이야. 틀리지 않아."

"하지만 손보는 것보다 위쪽에 얘기해서 수사팀을 교체하는 게 낫지 않겠습니까."

양다곤은 얼마 전 전화통화에서 호되게 배신당했던 기억을 떠올렸다. 평소엔 간을 내줄 것처럼 굴던 법무부장관, 검찰총장 모두가 모른 척했다. 수사대상이 되고 나니 이렇게 서러울 수가 없다.

"요즘은 그렇게 안 돼. 멀쩡한 수사팀을 명분도 없이 갑자기 교체해 달라고 해 봐야 통하지 않아. 다들 몸 사려."

"오호. 그새 한국도 많이 발전했네요."

"솔직히 말하지. 박재훈 검사한테 수사 받으면서 내 평생 있을 수 없는 모욕을 받았어. 그걸 생각하면 잠도 안 와."

"회장님이 수사받고 오시면 늘 안색이 안 좋으시긴 했죠."

김 실장이 맞장구쳤다. 단명오가 말했다.

"이거야 영화 대사 같네요. 넌 내게 모욕감을 줬어, 이겁니까?"

단명오가 장난스럽게 얘기했지만 양다곤은 진지했다.

"내가 왜 한울의 회장이 되었는지 아나? 아니, 회장이 되었다는 의미가 뭔지 알아?"

두 사람은 침묵했다. 양다곤이 재차 말했다.

"회장은 이런 꼴 안 당하고 사는 사람이야. 당하면 몇 배로 갚아 주는 사람. 그래서 회장인 거야. 내가 이런 수모를 당하고도 참아야 한다면 보통 사람과 다를 게 뭐야? 회장 같은 거 왜 하고 앉아 있는 거야?"

또다시 침묵이 흘렀고, 잠시 후 단명오가 신중한 어투로 말했다.

"문제는요, 지금 박재훈 검사가 살해되면 형님이 가장 의심받는다는 겁니다. 박재훈 검사가 수사하던 사건을 전부 털어 볼 거고, 그중에서 가장 대어는 물론 형님 건이겠죠."

"그래서야."

"네?"

"당신이 단명오이기 때문이야."

"……."

양다곤은 단명오를 돌아보며 말했다.

"하필이면 이런 때 자네가 멀리 남미에서 와 주었지 않은가. 단 변호사가 없었다면 나도 그런 생각까진 못 했을 거야. 당신이니까 가능해. 어때?"

"그러니까, 형님한테 화살이 돌아오지 않도록 하면서 박재훈을 처리한다?"

양다곤은 대답 없이 물끄러미 보기만 했다. 단명오는 씩 웃었다.

"가능합니다."

"역시."

"다만."

"다만?"

"어떤 방법을 쓰는지는 저한테 전적으로 맡겨 주십시오."

"그거야 물론이지."

단명오는 휘파람을 휘이 불었다.

"그럼 한번 해 볼까."

그러고는 김 실장을 돌아보며 덧붙였다.

"20년 전처럼."

* * *

단명오와 김 실장은 각자 스팀타월을 하체에 걸치고 사우나 의자에 걸터앉았다. 골프장 부속 욕실에는 사람이 거의 없었고, 사우나실에는 두 사람뿐이다. 양다곤은 가볍게 샤워를 마친 후 먼저 떠난 상태다.

김 실장이 말했다.

"근데, 회장님이 의심받지 않으면서 박재훈을 해치울 방법이 있습니까?"

"있지."

"어떤 거죠?"

"나로선 일거양득, 돌 하나로 토끼 두 마리를 잡는 거지."

"그게 무슨 말씀입니까?"

단명오는 훗, 하고 웃으면서 스팀타월을 머리에 하나 더 얹었다.

"나도 기분 나쁜 놈이 하나 있어. 우리 형님도 감이라지만, 내 감도 틀린 법이 없거든. 무엇보다 그놈이 운 좋게 영장 하나 기각했다고 형님이 푹 빠져서 정신 못 차리고 있는 게 아주 꼴 뵈기 싫거든."

"혹시 윤해성 변호사 이야깁니까?"

"그래."

"전 직접 보진 못했습니다만 그렇게 건방진 인간 같지는 않던데요."

실은 김 실장은 이미 윤해성을 만났지만 모르고 있다. 지하 주차장에서 김충구를 습격할 때 윤해성과 주먹까지 교환했다. 김 실장은 그 남자가 윤해성인지는 알지 못하는 것이다.

"못 봤다며. 근데 어떻게 알아?"

"들었죠. 회장님한테 충성을 맹세했다던데요. 회장님도 아주 흡족해하시고."

"난 직접 만났어."

"네에."

"내 눈은 틀린 적이 없다니깐."

김 실장은 생각했다.

그런 감 때문이 아니겠지. 당신도 한국까지 괜히 오진 않았을 거야. 아마 파라과이 농장이 잘 안 되나 보지? 양 회장에 개다리 붙어서 뭐 좀 챙기려는 거 아닌가? 근데 윤해성 때문에 자리가 흔들린다 이거지? 그 자리에 예전에 내 거였는데 하고 말이야…….

김 실장은 마음의 생각과는 달리 말했다.

"단 변호사님의 감이야 늘 틀리지 않죠. 근데 박재훈 검사를 해치우는 일하고 윤해성 변호사하고 무슨 상관이 있습니까?"

단명오는 음침하게 웃었다.

"박재훈이와 윤해성을 만나게 하는 거야."

"그래서요?"

"윤해성이가 뭐로 떴지?"

"김정은이를 기소해서였죠."

"윤해성을 저격하면 사람들은 뭐라 생각할까?"

"……."

"북한의 짓이라고 생각할 거야."

"아……."

"윤해성을 죽이는 김에 같이 있던 박재훈도 골로 가는 거지. 그런 그림을 만드는 거야."

"……."

"우리의 진짜 목표는 박재훈. 하지만 사람들은 북한이 윤해성을 죽이려다 박재훈까지 죽이게 된 걸로 생각하겠지."

"……할 말이 없네요. 역시 단 변호사님입니다."

"방법은 암살. 북한이 쓸 만한 방법으로."

단명오는 스팀타월을 걷으며 일어섰다.

* * *

"어서 와. 오랜만에 얼굴 보는구나."

윤서경은 환하게 웃으며 현관에 서 있었다.

오랜만에 아들 얼굴을 보는 이때만은 주름에 새겨진 오랜 근심이 사라진 듯했다.

윤해성은 이천의 윤서경 집에 막 들어서고 있었다.

"별일 없었어요?"

윤해성은 구두를 벗으며 작은 포장지를 건넸다.

"이건 뭐니?"

"한번 풀어 보세요."

윤서경은 조심스레 포장을 풀었다.

끈을 푼 다음, 포장지를 뜯을 때는 굳이 부엌에서 칼을 가지고 와서 매끈하게 잘랐다.

"아이구, 그냥 팍팍 찢으세요."

"안 돼. 우리 아들이 준 건데. 난 포장지도 꼭 모아 놓는단다."

포장을 다 풀자 넓고 납작한 상자가 드러났다. 윤서경은 상자의 뚜껑을 조심스레 열었다.

"어머, 이게 뭐니?"

상자 안에는 서류가 몇 장 들어 있었다.

그걸 집어서 본 윤서경의 눈이 커졌다.

"등기 권리증?"

"네. 이 집 거. 그 밑에 등기부등본도 있어요. 내 명의지만 엄마 거예요. 이제 여기서 언제까지라도 맘 편히 사세요."

"세상에……."

윤서경의 입이 크게 벌어졌다.

"더 큰 집으로 옮겨 드릴까 했는데, 엄마가 이 집을 맘에 들어 하시는 거 같아서요. 이사하기도 힘들 거고. 그래서 그냥 이 집을 사 버렸어요. 괜찮죠?"

"괜찮다마다……."

윤서경의 눈에서 눈물이 주르르 흘러내렸다.

더는 말을 잇지 못했다.

윤해성이 손수건을 건넸다.

윤서경은 손수건으로 눈물을 닦았다.

"고맙다. 고마워…… 우리 아들이 너무 고마워."

"뭘 그런 말을 하세요. 별거 아닌데."

"이게 어떻게 별게 아니니. 난 사실 그동안 너한테 말은 안 했지만…… 지금 사는 이 집이 너무 좋았단다. 근데 우리 게 되다니, 정말 꿈만 같아."

"혹시 또 제가 무슨 돈 있냐고 그럴까 봐 미리 말하는데, 이번에 수임료 엄청 받았으니까 전혀 걱정 마세요."

"수임료……?"

윤서경은 아직 촉촉이 젖은 눈을 들어 윤해성을 보았다.

"얼마나 큰 사건을 했기에 그러니?"

"엄마도 알 거예요."

"뭔데?"

"양다곤 구속영장 사건?"

"뭐? 양다곤?"

윤서경의 입이 조금 전보다 더 크게 벌어졌다.

"그, 그럼…… 그 구속영장 건을 기각시킨 게 너……였니?"

"네. 제가 담당했어요."

"아니 왜 하필이면 양다곤 사건을? 그 사람이 어떤 인간인지 알잖아. 우리 집의 원수. 근데 수임료 때문에 그런 사건을 해?"

20년이 넘도록 아들의 행동에 단 한 번도 반대를 하지 않았던 윤서경이 처음으로 질책을 하고 있었다.

윤해성은 빙그레 웃으며 조용히 윤서경을 불렀다.

"엄마."

"응."

"나 믿죠?"

"당연히 믿지. 그래도……."

"내가 겨우 돈 때문에 양다곤 변론을 하지 않을 거란 것도 믿죠?"

"아아……. 그래!"

윤서경의 낯이 활짝 피었다. 아들에 대한 절대적인 신뢰를 가진 그녀였다. 윤해성의 말 한마디면 되었다.

"이유가 있어요. 양다곤은 이번 사건 정도로 고꾸라지지 않아요. 영장사건을 제가 한 건 양다곤을 결정타를 먹이기 위해서예요."

"그렇구나…… 난 그런 것도 모르고……."

"엄만 그럴 수 있죠."

"넌 잊지 않았구나…… 다 양다곤을 넘어뜨리기 위해서……."

"지난번 유언장을 가져간 것도 그 이유예요."

"유언장도?"

"거기서 다른 사람의 체액이 나왔어요."

"응? 정말이야?"

"산속 한밤중 아버지가 목을 매단 현장에 다른 누군가가 있었단 얘기죠."

"……그럼 그게?"

윤서경은 경악했다.

"아직은 누구 건지 몰라요."

"경찰에 알리면 되지 않을까?"

"대검 DNA 데이터베이스에 없으면 허탕이에요. 고발한 제 정체만 드러날 뿐이죠."

"그럼 어떡할 거니?"

"양다곤의 유전자를 확보해야죠. 만약 대조해서 그 체액이 양다곤 것이라고 판명되면 그땐 바로 수사를 재개할 수 있어요."

"아…… 제발……."

"물론 공범의 것일 수도 있어요. 그렇다면 어쩔 수 없는 건데. 양다곤의 체액이라면 결정적인 거죠. 어쨌든 지금으로선 거기에 걸어 보는 게 최선이에요."

"그렇구나…… 넌 그새 그런 일들을 다 준비하고 있었네……."

윤서경의 목소리가 떨려 나왔다.

"시간문제예요. 다행히 우리가 제일 잘하는 게 그거잖아요. 기다리는 거."

"그래…… 20년을 기다렸어……."

윤서경은 두 손을 모았다. 간절한 낯빛이었다.

* * *

'ㅋㅋ.'

방수희는 오싹했다.

별안간 카카오톡으로 날아온 문자.

아무 뜻 없이 'ㅋㅋ' 두 개의 문자만 찍혀 있다.

대개는 장난스러운 웃음 정도의 뜻이겠지만 오싹했던 건 발신자 때문이었다.

김종신.

스토커 짓을 하다가 방수희한테 흠씬 두들겨 맞은 남자.

마지막으로 본 건 경찰서였다. 지금껏 질려서 나가떨어졌으리라 생각했는데, 한동안 잠잠하다가 돌연 연락을 해 온 것이다.

권투선수가 가장 절망할 때는 상대에게 펀치를 먹였는데도 쓰러지지 않을 때다. 타격감이 없을 때 가장 두렵다. 마찬가지였다.

방수희가 그만큼 두들겨 패고, 경찰에서 처벌도 받았을 텐데, 김종신은 오뚝이처럼 다시 일어났다.

"이 자식, 완전 또라이 아냐?"

방수희가 휴대전화 화면을 바라보며 불쑥 내뱉자, 옆에서 전기호가 목을 쭉 내밀었다.

화면을 보더니, "어, 그놈 아니에요? 스토커?" 한다.

"맞아."

"와아. 질긴데. 정말 존경스럽다."

"뭐? 존경? 너……."

"아니, 그게 아니라, 진짜 존경한다는 게 아니구."

그때 윤해성이 사무실에 들어왔다.

"무슨 일이야?"

"누나 스토커 자식이 또 연락이 왔어요."

"뭐? 그 녀석이?"

방수희가 화면을 보여 주었다.

"이거 생각보다 맛이 간 놈인데."

"경찰에 신고할까요?"

전기호가 말했다. 윤해성이 고개를 저었다.

"신고를 뭐로 해? 'ㅋㅋ' 보냈다고?"

"하긴……."

윤해성이 방수희를 보며 말했다.

"답하지 마. 일체 반응도 하지 말고. 그럼 더 이상한 내용을 보내올
수 있어. 그때 법적 조치를 하는 거야."

"알았어요."

방수희는 고개를 끄덕였다.

퇴근 시간 무렵까지 김종신으로부터 더 이상의 연락은 없었다.

"잘못 보낸 걸 수도 있어요. 지금쯤 그거 알고 그 자식이 더 쫄아 있
을걸요."

전기호가 말하고는 먼저 사무실을 나섰다.

오늘도 윤해성으로부터 받은 포르쉐에 올라 어디론가 떠날 태세다.

방수희도 퇴근길을 서둘렀다.

"변호사님, 먼저 들어갈게요."

아직 일하고 있는 윤해성에게 인사를 건네고는 사무실 문을 나섰다.

엘리베이터를 타고 1층으로 내려와 막 건물 현관을 나오는데, 다시 카카오톡 음이 울렸다.

'씨발년아. 주먹 좀 쓰더라?'

김종신이었다.

이제는 오싹함을 넘어 화가 일었다.

무슨 자신감일까.

이런 식이면 법적으로 제재를 받는다는 것도, 그보다 더 빨리는 방수희에게 얻어터질 거라는 것도 알 텐데.

삑.

또 카카오톡이 왔다.

'내가 빚지고는 못 사는 성미여서 말이야.'

방수희가 자리에 멈춰 서서 휴대전화 화면을 홀린 듯 들여다보다가 결국 답을 하고 말았다.

'경찰에 신고함.'

'그딴 거 겁났으면 내가 몸소 왔겠냐?'

김종신은 분명히 방수희를 어디선가 지켜보면서 톡을 하고 있다.

방수희는 주변을 두리번거렸다.

비스듬히 앞쪽에서 불빛이 번쩍했다.

방수희는 그 방향을 보았다.

아직 날은 저물지 않았지만 불빛이 워낙 강렬해서 눈이 부셨다.

눈에 익은 SUV. 김종신의 차였다.

선팅이 되지 않은 전면 유리 너머로 김종신이 음험하게 웃고 있었다. 사악한 미소.

삑.

또 카카오톡이 울렸다.

'개년! 넌 오늘 나하고 데이트다.'

운전석 문이 열리며 김종신이 모습을 드러냈다.

김종신은 방수희 쪽을 향해서 곧장 걸어왔다.

방수희의 바로 앞에 섰다.

"오늘은 오빠하고 데이트 좀 할까?"

"꺼져."

방수희는 김종신을 똑바로 노려보며 말했다. 당당한 그 눈빛은 김종신을 내리꽂는 듯했다.

"왜. 또 사람 칠려구? 나 이렇게 착하게 그냥 서 있는데? 응? 이 깡패년아!"

김종신이 흥분하기 시작했다.

눈이 뒤집혀 있었다.

소름이 돋았다. 이 인간은 제정신이 아니다.

방수희가 움찔해서 반 발짝 뒤로 물러섰다.

쨍!

무언가 크게 깨지는 소리가 났다.

뭐지?

정신을 차려 보니 김종신의 SUV 운전석 유리창 쪽이 박살이 나 온 통 금이 가 있었다.

차 옆으로는 화분이 산산이 깨져 굴러 있었다.

방수희는 위를 올려다보았다.

위쪽은 바로 윤해성의 사무실이다. 이 건물 2층, 도로를 면한 창가에 있다.

그 창으로 윤해성이 빠끔히 얼굴을 내밀고 있었다.

김종신도 뒤를 돌아보았다.

어리둥절함도 잠시,

"씨팔! 뭐야, 이거!"

김종신은 화분이 떨어진 곳 위쪽을 올려다보며 욕설을 했다.

윤해성이 환하게 웃으며 손을 흔들었다.

"아, 쏘리. 화분이 미끄러졌네. 유리값은 얼마?"

김종신은 윤해성을 알아보았다. 경찰서에 갔을 때 달려왔던 방수희의 변호사.

김종신은 방수희를 보았다.

이어 윤해성을 한 번 더 보았다.

그의 등장, 주저 없이 집어던진 화분, 그리고 자신만만한 웃음이 어떤 의지를 꺾어 버린 듯했다.

김종신은 차로 돌아가더니 운전석에 올라탔다.

SUV는 둔탁한 배기음을 뿌리며 표표히 사라졌다.

* * *

"크게 웃으시는 장면 한 장만 더 찍고 마칠게요."

《정안일보》카메라 기자는 양다곤이 책상 위 지구본을 돌리며 크게 웃는 장면을 끌어냈다.

"컷! 좋습니다. 수고하셨습니다. 회장님."

카메라 기자가 기자재를 접고 가방을 메고 회장실에서 먼저 철수했다.

양다곤을 중심으로 《정안일보》박시영 기자와 윤해성이 나누어 앉았다.

각자의 앞에는 한이수가 가져온 보이차가 따끈한 김을 피어 올리고 있다.

"회장님, 정말 영광이에요. 인터뷰에 다 응해 주시고. 저희 신문으로선 정말 대박이에요. 특종입니다!"

박시영이 조금 들떠서 말하자, 양다곤은 껄껄껄 웃었다.

"우리 윤해성 변호사가 추천하는데, 내가 안 할 수 있나. 그러고 요즘 내가 터무니없는 모함을 당해 수사를 받고 기업 경영에도 애로가 많아. 그 점을 좀 중점적으로 써요."

"네, 알겠습니다. 회장님. 대부분의 인터뷰 사항은 미리 보내 드린 질문지에 비서실에서 작성해 주신 내용대로 하구요, 회장님께는 직접 몇 마디만 여쭙고 가겠습니다."

"그래요, 그래."

이날의 인터뷰는 윤해성이 추천한 것이었다.

양다곤 회장의 인터뷰라면 모든 언론사들이 눈에 불을 켜고 달려들겠지만, 이루어지기란 힘들었다.

하지만 윤해성이 주선한 《정안일보》 인터뷰 제안을 받아들였다. 구속 문턱까지 갔다 온 양다곤의 상황과 필요에 들어맞았기 때문이다.

"《정안일보》 박시영 기자는 제 대학 시절 절친입니다. 제가 슬쩍 언질을 주었는데요, 이번 수사에 관해 회장님에게 우호적인 기사를 써 주기로 했습니다. 하시는 게 무조건 이익입니다. 남은 재판은 절반이 여론전이거든요."

"평기자는 너무 약한 거 아냐? 신문사 국장급 정도는 와서 인터뷰해야지."

"그러면 올드한 분위기가 됩니다. 기성세대들끼리의 잔치, 그런 느낌이죠. 차라리 젊은 평기사가 낫습니다."

"음. 그럴까."

《정안일보》는 한국에서 손꼽히는 유력 일간지다. 양다곤은 인터뷰를 하기로 했다.

다만 시간도 절약하고 말실수를 하지 않기 위해 대부분 내용은 사전질문지를 받아 비서실에서 답을 하기로 한 것이었다.

"향후 수사와 재판에 대해서는 어떻게 대처하실 계획이세요?"

"성실히 임해야지. 오로지 법에 따라. 법으로만 하면 돼. 그러면 내 무고함이 밝혀질 거라고 믿어요."

"그만큼 무죄에 자신이 있으시단 거군요."

"물론이지. 증거가 없으니 구속영장도 기각된 거 아니겠어요?"

박시영은 대화하는 한편으로 탁자 위에 놓은 노트북을 다다다 두드려 댔다.

"검찰의 무리한 수사를 지적하고 싶으신 거군요?"

"그건 아니오. 검사도 나라의 녹을 먹는 사람으로서 열심히 법 집행을 하려는 거 아니겠어요? 난 각자의 입장과 관점의 차이라고 봐요.

난 국민의 한 사람으로서 검찰을 전적으로 존중합니다. 밤낮없이 정의를 위해 일하는 검사님들을 존경도 하고요. 그래서 지금까지 한 번도 검찰 소환에 불응하거나 날짜를 변경하거나 하지도 않았어요. 수천만 불 계약도 깨 가면서 꼬박꼬박 제때 출석해서 조사를 받았지요."

검찰을 존중한다지만 은근히 돌려까기를 한 셈이다. 검찰수사 때문에 수천만 불의 계약이 날아갔다니.

"난 개인으로서의 삶이 없는 사람입니다. 기업인으로서 우리 한울모터스, 나아가 한국경제에 이바지하겠다는 생각밖에 없어요. 다른 건 내게 의미가 없습니다."

"진정한 기업인이시군요."

"아니, 뭐 그 정도까지는 아니고, 난 기업을 경영하는 일이 그저 재미있어요. 뭘 누리기 위해 하는 게 아닙니다."

"좋은 말씀입니다. 기업 경영이 재미있어서 한다. 무엇을 누리기 위해 하는 것이 아니다."

박시영은 또다시 자판을 다다다 두드렸다. 이 말을 기사 제목으로 올릴 모양이다.

박서영은 노트북을 탁 덮으며 일어섰다.

"이 정도로 마치겠습니다. 회장님 시간을 더 뺏으면 한국경제에 손해일 것 같네요."

양다곤은 유쾌하게 웃었다.

윤해성과 박시영은 양다곤에게 꾸벅 인사를 하고 같이 회장실을 나왔다.

회장실을 나서면 바로 비서실이다.

윤해성은 그 안에서 눈으로 한이수를 찾았다.

예전 같으면 제일 먼저 다가와 살갑게 인사를 건넸을 텐데, 책상에서 머리를 숙이고 무언가 일하고 있는 모습이다. 윤해성 쪽으로는 회장실 문이 열릴 때 얼핏 시선을 준 이후로 눈길을 주지 않고 있다.

아마 비서실 다른 직원들도 눈치챈 듯하다. 윤해성과 한이수를 번갈아 보며 눈치를 보는 이들도 있다. 어색한 공기가 흐르고 있다.

비서실장 신동우가 일어서서 다가왔다.

"박 기자님, 인터뷰 답 메일은 곧 보내 드리겠습니다."

"네. 감사해요. 잘 정리해 볼게요."

"수고하셨습니다."

신동우는 가볍게 인사하고는 안쪽의 자기 자리로 돌아갔다.

그사이 윤해성은 은근하게 한이수 쪽을 보고 있었다.

윤해성이 한이수에게 눈길을 던지는 걸 알아챈 박시영이 불쑥 나서서 한이수의 책상으로 다가갔다. 인터뷰하러 들어가기 전에 한이수의 안내를 받은 바 있다.

"한이수 씨죠? 조금 전 안내 감사드려요."

박시영은 명함을 내밀었다.

"아, 네. 감사합니다. 기자님도 수고하셨어요."

한이수는 상냥하게 말을 받으며 자신의 명함을 박시영에게 건넸다. 여전히 윤해성에게는 시선을 주지 않는다.

박시영은 되돌아와 윤해성의 팔짱을 꼈다.

"오늘 해성이 너 덕분에 회장님 인터뷰도 하고, 고마워."

"아, 아냐. 난 그냥 추천만 했어.《정안일보》니까 한 거지."

윤해성은 박시영에게 말했지만 한이수가 더 신경 쓰였다.

안 보지만 보고 있다. 왠지 그렇게 느꼈다.

"대학 시절부터 친하게 지낸 보람 있다, 너. 하하하."

박시영은 웃음소리를 남기며 윤해성을 이끌다시피 해서 비서실을 지나갔다. 그 통에 윤해성은 한이수에게 인사를 건넬 기회가 없었다.

그들이 밖으로 나간 후 한이수는 펜을 놓고 고개를 들었다.

어딘가 비어 보이는 눈동자.

목적 없는 멍한 눈길에 책상 위에 놓인 물건들이 들어왔다. 그중에 향수병이 눈에 띄었다.

딥티크 롬브로단로. 윤해성이 선물해 준 향수.

이게 왜 여기 있어.

한이수는 병을 조심스럽게 들어 옆 휴지통에 넣었다.

윤해성과 박시영이 복도를 걸어가는데 또각또각 구둣발 소리를 강하게 새기며 마주 오는 한 남자가 있었다.

검붉은 피부에 광대뼈가 도드라진 얼굴. 단명오였다.

"안녕하세요. 단명오 변호사님."

윤해성이 인사를 했고, 단명오는 흐릿하게 웃었다.

"오, 윤 변호사. 회장님 뵙고 오시는 건가?"

"네. 오늘《정안일보》인터뷰가 있어서요."

"그럼 옆에 계신 분이?"

"네. 이쪽은《정안일보》박시영 기잡니다. 이분은 양 회장님의 오랜 절친이신 단명오 변호사님."

윤해성은 양쪽을 소개했다. 박시영이 먼저 인사를 했다.

"안녕하세요."

"반가워요."

손을 내미는 몸짓이 무례했다.

남미의 농장 생활 탓일까. 그의 손은 검고 선원처럼 거칠었다.

박시영은 생긋 웃기만 할 뿐 손을 내밀지 않았다.

2초 정도 단명오의 손이 허공에 머물렀다. 단명오는 슬쩍 손을 거두어들였다.

"이거 내가 숙녀분께 실례했구먼. 그럼 잘 돌아들 가시고. 난 이만."

단명오는 겸연쩍게 웃으며 두 사람을 지나쳐 회장실 쪽으로 걸어갔다.

윤해성은 엘리베이터 안에서 말했다.

"너 단명오란 이름 듣고 바로 안 것 같더라."

"너한테 여러 번 들었잖아. 너희 집 소송을 담당했던 변호사. 그런 거 잊어버리면 기자 못 하지."

"너무 빨리 적의를 드러낸 거 아니냐?"

윤해성이 빙그레 웃으며 말했다.

"뭐가?"

"악수 거절한 건 통쾌했지만 저 눈치 빠른 인간이 경계할 수도 있을 텐데."

"적의 때문에 거절한 거 아니야."

"그럼?"

"그냥 얼굴이 더러워서."

하하하, 윤해성은 크게 웃었다.

웃음이 멎고, 이번에는 박시영이 말했다.

"차갑던데."

"뭐가?"

"한이수 말이야. 네가 나오는데 눈길 한 번 안 주더라."

"일하고 있었잖아."

"단지 그런 거 아니야. 너 감 없어?"

윤해성은 대답하지 못했다. 그 전에는 회장실을 나올 때면 일하다가도 환히 웃으며 다가왔었다.

"둘이 싸웠냐?"

"싸우긴 이 친구야, 뭘."

"사랑싸움 말이야."

"기가 찬다. 사랑싸움은 아무나 하냐."

그러다가 윤해성이 고개를 갸웃하며 말했다.

"그런 건 아닌데, 요즘 이유 없이 차가워졌어."

"이유야 뭐 그거겠지."

"뭐?"

"감정. 젊은 남녀가 그거밖에 더 있어?"

"아니, 그런 거 아니라니까."

윤해성이 어쩐지 당황해하는 모습이었기에 박시영은 더 놀리지 않았다.

두 사람은 한울 모터스 건물을 나와 삼성동 거리를 걸었다.

박시영이 말했다.

"양 회장이 너한테 홀딱 빠졌더라."

"구속영장 기각 이후에 그런 것 같아."

"……한 발짝 더 다가섰네. 한울 모터스 안으로."

"그럼 셈이지."

"양다곤의 DNA를 확보할 가능성도 훨씬 높아졌고."

김민호 교수의 유언장에 묻은 피에서 제3자의 DNA가 검출되었다. 서령대학교 김근배 교수가 최신의 유전자 분석 기술로 확인해 준 사실이다. 그 피가 양다곤의 것이라는 게 밝혀진다면 김민호 교수의 자살 사건을 뒤집을 증거가 된다.

"그렇긴 한데. 내가 다짜고짜 달려들어 머리카락을 뽑을 순 없어."

그 말에 박시영이 까르르 웃었다.

"왜 웃어?"

"그 장면을 상상하니까 웃겨서."

윤해성도 실소를 했다.

"담배라도 피우면 담배꽁초를 몰래 가져와서 거기에 묻은 침을 분석해도 되는데, 흡연도 하지 않아."

"양다곤하고 생활에서 밀접한 한이수마저 지금 저 모양이니."

"너 자꾸 그 얘기 할 거야?"

"맞잖아. 네가 한이수 씨 재판을 무료로 도와준 것도 가까워지기 위한 거였을 텐데. 한이수 씨가 도와주면 어떻게 될지 모르지. 이를테면 양다곤의 휴지통에서 머리카락 몇 가닥이라도 찾아 준다면? 근데 갑자기 너한테 차가워졌어. 그런 얘길 꺼내면 무시하는 정도에서 끝나는 게 아니라 곧바로 양다곤한테 일러바칠 태세야."

"지금은 이수한테 어떤 얘기도 꺼내면 안 될 것 같아……."

박시영이 윤해성을 물끄러미 보았다.

"이수? 이름을 부를 정도로 친해? 와, 근데 오늘 저런 거야? 너네 둘이 분명 뭔가 있구나."

"나 참. 그만하자."

윤해성은 잠시 걷다가 말했다.

"실은…… 이수보다 더 양다곤의 DNA를 쉽게 확보할 수 있는 사람이 있어. 잘하면 그 사람을 내 편으로 만들 수도 있고."

"응? 비서보다 더 DNA를 쉽게 확보할 수 있는 사람? 대체 그게 누구야?"

"아내."

"아내? 양다곤은 싱글이잖아. 이혼한 지 오래됐는데."

"지금은 사실상의 아내가 있어."

"그래?"

"너도 아는 여자야."

"나도 안다고? 대체 누구야?"

"장유나. 배우."

"엇, 장유나? 우와."

박시영은 어지간히 놀랐는지 발길을 멈추었다.

"근데 도대체 나이 차가…… 와, 저 영감 대단하다!"

"장유나가 서른 전후니까 나이는 좀 차이가 있지."

"야, 이거 빨리 스포츠지 기자 친구한테 알려 줘야겠다. 터뜨리게."

"양다곤에게 별 타격은 없을 거야. 어차피 법적 싱글이고, 나이 차 좀 난다는 것 말고는 홈 잡힐 건 없지. 공식적으로는 몰라도 회사 내부적으로도 웬만한 사람은 이미 다 알고 있는 거 같고. 비서실에서는 대놓고 지원하는 거 같던데. 악플 좀 달리겠지만, 뭐 그 정도일 거야. 장유나 측은 오히려 언론에 알려지길 은근히 원하는 거 같아. 그래야 자신의 위치가 확고해지니까."

"근데 장유나가 아내란 건 어떻게 알았어?"

"내게 사건을 맡겼거든."

"오호!"

"장유나를 내 편으로 만들 기회야. 물론 그렇다고 남편의 머리카락을 갖다줄 것 같진 않지만 말이야. 그리고 참."

"뭐."

"아직 스포츠지 기자한테 말하지 말아 줘."

"왜?"

"이 시점에 터뜨리면 내가 알린 것 같잖아. 그리고."

"그리고 또?"

"어느 정도는 양다곤 장유나 부부가 비공개인 관계로 있는 쪽이 나한테 유리할지 어떨지 몰라서. 상황 판단이 확정되기까진 신중하고 싶어."

"알았어, 친구."

박시영은 윤해성의 등을 툭 쳤다.

＊ ＊ ＊

밤의 장유나는 낮의 장유나보다 아름다웠다.

희미한 조명 아래 레드와인은 핏빛보다 붉었다.

조그만 테이블은 두 사람 사이의 거리를 가깝게 만들어 놓았다.

"수임계약 문제를 이런 데서 이야기하는 건 처음이네요."

윤해성이 말했다.

"그래서 싫어요?"

"처음이라고만 했습니다. 하하."

윤해성은 와인글라스를 마주 들었다.

"간단한 이유예요. 술을 마시면서 이야기하면 대개는 내 뜻대로 이루어지죠."

장유나가 말했다.

"이런 고급스러운 분위기에서 사모님이 더 아름다워지신다는 걸 본인도 잘 아시는 거겠죠."

"사모님 소리가 참 그러네요. 그거 나이 든 사람 호칭 아녜요?"

"그럼 뭐라고 부를까요."

"뭐라고 할까…… 유나 씨, 어때요?"

"그럼 그렇게 하죠. 유나 씨. 대신."

"대신?"

"양 회장님 앞에서는 사모님으로 하겠습니다."

"좋아요."

장유나는 웃음기를 머금고 본론을 꺼냈다.

"그럼 언니 사건 수임 조건을 이야기해 보세요. 돈. 얼마를 드리면 될까요."

"일단 성공의 기준은 그 개자식, 아니 그 언니분 전남편이 유죄를 받는 걸 기준으로 하죠. 유죄로 되고 그 후에 사형이든 무기징역이든 집행유예든 판사 맘이니까 그것까진 제가 통제할 수 없어요."

"좋아요. 그걸 조건으로 하죠. 그 개자식의 유죄. 하긴 뭐 살인이니 무기징역은 받겠죠. 못해도 징역 한 30년?"

"그럼 이렇게 할까요. 우선 착수금은 1억."

장유나가 와인글라스를 테이블에 놓으며 빙그레 웃었다.

"내 남편이 누군지 알고 나서는 막 부르는 거 아니에요? 좀 과해요."

"그만한 돈을 지불해서라도 언니의 한을 풀고 싶으신 거 아니었습니까?"

"지금 사건을 맡고 있는 법무법인 다선도 착수금은 5000만 원이에요. 거긴 우리나라 5대 로펌 중 하나구요."

"그래서 만족하십니까?"

"……."

"지금까지 해 온 걸 보니 도저히 유죄로 뒤집기 힘들 것 같다. 그런 판단으로 절 찾으신 거죠?"

"윤 변호사님은 확실히 자신이 있다?"

"없다면 1억을 부르지 않습니다."

윤해성은 빙긋 웃었다.

"재미있네요. 이런 허세에 우리 회장님이 반한 건지도 모르겠어. 그 양반은 이런 거 좋아하거든."

"결과도 보여 드린 걸로 압니다만."

"그래요. 그래서 찾아갔죠."

장유나는 고개를 잠깐 숙였다가 들었다.

"좋아요. 착수금은 1억. 그럼 성공보수는 얼마?"

윤해성은 말없이 장유나를 보았다.

"어머. 얼마를 베팅할까 생각 중인 거예요? 한 3억? 5억?"

장유나가 장난스럽게 말했지만 윤해성은 웃지 않았다.

이윽고 그의 입이 열렸다.

"그 정도도 좋습니다만……."

"그런데요?"

"돈 같은 거보다……."

"응?"

"전 다른 걸 원하고 싶습니다."

"다른 거? 뭐?"

"성공하고 나서 말씀드려도 될까요?"

"일이 성공하고 나서?"

윤해성은 장유나를 정면으로 쳐다보았다.

눈동자에 붉은 와인이 비쳤다.

시선을 피하지 않은 그 눈은 이글거리는 것 같았다.

장유나는 문득 미소를 지었다. 그러고는 테이블 위로 긴 팔을 천천히 뻗어 윤해성의 턱을 만졌다.

윤해성은 가만히 있었다.

장유나가 말했다.

"당신…… 무슨 생각 하는 걸까?"

윤해성을 향해 기울인 장유나의 몸을 감싸 안은 흰 드레스는 육감적인 곡선을 그리고 있었다.

"귀여워. 역시."

장유나는 몸을 원래대로 되돌렸다.

"좋아. 일단 성공보수는 나중에 차차 생각하는 걸로 해요."

"네. 좋습니다."

"그럼, 이걸로 계약. 잘 부탁해요."

장유나는 손을 내밀었다. 긴 팔이 윤해성의 가슴 언저리까지 다다랐다.

"계약 성립입니다. 유나 씨."

윤해성도 팔을 들어 그 손을 맞잡았다.

* * *

김 실장은 단명오의 호텔 방에 와 있었다.

한울 모터스에서 가장 가까운 인터콘티넨탈 호텔 스위트룸. 그 비용은 한울 측에서 지불하고 있다.

한 시간 전 단명오가 김 실장에게 전화했다.

"김 실장. 부탁 하나 하지."

"뭡니까?"

"나 지금 지방 갔다가 법무법인 LNK의 회의에 참석하러 올라가는 길인데, 거기에 갖고 가야 할 서류가 내 호텔 방에 있어. 호텔에 들렀다가 LNK로 가려면 시간이 안 될 거 같고, 김 실장이 내 방에서 서류 찾아다가 LNK로 좀 직접 들고 와 줘."

"알겠습니다."

"그라시아스! 이따가 을지로 LNK 빌딩 앞에서 보자구."

단명오는 이렇게 김 실장에게 자기 방에서 서류를 가져다 달라고 부탁했다.

김 실장은 마땅찮았지만 딱히 거절하기도 그랬다. 10여 년 만에 뜬금없이 나타났다지만 어쨌든 양다곤 회장이 신임하는 인물이다.

"이거군."

김 실장은 호텔 책상 위를 이리저리 훑다가 단명오가 부탁한 서류를 발견했다.

「양다곤 회장님 향후 형사재판에서의 대처 방안」.

단명오는 앞으로 있을 재판에서 LNK와 같이 양다곤 회장의 변론을 맡았다. 본인이 작성한 이 자료를 들고 오늘 LNK와 미팅을 잡은 모양이다.

김 실장 막 서류를 집어 들고 나가려다 책상 위에 던져진 조그만 비행기 표를 발견했다. 무심코 그것을 집어 들었다.

파라과이에서 타고 온 항공표인 모양이군.

뭐 일등석이라도 끊었겠지. 일등석 표는 금테라도 둘렀나. 어디 한번 볼까.

항공권을 들여다본 김 실장의 눈썹이 조금 움직였다.

응?

파라과이에서 거대 농장을 두고 갑부로 산다는 단명오.

하지만 표는 이코노미석이었다.

그거라면 있을 수도 있다. 워낙 짠돌이니까, 돈 아끼느라 이코노미를 끊을 수도 있다. 세계적인 갑부들도 이코노미 탄다는 사람들, 인터뷰에서 본 적이 있다.

하지만 김 실장이 의아하게 생각한 것은 그뿐만이 아니었다.

출발지가 왜?

출발지는 라파스.

그 옆에 나라도 찍혀 있었다. 볼리비아.

라파스는 볼리비아의 수도다.

* * *

윤해성은 사무실에 틀어박혔다.

장유나가 의뢰한 유명애 살인사건의 기록을 검토했다.

문제의 근원은 아내인 유명애가 부자라는 데에 있었다.

유명애는 사업수완이 좋아 젊은 시절부터 뛰어든 웨딩사업에 성공했다. 비교적 이른 나이 마곡역 근처에서 '르씨엘'이라는 호화로운 웨딩홀을 운영하는 법인의 대표가 되었다. 대리석 홀에 수준 높은 식사로 소문나 젊은 여성들한테는 럭셔리 웨딩의 장소로 동경의 대상이되었다. 사업은 탄탄대로였다.

그러다 6년 전, 유명애는 경찰 출신인 백수 김상훈과 결혼했다. 장유나의 말로는 여자의 재산이 안중에도 없는 듯한 남자다움에 유명애가 반했다고 한다. 김상훈은 당시 마흔 초반으로, 약간의 연금을 빼면거의 무일푼이었다. 성공한 사업가인 유명애는 오히려 돈과 무관한, 자신의 돈에 관심이 없는 남자를 우선해서 골랐다.

유명애는 자신의 돈과 남편을 철저히 분리했다. 남편에게 쉽사리 재산을 떼어 주지도 않았고, 사업체에 깊이 관여하는 것도 배제했다. 남편은 '르씨엘'의 이사로 등재되었지만 직원이자 월급쟁이에 불과했다.

결혼한 지 6년이 흘렀어도 자기 명의로 된 재산이 변변하게 없었던 것이다. 남편의 불만이 있으리라 짐작되는 상황이다. 그게 6년이 지나면 원한으로 변하기도 한다. 그 원한은 단단한 돌멩이가 될 수도 있다.

그러던 차에 이 사건이 일어났다.

김상훈의 주장은 그랬다. 여름 휴가철 어느 날 아내 유명애가 머리를 식히러 혼자 여행을 다녀오겠다고 했다.

유명애는 짐을 싸서 집을 나섰고, 운전기사 이왕래가 차를 운전해 호텔까지 데려다주었다. 그 후 유명애의 행방이 묘연했고 소식도 없었다.

아내가 일에 지쳐 혼자 있고 싶나 보다 생각한 김상훈은 그대로 두었다가 보름이 지났을 무렵에야, 머리를 식히기엔 너무 긴 기간이라고 여겨 경찰에 가출 신고를 했다.

그 5개월 후, 비가 억수처럼 퍼부은 다음 날 아침 양주 노고산을 오르던 주민이 무너진 흙더미 사이로 삐져나온 유명애의 시신을 발견했다. 사체는 그다지 부패하지 않은 상태였고, 부검 결과 아마도 가출 직후 살해당한 게 아닐까 추측됐다.

범인은 곧바로 체포됐다. 운전기사 이왕래였다.

그는 곧바로 범행을 자백했다.

그런데 이왕래는 울며 털어놓기를, 유명애의 남편인 김상훈이 시켜서 유명애를 죽였다고 했다. 진술은 확고하고 일관됐다. 김상훈한테서 이왕래에게 건너간 돈도 확인됐다.

경찰은 김상훈을 살인교사 혐의로 체포했다.

그리고 두 사람은 살인의 공범으로 재판에 넘겨졌다.

여기까지가 1심 재판 이전까지의 상황이었다.

재판 결과, 살인을 직접 실행한 운전기사 이왕래는 물론 유죄.

하지만 남편 김상훈은 무죄였다.

실행범의 진술도 있고, 돈을 준 흔적도 나왔다.

그런데 왜 1심 재판에서는 무죄를 받았을까.

윤해성은 기록을 덮고 우선 김상훈을 만나 보기로 했다.

종이에서 만난 인간은 평면이다.

인간을 직접 보면 범행도 보인다.

* * *

"윤해성 변호사님이십니까?"

김상훈이 일식집 방문을 열며 들어왔다.

살인자라는 선입견을 깨는 평범한 중년 남자였다.

생각보다 체격이 크지 않았다. 머리는 푸석하고, 어깨는 움츠러들어 있다.

혼이 빠져 버린 지푸라기 인형 같은 사내.

살인혐의로 재판을 받으면서 지칠 대로 지쳐 버린 모양이다. 그러니 피해자 측 변호사가 보자고 하는데 순순히 나왔겠지.

그는 맞은편에 조심스럽게 앉으면서 윤해성을 뚫어져라 쳐다보았다. 무언가를 알아내려는 듯한 눈빛.

윤해성은 단도직입적으로 물었다.

"범행을 부인하신다고요."

김상훈은 미세하게 흠칫했지만, 이내 대답했다.

"그렇습니다. 억울합니다."

"뭐 당연히 그렇게 주장하시겠죠."

"전 아내를 죽이지 않았습니다. 이렇게 만나서 오해를 풀려고 피해자 측 변호사님을 만나러 나오기까지 했습니다. 제 진심을 알아주십사 하고요."

"그 점은 높이 평가합니다만…… 1심에서 무죄 받았다고 해서 안심할 수 없단 건 아시죠? 범행을 부인하다가 유죄로 뒤집히면 형이 크게 가중됩니다."

"알고 있습니다."

김상훈은 물을 한 잔 들이켜고는 말했다. 음식에는 손을 대지 않았다.

"세상 사람들한테 어떻게 비칠지 압니다. 아내를 살해해서 막대한 유산을 상속받으려는 파렴치한으로만 비치겠지요. 저도 경찰 생활 오래 했습니다. 제 감을 믿고 범인을 찍어서 자백을 받아 낸 적도 많았고요. 변호사님의 선입견으론 저도 필시 범인으로 보일 겁니다."

"증거도 꽤 갖추어진 것으로 알아요. 이왕래한테 돈도 보내 줬죠? 그것도 유명애 씨가 살해당한 날 직후에요."

"네. 그런 일이 있습니다. 정확히는 아내의 계좌로 돈을 보냈고, 그 돈을 이왕래가 꺼내 쓴 거죠."

"5800만 원이라는 거액입니다. 그 돈이 살해의 대가가 아니면 뭐죠?"

"말도 안 되는 오햅니다."

"그럼 그 돈은 왜 보내신 겁니까?"

"아내가 집을 나선 며칠 후에 이왕래 씨 전화가 왔어요. 아내가 아예 해외로 좀 가 있겠다면서 있는 대로 현금을 좀 계좌로 보내 달란다더군요."

"갑자기 해외로 떠난다고요?"

"네. 아내는 좀 자유분방하고 제멋대로인 데가 있었어요. 그런 식으로 훌쩍 여행을 떠나는 일이 가끔 있었습니다. 그래서 전 또 그러나 보다고만 생각했던 거죠."

"아내하고 직접 통화도 안 하시고 그냥 돈만 보내셨다고요? 남들한텐 이상하게 보일 수밖에 없습니다."

"부부는 다 다르게 사는 거 아니겠습니까. 특히 우린 늦게 결혼한 만큼 서로에게 집착하거나 간섭하는 법이 없었어요."

"하지만 그렇게 큰돈을 보내면서도요?"

"어차피 아내 계좌로 돈을 보내는 거잖습니까. 안전하다고 생각했죠. 본인이 통화하기 싫다고 기사를 통해서 알려 왔는데, 굳이 전화하는 것도 좋지 않겠다 싶었습니다. 기분이 남다르게 예민한 사람이었거든요."

윤해성이 대꾸가 없자 김상훈이 다시 말했다.

"운전기사 이왕래는 저하고는 거의 관계없는 사람이에요."

"선생님은 회사의 이사고, 이왕래는 회사 소속 직원이잖아요."

김상훈은 답답하다는 듯 고개를 저었다.

"이왕래는 아내의 운전기사고, 아내가 채용했어요. 아내가 집 나갈 때 그 사람은 회사에 들어온 지 겨우 한 달 반밖에 안 되었습니다. 저하고는 몇 마디 말도 안 섞었어요. 그런데, 살인 의뢰라니요. 그러려면 끈끈한 관계라야 하는 거 아니겠습니까?"

이 부분은 꽤 설득력이 있었다. 하지만 이왕래가 왜 김상훈을 물고 늘어진다는 말인가.

"이왕래가 선생님을 물고 들어갈 이유가 있습니까?"

"제 경찰 경험으로는요, 그런 경우가 가끔 있습니다. 엄한 사람을 물고 들어가는 거. '하수인'은 형이 대폭 깎이니까요. 아니면 말고 식으로 던져 본 거죠."

"전직 경찰관이셨으니까 범죄를 많이 접하셨겠죠. 그런 범인 심리를 적재적소에 핑계로 삼을 만큼이요. 범죄 수법도 물론 잘 알고 있으실 거고요."

"변호사님."

갑자기 김상훈이 정색을 했다.

"네. 말씀하세요."

"맞습니다. 전 전직 경찰이고, 형사로도 몇 년 뛰어다녔습니다. 그런데 그 생활 하면서 제가 절실하게 깨달은 게 뭔지 아십니까?"

그의 목소리는 낮았고, 진지한 울림이 있었나.

"뭐죠?"

"현대에선 말이죠. 완전범죄란 불가능하단 겁니다."

"……."

"도둑질이나 사기꾼 같은 잔챙이들을 말하는 게 아닙니다. 살인쯤 되는 범죄를 말하는 겁니다. 범인이 현장에 머리카락 하나라도 흘리면 그걸로 끝입니다. DNA, 혈흔, 지문은 물론이고요. 휴대폰 통화내역, 메시지 다 뒤집니다. 또 어디나 CCTV가 있지 않습니까. 버스나 택시를 타도 동선이 전부 파악됩니다. 금융자료는 더하죠. 계좌이체는 물론이고 편의점에서 아이스크림 사 먹은 거까지 다 나옵니다. 평소엔 우리가 못 느껴도요, 사건이 한번 벌어지면 여기서 벗어날 수가 없는 거예요."

"그 점은 저도 어느 정도 동의합니다. 대부분의 범죄는 어설프고 실책투성이죠. 수사 기법은 비약적으로 발전하고 있지만 범죄자의 수준은 마냥 그대로입니다. 범죄 신입생들은 매년 백지상태로 들어오니까요."

"저는 형사 생활을 통해 누구보다 잘 압니다. 살인자는 빠져나갈 수가 없단 것을요. 나쁘다 좋다를 떠나서, 살인 같은 건 덜떨어진 바보들이나 하는 겁니다."

윤해성이 미동도 없이 김상훈을 쏘아보았다. 그의 말 안에 감추어진 어떤 거짓이 있는지 들여다보려는 듯이.

"변호사님."

김상훈이 힘주어 불렀다.

"제가 아내를 죽일 놈이 아니라고 말하는 게 아닙니다."

"그럼요?"

"아내를 죽이고도 안 잡힐 거라고 믿는 멍청이는 아니란 겁니다."

그의 눈빛이 이때만은 분명하게 빛났다.

그의 말에는 무게가 있었다.

이런 건 하루아침에 만들어지는 말이 아니다. 오랜 기간 그 일에 종사해 온 사람만이 할 수 있는 말이다.

윤해성은 김상훈을 물끄러미 바라보았다.

김상훈이 간절하게 마주 보았다.

자기 말을 믿어 달라는 듯이.

* * *

일식집을 나와 김상훈과 막 헤어진 윤해성의 전화가 울렸다.

방수희였다.

"어, 수희. 무슨 일이야?"

일과 시간 이후에 서로 연락하는 일은 거의 없다.

방수희의 목소리는 조급했다.

"또 톡이 왔어요."

"누구?"

"걔. 스토커요."

"김종신이? 우와……."

윤해성은 휴대전화를 쥐고 입을 벌렸다.

"정말 징한 놈이다. 지난번 사무실 앞에 찾아와서 깽판 친 뒤에 경찰에 신고했잖아."

"어제인가 경찰에 알아보니 소재불명 상태래요. 소환도 안 되고."

"그런데 수희한테 오늘 연락이 온 거라 이거지? 어떤 내용이야?"

"……그대로 읽어야 하나요?"

"쌍욕인 거지? ……알았어. 잠깐 근데 지금 어디야?"

"운동 끝내고 집으로 가는 중이에요."

"기다려. 그쪽으로 갈게."

"오시게요?"

"지난번에도 톡 보내고 나서 모습을 드러냈잖아. 이 녀석 행태로 봐선 오늘도 수희 앞에 나타날 가능성이 높아. 집도 알고 있고."

"힘들게 오지 마세요. 경찰에 신고할게요."

"욕 문자 하나 받았다고 경찰이 당장 출동하지는 않아. 경찰이 어떤지 알잖아."

"……그렇긴 하죠."

방수희는 전화를 끊었다.

김종신의 집착적인 메시지는 받을 때마다 오싹하지만 정작 눈앞에 닥친다면 차라리 후련하다. 그다지 위험할 것 같진 않지만, 윤해성이 달려와 준다는 게 싫진 않았다.

전철 유리창에는 왜일까, 스토커의 욕설 문자를 받고도 빙그레 웃음

짓는 자신의 얼굴이 비치고 있었다.

방배동 집에 도착했을 때 날은 완전히 어두워져 있었다.

집으로 가려면 십자 모양으로 넓게 뚫린 길을 걸어야 한다.

인적은 거의 없었다. 도로 한편에 몇 대의 차량이 주차되어 있을 뿐이다.

방수희가 발걸음을 옮기는데 뒤쪽에서 차 한 대의 헤드라이트에 문득 불이 들어왔다. 마치 잠든 짐승이 깨어나듯이.

빠앙!

클랙슨 음이 크게 울렸다. 고막이 얼얼할 정도의 소리였다.

조용한 거리를 찢어발기는 듯한 소음에 방수희는 경기가 들릴 만큼 놀랐다.

뒤를 돌아보았다.

헤드라이트를 밝힌 차량은 거대한 SUV.

질리도록 눈에 익은 김종신의 차.

물론 고막을 때린 클랙슨 소리도 그 차에서 난 것이었다.

삑.

방수희의 카카오 톡이 울렸다.

'씨발년아. 넌 오늘 뒈졌어.'

운전석 창 쪽에서 남자의 팔이 쓱 튀어나왔다. 가운뎃손가락을 올려 손가락 욕을 만들어 보였다. SUV는 거대한 눈알을 한 번 더 번쩍하고 빛냈다. 이번에는 아예 하이빔이었다.

방수희는 손바닥을 펴 부신 빛을 막으며 실눈을 떴다. 하지만 빛이 번져서 차량 쪽은 보이지 않았다.

하이빔이 깜박깜박했다. 마치 김종신이 전조등으로 방수희에게 어떤 신호를 보내는 것 같았다. 어쩌면 경고일지도.

방수희의 격투가로서의 본능이 깨어났다. 동시에 위기를 알리고 있었다.

김종신의 SUV는 그르렁그르렁 엔진음을 울리고 있었다. 금방이라도 들이받을 기세였다.

방수희는 오른발을 조금 뒤로 물렸다.

발을 차면서 순간적인 탄력으로 몸을 던질 준비를 했다.

하지만 SUV는 더 빨랐다. 마치 엄청난 순발력과 탄력을 가진 코뿔소 같았다.

거대한 몸집이 탄환처럼 튀어나왔다.

방수희가 몸을 날리기에는 간발의 차이로 이미 늦었다.

비명을 지를 새도 없었다.

SUV가 방수희를 덮쳤다.

끝이다.

방수희는 눈을 질끈 감았다.

쾅!

굉음이 울렸다.

어마어마한 소리였다.

무언가 크게 부서지는, 둔탁하고도 날카로운 소리.

어?

방수희는 눈을 떴다.

자신은 그대로였다. 먼저 팔다리를 내려다보았지만 멀쩡하다. 어떻게 된 거지.

방수희의 눈앞에는 SUV가 있었다.

그 거대한 기계 덩어리는 옆구리를 박힌 채 멈춰 있었다. 그 충격으로 보닛 뚜껑이 살짝 들리고 연기가 폴폴 나고 있었다.

김종신의 SUV 옆구리에는 또 다른 차가 비스듬하게 박혀 있었다. 방수희도 아는 차였다.

윤해성의 애마 애스턴 마틴 밴티지.

산 지 한 달도 안 된 푸른 스포츠카의 보닛이 종잇장처럼 구겨져 있었다. 윤해성은 운전석에서 빠져나오려고 문짝을 밀고 있었다. 하지만 충격으로 운전석 문짝도 구겨졌는지 한참을 덜컹거리고 나서야 문짝이 열렸다.

윤해성은 뒷목을 짚으면서 내려섰다.

"아이구, 목이야……"

"변호사님!"

방수희가 달려갔다.

"괜찮아요? 다친 데는?"

"다 엉터리였어."

"네? 뭐가요?"

"다니엘 크레이그는 이거 타고 날던데, 안 되는 거였어."

"으이그, 지금 그런 헛소리가 나와요?"

방수희는 윤해성의 팔을 잡고 흔들었다.

"아, 아악! 흔들지 마, 나 다쳤어!"

윤해성이 비명을 질렀고, 방수희는 "엇, 미안해요!" 하며 팔을 내렸다.

"고마워요…… 변호사님 아니었으면 죽었을 거예요. 틀림없이."

"언젠간 죽을 거야. 시기를 늦춘 것뿐이야."

방수희는 윤해성을 때리려고 다시 팔을 들었다가 그가 다쳤다는 걸 깨닫고 내렸다. 그러고는 몸을 돌려 김종신의 차량에 다가가 보았다.

옆 문짝이 푹 들어가 완전히 일그러져 있었고, 김종신은 문짝에 허리를 치인 모양이었다.

으음, 으음.

김종신은 운전석에 앉아서 신음을 내고 있었다.

"옆에서 받혀서 타격이 더 클 거야. 여러 번 미안하네, 이거."

윤해성은 방수희를 향해 눈을 찡긋해 보이고는 말을 이었다.

"경찰에 신고해. 김종신은 살인 미수야. 자동차로 들이받으려 했으니 최소한 특수상해미수."

"신고도 신고지만 이거……."

방수희가 구겨진 애스턴 마틴을 가리켰다.

"변호사님이 애지중지하던 차잖아요. 변호사님이 차를 얼마나 아끼는지 내가 잘 아는데. 이거 뽑은 지 얼마나 됐다구……."

"섭섭해."

"네?"

"지금 나보다 차를 더 걱정하는 거야?"

"참……."

고맙다는 말을 듣는 걸 끔찍하게 싫어하는 괴벽스러운 인간이야.

마음속으로 욕을 해 보지만.

윤해성 이 인간…….

정말 자꾸…….

방수희는 고개를 돌렸다.

이유는 알 수 없었다. 그냥 코끝이 시큰했다.

눈가가 촉촉해졌다.

그걸 윤해성에게 들키기 싫었다.

* * *

"판사님이 입장하십니다."

젊은 경위가 큰 소리로 말했고, 법정 안의 모두는 자리에서 일어났다. 피해자 대리인으로 출석해 방청석에 앉아 있던 윤해성도 일어났다. 피고인석에는 이왕래와 김상훈이 서 있다.

이왕래는 초췌한 수인복 차림, 김상훈은 감색 양복 슈트 차림이다. 1심 무죄로 석방된 후 갈수록 멀끔해지고 있다. 지난번 윤해성이 일식집에서 만났을 때보다 훨씬 환한 낯빛이었다. 그사이 좋은 거 많이 먹은 모양이지?

옆에는 변호사들이 있다. 이왕래 쪽은 국선변호사고 김상훈 측은 김만재라는 변호사인데, 형사사건에서는 유명한 변호사였다. 1심 재판을 무죄로 이끈 주역이기도 하다.

"앉으십시오."

판사 세 사람이 들어와 자리에 앉은 다음 경위가 다시 말했고, 다들 우르르 자리에 앉았다.

"그럼 오늘 재판을 시작하겠습니다."

판사는 개정을 선언하고 사건번호를 불렀다. 세간에서 소위 '르씨엘 살인사건'이라고 불리는 그 사건.

"지난번에는 절차적인 문제를 정리했고요, 오늘 쌍방의 주장을 다시 한번 정리하도록 하겠습니다."

판사가 선언하듯 말했다.

검사는 미리 써 온 종이를 들고 읽기 시작했다.

"올해 8월 중순경, 피해자 유명애는 여름휴가차 혼자 집을 나섰고, 운전기사인 피고인 이왕래가 남산 하얏트 호텔에 데려다주었습니다.

다음 날 이왕래는 다시 호텔로 와 유명애를 차에 태우고 유명애가 요구하는 경기도 파주로 향했습니다. 바로 그날, 이왕래는 파주 문산의 한적한 모처 차 안에서 유명애를 목 졸라 살해했습니다. 그리고 사체를 차에 싣고 경기도 양주 노고산 기슭으로 가 땅에 묻었습니다. 이상이 피고인 이왕래의 범행 내용입니다."

이왕래의 표정은 담담했다. 이미 수사 초기부터 모든 것을 자백한 탓이리라.

"조사 결과 이왕래는 유명애의 체크카드로 통장에 있던 돈 5800만 원을 거의 전부 인출해 사용한 사실이 드러났습니다."

검사는 잠시 말을 끊었다가 이었다.

"이왕래의 범행을 사주한 사람은 따로 있었습니다. 바로 피해자의 남편 김상훈이었습니다. 김상훈은 평소 돈 많은 아내가 자신에게 재산을 분배해 주지 않는 사실에 불만을 품고 있던 중, 아내를 살해해서 막대한 재산을 상속받으려는 계획을 세운 것입니다.

8월 초순경, 유명애가 운영하던 웨딩홀 '르씨엘'의 남자 화장실 안에서 두 사람이 우연히 만났고, 이때 김상훈이 이왕래에게 '유명애가 곧 여행을 떠나려 한다. 그때 유명애를 죽여 주면 2억 원을 주겠다'고 제안했습니다. 그 말에 이왕래는 결국 유명애 살해를 결심했던 것입니다.

살해 직후, 김상훈은 유명애 통장으로 우선 5800만 원을 보내 그 체크카드를 이왕래로 하여금 쓰게 만들었고, 보름 후에는 1억 3200만 원을 현금으로 건넸습니다. 이 부분에 관하여는 모두 금융거래 내역이 있습니다."

"이왕래 피고인은 지난번에 다 인정한다고 했고……."

말을 끌던 재판장은 김상훈 쪽을 보며 말했다.

"김상훈 피고인 측 의견은 어떻습니까?"

김만재 변호사가 일어섰다.

"범행을 부인합니다. 김상훈은 유명애 살해를 교사한 적이 없습니다."

"이왕래의 단독범이라는 입장입니까?"

"그렇습니다. 우선 검찰이 주장하는 살인교사의 내용 자체가 억지입니다. 도대체 살인 의뢰를 화장실에서 우연히 만나서 한다는 게 말이 되겠습니까."

그 말은 설득력이 있었다. 변론이 이어졌다.

"김상훈이 유명애의 통장으로 5800만 원을 보낸 건 맞습니다. 하지만, 그건 이왕래가 전화해서 '유명애가 해외로 떠나 한동안 있으려고 하는데 현금을 있는 대로 보내 달라고 한다'고 했기에 이체한 것뿐입니다.

이왕래는 유명애를 죽이기 직전에 협박해서 체크카드와 통장의 비밀번호를 알아냈을 겁니다. 살인한 후에 김상훈에게 전화해서 속여 돈을 받아 낸 것입니다."

"현금 1억 3000만 원은요?"

"그 부분은 전혀 사실이 아닙니다. 김상훈은 이왕래에게 그 돈을 건넨 사실이 없습니다. 이왕래의 일방적 진술을 근거로 한 검찰의 추측일 뿐입니다."

검사가 말했다.

"하지만 살인이 있은 후 보름째, 김상훈이 유명애의 통장에서 현금 1억 3000만 원을 나누어 인출한 자료가 있습니다. 이 내역은 이왕래의 진술과 일치합니다."

"그건 어떻습니까?"

판사도 의심을 담아 변호인에게 물었다.

"그만큼의 현금을 인출한 것은 사실입니다. 하지만 이왕래한테 준 게 아닙니다."

"그럼 뭐죠?"

"김상훈은 참으로 부끄러워하고 있습니다만."

김만재 변호사는 여기서 잠깐 말을 끊고 뜸을 들였다.

"……도박에 써 버렸습니다."

"도박이요?"

판사의 말끝이 올라갔다.

"네. 이런 말씀은 좀 그렇지만, 김상훈은 아내에 비해 초라한 자신의 신세에 초라함을 느꼈고, 그 공허함을 도박으로 채우려 했던 것입니다. 아내가 집을 나가 보름간 여행 중이었고 해외까지 간다 하니 이때가 기회다, 하는 생각이 들었던 겁니다. 김상훈은 부부 공용통장에서 마이너스 대출을 받아 며칠에 걸쳐 현금을 나누어 인출했습니다. 그 금액이 1억 3000만 원에 달했습니다. 그리고 김상훈은 이 돈을 강원랜드나 불법 스포츠토토 사이트에서 거의 다 날리고 말았습니다."

판사가 납득해서는 안 된다는 듯이 검사가 잽싸게 말을 받았다.

"이치에 닿지 않습니다. 설사 김상훈이 도박을 위해 돈을 인출했다 하더라도, 그게 얼만지 이왕래는 알 수 없습니다. 그런데 이왕래는 1억 3000만 원을 현금으로 받았다고 했습니다. 금액의 거의 일치합니다. 이게 우연일까요?"

변호사는 그 정도는 예상했다는 듯 유유히 답변했다.

"그 무렵 이왕래가 김상훈에게 전화로 말했습니다. 유명애 씨가 돈을 더 보내 달라고 한다고요. 할 수 없이 김상훈은 솔직히 털어놓았습니다. 실은 급한 일이 있어 1억 3000만 원을 꺼내 썼다, 너만 알고 있고 당분간 아내가 모르도록 조심해 달라, 이렇게요. 이왕래는 그때 눈치챈 겁니다. 현금으로 인출했다면 떳떳치 못한 일에 썼을 거라고 말이죠. 그 돈을 살인의 대가로 받았다고 하면 먹힐 거라고 판단했을 겁니다. 그래서 거짓 진술을 만든 겁니다."

검사가 무슨 말을 하려 입을 떼려는데, 판사가 팔을 들어 제지했다.

"쌍방의 주장과 증거는 알겠습니다. 결국 살인교사의 점을 부인하고 있는 피고인 김상훈의 말과, 2억 원을 주겠으니 유명애를 죽여 달라는 김상훈의 말을 믿고 유명애를 살해했다는 피고인 이왕래의 진술 가운데 어느 쪽을 믿을 것인지가 이 사건의 쟁점이 되겠군요. 맞습니까?"

"네."

"네."

검사와 변호사가 동시에 대답했다.

"그럼 쌍방의 주장은 이 정도로 하지요. 검찰 측 증거는 뭡니까?"

검사는 진술조서 종류는 목록 정도만 제출하는 식으로 간략히 처리했다. 통화 기록, 금융거래 내역 같은 것들은 실물화상기에 올려 판사가 눈으로 확인하게 했다.

검사가 다음으로 종이 한 장을 실물화상기에 놓았다.

법정 옆 스크린에는 노트 한 장이 비쳤다. 몇 개의 단어가 손 글씨로 적혀 있었다.

"김상훈의 집 압수수색에서 발견된 종이입니다."

"뭘 입증하려는 거죠?"

"범행에 관한 사항들을 메모해 놓은 것으로 보입니다. 글씨도 피고인의 필적임을 확인했습니다."

서류에는 삐뚤삐뚤한 글씨로 이렇게 적혀 있었다.

신한 364-73058-00222**
국민 2435-342-007749**
nh은행 3420003234***
00-1568
강원
슈팅맥스 gramokson 11467a
헌터×헌터 gramokson 11467b
K-경주마 gramokson 11467c

"어떤 부분이 그렇다는 거죠?"

화면을 유심히 보던 판사가 고개를 갸웃거렸다. 검사가 말했다.

"이 중 국민은행이 5800만 원이 송금된 유명애의 계좌입니다. 또 아래 '강원'은 강원랜드, 슈팅맥스와, 헌터×헌터, K-경주마는 해외에 서버를 두고 있는 불법 토토 사이트입니다. 그 옆은 각각 아이디와 비번입니다. 슈팅맥스는 이 사건이 일어나기 전에 운영자들이 검거되어 폐쇄된 곳입니다. 그 아이디와 비번이 적혀 있는 걸로 보아 이 메모는 범행 전에 작성된 게 분명합니다."

"범행이 있기 전에 폐쇄된 사이트의 아이디와 비번이 적혀 있다…… 이건 범행 전에 작성된 메모라는 이야기군요. 그래서요?"

"피고인은 도박으로 돈을 탕진했다는 시나리오까지 미리 준비한 겁니다. 이 메모를 잊고서 내버려 두고 있다가 압수당한 겁니다."

판사의 표정은 밋밋했다. 법정을 설득하기엔 너무 박약한 증거다. 검사의 말은 김상훈이 살인자라는 사실을 전제로 한 주장일 뿐이었다.

하지만 선입견 없이 본다면, 오히려 '김상훈이 불법 도박 사이트의 회원이었고, 통장에서 돈을 빼내 도박 등으로 탕진해 버렸다'는 김상훈의 변명에 더 부합했다.

아니나 다를까, 변호사가 일어섰다.

"검사의 말대로, 저 메모를 범행 전에 피고인 김상훈이 작성한 게 맞습니다. 하지만 그래서 김상훈의 해명이 더 설득력이 있는 겁니다. 현금으로 인출한 1억 3000만 원의 돈은 이왕래한테 범행 대가로 건너간 게 아니라 저 도박 사이트들에서 써 버렸던 겁니다."

자신만만한 변론에 검사는 입술을 깨물고 있었다.

그는 조금이라도 재판에 도움이 된다면 증거를 가리지 않고 모아 온 것 같았다. 열심히 한다는 것만은 인정해 주어야 할 것 같다. 저 증거가 낙타의 등을 부러뜨리는 마지막 지푸라기가 될 수도 있을 테니.

윤해성은 무슨 생각이 들었는지 화면을 보면서 메모를 재빠르게 노트에 옮겨 적었다.

검사가 말했다.

"다음 기일에 르씨엘 직원인 김보라와 공동피고인 이왕래에 대한 증인신문을 요청합니다."

"어떤 취지입니까?"

"김상훈의 범행 동기를 입증하기 위한 증인입니다."

판사는 받아들였다.

"그럼 오늘 공판은 종결하고 다음 공판은……."

판사는 다음 기일을 2주 후로 잡았다.

* * *

장유나가 법원 앞에서 윤해성을 기다리고 있었다. 윤해성은 장유나의 벤츠 CLS에 올라탔다. 장유나의 목에 감긴 붉은색 에르메스 스카프가 시선을 끌었다. 윤해성이 불쑥 말했다.

"이사도라 던컨 같으신데요."

"이사도라 던컨?"

"전설의 무용가죠. 늘 붉은색 스카프를 맸고요."

"나쁜 말은 아니죠? 고마워요."

"스카프가 차 뒷바퀴에 말려 죽은 것만 빼면요."

"쳇. 이 남잔 항상 김새게 만든다니까."

장유나는 차를 출발시켰다.

도로에 차가 얼마 없다고는 하나 시작부터 엄청난 과속이었다.

핸들을 다루는 솜씨가 능숙하다.

발군의 가속 성능을 한껏 발휘해 요리조리 차량 사이를 헤엄치듯
빠져나가고 있었다.

"공판 어땠어요?"

장유나가 물었다.

"간단해요."

"간단하다구요."

"피고인은 두 사람, 이왕래와 김상훈. 이왕래는 자백, 김상훈은 부
인. 이런 구도라면 치열하게 다퉈지는 게 보통인데, 공판 속도가 굉장
히 빨라요. 판사가 당황할 정도로요."

"왜 그렇죠?"

"이번 재판은 누구의 말을 믿을 것이냐의 문제가 핵심인 만큼 길어
질 소지가 그다지 없긴 하죠. 하지만 그 이유보다⋯⋯."

"네?"

"⋯⋯그렇게 만들어진 재판이기도 하고요."

"무슨 말이에요, 그게?"

"김상훈이란 남자가 꽤 흥미로웠어요."

"흥미롭다구요? 무슨 의미죠?"

"처음 보는 유형의 살인자던데요."

"살인자? 맞지? 그 새끼가 언니 죽인 거?"

"엇! 조심!"

장유나가 갑자기 윤해성을 보며 말하는 통에 옆 차와 부딪칠 뻔했다. 간신히 사고를 피해 놓고도 장유나는 아랑곳하지 않고 말했다.

"그 인간이 범인 맞는 거죠? 윤 변호사님은 어떻게 알았어요?"

"명백한 증거가 있었어요."

"증거?"

장유나는 갑자기 샐쭉해졌다.

"그 증거들 있는데도 1심에서 무죄 받은 거잖아."

"아뇨. 증거가 있는데 다들 못 본 거죠. 검사도 판사도."

장유나는 고개를 까딱했다.

"어머, 그래요? 그런 게 있을 수 있을까? 증거가 있는데 못 알아보는 게? 윤 변호사님은 알아보았구?"

"아마 조금 전 법정에서 그 증거를 알아본 사람은 딱 두 사람 있었을 거예요."

"두 사람? 누구누구?"

"한 명은 저고요."

"또 한 명은?"

"범인, 즉 김상훈이죠."

장유나는 잠시 먼 곳을 바라보더니 무겁게 입을 열었다.

"근데 처음 보는 유형의 살인자라고 했잖아요. 그건 무슨 말이에요?"

"지금까지의 살인자들은 전부 잡히지 않기 위해 노력했어요."

"당연하지. 잡힐 거면 살인을 왜 하겠어. 다들 자기는 안 들킬 거라고 믿고 하는 거죠."

"근데 김상훈은 잡힐 걸 알고 한 겁니다."

"잡힐 걸 알았다구요? 무슨 소린지……."

"지금 여기선 설명하기 어려워요."

"……알겠어요. 뭔가 복잡한 얘기가 있는가 보네."

"시내 주행 100킬로로 달리는 벤츠 안에서는 더 설명이 어렵겠네요."

"좋아. 그럼 법정에서 보여 줘요."

장유나가 생각에 잠긴 듯했다. 언니와의 추억을 더듬고 있는지도 몰랐다.

잠시 침묵이 흘렀고, 장유나가 다시 입을 열었다.

"무슨 말인지 모르겠지만 일단 믿어 볼게요. 우리 회장님 건도 아무도 안 된다고 했는데 윤 변호사님이 해냈잖아요. 그게 운은 아니었을 거라 믿어요."

장유나의 말은 어딘가 슬프게 들렸다.

그녀는 곧 액셀을 강하게 밟았다.

* * *

박재훈 검사가 양다곤을 다시 소환했다.

그 사실을 알리러 온 법무팀장 최윤식과 비서실장 신동우는 안절부절못하고 서 있다.

"개새끼! 아주 들들 볶는구먼!"

양다곤은 체면도 잊고 욕설을 내뱉었다.

단명오는 양다곤 옆 소파에 비스듬하게 앉아 손가락을 탁탁 부딪치고 있다.

"정말 더러워서 기업 못 하겠어!"

양다곤의 목소리가 점점 커지고 있었다.

"검사 한 마리가 아주 경제에 분탕질을 치고 있어! 나라가 어떻게 되든 말든 지 실적 올리고 출세만 하면 된단 거야? 이런 개자식을 봤나!"

양다곤의 분은 좀처럼 가라앉지 않았다.

박재훈 검사는 죽이고 싶을 만큼 미운 상대다. 그 앞에서 조사를 받으면서 평생 겪어 본 적 없는 수모를 겪었다. 그 기억이 마르기도 전에 또 검찰청으로 출두하라는 통보를 받은 것이다. 양다곤이 히스테리를 부릴 법도 했다.

"이번에는 왜 오란다는 거야?"

신동우와 최윤식이 차례로 우물쭈물 대답했다.

"그, 그게 이유를 물었더니 화만 버럭 냈습니다. 그런 거 일일이 알려 주면서 수사하는 검사가 어디 있냐고."

"소환에 응하지 않으면 바로 체포영장 청구하겠다고……."

"버러지 같은 놈! 어디서 협박이야!"

양다곤은 말이 끝나기도 전에 소리를 버럭 질렀다.

하지만 대상은 이곳에 없다. 분노는 허공에 흩어질 뿐.

"알았어! 일단 두 사람은 나가 봐!"

최윤식과 신동우는 거의 뒷걸음으로 회장실을 나왔다. 안색이 새파래져 있다.

두 사람이 문을 닫고 사라지자 단명오가 말했다.

"화 가라앉히세요. 박재훈이 같이 막 나가는 검사가 가끔 있습니다. 일일이 화내면 형님만 손해예요."

"이젠 그놈 이름도 듣기 싫어."

"이해합니다."

"단 변호사가 앞으로 내 사건을 좀 신경 써 줘야겠어."

"뭐 형님 말씀이라면 그대로 하죠. 근데 LNK가 있지 않습니까? 윤해성이도 있고."

"기소되면 LNK하고 같이 변론을 맡아 줘. 거기가 이번 사건을 쭉 해 왔어. 윤해성 변호사한테는 영장사건만 맡겼거든."

"형사재판까지는 안 맡기고요?"

"글쎄. 형사재판은 길게 가야 하니까 전통 있는 로펌이 낫지 않을까 싶어. 아무래도 꼼꼼하게 사건을 파겠지. 재판 총지휘는 자네가 하고."

"그 친구는 베팅도 너무 셌죠. 후후."

단명오가 슬그머니 말했다. 속내를 다 알고 있다는 듯한 웃음.

양다곤이 팔걸이를 탁 치고는 말했다.

"솔직히 말하면 그래. 윤해성이 부른 수임료 100억 원은 너무 컸어. 단발성 영장재판에서 100억 원을 요구했으니, 참. 최소 몇 달이 걸리는 형사재판에서는 얼마를 요구할지. 일단 LNK에 맡겨 보고, 재판 굴러가는 거 봐서 어려워지면 그때 한 번 더 윤해성을 쓸까 싶어."

"그런 상황까지 안 가도록 제가 신경 써야겠네요."

"사실 자네가 있으니까 내가 믿고 이러는 거야. 자네가 와 주지 않았으면 불안해서 윤해성이 달라는 대로 주고 고용했을 거야."

"검찰 소환 때는 제가 동행하죠."

"그렇게 해 줘. 자네가 입회해 주면 든든하지."

"다만."

"다만 뭐?"

단명오가 음침하게 웃었다.

"한 번 정도는 윤해성하고 검찰에 동행하십시오."

"윤해성하고?"

"네. 윤해성을 입회시키는 겁니다."

"특별히 그럴 이유가 있나?"

"그게 유리한 사정이 있습니다. 지금 당장 말씀드리긴 그렇지만요."

양다곤은 잠깐 생각하더니 고개를 끄덕였다.

"뭐, 단 변호사가 하는 건 늘 옳았으니까. 알았어. 그렇게 하지. 자네
가 말만 하게. 한 번은 윤해성하고 같이 검찰에 갈 테니까."

"네."

단명오는 또 음침하게 웃었다.

윤해성이 검찰에 간다면.

박재훈과 만나게 된다.

암살.

그때가 디데이다.

〈2권에서 계속〉

복수 법률사무소 1

1판 1쇄 펴냄 2022년 12월 2일
1판 2쇄 펴냄 2023년 1월 13일

지은이 | 도진기
발행인 | 박근섭
편집인 | 김준혁
펴낸곳 | 황금가지

출판등록 | 2009. 10. 8 (제2009-000273호)
주소 | 135-887 서울 강남구 도산대로 1길 62 강남출판문화센터 5층
전화 | **영업부** 515-2000 **편집부** 3446-8774 **팩시밀리** 515-2007
홈페이지 | www.goldenbough.co.kr

도서 파본 등의 이유로 반송이 필요할 경우에는 구매처에서 교환하시고
출판사 교환이 필요할 경우에는 아래 주소로 반송 사유를 적어 도서와 함께 보내주세요.
06027 서울 강남구 도산대로 1길 62 강남출판문화센터 6층 민음인 마케팅부

㈜민음인은 민음사 출판 그룹의 자회사입니다.
황금가지는 ㈜민음인의 픽션 전문 출간 브랜드입니다.

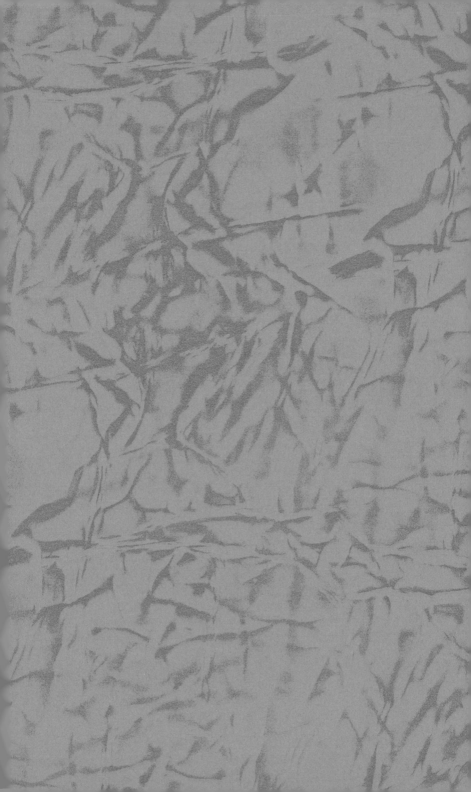